Dieser Sammelband enthält die folgenden Einzelbände:
Band 13: Hexe hoch zu Ross
Band 14: Schwesterherz, du spinnst!
Band 15: Die Wilde-Weiber-Wahnsinns-Party

1. Auflage

verlegt durch EGMONT Verlagsgesellschaften mbH,
Gertrudenstraße 30–36, 50667 Köln

Titelbild und Innenillustrationen: Betina Gotzen-Beek
Umschlaggestaltung: PPP unter Verwendung eines Schriftzugs
von HildenDesign, München
Satz: Greiner & Reichel, Köln
Printed in the EU (675292)
ISBN 978-3-505-13818-8

FSC www.fsc.org
MIX
Papier aus verantwortungsvollen Quellen
FSC® C083411

THOMAS BREZINA

ZUTRITT NUR FÜR HEXEN!

# No Jungs!

## Schwestern, Pferde, wilde Weiber

Mit Illustrationen
von Betina Gotzen-Beek

Schneiderbuch
EGMONT

# Die Schnabel-Meierbeers –

eine Familie
der ganz besonderen Art!

**Tinka**
versteckt sich in der Toilette und verpasst um ein Haar etwas Unfassbares.

**Grit, das Muttertier,**
jagt nach Tinka, um ihr ein Glücksküsschen zu geben.

**Stan**
ist diesmal als Stinktier unterwegs und entpuppt sich als Musterschüler.

**Thorsten**
beschäftigt sich mit gehackten Katzenhaaren.

**Boris, das Vatertier,**
hat es nicht leicht,
wie gewöhnlich!

**Lissi**
verliebt sich in ihre
Plattfüße und hütet
ein großes Geheimnis in
ihrem Lockenkopf.

**David**
badet neuerdings
in seinen Klamotten und
feiert Schokoeis-Orgien.

**Frank**
spuckt wie ein Lama
und ist unerträglich brav!

ZUTRITT NUR FÜR HEXEN!

# No Jungs!

## Hexe hoch zu Ross

# Glücksküsschen

Vor dem Eingang zum Festsaal der Schule wimmelte es wie in einem Ameisenhaufen. Man konnte die Aufregung der Mütter, Väter, Geschwister, Omas, Opas, Onkel und Tanten fast riechen.

„Das Glücksküsschen!“, jammerte Grit Schnabel-Meierbeer in einem fort. „Ich habe das Glücksküsschen vergessen. Tinka braucht es. Ich weiß das.“

Stan, Tinkas Bruder, warf besorgte Blicke nach allen Seiten. Er schickte Stoßgebete himmelwärts, es möge keiner aus seiner Klasse in der Nähe sein. Wenn irgendjemand Grits Gejammer hörte, würde er bestimmt drei Wochen lang damit aufgezogen. Schon meinte er, aus allen Bänken des Klassenzimmers ein Wispern zu vernehmen: „Glücksküsschen, Glücksküsschen.“

Frank, Tinkas Halbbruder, hatte für den Anlass das größte Sonnenbrillen-Modell gewählt, das er in seiner stattlichen Sammlung finden konnte, und versteckte sein Gesicht unter einem tief in die Stirn gezogenen grauen Filzhut. Sein Kopf verschwand im aufgestellten Kragen seiner Jeansjacke. Auch er hoffte, nicht gesehen zu werden. Die Veranstaltung, die bevorstand, fiel für ihn in die Kategorie „voll Kacke".

Boris Schnabel-Meierbeer, seines Zeichens Vater von Lissi, Frank und David, dem Jüngsten, und Stiefvater von Tinka, Stan und Thorsten, beteuerte immer wieder: „Eine Familie muss zusammenhalten." Er sagte es so oft und regelmäßig wie ein Papagei, der stolz ist auf seine Redekünste.

Lissi kannte diese Angewohnheit ihres Vaters. Sie wusste, dass er sich auf diese Weise Mut zusprach. Beim Mittagessen hatte er nämlich die gesamte Familie dazu verdonnert, gemeinsam den Gesangswettbewerb zu besuchen. Grit und David hatte er leicht dazu überreden können; Stan, Frank und Thorsten waren weit schwieriger zu überzeugen gewesen.

Mit der Drohung: „Ich muss mir überlegen, ob ich genug Geld für den neuen Bassgitarrenverstärker habe", hatte er Frank und Stan in die Knie gezwungen. Die beiden hatten eine Hardrock-Band mit dem klingenden Namen „Hungrige Kannibalen“, und bei einer ihrer letzten Proben war aus dem Verstärkerkästchen auf einmal Rauch gequollen. Von der Familie war niemand erstaunt darüber gewesen, denn die Musik der „Hungrigen Kannibalen“ glich, zumindest nach Lissis Meinung, dem Lärm, den die Müllabfuhr beim Abholen der vollen Tonnen macht, gemischt mit dem Geschrei von Menschen, die gerade Kannibalen-Sonntagsbraten werden sollen und auf dem Grill rösten.

Thorsten, der Älteste der sechs Kinder, der seit einem halben Jahr an der Uni studierte, war von Grit in die Zange genommen worden. Listig lächelnd hatte sie erklärt: „Natürlich borge ich dir mein Auto, Thorsten. Die Schlüssel bekommst du heute Abend, nach Tinkas Konzert. Aber nur dann, wenn ich dich die ganze Zeit in unserer Nähe gesehen habe.“

„Erpressung!“, hatte Thorsten protestiert und Grit einen kurzen Vortrag darüber gehalten, dass darauf sieben Jahre Gefängnis stünden. Er studierte Rechtswissenschaften und gab neuerdings ständig Kommentare dieser Art ab.

Grit kümmerte das wenig. „Als Besitzerin des Wagens kann ich den Ort bestimmen, an dem ich die Schlüssel zwecks Ausführung eines Verleihvertrages übergebe. Meine Bedingungen habe ich dir vorhin klar dargelegt.“

Thorsten sah sie mit offenem Mund an und kratzte sich am Kopf, als würde auf diese Weise eine schlagkräftige Antwort auftauchen. Die aber blieb aus.

„Mein Schatz hat auch Jura studiert", erklärte Boris mit Stolz in der Stimme. Eigentlich wollte er Grit einen Kuss auf die Wange schmatzen, da sie aber in diesem Moment aufstand, bekam er von ihrem Ellbogen einen Nasenstüber versetzt.

Auf diese Weise also war es zum gemeinsamen Ausflug der gesamten Familie Schnabel-Meierbeer in die Schule gekommen, wo in wenigen Minuten die Finalrunde des großen Wettbewerbs „DER STAR BIST DU!" starten sollte.

Grit spürte mit ihrem mütterlichen Feingefühl, dass etwas nicht stimmte. Und das lag nicht nur am vergessenen Glücksküsschen. Ihr Blick wanderte über die einzelnen Mitglieder der Familie und blieb an Lissi hängen. Schweigend stand diese da und brütete vor sich hin. Unter ihrem giftgrün-schweinchenrosa gestreiften Hut drängten die schwarzen drahtigen Locken, die sonst immer wild vom Kopf abstanden, wie verdrehte Antennen heraus.

In sich gekehrt verfolgte Lissi das Gedränge am Saaleingang. Ihr Blick wirkte leer.

Grit nahm sie an der Schulter und drückte sie. „Alles in Ordnung, Halbtochter?"

Lissi schreckte auf wie aus einem Traum.

„Ja, voll okay!" Dazu lächelte sie ein wenig gezwungen und nickte zur Bekräftigung heftig.

Grit glaubte ihr zwar nicht, sie wusste aber aus Erfahrung, dass es sinnlos war, mehr aus Lissi herausholen zu wollen.

„Ich muss Tinka noch schnell finden und ihr das Glücksküsschen geben", fiel ihr wieder ein. Rund um sie krümmten sich die Jungen.

Eine schlanke Frau, die die Haare streng nach hinten frisiert und zu einem dünnen Pferdeschwanz gebunden hatte, kämpfte sich durch die Menge direkt auf die Schnabel-Meierbeers zu und grüßte nickend.

„Ist Tinka noch bei Ihnen?", fragte sie hektisch.

„Schönen Abend, Frau Reingard!" Boris streckte ihr die Hand entgegen, die sie abwesend ergriff.

David blickte von unten zu der schmalen Hornbrille im Gesicht der Frau hoch und fragte krähend: „Ist das die Windhose?"

Lissi presste die Augen zusammen und wünschte den kleinen Bruder in diesem Augenblick auf den Mond. Frau Reingard war die Klassenlehrerin der Mädchen, und Windhose wurde sie nur heimlich von den Schülerinnen und Schülern genannt, weil sie ständig herumwirbelte – wie eine Windhose eben.

Die Lehrerin blickte zu David hinunter und lachte gezwungen.

„Was bin ich?"

Bevor David antworten konnte, hatte Lissi ihm schon die Hand auf den Mund gepresst. Dort aber blieb sie nicht lange, weil David zubiss, als wäre es ein Apfel. Mit einem unterdrückten Schmerzensschrei brachte Lissi ihre Hand in Sicherheit.

„Bist du ein bissiger Hund?" Frau Reingard lächelte ihn tadelnd an, wie das nur Lehrerinnen können.

Der kleine David streckte die Brust heraus, hob das Kinn und verkündete ernst: „Ich bin sexy!"

Die Lehrerin rang nach Luft, ihr fehlten die Worte.

„Auf so Dünne wie dich stehe ich aber gar nicht!", setzte David noch nach.

Grit und Boris lachten gekünstelt. „Ja, ja, Kindermund!"

David sah seinen Vater vorwurfsvoll an. „Das sagst du doch immer, wenn du mit Mami allein in der Küche bist."

Stan strich sich mit den Händen die gegelten Haare zurück und stöhnte: „Ich bin echt gestraft, mit dieser peinlichsten Familie der Welt leben zu müssen. Was für ein Schicksal!"

Frau Reingard fiel wieder ein, weshalb sie gekommen war. „Tinka ist nicht zum Umziehen und Schminken gekommen. Ich dachte, sie sei noch bei Ihnen. Wir müssen uns beeilen." Zu Lissi gewandt sagte sie: „Bist du auch so stolz auf Tinka wie ich?“ Es folgte ein hoffnungsvoller Seufzer. „Sie hat alle Chancen zu siegen. Meine Schülerin auf Platz eins, das wäre für mich wie Ostern und Weihnachten zusammen.“

Grit zupfte beunruhigt an ihrem langen Wollrock.

„Aber Tinka müsste schon seit einer Stunde hier sein. Sie ist allein losgegangen und wollte nicht gefahren werden.“

Sogar Lissis Begleitung hatte sie abgelehnt.

„Angekommen ist sie, so viel steht fest. Ich habe sie selbst gesehen.“ Die Lehrerin grüßte nach allen Seiten die nervösen Eltern, während sie angestrengt überlegte, was als Nächstes zu tun war.

„Pipibox“, sagte Lissi leise.

Die Erwachsenen runzelten die Stirn oder verzogen den Mund zu einem gütigen Lächeln.

„Pipibox“, wiederholte Lissi stur.

„Was für eine Box?“, fragte die Lehrerin gereizt.

David war begeistert, weil eines seiner Lieblingsthemen angeschnitten wurde. „Pipi, pieseln, pinkeln“, begann er freudig aufzuzählen, wie bei einem Wettbewerb, bei dem möglichst viele Begriffe zu einem Thema in einer Minute genannt werden müssen.

Stan erbarmte sich und sagte knapp: „Sie hockt auf dem Klo.“

„Oh!“, kam es von Grit.

„Ah!“, ertönte es von Frau Reingard.

„Oh je!“, fügte Boris besorgt hinzu.

Geduldig, wie es sonst so gar nicht ihre Art war, erklärte Lissi: „Ich mach das schon. Geht ihr mal voraus in den Saal.“

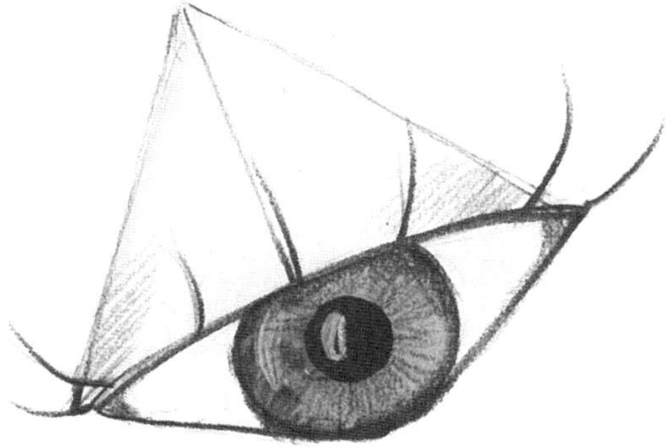

## Das Auge von morgen

Lässig schlenderte sie auf die graue Tür zu, die ein Mädchen im Strichmännchenstil zierte.

Die Lehrerin blickte ihr lächelnd nach. „Tinka und Lissi, früher waren sie spinnefeind, heute sind sie die besten Freundinnen."

Grit stimmte ihr zu. „Es erscheint auch mir manchmal wie ein kleines Wunder. Als ob Hexerei im Spiel wäre."

Sie ahnte nicht, dass sie damit den Nagel auf den Kopf getroffen hatte. Zum Glück.

„Ich habe das komische Gefühl, irgendetwas stimmt mit Lissi nicht." Grit blickte fragend zu Boris und der Lehrerin.

Boris schlug sich mit der flachen Hand auf die Stirn. „Geburtstag!"

„Wie?" Grit hatte keine Ahnung, was er damit meinte.

„Übermorgen ist Lissis Geburtstag. Und ich habe den Wunsch-Spaziergang vergessen."

Stan spielte mit der Locke, die er sich neuerdings keck in die Stirn wachsen ließ.

„Wunsch-Spaziergang?", wiederholte er fragend, als hätte Boris gerade „Geburtstags-Gurgel-Grunz-Geier" gesagt.

Frau Reingard fegte davon, weil sie sich um die Jungen und Mädchen hinter der Bühne kümmern musste. Die Schnabel-Meierbeers ließen sich von den übrigen Besuchern in Richtung Saaleingang schieben.

„Der Geburtstags-Spaziergang ist bei uns in der Familie so ein Brauch", erklärte Boris im Gehen. „Das Geburtstagskind spaziert mit mir ein paar Tage vor dem großen Fest durch die Stadt und erzählt dabei von seinen Wünschen. Einer davon geht in Erfüllung."

„Wie süß!" Grit war von der Idee begeistert. „Du hast manchmal etwas von einem Engel, mein Schatz."

Frank maß seinen ziemlich rundlichen Vater aus den Augenwinkeln und stellte ihn sich in einem langen weißen Hemd und mit großen Flügeln vor. Er lachte prustend.

„Frank schnäuzt sich in die Jacke der Frau vor uns", krähte David begeistert.

Auf einmal beschleunigten alle vor den Schnabel-Meierbeers ihre Schritte.

Die Mädchentoilette bestand aus einem langen Gang, der zu einer hohen Fensterluke führte. Zur Linken reihte sich Waschbecken an Waschbecken, zur Rechten eine Tür an die nächste.

Tinkas Versteck war leicht zu finden. Nur eine einzige Tür war verriegelt. Lissi bückte sich und spähte durch den breiten Spalt unter der Tür durch. Füße waren nicht zu sehen, dafür war ein leises Zähneklappern zu hören.

„Mach auf und beweg dein Fahrgestell bühnenwärts!" Lässig lehnte sich Lissi an den Türrahmen und verschränkte die Arme vor der Brust.

Das Geräusch in der Toilettenkabine wurde lauter. So ein Zittern brachten Menschen sonst wohl nur zustande, wenn sie in Bikini oder Badehose nahe dem Nordpol ausgesetzt wurden. Unterbrochen wurde das Klappern der Zähne von heftigem Schniefen.

Lissi klopfte an die Tür. „Abflug, Goldkehlchen. Deine Fans toben schon durch den Saal und warten auf deinen Auftritt."

„I-i-i-i-ich k-k-k-kann ni-i-i-i-icht!", waren Tinkas erste Worte.

„Nachdem du fast die ganzen Sommerferien auf dem Klo verbracht hast, kannst du!“, gab Lissi ungerührt zurück.

„Zu aufgeregt!“, piepste Tinka. „Bauchweh. Vielleicht der Blinddarm. Boris soll kommen. Bestimmt muss ich ins Krankenhaus und operiert werden.“

„Gehirne haben die nicht im Ersatzteillager, also können sie dir keins einsetzen.“ Lissi lief mit ihren bissigen Kommentaren zu ungeahnter Hochform auf.

„Mach dich nicht lustig“, schimpfte ihre Stiefschwester los. „Du warst noch nie in einer solchen Notlage. Die ganze Klasse will mich siegen sehen. Schaffe ich es nicht, bin ich erledigt und ruiniert.“

„Zu viele Kitschsendungen im Fernsehen“, stellte Lissi fachmännisch fest. „Schwesterherz, du überlebst alles. Vertrau mir.“

„Wir können uns bereits hundert Kilometer weit weghexen.“ Tinka zog lautstark die Nase hoch. „Aber Lampenfieber wegzaubern, das schaffen wir nicht. Es gibt keinen einzigen Spruch dafür.“

Lissi wusste, wie heftig Tinka danach gesucht hatte. Die kleine Bibliothek der Hexenbücher in ihrem Haus machte zurzeit den Eindruck, als sei ein Hurrikan durchgefahren. Kein einziges Buch stand mehr im Regal, alle Stapel waren umgestürzt.

„Komm raus, dann kriegst du was.“ Lissi sagte es lockend, als wäre Tinka ein Hund und vor der Tür würde ein Knochen auf sie warten.

„Was?“

„Zeig ich dir, wenn du aufmachst.“

„Nein!“

„Der Wettbewerb fängt in fünf Minuten an!“

„Ohne mich!“

Lissi verwandelte sich innerhalb einer Sekunde in einen Vulkan, der grollend ausbrach und die Erde zum Beben brachte.

„Aufsperren, rauskommen, schnäuzen, aber zack, zack!“, kommandierte sie lautstark.

„Nei-hei-hei-hein!“, heulte Tinka los.

Nun reichte es Lissi endgültig. Sie spreizte Daumen und kleine Finger ab und tippte sie einmal kräftig aneinander, als wollte sie applaudieren. Dazu murmelte sie den Spruch „Opertus rapidus“ und trat vorsichtshalber einen Schritt zurück.

Die Tür flog auf, als hätte dahinter eine Explosion stattgefunden. Auf dem Klodeckel, die Knie bis zum Kinn hochgezogen, kauerte Tinka und starrte ihre Stiefschwester und Hexenfreundin Lissi mit angsterfüllten Augen an.

„Raus da, du Wackelpudding“, fauchte Lissi streng, und als Tinka sich nicht sofort in Bewegung setzte, packte Lissi sie am Handgelenk und riss sie einfach hoch. Mit einem Aufschrei stolperte Tinka nach vorn und stützte sich an einem der Waschbecken ab. Lissi drehte das eiskalte Wasser auf, presste den Daumen unter den Wasserhahn und spritzte Tinka nass.

„Aufhören, aufhören", flehte diese und hielt schützend die Hände vor das Gesicht. Vor lauter Aufregung kam sie nicht einmal auf die Idee zu flüchten.

„Da!" Als Tinka die Hände vom Gesicht nahm, glitzerte vor ihrer Nase ein glasklarer Kristall, der wie eine Pyramide oben spitz zulief. Lissi schwenkte ihn ungeduldig, packte Tinkas Hand und legte den Kristall hinein. Er fühlte sich sehr kalt an, fast wie ein Eiswürfel.

„Glaub ja nicht, ich hätte mir dein Gehopse und Gesinge so viele Wochen lang angesehen und angehört, damit du jetzt kneifst und hier Dünnpfiff-Partys feierst." Mit dem Kinn deutete Lissi auf die Toilette. „Du wirst jetzt auf die Bühne gehen und singen und tanzen." Lissi warf die Arme in die Höhe und zuckte mit den Hüften, wie es die Popstars in ihren Videos immer machen. „Tu es, sonst hex ich dir ein Jucken unter dein Hinterteil und eine Spinne auf deinen Bauch. Wetten, dass du dann losfetzt?"

Mit großen runden Augen und offenem Mund starrte Tinka sie an. Dann aber wanderte ihr Blick zurück zu dem Kristall in ihrer Hand.

„Ist das da etwa ein Glücksbringer?“, hauchte sie fasziniert.

„Das Auge von morgen.“

„Das was?“

„Auge von morgen“, wiederholte Lissi eindringlich. „Ich ziehe jetzt ab, und wenn du es unbedingt wissen willst, kannst du das Ding da fragen, was in zwei Stunden sein wird. Könnte auch etwas Gutes sein.“

Prüfend drehte Tinka den Kristall zwischen den Fingern. Selbst das bläuliche Licht der Neonröhre wurde von ihm in bunte Punkte verwandelt, die über die gekachelten Wände tanzten.

„Wo hast du den her?“

Lissi zuckte mit den Schultern. „Auf dem Regal im Wohnzimmer gefunden. Cosimo hat mich zu einem Buch geführt, in dem stand, was der Klunker kann.“

Mit „Wohnzimmer“ war nicht das Wohnzimmer im Haus der Schnabel-Meierbeers gemeint. Lissi und Tinka waren Besitzerinnen eines eigenen Häuschens, das früher einer echten Hexe gehört hatte. Als sich die weißhaarige alte Dame verliebt hatte und beschloss nach Hawaii zu ziehen, fand sie in den beiden Mädchen zwei würdige Nachfolgerinnen. Sie schenkte ihnen nicht nur das Haus, sondern auch gleich ihre Hexenkräfte.

„Spuck mir über die Schulter“, verlangte Tinka. „Dreimal, und wünsch mir toi-toi-toi.“

Lissi verdrehte die Augen, weil sie den Brauch der Schauspieler und Tänzer, sich auf diese Weise Glück zu wünschen, albern fand, aber sie erfüllte der Schwester dann doch den Wunsch. Sie fasste sie an den Schultern und spuckte dreimal kräftig. Bevor sie sich zurückbewegen konnte, hatte Tinka sie gepackt und drückte sie fest an sich.

„Danke“, hauchte sie gerührt, „du bist wirklich die beste Freundin, die man sich wünschen kann.“

Im Spiegel über dem Waschbecken konnte Lissi ihr eigenes Gesicht sehen. Es war etwas verkrampft, weil Tinka sie so fest an sich presste. Außerdem war da eine tiefe Falte über Lissis Auge. Sie verdiente nicht wirklich, was Tinka über sie sagte. In ihrem Kopf tauchten immer wieder Gedanken auf, von denen sie ihrer Stiefschwester besser nichts verriet.

Nachdem es Lissi endlich gelungen war, sich aus der Umarmung zu befreien, steuerte sie auf den Ausgang zu. Eindringlich schärfte sie Tinka noch mal ein, sich auf den Weg zur Bühne zu machen.

„Du siehst etwas verschwommen aus im Gesicht!“

Erschrocken drehte sich Tinka zum Spiegel, aus dem ihr ein Gesicht mit völlig verschmierter Schminke entgegenstarrte. Sehr unfein wischte sie sich mit dem Handrücken über die tropfende Nase und hob dann den Kristall hoch. Da sie den Hexenklatsch ausführen musste, während sie ihn befragte, steckte sie ihn zwischen die Zähne.

„Werde ich gewinnen?“, flüsterte sie leise. Schnell zog sie den Kristall wieder aus dem Mund und starrte in das klare Innere.

# Der Star ist ...?

Eine leichte Trübung war zu erkennen, die wie ein kleiner Geist in dem harten Kristall zu schweben schien. Aber war die nicht auch schon vorher da gewesen?

Drängend wiederholte Tinka ihre Frage ein zweites, drittes und viertes Mal.

Die Tür zum Gang wurde heftig aufgerissen und herein brauste Frau Reingard. Sie machte eine beschwörende Geste und rief: „Tinka, da bist du ja!“ Es klang ein wenig, als wäre Tinka soeben erst aus einer Klomuschel aufgetaucht, in der sie nach dem Schatz der Titanic getaucht hatte. „Husch, husch, hinter die Bühne. Vor dir sind sieben Starter, du bist erst Nummer acht, und bis dahin haben wir dich wieder in unser Glittergirl verwandelt.“

Tinka sang nämlich einen Song von Gloria Glitter, für die sie schwärmte und von der sie nicht nur alle CDs, sondern auch Poster, Zeitungsartikel und sogar eine große Teetasse besaß.

Jeder Widerstand war zwecklos. Wie einen Einkaufswagen schob Frau Reingard Tinka durch die Tür zu den Garderoben hinter der Bühne.

Eine echte Maskenbildnerin war gekommen, um die Mädchen und Jungen zu stylen und ihren Idolen so ähnlich wie möglich zu machen. Die Mädchen einer höheren Klasse hatten nach Vorlage von Popvideos Kostüme geschneidert. Von ihnen stammte auch die Bühnendekoration, die an eine Ansammlung ausgedrückter Riesen-Zahnpastatuben erinnerte.

Willenlos ließ Tinka alles mit sich geschehen. Die Maskenbildnerin, ein zartes Mädchen mit kurzen roten Koboldhaaren und Piercings in Nasenflügel, Lippe und Zungenspitze, jammerte in einem fort „Ach, Schätzele, ach, Schätzele" und begann unverzüglich mit den Renovierungsarbeiten von Tinkas Make-up.

Noch immer hielt Tinka den Kristall in der Hand. Zurückgelehnt im Schminksessel, schielte sie verstohlen auf ihn.

Ihr Herzschlag setzte fast aus, als plötzlich winzige Bildchen darin zu schimmern begannen. Sie riss den Kristall hoch und versetzte der Maskenbildnerin beinahe einen Kinnhaken.

Wie auf einer Briefmarke, die als Kinoleinwand diente, lief ein Filmchen ab. Es zeigte Leute aller Altersklassen, die begeistert applaudierten. Dazwischen hockten einige Damen und Herren, die sich bemühten, freundlich zu gucken, aber die Hände kurz vor dem Zusammenprall abbremsten. Es sollte so aussehen, als würden sie klatschen, was sie in Wirklichkeit nicht taten.

Das nächste Bild zeigte die Bühne mit den mannshohen Zahnpastatuben. Zwischen ihnen stand ein heulendes Mädchen mit dünnen blonden Haaren und einem kleinen Kugelbäuchlein, das über den Rand der weißen Jeans lugte.

Tinka erkannte sich sofort. Ihr Herz raste wie verrückt. Heulte sie vor Kummer oder Freude?

„Schätzele, zurücklehnen!", verlangte die Maskenbildnerin und presste Tinka wieder gegen die Nackenstütze, die aus der Rückenlehne wuchs. Schützend hielt Tinka die Finger um den Kristall, um dem Kobold mit dem Schminkpinsel die Sicht darauf zu verwehren. Da sie aber unbedingt sehen musste, was weiter in seinem Inneren geschah, streckte sie ihn schräg über ihren Kopf und starrte gebannt hinein.

Eine winzig kleine Frau Reingard eilte herbei, einen Blumenstrauß mit langen Papageienblumen im Arm, gefolgt von der Direktorin der Schule, die immer eine Brille an einem dünnen Kettchen um den Hals trug, weil sie zu eitel war, sie aufzusetzen.

Erleichtert atmete Tinka aus. Das alles konnte nur eines bedeuten, und vor Freude hätte sie das Mädchen, das gerade frischen Puder auftrug, am liebsten umarmt.

Aber das bunte Flimmern im Kristall ging weiter.

Lissi kam ins Bild. Sie reckte die Hände über den Kopf und jubelte stumm. Ganz plötzlich ließ sie jedoch die Arme fallen und schnitt eine wilde, grimmige Grimasse. Auch wenn es nicht zu hören war, erkannte Tinka, dass ihre Stiefschwester heftig schnaubte. Das tat sie nur, wenn sie wirklich bis zum Äußersten gereizt wurde.

Auf der einen Seite stand Grit, auf der anderen Thorsten. Beide tobten vor Begeisterung, Thorsten steckte sogar die Finger in den Mund, um zu pfeifen. Es konnte also nicht sein, dass Lissi von einem der beiden geärgert worden war.

Warum also die empörte Miene? Was gefiel ihr nicht? Freute sie sich nicht für Tinka?

Grit warf Lissi einen prüfenden Blick zu, worauf diese sofort wieder in freudigen Jubel ausbrach.

Eine Farbe nach der anderen wich aus den Bildchen im Kristall, bis sie schließlich nur noch blassgelb glommen und dann erloschen.

„Schätzele, sitz endlich still", verlangte die Maskenbildnerin genervt. „Sonst hast du die Lidstriche auf der Stirn und jeder hält sie für Falten."

Tinka zwang sich, wie versteinert zu verharren. Auf einmal konnte sie ihren Auftritt kaum noch erwarten. Sie sehnte ihn herbei und spürte schon das unbeschreiblich schöne Gefühl, auf der Bühne zu stehen und zu singen. Ihre Arme und Beine fühlten sich elastisch und federleicht an, die Tanzschritte und Bewegungen waren in ihnen einprogrammiert.

Was täte sie nur ohne Lissi?

# Boden, verschluck mich

„DER STAR BIST DU!“ war eine Idee von Frau Reingard gewesen und fand seit zehn Jahren immer kurz nach Frühlingsbeginn statt. Noch nie aber hatte einer ihrer Schüler gewonnen, und deshalb war es der größte Wunsch der Windhose, bei der Jubiläumsveranstaltung endlich mal den Preis für die eigene Klasse abzuräumen.

Bei den Proben hatten selbst ewig meckernde und neidische Mitschüler eingestehen müssen, dass Tinka zu den Favoritinnen zählte. Der Song „Wir“ klang aus ihrem Mund mindestens so gut wie auf den CDs von Gloria Glitter, vielleicht sogar eine Spur besser und weicher.

Auf einer Seite der Bühne saßen die zehn Juroren. Fünf waren Lehrer der Schule, der Rest Leute, die mit Musik zu tun hatten. Gesungen wurde Halbplayback, die Musik kam also vom Band, der Gesang aber musste echt sein. Bewertet wurden nicht nur Stimme und Ausdruck, sondern auch Tanz und Erscheinung.

Am Ende jeder Darbietung senkten sich die Köpfe der Preisrichter über eine Liste, auf der sie mit nachdenklicher Miene die Punkte eintrugen, die sie vergeben wollten. Null war die schlechteste, zehn die beste Wertung.

Vorsitzende der Jury war Frau Müllenburg, die Direktorin der Schule, genannt das Adlerauge. Was immer sie lesen musste, hielt sie mit ausgestrecktem Arm weit von sich. Konnte sie es dennoch nicht entziffern, nahm sie widerwillig ihre am Goldkettchen baumelnde Brille zu Hilfe. Dabei sah sie aber nie mit beiden Augen durch die Gläser, sondern kniff eines zusammen und las mit dem anderen. Die dicke Brille vergrößerte dieses Auge stark, und deshalb hatte sie von den Schülern den Spitznamen „Adlerauge" bekommen.

Nachdem alle zwanzig Mädchen und Jungen gesungen und getanzt hatten, warteten sie hinter der Bühne auf die Auswertung der vergebenen Punkte.

Zwei Mädchen heulten Rotz und Wasser, weil sie mitten im Lied den Text vergessen hatten, ein Junge fluchte heftig, denn beim Tanzen war seine Hose geplatzt und hatte einen Lachsturm im Publikum ausgelöst.

Adlerauge erklärte in einer langen Rede, dass jeder einzelne Kandidat den Juroren sehr gut gefallen hätte und dass es unglaublich schwierig gewesen sei, eine Reihenfolge festzulegen.

Tinka schwebte noch immer auf der Wolke, die sie einhüllte, seit sie die wunderbare Nachricht im „Auge von morgen" gesehen hatte. Die anderen, die rund um sie auf den langen Bänken hockten, die aus dem Turnsaal gebracht worden waren, taten ihr leid. Natürlich hofften alle auf den Sieg, aber den hatte schon Tinka in der Tasche.

Noch immer quasselte Adlerauge auf der Bühne, und eines der Mädchen namens Ruth gähnte bereits herzhaft. „Wenn sie nicht bald die Gewinner nennt, penn ich hier weg", kündigte sie an.

Als hätte die Direktorin das gehört, verkündete sie nun feierlich: „Wir beginnen mit Platz drei. Insgesamt 82 Punkte hat Marc Knopf bekommen."

Das Erste, was danach ertönte, war die schreiende, etwas brüchige Stimme einer alten Frau. „Ist das unser Herzchen?", erkundigte sie sich bei ihrer Tochter, die neben ihr saß.

Marc, ein Junge, der zwei Klassen über Tinka war und für sie in die Kategorie „Schmuse-Softie" fiel, bekam einen knallroten Kopf und strich sich hektisch die halblangen Haare hinters Ohr.

„Meine Oma“, murmelte er entschuldigend, „sie hat's mit den Ohren.“

Als Preis erhielt Marc die CDs des Stars, dessen Song er vorgetragen hatte. Seine Freude hielt sich in Grenzen, denn er besaß sie schon alle.

„86 Punkte erhielt unser Platz Nummer zwei“, fuhr die Direktorin fort. Nach einer kurzen Pause nannte sie den Namen Ruth. Sofort war diese wieder hellwach und führte unter lautem Gejohle einen Freudentanz auf, den Tinka besser fand als das, was Ruth vorhin auf der Bühne gezeigt hatte.

Überglücklich sprang Ruth mit zwei Konzertkarten gleich von der Bühne in den Zuschauerraum, um sich von ihrer versammelten Familie gratulieren zu lassen.

Tinka hob schon leicht das Hinterteil und dachte kurz nach, was sie genau tun sollte, wenn sie ihren Namen hörte. Auch johlen wie Ruth oder eher die Bescheidene mimen, die allen dankte?

„91 Punkte“, begann Adlerauge getragen und bedeutungsvoll, „das sind nur vier Punkte weniger als das beste Ergebnis der vergangenen zehn Jahre.“

Ein Raunen und Wispern ging durch das Publikum, und am liebsten hätte Tinka ihrer Familie ein

Zeichen gegeben, sie sollten schon mal die Hände zum Klatschen heben.

„Auf die Bühne bitte ich …", Frau Müllenburg ließ sich viel Zeit, bevor sie weitersprach, „… auf die Bühne bitte ich …"

Jetzt mach schon, dachte Tinka und strich noch eine unsichtbare Falte aus ihrer weißen Leinenhose. Energisch zog sie den Bund über das kleine Speckbäuchlein, das sie absolut nicht ausstehen konnte, und schob dafür ihr orange-gelb gestreiftes Top ein wenig höher. Bereit für den großen Moment stand sie, ohne es zu bemerken, schon einmal auf. Sie spürte überraschte Augenpaare, die sie anstarrten, und grinste verlegen.

Um ein Haar hätte sie sich verraten. Dabei war eine der obersten Hexenregeln: Niemand darf von deinen Hexenkräften erfahren!

Noch immer hatte Adlerauge ihren Namen nicht gerufen. Aus dem Publikum schallte Davids quengelndes Stimmchen. „Ich hab Hunger!"

Großes Gelächter war die Folge, und Tinka verwünschte den Kleinen, weil er ihr jetzt vielleicht den großen Auftritt verpatzt hatte.

„Auf die Bühne bitte ich den Sieger: Tim Koller!", schmetterte Adlerauge im Marktschreierton.

Der Jubel unter den Zuschauern war gigantisch. In Tinkas Ohren aber klang er wie schlimmster Lärm.

Das Kratzen eines Nagels über die Schultafel erschien ihr dagegen wie Vogelgezwitscher.

Wie ein nasser Sandsack sank sie in sich zusammen, am liebsten hätte sie sich unter der Bank verkrochen. Dazu aber war sie bestimmt zu fett, und deshalb hatte sie auch verloren.

Tinka bekam von der Enttäuschung der anderen Teilnehmer nichts mit. Sie befühlte den Kristall, den sie in der Hosentasche trug. Er hatte sie belogen. Vielleicht hatte Lissi ihm die Bilder von vorhin auch nur eingehext, um sie zu beruhigen. Bestimmt hatte sie dadurch viel zu locker auf der Bühne gestanden und auch noch falsch gesungen, weil sie sich ihrer Sache so sicher war.

Tinka schämte sich entsetzlich. Das Gefühl war so schlimm wie damals, als sie Geld aus Grits Handtasche geklaut hatte. Grit war nicht einmal dahintergekommen, aber Tinka hatte drei Wochen lang ein schlechtes Gewissen gehabt.

Sie starrte auf den grauen Linoleumboden und wünschte sich, er möge sich öffnen und sie verschlingen. Wahrscheinlich könnte sie das sogar hexen, aber dafür waren leider zu viele Leute rundherum.

Mit langen Gesichtern standen die Mädchen und der einzige Junge, der leer ausgegangen war, hinter der Bühne. Manche taten, als würde es ihnen nichts ausmachen, aber es war deutlich zu erkennen, dass die Gleichgültigkeit gespielt war.

„Boden, verschluck mich", stöhnte Tinka leise und hoffte auf ein Stechen im Bauch, das ihr die Berechtigung für eine Flucht auf die Toilette gäbe.

Aber es zwickte nicht, es stach nicht, der Bauch tat überhaupt nicht weh.

Wie jedes Jahr würden gleich alle anderen Teilnehmer auf die Bühne gerufen werden und dort tröstende Worte der Direktorin hören und kleine Blumentöpfe bekommen. Sie waren ein alter Brauch des Wettbewerbs und enthielten nur Erde und einen Sonnenblumensamen. Auf diese Weise sollten die Teilnehmer daran erinnert werden, dass alles als kleiner Same beginnt, aus dem bei guter Pflege, genügend Wasser und Sonnenschein schnell eine große, stolze Blume wachsen kann.

Im Saal verebbten auf ein Zeichen von Frau Müllenburg die Bravo-Rufe, der Applaus und der Jubel. In die gespannte Stille hinein hatte die Direktorin und Jury-Vorsitzende noch etwas zu sagen.

## Was ist los mit Lissi?

„Zum zehnten Mal hat der Wettbewerb ‚DER STAR BIST DU!' nun schon stattgefunden", begann sie.

Bitter dachte Tinka: Und ich habe Frau Reingard und alle aus unserer Klasse enttäuscht. Sie spürte bereits die hämischen Blicke der Neider und die Verachtung ihrer Klassenkameraden.

„In diesem Jahr ist etwas geschehen, das von der Jury als Sensation gewertet wird. Spontan haben sich die zehn Preisrichter daher entschieden, einen Sonderpreis zu vergeben. Was es ist, werde ich gleich verraten. Zuerst aber möchte ich der Initiatorin und unermüdlichen Betreuerin des heutigen und aller vergangenen Wettbewerbe danken." Die Direktorin rief Frau Reingard auf die Bühne, die bescheiden seitlich neben dem Vorhang stand.

Nachdem sie einen riesigen Blumenstrauß erhalten hatte und mit Lob überschüttet worden war, fragte sie – selbst neugierig – nach dem Sonderpreis.

Frau Müllenburg ließ die kleine Sensation in die Stille platzen wie einen Luftballon.

„Neunundneunzig Punkte!"

Ein staunendes „Ah" und „Oh" war da und dort zu hören.

„Eine Darbietung hat heute einen neuen Rekord aufgestellt und wurde von neun der Punktrichter mit der höchsten Wertung belohnt."

Im Zuschauerraum hätte man eine Feder zu Boden sinken hören, so still war es. Alle hielten den Atem an.

„Das Wunder vollbracht hat mit ihrem Gesang und ihrem Tanz – Katharina Schnabel-Meierbeer!"

Wieder krähte David, diesmal begeistert: „Mein Tinka-Tier!"

In diesem Augenblick hatte Tinka das Gefühl, Augen und Ohren versagten ihr den Dienst. Auch die Beine wollten sie nicht mehr tragen, und jetzt, im ungünstigsten Moment, meldete sich das gefürchtete Bohren und Ziehen im Bauch.

Sie spürte, dass zahlreiche Hände sie auf die Bühne drängten, wo sie von einer begeistert klatschenden Frau Reingard empfangen wurde.

Unten im Saal war eine halbe Sitzreihe aufgesprungen, schrie, trampelte, applaudierte, johlte und pfiff. Es war ihre Familie, sieben Schnabel-Meierbeers, die das Wunder noch nicht fassen konnten.

Von allen Seiten gratulierten ihr Mitschüler und Lehrer, aber Tinka bekam es kaum mit. Der völlig unerwartete Preis war wie ein Schock, und außerdem sah sie aus dem Halbdunkel des Saales ein Gesicht leuchten, das sie aus der Fassung brachte: Es gehörte Lissi. Als sich ihre Augen trafen, starrte sie finster vor sich hin, dann riss sie jedoch sofort den Mund auf und schrie, als wäre beim Fußballmatch ein Tor gefallen.

Irgendetwas stimmte mit Lissi nicht, aber Tinka hatte keinen Schimmer, was es sein könnte.

Nun verstellte ihr Frau Reingard den Blick auf Lissi. Die Lehrerin bebte vor Freude von der Nasenspitze bis in die Stöckelschuhe, wankte unentschlossen hin und her, breitete dann die Arme aus und herzte Tinka, bis dieser die Luft wegblieb.

„Wunderkind, du bist ein Wunderkind." Ihre Stimme überschlug sich.

Familie Schnabel-Meierbeer hatte die Bühne gestürmt, und Tinka fühlte sich wie in den Armen eines Kraken. Sogar ihre Brüder vergaßen ihre coole Lässigkeit und beteiligten sich am allgemeinen Drücken und Klopfen.

Neben sich hörte Tinka Frau Reingard zu Boris sagen: „Ihre Tinka ist wirklich ein Prachtmädchen. Sie müssen vor Stolz platzen. Was Tinka anpackt, macht sie klasse. Wer weiß, was noch in ihr steckt."

Boris, der an einen Teddybären mit weißem Hemd und Schlips erinnerte, wischte sich verstohlen Freudentränen aus den Augen. Grit murmelte immer wieder, wie sehr sie sich freue, weil Tinka auch ohne Glücksküsschen diesen großen Erfolg geschafft hatte.

Für Tinka war das alles wie ein Feuerwerk. Ständig platzten über und neben ihr neue Glückwünsche, Lob, Bewunderung und Gratulation. Sie kam aus dem Staunen nicht heraus und hatte das Gefühl, in ihrem Top und ihrer Hose zu schrumpfen.

Als die Familie endlich aufbrach, war es draußen stockfinster. Tinka befühlte in ihrer Jackentasche den Umschlag, der eine steife Karte enthielt, auf der in schwungvoller Handschrift geschrieben stand:

**Gutschein für einen Wunsch
in der Höhe von 500 Euro**

Der großzügige Spender war der Schlagzeuger Carl Gnuss, der früher auch einmal hier die Schulbank gedrückt hatte und mittlerweile in großen Bands und mit echten Stars auftrat. Sein Rat an Tinka hatte gelautet: „He, Baby, lass es krachen und bleib locker. Wo Musik drin ist, kommt Musik raus. Klar? Also, nur singen, nicht denken."

Adlerauge hatte mitgehört und sich eilig dazwischengedrängt. Sie hatte nur den Anfang des Ratschlages gehört und fürchtete, Herr Gnuss könnte Sachen sagen, die nicht für junge Ohren bestimmt waren.

Stan klopfte sich auf den Bauch und fragte: „Wo wird gefeiert, Boris?"

„Sag nicht, du hättest noch Hunger!" Grit konnte es einfach nicht glauben. „Du hast mindestens zehn Sandwiches und drei Stück Kuchen gegessen."

„Hat mir so richtig Appetit gemacht!", erklärte Stan.

Tinka beneidete den Bruder sehr. Er konnte essen, so viel er wollte, und blieb trotzdem schlank. Aber jetzt wollte sie gar nichts mehr essen. Eigentlich wollte sie sich nur hinsetzen und von allen noch einmal beglückwünschen lassen. Außerdem hatte sie große Lust, haarklein zu erzählen, wie es auf der Bühne gewesen war. Ja, das wollte sie am liebsten.

„Ich will in unser Haus", forderte Lissi plötzlich. Es war Freitag, und die Mädchen hatten seit einem Jahr die Erlaubnis, immer von Freitagmittag bis Sonntagmittag allein in ihrem Haus zu wohnen. Da Brüder dort unerwünscht waren und Lissi auch sonst von männlichen Besuchern wenig hielt, hing am Zaun ein Schild mit der Aufschrift NO JUNGS.

„Heute ist die beste Gelegenheit!" Boris klatschte freudig in die Hände. „Die Eisdiele Arktika hat schon geöffnet. Wir holen so einen Familieneimer Eiscreme und löffeln sie im Haus von Tinka und Lissi." Augenzwinkernd fügte er hinzu: „Unsere beiden Hexlein werden uns doch endlich einmal ihr Nest vorführen, nicht wahr?"

Es war eine dieser Fragen, auf die man nur „Ja!" oder „Ja, klar!" antworten konnte.

Grit sah sofort Lissis ablehnende, düstere Miene und beeilte sich zu versichern: „Ich sage kein Wort, wenn nicht aufgeräumt ist." Wie zum Schwur hob sie die rechte Hand.

Diese Begründung wäre die einzige gewesen, die Lissi eingefallen wäre, um den Besuch abzubiegen. Sie wechselte einen besorgten Blick mit Tinka und zuckte hilflos die Schultern. Der Besuch war einfach nicht zu verhindern. Dabei gab es im Haus so vieles, das die Eltern und Geschwister unter keinen Umständen sehen durften.

# Lissis Wunsch

Boris parkte den kleinen Bus, in dem genug Platz für alle acht Schnabel-Meierbeers war, vor der Eisdiele, drehte sich nach hinten und fragte: „Wer hilft mir, die richtigen Sorten auszusuchen?"

„Ich, ich!", meldete sich David sofort.

Auf der Bank hinter ihm saßen Tinka und Lissi. Tinka hatte während der ganzen Fahrt geredet und geredet. Immer wieder wollte sie von allen Familienmitgliedern wissen, wie ihnen ihr Auftritt gefallen hatte.

„Kein betrunkener Storch tanzt besser als du", hatte Stan festgestellt.

„Mit deiner Stimme kannst du bestimmt bei der Feuerwehr eintreten. Als Sirene!", hatte Frank sie aufgezogen.

Tinka hörte das alles in ihrem Glückstaumel nicht.

„Lissi kommt mit“, entschied Boris, und als seine Tochter unwillig die Nase rümpfte, setzte er seine treuherzige Miene auf wie David, wenn er unbedingt noch ein Stück Kuchen wollte. Notgedrungen folgte Lissi also ihrem Vater durch die Glastür in das kleine Lokal mit den eisblauen Wänden und den vielen winzigen Tischchen.

Es war bereits halb zehn Uhr abends, und hinter der Theke gähnte eine müde Verkäuferin, ohne sich die Hand vor den Mund zu halten.

„Einen ganzen Eimer voll Eis. Tun Sie hinein, was Sie haben!“, bestellte Boris.

Lissi stemmte die Hände in die Seiten. „Ich sollte doch aussuchen! Da hätte ich gleich im Wagen sitzen bleiben können.“

Boris zog sie hinter eine künstliche Palme und drückte sie auf eines der wackeligen Stühlchen. Vorsichtig senkte er das eigene, breite Hinterteil auf ein anderes Stühlchen, das gefährlich wankte. Er nahm Lissis Hände und schüttelte sie nach jedem Satz seiner Rede, die nun folgte.

„Meine liebe Tochter, du feierst übermorgen Geburtstag, und um ein Haar wäre mir unser Geburtstags-Spaziergang entfallen. Es waren einfach zu viele Patienten in der Praxis, und dann der Rohrbruch im Haus. Ich hoffe, du entschuldigst das.“

Lissi konnte ihrem Vater fast nie böse sein. Besonders nicht, wenn er sie ansah wie ein Dackel, der sich nach Streicheleinheiten sehnte.

„Deshalb kriegt das Krokodil keinen Krampf im Bein", beruhigte sie ihn.

„Weißt du schon, was du dir wünschst?" Herr Schnabel-Meierbeer zwinkerte seiner Tochter aufmunternd zu.

Lissis Antwort kam für ihn völlig überraschend. Zuerst glaubte er sogar, sich verhört zu haben. Lachend klopfte er sich auf den Schenkel.

„Lissi, jetzt habe ich ‚Pferd' verstanden."

Seine Tochter nickte ernst. „Kein Wunder, ich habe auch Pferd gesagt."

„Pferd?" Boris wiederholte das Wort schwach. „Aber ... aber du kannst doch gar nicht reiten."

„Ich will es lernen."

„Aber du hast dich nie für Pferde interessiert."

„Alles beginnt irgendwann."

„Aber ..." Herr Schnabel-Meierbeer rang nach weiteren Gründen dafür, dass Lissis Wunsch ein Irrtum sein musste. Insgeheim lobte und beglückwünschte er sich auf das Heftigste, als ihm das wichtigste Argument einfiel: „Tinka ist allergisch gegen Pferdehaare. Sie könnte nie zum Reiten mitkommen."

Als wäre ihr das völlig egal, hob Lissi die Schultern. „Pech für Hugo."

„Wer ist Hugo?“ Boris guckte verwirrt.

„Sagt man so.“

„Soll es auch Malaga sein?“, fragte die Verkäuferin. „Ist aber Alkohol drin.“

„Ja, Malaga!“, antwortete Boris, der normalerweise sofort abgelehnt hätte.

„Haben Sie da nicht einen kleinen Jungen im Wagen sitzen? Wir verkaufen nie Malaga an kleine Kinder!“ Die Verkäuferin schüttelte den Kopf über so viel Sorglosigkeit.

„Nein, kein Malaga!“, gab ihr Boris sofort recht. Er wandte sich wieder Lissi zu. „Ein Pferd ist auch viel zu teuer. Das können wir uns nicht leisten.“

„Reitstunden! Dann will ich Reitstunden. Mindestens drei die Woche.“

„Reitstunden.“ Boris wirkte geschlagen. Er hatte immer gedacht, er kenne seine Kinder. Lissi sorgte oft für Überraschungen. Der Wunsch nach einem Pferd und Reitstunden aber kam so unerwartet wie ein Schneesturm im Hochsommer.

Kaum hatten Lissi und Boris Schnabel-Meierbeer die Eisdiele verlassen, hörten sie, dass hinter ihnen ein Schlüssel zweimal energisch im Schloss gedreht wurde. Surrend und langsam begann sich von oben ein Rollgitter herabzusenken.

Boris stand mit dem Eimer voll Eis da wie David, wenn er zur Sandkiste unterwegs war.

Plötzlich schlug sich Lissi mit der Hand gegen die Stirn: „Löffel! Wir haben keine Plastiklöffel mitgenommen. Und kleine Becher, in die wir das Eis umfüllen. Wir können doch nicht alle aus dem Eimer essen."

Sofort klopfte Boris gegen die Scheibe. Im Lokal wedelte die Verkäuferin mit einem feuchten Lappen schlampig über die Theke und tat so, als würde sie das Klopfen nicht hören. Auch Boris' Rufen ignorierte sie. Das Rollgitter drängte sich dazwischen, und Boris musste enttäuscht zurücktreten.

„Wir haben nicht so viele Löffel im Haus, und mit den Fingern wird bei uns nicht gegessen", erklärte Lissi.

Ihre Hoffnung erfüllte sich, und Boris entschied, doch in das Wohnhaus der Familie zu fahren und dort zu feiern.

Kurz vor Mitternacht war der Eimer leer gegessen, David meldete bereits Bauchschmerzen, und draußen ging eiskalter Regen nieder, der von einem heftigen Frühlingssturm gegen die Fensterscheiben gepeitscht wurde.

„Bei diesem Wetter könnt ihr unmöglich noch in euer Haus gehen!", entschied Grit.

Nur schwer verkniffen es sich die Mädchen zu sagen, dass ein mittlerer Hexenklatsch reichte, um sich trockenen Fußes dort hinzuhexen.

Boris weigerte sich, den Fahrer zu spielen. „Wir werden schon auf dem Weg zum Auto klitschnass, und ihr erkältet euch. Schnupfen zum Geburtstag ist wirklich nicht nötig, Lissi."

Die Eltern gaben den Mädchen das Versprechen, dass sie dafür einen anderen Tag der Woche in ihrem Haus verbringen dürften.

Vor dem Schlafengehen wollte Tinka unbedingt ein Glas warme Milch mit einer Prise Zimt trinken. Sie hatte in einer der Mädchenzeitschriften, die sie regelmäßig verschlang, gelesen, dass dieses Hausmittel von einigen Sängern verwendet wurde. Es machte angeblich eine samtige Stimme.

In der Küche traf Tinka auf Boris.

„Hallo, Nachtbär!", grüßte sie ihn. Das Wort Vati, Papa oder Vater kam ihr sehr schwer über die Lippen. Schließlich war Boris nur ihr Stiefvater. „Boris" aber wollte sie ihn auch nicht nennen. So war sie auf die Idee mit den Bären gekommen – von Meierbeer. Sie rief ihn in allen Variationen, vom Morgenbär bis zum Ferienbär.

„Unsere Lissi …", begann Herr Schnabel-Meierbeer und ließ die Worte einfach so stehen.

„Ich bin Tinka!", erinnerte ihn Tinka.

„Weiß ich doch, aber unsere Lissi …"

Tinka zog einen kleinen Schmollmund. Heute war ihr großer Tag. Wieso redete Boris von Lissi?

Da sie nicht darauf einging, platzte ihr Stiefvater einfach heraus: „Was ist mit ihr? Was ist mit Lissi los?"

Tinka fiel fast das Glas aus der Hand. Boris war es also auch aufgefallen.

„Weiß nicht!", antwortete Tinka ausweichend, und das entsprach ja der Wahrheit.

Lissi war ein Mädchen der Extreme. Entweder wollte sie mit dem Kopf durch die Wand oder aber sie zog sich in sich zurück wie eine Schnecke in ihr Haus. Letzteres war allerdings noch nicht oft vorgekommen, seit Tinka und Lissi sich kannten und Hexenschwestern geworden waren.

Schweigend standen Tinka und Boris zwischen Kühlschrank und Esstisch und grübelten vor sich hin. Schließlich wünschte Boris Tinka eine gute Nacht, und sie huschte die Treppe nach oben. In ihrem Bauch gluckerte die Milch und wärmte ein wenig die Eisschollen, die dort trieben.

# Lydofskys Schmeichelweich

Während jeder der Jungen ein eigenes Zimmer hatte, mussten sich Tinka und Lissi eins teilen. Es war der größte Raum im ersten Stock des Wohnhauses und hatte sogar einen Balkon. Lissi schlief in einer Hängematte im hinteren Teil des Zimmers, umgeben von ihrer Hutsammlung und den Kakteen, die sie mit Hingabe pflegte. Tinkas Ecke war leicht an dem weiß lackierten Bett zu erkennen, in dem etwa hundert Kuscheltiere auf sie warteten.

Tinka hätte gern noch ein bisschen mit Lissi gequatscht, aber unter der Decke in der Hängematte lugte nur ein Büschel schwarzer Locken heraus, und ein tiefes Atmen war zu hören. Lissi schlief also bereits.

Richtig wohl fühlte Tinka sich nicht, als sie unter

ihre dicke, weiche Federdecke schlüpfte. Sie war sogar ein klein wenig sauer auf Lissi. Etwas mehr Freude und Begeisterung hätte sie von ihrer Hexenschwester schon erwartet.

Am Sonntagvormittag bewies der April wieder mal, wie richtig die Redensart war: Der April macht nur, was er will. Regen und Sturm waren abgezogen, die Sonne bewegte sich über einen strahlend blauen Himmel, an dem sich kein einziges Wölkchen zeigte.

Geheimnisvoll verkündete Boris beim Frühstück: „Tinka, du und Lissi, ihr geht in euer Haus, und heute Nachmittag holen wir euch von dort ab. Es gibt dann eine Überraschung für unser Geburtstagskind."

In Lissis Augen blitzte die Vorfreude auf.

„Du wirst staunen!" Mehr wollte Boris nicht verraten.

Lissi war wie ausgetauscht. Die Hände tief in die Taschen ihrer Hose gebohrt, lief sie neben Tinka her, pfiff fröhlich vor sich hin und kickte jeden Stein weg, der ihr vor die Schuhspitzen kam. Eine leere Limodose beförderte sie mit dem Fuß in einen Papierkorb und warf danach die Arme in die Höhe, wie Fußballer es bei einem Tor machen.

Die Glocken der nahen Kirche schwangen hin und her, und ihr Läuten schallte über die Dächer, als die Mädchen zur Kristallgasse aufbrachen. Kristallgasse 77, das war die Adresse des verwilderten Gartens, in dem das Häuschen stand, das ihnen beiden schon so viele Aufregungen und Abenteuer beschert hatte.

Alles hier war ungewöhnlich, allerdings erst auf den zweiten Blick. Es fing beim Lattenzaun an. Wer achtlos daran vorüberging und nur einen flüchtigen Blick darauf warf, schüttelte den Kopf, weil keine einzige Latte eine gerade Kante hatte. Von der anderen Straßenseite aus war jedoch zu erkennen, dass jedes Brett die Form einer lang gezogenen sitzenden Katze hatte. Trafen die beiden Mädchen ein, wurden sie meistens von heftigem Schnurren und begrüßendem Miauen empfangen.

Jeder der alten Bäume im Garten hatte einen dicken Stamm und knorrige Äste. Manchmal schien es, als wollten die Bäume mit der Stärke ihrer Äste angeben wie Muskelmänner mit ihrem Bizeps. Unerwünschte Besucher hatten schon einige Male Bekanntschaft mit den Zweigen gemacht, die im Notfall zupacken und Leute wieder auf die Straße befördern konnten.

Tinka schnupperte an den zarten Blüten, die im Gras und auf den Büschen sprossen und süßlich dufteten. Die frischen jungen Blätter strahlten hellgrün im Sonnenschein.

Nicht nur das Gartentor öffnete sich von selbst, wenn Tinka oder Lissi davorstanden. Auch die knallrote Haustür schwang sofort auf und quietschte mit den schwarzen Angeln ein einladendes „Hereiiiiiin!“.

Hinter der hohen Hecke zur Linken duckte sich im Nachbargarten ein lang gestrecktes Haus mit schwarzem Dach, aus dem wie ängstliche Augen Fenster guckten. Es gehörte Herrn und Frau Lydofsky, die nicht gerade zu den besten Freunden der Hexenschwestern zählten. Immer hatten sie etwas an den beiden auszusetzen, ewig nörgelten und schimpften sie.

Die Mädchen wollten gerade das Haus betreten, als jemand nach ihnen rief.

„Kinderchen, hallo, Kinderleins!“

Es war ein hohes Geträller, das Lissi sofort ausrufen ließ: „Mord! Mörder! Jemand hat die Lydofskys abgemurkst und will jetzt auch uns an den Kragen!“

„Hä?“, machte Tinka ratlos. Wovon redete Lissi?

„Die olle Lydofsky hat uns noch nie Kinderchen oder Kinderleins genannt!“, erklärte diese in einem Tonfall, in dem man zu einem besonders dummen Kind spricht. „Also kann sie es nicht sein. Glaub mir, ein Verbrechen ist geschehen.“

Tinka rollte die Augen. „Seit du ständig diese Detektivserie anschaust, verdächtigst du jeden Spatz, er sei ein Spion.“ Fragend rief sie in Richtung Nachbargarten: „Frau Lydofsky, sind Sie das?“

Ein gicksendes „Ja-ha-ha-ha!“ war die Antwort.

„Die Hirnsauger waren da!“, flüsterte Lissi warnend. Auf Tinkas fragenden Blick hin fuhr sie fort: „Habe ich in einem dieser Schundhefte von Frank gelesen. Es sind Wesen aus dem All, die Menschen das Hirn durch das Ohr absaugen.“ Um ihre Vermutung verständlicher zu machen, erzeugte sie mit den Lippen ein schlürfendes Geräusch.

„Wo ist denn unser Geburtstagsmädchen?“, rief Frau Lydofsky lockend.

„Keine Ahnung, wo sie es versteckt haben!“, rief Lissi zurück.

Mittlerweile war auch Tinka die ganze Sache unheimlich. Frau Lydofsky konnte auf keinen Fall Lissi meinen. Normalerweise drohten sie und ihr Mann ständig mit Polizei, Kinderfängern und Schädlingsbekämpfern. Woher sollten sie von Lissis Geburtstag wissen?

„Aber ich meine doch dich, Elisabeth!“, fuhr Frau Lydofsky mit größter Selbstverständlichkeit fort.

„Sie steht unter Hypnose!“, äußerte Lissi ihren nächsten Verdacht. „Vielleicht ist das so ein Experiment, bei dem festgestellt werden soll, wie man Leute aus der tiefsten Hypnose wieder wach kriegt.

Wenn sie mich sieht, bekommt sie bestimmt einen Kreischanfall."

Tinka hörte ihr nur mit halbem Ohr zu. Ihr war eingefallen, woher die Nachbarn das Datum von Lissis Geburtstag wussten. Sie selbst hatte es ihnen verraten. Als sie ein Geschenk für Lissi besorgte, hatte Frau Lydofsky hinter ihr gestanden und sie sagen hören: „Es ist für meine Schwester, die Geburtstag hat."

Trotzdem war es das größte Rätsel seit dem Bau der Pyramiden in Ägypten, warum die Lydofskys Lissi etwas schenken wollten.

Zwei dürre Hände teilten die Zweige der Hecke, und im entstandenen Spalt tauchte die spitze Nase der Nachbarin auf.

„Manni, das Geschenk!", kommandierte sie im üblichen scharfen Tonfall. Neben ihr war jetzt auch Herr Lydofsky zu sehen, der seine Glatze mit einem wuscheligen künstlichen Haarteil zu verbergen versuchte. Es schien ihn nicht zu stören, dass das Ding an ein umgedrehtes Vogelnest erinnerte.

Gehorsam reichte er seiner Frau ein würfelförmiges Päckchen mit hellblauer Schleife, das diese lockend durch die Öffnung in der Hecke streckte.

Sie musste ein ganzes Glas Honig zum Frühstück gelöffelt oder in Zuckerwasser gebadet haben. Oder sie hatte mit Weichspüler geduscht, der laut Werbung alles, wirklich alles schmeichelweich machte.

„Wir wünschen dir alles Gute!“, tirilierte sie salbungsvoll. Da Lissi das Päckchen nicht sofort entgegennahm, bewegte sie es lockend hin und her. Zögernd streckte Lissi die Hand danach aus, als könnte das Geschenk lebendig werden und sie beißen. „Viel Freude wünschen wir dir.“

Nachdem Lissi endlich zugegriffen hatte, zogen sich die Lydofskys wieder zurück. Hinter den Zweigen hörte Tinka ein Klatschen.

Hatte Frau Lydofsky ihrem Manni eine geklebt?

Die Neugier übermannte Lissi. Sie gab Tinka mit dem Kopf ein Zeichen, sie solle ins Haus gehen. Sie mussten unbedingt sofort das Geschenk auspacken.

# Ännie

Das Sonnenlicht hatte die Diele in einen funkelnden, strahlenden und glitzernden Raum verwandelt. Auf langen Regalen standen Kristalle in allen Formen und Größen aufgereiht, die das Licht, das durch die beiden quadratischen Fenster fiel, auffingen und heller, klarer und bunter nach allen Seiten warfen.

Um die Beine der Mädchen strich ein haariger Körper, und ein vorwurfsvolles, forderndes Maunzen schallte zu ihnen hoch.

„Hallo, Cosimo", grüßte Tinka den unsichtbaren Kater, den sie zusammen mit dem Haus geerbt hatten. Seine Vorliebe für Milch hatte ihn zu einem ziemlich runden und schweren Tier werden lassen.

Diesmal musste er allerdings erst mal auf Milchnachschub warten. Lissi lief ins Wohnzimmer, das mit vielen flauschigen Teppichen ausgelegt war und zum Fläzen und Herumliegen einlud. Bäuchlings ließ sie sich auf das Sofa fallen, in dem die alten Sprungfedern ächzten. Sie riss das Geschenkpapier auf, öffnete die darin eingewickelte Schachtel und lugte neugierig hinein.

„Los sag, was ist es?“ Tinka platzte fast vor Spannung.

Beide Mädchen waren bass erstaunt, als Lissi ein flaches mintgrünes Kästchen herauszog, an dem an einem langen Kabel zwei Ohrstöpsel baumelten. In diesem Gerät konnten tausend Songs gespeichert und immer und überall gehört werden. In der Klasse waren alle verrückt danach, aber erst zwei Mädchen und drei Jungen hatten ein solches Gerät geschenkt bekommen.

Misstrauisch musterte Lissi ihre Schwester. „Hast du gehext?“

„Ich? Wann? Wieso? Was?“ Um ihre Unschuld zu unterstreichen, hob Tinka beide Arme.

„Die Lydofskys müssen wirklich in den Weichspüler gefallen sein.“ Lissi drückte auf den Tasten des Gerätes herum und stopfte sich einen der kleinen Hörer ins Ohr. „Sie tun ja so, als wären sie Oma, Opa, Onkel und Tante zusammen.“

„Warum schenken dir die Lydofskys etwas so Teures?“ Tinka tippte sich mit dem Zeigefinger an die

Nasenspitze und begann, im Wohnzimmer auf und ab zu schreiten.

„Egal!", wischte Lissi die Zweifel vom Tisch. „Vielleicht haben sie ein schlechtes Gewissen. Immerhin sind die beiden entsetzliche Nervensägen. In jeden kann schließlich der Blitz der Weisheit einmal einschlagen."

Die Mädchen vertrödelten den Vormittag mit dem Schmökern in Hexenbüchern. Cosimo bekam eine ganze Flasche Milch, die sie aus einem Loch in der Küchenwand hexten, aus dem ständig feuchter Nebel wallte. In derselben Öffnung ließen sie auch ihr Mittagessen erscheinen: Tinka wählte geschmolzenen Käse mit Erdbeer-, Himbeer- und Preiselbeermarmelade und Lissi Spaghetti, die sie zur Feier des Tages mit spitzen Fingern einzeln hochnahm und wie kleine Schlangen im weit aufgesperrten Mund verschwinden ließ.

Alles war wie früher. Tinka freute sich fast, als Lissi sie einmal Specki nannte, obwohl sie diesen Spitznamen sonst hasste.

Kurz nach zwei Uhr nachmittags meldete der hölzerne Geier über der Tür Besuch. Sein aufgeregtes Krächzen schreckte Tinka auf, die auf dem Sofa eingenickt war. Lissi hingegen wartete schon ungeduldig im Garten auf die Ankunft der Eltern.

„Zwei Grinsgesichter und eine Zahnlücke im Anmarsch!“, verkündete der Geier und knarrte dazu mit den Flügeln.

Die Beschreibung passte gut. Vor dem Gartentor standen Grit und Boris, beide mit einem breiten Lächeln, und zwischen ihnen David, der den Mund nur offen hatte, damit jeder seine erste Zahnlücke sehen konnte.

„Müsst ihr nicht abschließen?“, wunderte sich Grit, als die Mädchen auf die Straße traten.

Beleidigt knallte das Gartentor hinter ihnen zu, und es war deutlich ein Knirschen zu hören, als würde ein Schlüssel dreimal energisch im Schloss gedreht.

„Wie geht das? Die Tür hat gar kein Schlüsselloch!“ Herr Schnabel-Meierbeer drehte sich noch einmal um, um sich das Gartentor genauer anzusehen. Lissi stemmte sich mit beiden Händen gegen seine Brust und schob ihn Richtung Auto.

„Ein uralter Mechanismus, den sich Dingsibumsi ausgedacht hat und der noch immer funktioniert. Das erste automatische Tor.“

„Sehr interessant, aber wie hieß der Erfinder?“, fragte Boris nach. „Und sollte so ein seltenes Modell nicht besser in einem Museum ausgestellt werden?“

Tinka hielt hinter ihrem Rücken die Latten fest, aus denen das Tor gezimmert war. Sie zitterten bereits gefährlich. Das Tor konnte ziemlich unangenehm werden, wenn es sich gefoppt oder nicht geachtet fühlte.

Beide Mädchen atmeten auf, als sie endlich im Wagen saßen und sich angurteten.

„Das Gartentor droht mir", meldete David kreischend.

Er log nicht. Tatsächlich schwang eine Latte hin und her, als wollte sie auf den Bus einschlagen.

„Unser David, so viel Fantasie!", rief Tinka laut, um die Eltern abzulenken.

„Und jetzt fahrt endlich los, sonst platze ich und ihr könnt mich von den Sitzen spachteln!", drängte Lissi.

Boris trat auf das Gaspedal und rollte los. Das Holzstück, das ihm das Tor nachwarf, verfehlte den Wagen nur um Zentimeter.

„Das Tor, da hat ein Brett so geschwungen!" David machte es nach, und Tinka und Lissi stimmten das gütige Gelächter an, das Erwachsene immer von sich geben, wenn sie kein Wort von dem glauben, was ein Kind erzählt.

Schmollend verschränkte David die Arme und presste das Kinn an die Brust.

Bald hatten sie die Stadt hinter sich gelassen und holperten über eine geschotterte Zufahrtsstraße. Lissis Herz schlug schneller und hüpfte immer wieder bis zum Schlüsselbein. Auf einem Wegweiser aus Holz hatte sie ein übergroßes Hufeisen erkannt und daneben in eingebrannten Buchstaben:

**REITERHOF STORCHENNEST**

Tinka hatte das Schild ebenfalls gesehen und überlegte angestrengt, warum Grit und Boris hierherwollten. Lissi hatte sich immer über alle Mädchen lustig gemacht, die für Pferde schwärmten, ihre Zimmer mit Pferdepostern tapezierten und nur Pferdebücher verschlangen. Reiten fand sie ungefähr so spannend wie Erbsen rot anmalen. Außerdem hatte Tinka diese Pferdehaar-Allergie, unter der sie litt, seit sie ein kleines Mädchen war. Als ihr Vater, der damals noch bei ihnen lebte, Tinka einmal auf ein Pferd gesetzt hatte, war sie von einem Niesanfall heimgesucht worden und hatte im Gesicht und an den Armen rote Flecken bekommen.

Boris lenkte den Kleinbus durch ein Wäldchen, das sich zu einem runden Vorplatz öffnete. Vor ihnen erhob sich ein einstöckiges Holzhaus mit Balkonen und grünen Fensterläden, zur Rechten erstreckte sich ein langes Gebäude, und zur Linken lag ein großer Schuppen.

Beim Aussteigen bemerkte Tinka sofort den Geruch von Pferdemist und Stroh. Ängstlich zog sie die Ärmel ihrer Sweaterjacke nach unten, bis ihre Hände vollständig bedeckt waren. Schon das Wiehern, das aus den offenen Stalltüren drang, erzeugte bei ihr Gänsehaut und – wie sie zu spüren glaubte – Pickel.

Lissi hingegen stemmte die Hände in die Seiten, legte den Kopf in den Nacken und sog genüsslich die Luft durch die Nasenlöcher.

„Jipiiii!", rief sie und stapfte breitbeinig wie ein Cowboy auf den Stall zu.

„Lissi, warte!", rief Boris ihr nach.

Grit hielt David fest an der Hand, damit er nicht sofort losstürmte und vielleicht unter die Hufe käme.

Widerstrebend blieb Lissi stehen.

Aus dem Wohnhaus trat eine junge Frau in Jeans und rot-weiß kariertem Hemd.

„Howdy, ihr Fußgänger!", rief sie zur Begrüßung und trampelte die Treppe hinunter. Sie hatte einen Gang, als wollte sie Löcher in den Boden stampfen.

Auf ihrem Rücken wippte ein mit einem Band festgehaltener Cowboyhut. Während sie den Schnabel-Meierbeers entgegenging, spuckte sie dreimal herzhaft aus und strubbelte sich mit beiden Händen durch ihre kurzen Haare.

Tinka musterte die Frau mit einer gehobenen Augenbraue. Wenn diese Frisur bei einem Frisör entstanden war, sollte sie ihn sofort verklagen. Oder war jemand mit dem Rasenmäher über sie hinweggefahren, als sie im Gras gelegen hatte?

„Frau Trippstett?“, fragte Boris, den die Frau ebenso einschüchterte wie Grit.

„Für dich und den Rest der Welt Ännie!“ Sie sprach den Namen englisch und sehr gedehnt aus: Aäääääääännnie. Kumpelhaft schlug sie Boris auf die Schulter, sodass dieser nach vorn stolperte. Grit schmatzte sie links und rechts einen Kuss auf die Wange, und David kniff sie in die Nase, dass es knackte. „Wer ist die Neue im Club der Pferdewahnsinnigen?“ Die Hände in die festen Hüften gestemmt, ließ Ännie ihren Blick zwischen Tinka und Lissi hin- und herpendeln.

„Ich denke, ich muss kurz etwas sagen!“, meldete sich Boris schüchtern wie ein Erstklässler und räusperte sich.

Ännie ließ ihm erneut die Hand auf die Schulter sausen, und Boris knickte in den Knien ein. Wieder spuckte die Frau in einem hohen Bogen aus.

„Kann die weit spucken!“ David war begeistert und versuchte, es ihr sofort nachzumachen.

„Sprich, Fußgänger!“, forderte Ännie Boris auf.

Verlegen entwand er sich ihrem Griff und trat vor Lissi.

„Liebe Lissi!“

„Kurzform. Keine Ansprachen. Hier wird geritten, nicht gequatscht!" Ännie zwinkerte Lissi überdeutlich zu und grinste mit einem Mundwinkel. Irgendwie gefiel sie Lissi.

Boris sprach ab jetzt in einem Tempo, als wäre der Teufel hinter ihm her. „Alles Gute zum Geburtstag. Du hast dir ein Pferd gewünscht …"

Diese Aussage traf Tinka wie ein Keulenschlag. Wieso hatte Lissi ihr davon nie etwas gesagt?

„Du bekommst ein Pferd. Ein Pflegepferd. Und Reitstunden natürlich auch. Aber das alles kann dir Ännie besser erklären. Alles Gute!"

„Hoch soll sie leben!", stimmte Grit an, aber Ännie unterbrach sie mit einer energischen Geste. In ihrem brummigen Bass sang sie zu einer Western-Melodie:

*„Fliegst du in den Dreck,*
*krieg keinen Schreck,*
*trifft dich ein Huf,*
*stöhn einfach ‚Ufff'!*
*Du erlebst alles Glück dieser Erde*
*auf dem Rücken der Pferde.*
*Ein jeder ist groß*
*hoch zu Ross!"*

Beifall heischend nickte Ännie in die Runde und zog den zerdrückten Bund ihrer fleckigen Jeans hoch.

Tinka hatte ein kleines Erfolgserlebnis. Im Vergleich zu dem, was Ännie in die Jeans stopfte, erschien ihr das eigene Bäuchlein winzig.

„Und jetzt schmus mal tüchtig mit Buffalo!“ Ännie schritt, die Beine seitlich schwingend, davon und verschwand im Stall.

Gespannt stand Lissi da und starrte zur dunklen Türöffnung, in der Ännie gleich mit dem Pferd erscheinen würde. Ihre Augen leuchteten wie die von David, wenn er den Weihnachtsbaum sah.

Tinka schluckte. Sie hatte das Gefühl, es sei auf einmal eine Mauer zwischen ihr und Lissi aus dem Boden gewachsen.

# Ein Pferd namens Buffalo

Lissis Blick wanderte von den dunklen Hufen über rotbraune Beine langsam zur Nase des Pferdes. Es hatte den Kopf zur Seite gedreht und musterte sie ein wenig ängstlich mit einem seiner großen dunklen Augen.

Buffalo war ein ziemlich stämmiges Pferd. Frech wippten seine Mähne und die einzelne Tolle, die ihm in die Stirn fiel und ihn ein wenig wie Stan aussehen ließ. Er hob den Kopf und ließ ein langes, freudiges Wiehern ertönen.

Zur Sicherheit setzte Tinka die Kapuze ihrer Sweaterjacke auf und schnürte sie vorne so zu, dass Nase und Mund bedeckt waren. Sie atmete durch den Stoff, um mit keinem Pferdehaar in Berührung zu kommen. Am liebsten wäre sie einfach wieder in den Wagen gestiegen, aber dann hätte Lissi sich bestimmt aufgeregt. Tinka kannte ihre Schwester gut genug.

„Willst du dein Pferd mal selbst halten?" Ännie streckte ihr einladend den Führstrick entgegen.

Noch ein wenig zögernd kam Lissi näher, griff nach dem Strick und strich mit der anderen Hand über Buffalos warmen Hals. Sie spürte die Muskeln zucken, und mit einem Ruck drehte sich das Pferd zu ihr. Als wollte es sie begrüßen, versetzte es ihr mit der weichen Nase einen leichten Schubs.

„Ein Herz und eine Seele, das sehe ich schon", brummte Ännie zufrieden und tätschelte dem Pferd das Hinterteil. „Ab heute kommst du dreimal die Woche. Dann heißt's striegeln, Hufe auskratzen, Box ausmisten, Futter geben und spazieren führen. Eine Stunde lang gibt es Unterricht, und wenn du in einer Woche noch sitzen kannst, dann habe ich was falsch gemacht."

Lissi sah sie so verdutzt an, dass sich Ännie auf die breiten Schenkel klopfte und laut loslachte.

„Nur ein wunder Hintern zeigt, dass du eine echte Reiterin wirst", fügte sie erklärend hinzu.

Ganz geheuer waren Lissi weder das Pferd noch die Pferdehofbesitzerin.

„Dreht schon mal eine Runde, ihr Turteltäubchen. Buffalo ist sehr verschmust, also wundere dich nicht, wenn er dich küsst und knutscht." Als Lissi erschrocken einen halben Schritt zur Seite trat, brach Ännie erneut in Gelächter aus. „Du lässt dich herrlich necken."

Boris bekam wieder einen Schlag auf den Rücken.

„Und wir zwei regeln jetzt alles, wofür Moneten nötig sind, nicht wahr?"

„Äh, ja ja!" Es sah fast aus, als würde Ännie den nicht gerade leichten Boris am Kragen Richtung Haus ziehen. Grit eilte sofort hinterher, denn sie wollte ihren Mann mit diesem weiblichen King-Kong nicht alleine lassen. David folgte ohne Protest, denn er war voll Bewunderung für Ännies Spuckkünste.

Noch immer stand Tinka unbeweglich neben dem kleinen Bus, und Lissi hielt den Führstrick umklammert, als hätte sie Angst, dass Buffalo fortfliegen könnte.

Das Klappern von Hufen kündigte Reiter an. Drei Pferde schritten wippend an Tinka vorbei, die sich hinter dem Wagen duckte und schon am ganzen Körper ein Kribbeln und Jucken zu spüren glaubte.

Selbst Lissi als Reiterneuling sah sofort, dass die drei Pferde, die auf den Hof zurückgekehrt waren, alle eleganter und geschmeidiger wirkten als der Gaul neben ihr.

Drei Mädchen in engen Reithosen, schicken Pullis und schwarzen Reitkappen stiegen ab.

„Bist du die neue Knechtin?“, fragte eines der Mädchen, in deren Gesicht die Sommersprossen wie Puzzleteile verstreut waren.

„Es gibt keine Knechtin, sondern nur Knechte!“, belehrte sie das Mädchen, das Lissi am nächsten stand. Sie war bestimmt einen Kopf größer als diese, sehr schlank und sehr hochnäsig.

Das dritte Mädchen war pummelig und ging als Einzige auf Lissi zu, streckte ihr die Hand hin und stellte sich vor. „Grüß dich, ich bin die Paula.“ Ein wenig widerstrebend schlug Lissi ein, und Paula schüttelte ihren Arm, als wollte sie ihn ausreißen. Sie deutete auf das größere Mädchen. „Das ist die Riki, und die Kleine daneben ist ihre Schwester, die Franzi.“

Sofort kam Protest. „Ich bin nicht klein und heiße Franziska. Fran-zis-ka, nicht Franzi.“

„Lissi!“, stellte sich Lissi vor. „Und das hier ist Buffalo.“

Riki warf ihr einen mitleidigen Blick zu. „Glaubst du, wir kennen ihn nicht? Er steht ja schon seit Ewigkeiten hier im Stall. Bisher hat sich aber keiner gefunden, der sich um diesen Ackergaul kümmern will.“

Lissi bekam ihre wütenden Katzenaugen, und die schwarzen Locken sträubten sich.

„Meinen Buffalo nennst du nicht Ackergaul, du behaarter Zahnstocher.“

Riki nahm diesen Ausbruch achselzuckend zur Kenntnis, führte ihr Pferd in Richtung Stalleingang und sagte im Gehen: „Vati hat schon oft gesagt, dass es hier zu wenige hochkarätige Pferde gibt. Läge der Pferdehof nicht so nah bei unserer Villa, hätten wir schon längst gewechselt."

Franzi nickte heftig. „Genauso ist es. Viel Spaß mit deinem Buffalo. Der kann ja nicht mal eine Kutsche ziehen."

Das Pferd schien zu verstehen, was da gesprochen wurde. Schnaubend senkte es den Kopf, und selbst Tinka sah die Trauer in seinen Augen.

Paula tippte sich hinter dem Rücken der Schwestern an die Stirn. Tröstend raunte sie Lissi zu: „Die beiden sind nicht so übel. Eben zwei Prinzessinnen. Trotzdem stinken sie auch, wenn sie in Rossäpfel treten." Sie lachte über den eigenen Witz und führte ihr Pferd in den Stall.

Franzi steckte noch einmal den Kopf nach draußen. „Kannst du überhaupt reiten oder bist du ein Fußgänger?" Sie versuchte, Ännie nachzuahmen, was ihr aber nur schlecht gelang.

„Ich kann reiten!", log Lissi grimmig.

„Ach so! Weißt du überhaupt, wo bei einem Pferd vorne und hinten ist?" Franzi kicherte gackernd über diese Frage und fand sich wohl besonders witzig.

Herausfordernd knickte Lissi in der Hüfte ein. „Dir werden noch die Beißerchen aus dem Mund fallen vor Staunen!"

„Zeig mal!" Franzi äffte den Hüftknick nach und sah sie von oben herab an.

„Äh ... heute nicht!"

„Lügnerin, Lügnerin!" Obwohl Franzi wesentlich älter war, benahm sie sich kindischer als David.

Tinka tat ihre Schwester leid. Das Gespött dieser hochnäsigen Mädchen hatte sie wirklich nicht verdient. Auch wenn Tinka nicht verstehen konnte, warum Lissi auf einmal reiten wollte, würde sie niemals zulassen, dass ihre Schwester so beleidigt wurde. Mit geballten Fäusten trat sie vor das Auto und sagte laut: „Na los, Lissi, zeig diesen Hutschpferd-Reiterinnen, was du kannst."

Lissi fuhr ärgerlich herum und schnitt Tinka wilde Grimassen.

„Keine falsche Bescheidenheit! Die sollen mal sehen, was reiten heißt."

„Klappe!", zischte Lissi.

Unauffällig hob Tinka die Hände und schob sie aus den Ärmeln der Jacke. Daumen und kleine Finger waren schon zum Hexenklatsch gespreizt.

Mittlerweile war auch Riki aus dem Stall getreten und gesellte sich zu ihrer jüngeren Schwester.

„Du hast recht, das ist die neue Knechtin",

bemerkte sie, abfällig mit dem Kinn auf Lissi deutend.

Diese versuchte, Tinka mit Blicken klarzumachen, dass sie nicht hexen sollte. Doch Tinka wollte es diesen arroganten Mädchen zeigen.

Sich selbst besondere Fähigkeiten anzuhexen, war den Mädchen noch nicht erlaubt. Genauso wenig durften sie sich zum Beispiel den Unterrichtsstoff der Schule in den Kopf zaubern oder Böses hexen. Wünschten sie jemand anderem einen Pickel ins Gesicht, so wuchs er auf der eigenen Nase.

Anders aber verhielt es sich damit, einer Freundin oder einem Freund ein bestimmtes Können zu verleihen. Zwar funktionierten solche Hexereien nur für kurze Zeit, aber sie waren möglich.

# Lissi hoch zu Ross

„Hier darf wirklich jeder ein- und ausgehen und sich Reiter nennen." Riki seufzte gequält. „Am besten wäre, Vati würde den ganzen Reiterhof kaufen und diese ganzen Möchtegerns rauswerfen."

„Ännie schuldet ihm ohnehin so viel Geld!", fügte Franzi altklug hinzu. „Wenn sie nicht zahlt, fliegt sie sowieso."

Interessiert sah Riki zu ihrer Schwester hinunter.

„Woher weißt'n das?"

„Hab gelauscht. Als Vati letzte Woche mit Ännie im Haus war. Sie hat ihn einen ‚fiesen Kredithai' genannt und er sie einen Pleitegeier."

Die Schwestern wandten sich wieder Lissi zu, die noch immer mit Buffalo am Strick dastand.

„Bring ihn in den Stall und striegle ihn. Dann tust

du wenigstens irgendetwas Nützliches!" Riki öffnete die Spange in ihrem dunkelblonden Haar, mit der sie es unter der Reitkappe aufgesteckt hatte. In langen Locken fiel es über ihre Schultern.

Tinka reichte es endgültig.

„Potentissima maxima" flüsterte sie und fixierte Lissi mit halb geschlossenen Augen. Während sie den Spruch wiederholte, ließ sie ihren Blick durch die Wimpern auf das Pferd wandern. Nachdem sie ihn ein drittes Mal gesagt hatte, führte sie den Hexenklatsch aus. Laut Hexenbuch wäre ein doppelter Hexenklatsch mehr als ausreichend gewesen. Um Lissi aber zu einer Spitzenreiterin zu machen und dafür zu sorgen, dass den beiden angeberischen Tussis die Kinnlade bis zu den Knien herunterfiel, tippte Tinka die Fingerspitzen gleich viermal zusammen.

Der Zauber wirkte sofort. Durch Lissi ging ein Ruck, als wäre sie von einer unsichtbaren Welle überrollt worden. Auch Buffalo erzitterte von der Nase bis zum Schweif, warf den Kopf in die Höhe und gab ein Wiehern von sich, das erfüllt war von Stolz und Übermut.

„Komm, wir gehen", leierte Franzi. „Bis die da ein Pferd gesattelt hat, haben wir schon graue Haare."

Lässig lehnte sich Lissi mit der Schulter an Buffalos breiten Brustkorb. Die beiden wirkten nicht mehr wie zwei, die sich gerade erst kennengelernt hatten, sondern wie uralte, sehr vertraute Kumpel.

„Satteln? Pah!“ Lissi schnaubte verächtlich. „Wer braucht einen Sattel? Ich jedenfalls nicht.“

Paula tauchte aus dem Stall auf und wischte sich die Schweißtropfen von der Oberlippe.

„He, Mädel, du reitest ohne Sattel? Echt? Finde ich stark. Ihr nicht auch?“

Riki und Franzi hatten die Münder zu einem dünnen Strich zusammengekniffen.

„Ich brauch nicht einmal Zaumzeug“, sagte Lissi, als wäre es das Selbstverständlichste der Welt.

„Aber ohne Sattel und Zaumzeug können doch nur die echten Cowboys und diese Pferdeflüsterer reiten.“ Paula zeigte sich tief beeindruckt und zweifelte keine Sekunde an Lissis Worten.

Lässig schlenderte Lissi zu einer Bank an der Stallwand. Buffalo folgte ihr wie ein Hund. Leichtfüßig und sportlich sprang Lissi auf die Bank, griff mit beiden Händen in die Mähne und schwang das rechte Bein über den breiten Pferderücken, als ob sie das jeden Tag tun würde. Da saß sie nun und gab Buffalo mit einem leichten Druck in die Flanken das Zeichen, sich in Bewegung zu setzen.

Freudig setzte das Pferd einen Huf vor den anderen und drehte mit Lissi eine Runde auf dem Hof.

Das Schweigen von Riki und Franzi war in Tinkas Ohren die schönste Musik, die sie sich vorstellen konnte. Die Schwestern standen da, leicht vorgeneigt und mit großen, ungläubigen Augen.

Franzi schaffte als Erste, etwas zu sagen. „Nur Schritt ist kein Kunststück. Das kann jeder."

Es schien so, als müsste Lissi Buffalo nur den richtigen Gedanken schicken. Schon fiel er in den Trab, und gleich darauf galoppierte er mit Lissi zwischen Wohnhaus und Stallgebäude hinaus auf die Wiesen, die sich dort ausbreiteten.

Den Schwestern sackte die Kinnlade herunter, und Franzi hing vor Staunen sogar die Zungenspitze im Mundwinkel.

Tinkas Freude und Triumph währten nur kurz. Ihr fiel ein, dass die Fähigkeiten, die sie Lissi und Buffalo angehext hatte, nicht von langer Dauer waren. Und wenn sie vielleicht während Lissis Galopp versagten und sie stürzte?

Tinka jagten die schlimmsten Vorstellungen durch den Kopf.

Paula hatte die Unterlippe vorgeschoben und nickte anerkennend. „Mädels, von dieser Lissi können wir uns eine Scheibe abschneiden."

Lissi aber kehrte nicht zurück. Weder in Scheiben noch im Ganzen. Wie ein Cowboy in einem alten Westernfilm war sie der Nachmittagssonne entgegengeritten und blieb in den unendlichen Weiten der Prärie – oder besser gesagt, der Wiesen – verschwunden.

Tinkas Nervosität war größer als am Vortag beim Songwettbewerb. Da sie aber nicht den Augenblick versäumen wollte, in dem Lissi wieder auftauchte, verzichtete sie auf ihre Flucht Richtung Toilette.

Das Herz schien direkt unter ihrer Schädeldecke zu pochen, sie schwitzte, und die Sorge drückte ihr auf die Brust wie ein Babyelefant.

„Tief in den Bauch einatmen", befahl sie sich. Sie hatte im Fernsehen einen Bericht über Angst gesehen und wie man sie am besten loswurde. Besonders wichtig war dabei das langsame, tiefe Atmen. Sollte sie lang einatmen oder lang ausatmen? Wenn sie sich doch nur erinnern könnte! Sie versuchte es mit einem Atemzug, der ihre Lungen füllte, als wären sie ein Heißluftballon. Als sie fast zu platzen glaubte, hielt sie den Atem an und wartete.

Riki starrte sie an.

Tinka folgte ihrem Blick, der nicht auf Tinkas Gesicht, sondern … auf ihren Bauch gerichtet war. Als sie an sich hinabsah, erschrak sie. Ihr Speckbäuchlein wölbte sich vor, als hätte sie einen Medizinball verschluckt.

Zischend ließ sie die Luft durch den Mund entweichen.

„Achten Sie auf einen ununterbrochenen Luftstrom“, hörte sie die einschläfernde Stimme des Angst-Experten sagen.

Also pustete und pustete und pustete sie, bis auch der allerletzte kleine Rest Luft aus ihr herausgepresst war. Sie fühlte sich jetzt wie eine Packung vakuumverpackte Erdnüsse. Schnitt man mit der Schere in das Plastik, füllte sich das Säckchen mit einem erleichterten Laut mit Luft.

Lange ausgeatmet bleiben – das hatte dieser Experte doch geraten. Oder?

Und ohne Luft in Bauch und Brust sah Tinka auch dünn aus. Dünner noch als diese Riki. Also verharrte sie in diesem Zustand, auch wenn in ihr schon alles schrie: „Einatmen!“ Nein, nein, nein, sie würde sich nicht von dieser Riki anglotzen lassen, als wäre sie ein Flusspferdbaby.

Franzi rümpfte die Nase. „Ist die betrunken?“

Es reichte! Die eine Schwester machte sich über Tinkas Bauch lustig, die andere hielt sie für betrunken. Wie kam sie überhaupt auf die Idee?

Erst jetzt bemerkte Tinka, dass sie schwankte. Das Stallgebäude schaukelte vor ihr wie ein Schiff, und sie hatte das Gefühl, seekrank zu werden.

# Tinka wird seekrank

„Du musst sie beatmen! Herzmassage!“

Irgendwo aus der Tiefe eines schwarzen Tunnels tönte eine schrille Stimme an Tinkas Ohr.

„Ännie, Hilfe, schnell!“, mischte sich eine zweite aufgeregt dazu.

Tinka öffnete langsam die Augen. Wie zwei kleine Rollbalken fuhren ihre Lider in die Höhe. Knapp über sich sah sie Rikis Gesicht schweben. Noch eine Etage höher war Franzi verschwommen auszumachen.

„Keine Mund-zu-Mund-Beatmung, sie kommt zu sich!“, kreischte sie, wie es die Ärzte der Notaufnahme immer in den Krankenhausserien im Fernsehen tun.

Erleichtert schnellte Riki wie eine Sprungfeder in die Höhe.

„Igitt!“, entfuhr es Tinka, der klar wurde, welchem Schicksal sie soeben entgangen war.

Über ihr spannte sich der blaue Himmel, in dem immer wieder wie Ballons Gesichter auftauchten. Unter ihnen das von Paula, die noch immer nach Ännie schrie.

Auch Boris und Grit blickten jetzt von oben auf Tinka herab, die ausgestreckt neben dem Wagen lag. Boris kniete sich neben sie, fühlte ihren Puls und legte ihr die Hand auf die Stirn.

„Tinka, Tinka, was machst du denn für Sachen?“, jammerte er in einem fort.

„Sie ist ohnmächtig geworden!“ Franzi genoss es, die kleine Sensation loszuwerden. „Wie ein Stück Holz ist sie umgefallen. Zum Glück ist sie gut gepolstert.“

Für diese Bemerkung hätte Tinka ihr am liebsten alle Haare vom Kopf gehext. Zum Glück erinnerte sie sich rechtzeitig daran, dass so ein Zauber verboten war.

Riki sagte fast vorwurfsvoll: „Ännie, ich werde Vati erzählen, dass du uns immer schlechte Pferde gibst.“

Ännie kaute schmatzend Kaugummi. „Hast du einen Huf an den Kopf bekommen? Ihr reitet die besten Pferde, die ich habe.“

„Nein, Buffalo ist das beste Pferd. Ich habe es selbst gerade gesehen. Du hast uns betrogen!“

Grit kniete hinter Tinka und half ihr, sich ein wenig aufzurichten.

„Mein Schätzchen, wie konnte das denn nur geschehen?"

Tinka fiel ein, dass sie die Luft angehalten hatte. Es war wohl einfach zu lang gewesen.

„Wo ist Lissi?" Suchend reckte Grit den Kopf.

„Diese Neue kann ohne Sattel und ohne Zaumzeug reiten!", platzte Riki heraus. Sie schleuderte Ännie den Reithelm vor die Lederstiefel. „Das hast du uns nie beigebracht. Ich werde Vati sagen, dass ich ab heute in den Reitstall möchte, in dem dieses Mädchen das gelernt hat."

Franzi blickte von unten zu Ännie hoch.

„Jawohl! Ich auch. Und du gehst pleite."

Ännie ließ sich mit einer Antwort Zeit.

In die Pause hinein sagte Grit: „Reden die beiden von Lissi? Doch sicher nicht. Oder?"

Paula bückte sich, stützte die Hände auf die Knie und nickte stumm.

Boris öffnete und schloss staunend den Mund wie eine Forelle im Gebirgsbach.

„Ihr zwei …" Ännie deutete auf Franzi und Riki, „… geht mir höllisch auf den Keks. Was seid ihr doch für verzogene, elende, rotzige Saurüssel."

Die beiden Schwestern schnappten empört nach Luft und wollten protestieren. Ännie hatte jedoch die Hände gehoben und ließ es gar nicht dazu kommen.

„Die Saurüssel nehme ich zurück." Sie zog heftig die Nase hoch. „So weit kommt's noch, dass die armen Schweine als Schimpfname für euch herhalten müssen. Ihr seid zwei Stinkstiefel der schlimmsten Sorte!"

Schwungvoll bog ein Wagen auf den Vorplatz ein und bremste. Während der Motor noch weiterlief, stieg jemand aus und kam näher.

„Vati, Vati!", riefen Riki und Franzi und liefen auf ihn zu. Wichtigtuerisch zogen sie einen hochgewachsenen Mann hinter sich her. Er war das genaue Gegenteil von Boris: groß, schlank, braun gebrannt wie nach einem dreiwöchigen Urlaub in der Karibik, und sportlich getrimmt.

„Was gibt's?", erkundigte er sich kühl.

Er hatte einen blassgelben Pullover lässig über die Schultern gehängt und in den kurzen braunen Haaren steckte eine Sonnenbrille, die „Ich bin teuer!" schrie.

Die Schwestern redeten aufgeregt auf ihren Vater ein und beschwerten sich über Ännie und den angeblichen Betrug.

„Wir wollen die Reitlehrerin haben, die diese Lissi hatte. Die ist viel besser als Ännie!", quengelten sie.

„Geht's um Ihre Tochter?" Herr Lehnmann sah von hoch oben auf Grit und Boris herab, die noch immer mit Tinka beschäftigt waren.

„Äh … scheint so." Herr Schnabel-Meierbeer erhob sich und wischte die Hände an seiner Hose ab.

Der hochnäsige Mann machte keine Anstalten, ihm die Hand zu reichen.

„Wo hat Ihre Tochter reiten gelernt?", fuhr er knapp fort.

„Gar nicht."

Paula stieß einen bewundernden Pfiff aus. „Ein Naturtalent. Wow, das wäre ich auch gerne." Sie rieb sich das Hinterteil, das wieder einmal vom Sattel schmerzte.

„Du musst Buffalo kaufen", verlangte Riki. „Das ist das einzig brauchbare Pferd hier."

Tinka hätte sich ohrfeigen können für die Hexerei. Was hatte sie nur angerichtet?

Ein gleichmäßiges Klappern von Hufen näherte sich dem Hof. Mit Grits Hilfe konnte Tinka aufstehen, obwohl sich die Welt rund um sie noch ein wenig drehte wie nach drei Fahrten in der Loopingbahn.

Mit sehr geradem Rücken näherte sich Lissi. Buffalo führte sie am Strick. Gehorsam und mit schläfrigem Blick ging er neben ihr her und ließ nichts mehr von dem Feuer und Temperament ahnen, das er noch vor einer halben Stunde gezeigt hatte.

Tinka erkannte es sofort: Lissi hinkte leicht, bemühte sich aber sehr, sich nichts anmerken zu lassen. Ihr Mund war zu einem krampfhaften Lächeln verzogen, hinter dem sie die Zähne zusammengebissen hatte.

„Zwei Fußgänger melden sich zurück!" Sie winkte in die Runde und zupfte an Buffalos Mähne.

Franzi stemmte die Fäuste in die Seiten. „Sie spielt Theater. Jetzt tut sie so, als könnte sie nicht reiten, damit wir das Pferd nicht wollen."

„Kauf es, Vati, kauf Bufallo!", bestürmte Riki ihren Vater erneut. „Er ist ein Millionenpferd. Ganz ehrlich!"

Ein warnender Blick von Herrn Lehnmann ließ sie augenblicklich verstummen. Aus dem Mundwinkel zischte er ihr zu: „Treib den Preis nicht in die Höhe!" Mit herablassender Miene sagte er zu Ännie: „Sie können froh sein, wenn Ihnen jemand für das Pferd überhaupt etwas zahlt."

Die Pferdehofbesitzerin war sprachlos, und das kam nur alle dreißig Jahre einmal vor. Um Zeit zu gewinnen, spuckte sie erst einmal in die Luft. David poppten fast die Augen aus dem Kopf, als er Ännie einen echten Looping spucken sah.

„Wir können Ihre Schulden auf diese Weise begleichen", schlug der Vater vor. Er ließ es nach großer Gnade klingen.

Mit wiegenden Schritten bewegte sich Ännie auf Buffalo zu und kraulte ihn hinter dem Ohr.

„Hörst du das, Alter? Klingt wie ein Wunder."

Buffalo schmiegte den Kopf an Ännies Gesicht, und die beiden turtelten wie ein Liebespaar. Danach wandte sich Ännie Riki und Franzi zu und zeigte mit ausgestrecktem Zeigefinger wie mit einem Zauberstab auf sie.

„Keinen blassen Schimmer, was ihr da zusammenspinnt. Aber Buffalo bleibt bei mir. Bis zu seinem Ritt in den Pferdehimmel, und bis dahin ist noch lange Zeit."

„Ich will ihn!" Trotzig stampfte Riki auf.

„Ich auch!" Franzi tat es ihrer großen Schwester nach.

Ännie beugte sich vor, schüttelte langsam und nachdrücklich den Kopf und sagte gedehnt: „Nöööööööööööööö!"

Die Schwestern pressten beleidigt die Lippen zusammen.

Der Vater der beiden wandte sich Ännie zu und taxierte sie mit einem geringschätzigen Blick. Seine Worte waren so kalt wie seine blauen Augen. „Frau Trippstett, verabschieden Sie sich schon mal von Hof und Pferden. Morgen reiche ich die Zwangsversteigerung ein. Der Reiterhof kommt unter den Hammer."

Ein Fingerschnippen genügte, und die Schwestern waren an der Seite ihres Vaters. Sie warfen Ännie triumphierende Blicke über die Schulter zu, während sie auf den noch immer mit laufendem Motor wartenden Wagen zugingen.

„Das Pferd, das ihr euch da einbildet, bekommen wir fast geschenkt", sagte Herr Lehnmann zu seinen Töchtern.

Betreten standen alle herum und wussten nicht, was sie sagen sollten. Paula war die Erste, die ihre Sprache wiederfand.

„Ich geh jetzt heim und reiß die Seiten aus meinem Poesie-Album, auf denen sich die zwei eingetragen haben. Und ihre Telefonnummer lösche ich aus meinem Handy."

Ännie hatte die Stirn an Buffalos Hals gelegt. Ihr Schniefen klang verdächtig nach Tränen.

# Was stört dich?

Auf der Heimfahrt war es im kleinen Bus der Schnabel-Meierbeers sehr still.

„Äh …", begann Boris schließlich. „Was ist denn da geschehen? Ich kenne mich überhaupt nicht aus. Kann mich bitte jemand aufklären?"

Über den Rückspiegel warf er einen Blick auf Tinka und Lissi. Während Tinka direkt hinter ihm saß, hatte Lissi die hinterste Rückbank gewählt. Die beiden hatten noch kein einziges Wort miteinander gesprochen.

„Alles nur … alles nur dummes Geschwätz dieser Gänse." Tinka stotterte herum und hoffte, Boris würde sich mit ihrer Antwort zufriedengeben. Von ihm kamen auch keine weiteren Fragen, dafür aber von Grit. Sie spulte auf einmal eine lange Liste ab und hörte sich dabei an wie eine Rechtsanwältin in einem großen Gerichtsprozess.

Tinka hatte keine Ahnung, was sie antworten sollte. Von Lissi war keine Unterstützung zu erwarten, das war ihr klar.

Boris' Handy zirpte, und Grit fischte es aus der Tasche seines zerdrückten Jacketts.

„Apparat Dr. Schnabel-Meierbeer", meldete sie sich professionell, als wäre sie Boris' neue Sprechstundenhilfe. Sie erwartete wohl den Anruf eines Patienten, denn Boris war praktisch immer für sie erreichbar. Grit hörte eine Weile zu.

„Was?", schrie sie dann in einer Lautstärke in das Handy, dass Boris erschrocken auf die Bremse trat. Alle Insassen wurden nach vorn geworfen, von den Sicherheitsgurten aber festgehalten. „Seid ihr noch zu retten?"

Nie zuvor hatte Tinka ihre Mutter so schimpfen hören.

„Wir kommen sofort." Als sie die Aus-Taste drückte, zitterte ihre Hand. Sie musste all ihre Beherrschung aufbringen, um ruhig zu sprechen. „Stan und Frank sind von der Polizei geschnappt worden. Sie haben in der Fußgängerzone Musik gemacht und Geld gesammelt."

„Gutes Geschäft!", waren die ersten Worte, die Lissi sprach.

Tinka war erleichtert, etwas von ihr zu hören. Sie drehte sich um und fragte betont fröhlich: „Wie meinst du das?"

Lissi sah an ihr vorbei durch die Windschutzscheibe. „Gutes Geschäft. Jeder zahlt, damit die zwei nur ja aufhören."

Die Eltern fanden das gar nicht lustig.

„Wir setzen euch bei eurem Haus ab und fahren dann zur Polizeistation. Auf David müsst ihr aufpassen." Grit sagte das so entschieden, dass jeder Widerspruch zwecklos war.

Vor dem Tor der Kristallgasse 77 stiegen die Mädchen also aus. Tinka löste den Sicherheitsgurt des Kindersitzes und wollte David herausheben.

„Geh weg, ich bin ein Meierbeer und mag keine Schnabel!", erklärte er schnippisch.

„Wie bitte?" Tinka glaubte, sich verhört zu haben. David sprang aus dem Wagen und drängte sich zu Lissi, seiner leiblichen Schwester. Artig schob er seine Hand in ihre, obwohl er es normalerweise hasste, an die Hand genommen zu werden.

Tinka verdächtigte sofort ihre Schwester, dem Kleinen das eingeredet zu haben.

Boris und Grit bekamen von alldem nichts mit. Ihre Gedanken waren schon bei den Jungen.

„Werft sie in Salzsäure, dann sind sie ein gelöstes Problem", riet Lissi, erntete dafür aber von Grit einen bitterbösen Blick. Während Lissi noch die seitliche Tür zuschob, fuhr Boris schon an.

Tinka hatte das Gefühl, ihre Schultern würden immer schlaffer und kraftloser. Sie hatte doch wirklich nur etwas Gutes für Lissi tun wollen. Jetzt aber war die Hexenschwester so böse wie nie zuvor. Zu der unsichtbaren Wand, die sich zwischen sie gedrängt hatte, war jetzt noch eine tiefe Schlucht gekommen. Jeder Stein würde bestimmt eine Minute lang fallen, bis er unten aufschlug, so unendlich war sie.

Über das halbhohe Gartentor des Nachbargartens beugte sich die dürre Frau Lydofsky und winkte den Mädchen zu, als wären sie alte Freundinnen.

„Da sind ja unsere lieben Nachbarinnen!“, flötete sie mit honigsüßer Begeisterung. „Und, gefällt dir unser kleines Geschenkchen?“

Lissi zuckte ertappt. „Ja, danke. Tolles Teil.“

„Viel Vergnügen, und du kannst es überallhin mitnehmen. Du weißt ja …“ Frau Lydofskys Augen wanderten zu David, der sie argwöhnisch musterte. Sie stürmte auf den Gehsteig und eilte mit ausgebreiteten Armen auf ihn zu. „Das ist euer kleines Brüderchen, nicht wahr?“

„Nein, unser Goldfisch“, antwortete Lissi schnippisch.

Ungläubig sah Frau Lydofsky sie an.

„Scherz!“ Lissi grinste schief.

„Mag der süße Zuckermann auch Eis?“

Tinka glaubte plötzlich, die Knusperhexe im Märchen von Hänsel und Gretel vor sich zu haben.

David sah die vor ihm kniende Frau sehr ernst an. „Ich heiße David, mag Eis und bin sexy.“

Der Nachbarin blieb die Spucke weg. Dann aber kicherte sie einen hohen Triller und machte eine wegwerfende Handbewegung. „Wie allerliebst der Junge doch ist. Wie die ganze Familie. Willst du zu Tante Frieda und Onkel Manfred kommen und ein großes Eis essen?“

Für Eis würde David seine Familie verkaufen.

„Sexy Eis?“, fragte er.

Wieder folgte ein Gekicher-Triller.

„Schokoladeneis haben wir. Ob das sexy ist?“ Frau Lydofsky klimperte mit den Wimpern und spitzte die Lippen. Einladend streckte sie die Hand aus und sagte zu Lissi: „Er darf doch, der kleine Mann? Ich bringe ihn dann gern zu euch zurück.“

„Auf Ihre Verantwortung. Ich hoffe, Sie sind gut versichert!“ Lissi ließ David los, der sofort durch das offene Tor in den Garten der Lydofskys stapfte. Als ihm die Nachbarin folgte, rief Lissi ihr hinterher: „Und räumen Sie alle Schlüssel weg, denn die versenkt er gerne in der Toilette.“

Tinka schüttelte seufzend den Kopf. „Mir gefällt das Ganze nicht.“

Lissi wandte sich ihr zu. „Frag mich mal, was mir nicht gefällt!“

Froh, endlich zu erfahren, was Lissi bedrückte, stellte Tinka die Frage sofort und auffordernd: „Also, raus damit, was gefällt dir nicht?“

„Alles!“, zischte Lissi und sauste an ihr vorbei auf das Gartentor zu. Normalerweise reichten ein paar freundliche Gedanken, und es öffnete sich von allein, doch mit Gedanken dieser Art konnte Lissi nicht dienen. Deshalb warf sie sich mit der Schulter gegen das Tor, das mit einem erschrockenen Knacken aufflog.

In Tinka tobten alle möglichen Gedanken. Einerseits wollte sie Lissi ins Gesicht brüllen, wie ätzend und nervend sie sie fand, andererseits sehnte sie sich nach einer Versöhnung.

Lissis schlimmste Sprüche trafen sie nicht halb so heftig wie die kalte Schulter, die sie ihr jetzt zeigte.

„Tief in den Bauch einatmen“, befahl sie sich und diesmal pfiff sie auf die schlanke Linie und pustete sich auf, bis sie glaubte, ein Ballon zu sein. Während sie noch zischend Luft abließ, folgte sie Lissi, bereit, sich ihr und ihrem Zorn zu stellen.

# Das Albtraum-Ungeheuer

„Lissi?“ Tinka stand in der Diele des Hexenhauses und sah suchend durch die offene Wohnzimmertür, in die Küche und durch das enge Treppenhaus ins obere Stockwerk. Von Lissi aber keine Spur.

„Liiiiiissssiiiii?“

Die Tür zur Kammer mit den Hexenbüchern flog zu. Rahmen und Füllung krachten und splitterten. Tinka machte ein paar Schritte darauf zu, atmete noch mal tief ein und griff nach der Klinke. Mit einem erschrockenen Aufschrei riss die die Hand zurück.

Die Klinke bewegte sich,

Tinka traute ihren Augen nicht. Es gab ein einziges Tier, vor dem sie in Panik geriet, und Lissi wusste das ganz genau. Jede Art von Schlange, egal, wie lang sie war und welche Farbe sie hatte, fand Tinka abscheulich. Deshalb hatte Lissi die Türklinke in eine lebendige Schlange verhext, die sich wand und züngelte.

„Mach auf!“, verlangte Tinka ärgerlich.

Aus der Kammer drang das Rascheln von Buchseiten, die schnell umgeblättert wurden. Es hörte sich an, als würde Lissi etwas murmeln. Sie hexte also. Aber was?

Rund um Tinka hatte sich nichts verändert. Versuchte Lissi sich vielleicht aus dem Zimmer fortzuhexen? Oder hexte sie etwas herbei? Abermals knisterten altes Pergament und Papier, ein Hexenbuch quiekte empört, als es achtlos auf den Boden geworfen wurde, und ein zweites gab schnappende Geräusche von sich, als wollte es Lissi beißen. Immer lauter wurden Lissis Sprüche, und Tinka konnte durch das Holz der Tür einzelne Worte aufschnappen. Alle klangen bitterböse und bewirkten, soweit Tinka mit ihnen vertraut war, schlimme Sachen. Was war nur mit Lissi los?

„Bitte, komm raus!“ Tinka sagte es leise, mehr für sich. Lissi hörte ihr nicht mehr zu, und vielleicht war die Freundschaft für immer vorbei, auch wenn Tinka keinen Grund dafür erkennen konnte.

Besorgt rief sie: „Bitte, hex nichts Schlimmes. Du weißt, es trifft dich.“

So heftig, wie die Tür zugeworfen worden war, wurde sie jetzt wieder aufgerissen. Tinka stand einem schnaubenden Ungeheuer gegenüber, das nur an der giftgrünen Jacke und der schwarzblauen Hose als Lissi erkennbar war. Sonst aber sah Tinka einem lebenden Albtraum ins Auge. Vor ihr stand alles, wovor sie sich am meisten fürchtete: ein Gesicht voller Pickel und mit einer dunklen Warze auf der Nase, dazu abstehende Ohren und dünne, aschblonde Haarsträhnchen. Zwischen den Vorderzähnen klaffte ein dunkler Spalt, und das Kinn sprang vor wie ein Wandhaken zum Mantelaufhängen. Der Hals war kurz, der Kopf saß zwischen den Schultern, die Beine formten ein X, und die Hände hatten die Größe und Form von Schaufeln, wie sie Straßenarbeiter verwenden, wenn sie tiefe Löcher buddeln müssen.

Das Monster rasselte bei jedem Atemzug.

Mit einem Schlag war Tinka klar, was Lissi versucht hatte: Sie wollte Tinka alles anhexen, was sie am allerschlimmsten fand oder wovor sie sich am meisten fürchtete. Doch diese bösen Flüche und Wünsche waren wie Bumerangs zurückgekehrt und hatten sie selbst getroffen.

Tinka hatte trotz des Schrecks Lust zu lachen, aber das hätte das Ungeheuer vor ihr bestimmt zum Explodieren gebracht. Und das riskierte sie dann doch nicht, denn in ihrer Wut hatte Lissi vielleicht auch diese Möglichkeit vorgesehen.

Mitfühlend, wie es Tinkas Art war, wollte sie auf Lissi zugehen und ihr den Arm um die Schulter legen.

Aus dem schiefen Mund mit der dicken Unterlippe kam ein gekrächztes „Lass mich im Kraut". Tinka übersetzte es als: Lass mich in Ruhe.

Mit den Tränen kämpfend, schleuderte sie Lissi ins Gesicht: „Jetzt reicht es mir. Du bist für mich die beste Freundin, die ich mir vorstellen kann. Es macht jeden Tag Spaß, deine Schwester zu sein, und ich könnte mir niemanden denken, mit dem ich lieber dieses Haus teilen würde. Aber dein Dickkopf nervt wie eine Herde boshafter Paviane, und wenn du alles in dich hineinfrisst, ist das viel schlimmer, als wenn du überkochst, wie du das sonst so oft tust. Ich habe dir nichts getan, und auch heute wollte ich dir nur helfen. Ist danebengegangen. Entschuldigung. Ich werfe mich auf den Boden und bin dein Teppich."

Da Tinka ihre Idee plötzlich so wunderbar theatralisch fand, tat sie es wirklich und legte sich in der Diele, Arme und Beine von sich gestreckt, auf den Fußboden. Sie glich einem dieser Eisbärenfelle in Abenteuerfilmen, die oft vor dem offenen Kamin liegen.

Zuerst war es nur still. Das erste Geräusch war dann ein leises Knarren. Der hölzerne Geier neben der Haustür kratzte sich mit dem Flügel am Kopf und begann krächzend zu kichern. Das zweite Kichern kam aus Richtung Bücherkammer.

Konnte das wahr sein? Tinka wagte es kaum zu hoffen. Sie hob den Kopf. Über sich sah sie Lissi als Albtraum-Ungeheuer, das vor Lachen auf- und niederwippte.

Damit Lissis Lachen nicht abriss, legte Tinka den Kopf wieder zur Seite und seufzte: „Ufff, tritt nur auf mich."

Lissi bückte sich und zog sie an der Kapuze der Jacke hoch.

„Ebenfalls!", sagte sie.

Als Tinka etwas verwirrt guckte, ergänzte sie: „Was du gesagt hast. Ebenfalls. Statt Dickkopf setz bei dir Miss Perfekt ein."

„Das musst du mir erklären!" Tinka stand ein wenig verlegen vor der völlig verunstalteten Lissi und wusste nicht so recht, ob wirklich alles wieder in Ordnung war. Weil sie es aber nicht länger aushielt, drückte sie die Schwester einfach fest an sich.

Und Lissi ließ es mit sich geschehen.

# Lissis Kummer

Weil es oben so schön war, verzogen sich die Mädchen in ihr Schlafzimmer unter dem Dach.

Es war ein Raum mit schiefen Wänden und dreieckigen Dachluken. An einer Wand stand ein Himmelbett mit blassgelben Vorhängen und rotem Bettzeug, auf dem goldene Sterne in allen Größen funkelten. Gegenüber gab es ein altmodisches Liegesofa, das nur an einem Ende eine Stütze hatte, auf die man Arm oder Kopf legen konnte. Bespannt war das Sofa mit dunkelblauem Samt, auf dem Hunderte silberne Punkte wie Sterne in der Nacht glitzerten. Die Füße waren kunstvoll aus Holz geschnitzt und stellten Eulen mit großen, runden Augen dar.

Die Dachschräge hatte dasselbe Blau wie der Abendhimmel, und die einzige Wolke, die dort langsam dahinschwebte, war vom Rot der untergehenden Sonne gefärbt.

An eine Wand war eine Kommode mit breiten Schubladen gerückt, deren geschwungene Form Lissi immer an einen japanischen Sumo-Ringer erinnerte. Gegenüber, an der anderen Wand, erhob sich ein Schrank, der wie ein strammer Wächter vor dem Palast der englischen Königin aussah.

Die Mädchen warfen sich auf das große Bett und betteten die Köpfe auf die bequeme Nackenrolle. Schweigend blickten sie zum magischen Himmel hinauf und verfolgten das Wölkchen mit den Augen.

Böse Hexereien hatten eine gute Eigenschaft: Sie hielten sich nie lange. Die dünnen, abgenagten Haarsträhnen auf Lissis Kopf begannen bereits, wieder dicker zu werden und sich zu den schwarzen Locken zu kräuseln.

„Sag was!“, bat Tinka.

„Ich spuck lieber Buchstaben“, antwortete Lissi brummig. Es dauerte noch ein bisschen, aber dann platzte es aus ihr heraus. „Du kannst alles. Du bist der Liebling der Lehrer. Was du anpackst, machst du spitzenmäßig.“ Sie ahmte den anhimmelnden Tonfall von Frau Reingard nach: „Ach, unsere liebste Tinka, was täten wir ohne sie? Wir müssten uns alle in der Toilette runterspülen, wie David es so gerne mit den Schlüsseln tut.“

Tinka begriff nicht. „Aber … ich … ich mache das doch nicht, um dich zu ärgern.“

Die Pickel in Lissis Gesicht zerplatzten wie winzige Seifenblasen.

„Na und? Dadurch wird es auch nicht besser. Immer nur Tinka, Tinka, Tinka! Egal, was du machst, alle brechen in Begeisterung aus. Immer bist du die Beste, und ich bin nur die wilde Lissi, die mal wieder in den Matsch gegriffen hat.“

Tinka hatte Lust zu widersprechen, aber sie wusste, dass es keinen Zweck gehabt hätte. Manchmal war es besser, still zu bleiben.

„Gestern habe ich dir sogar gewünscht, dass du den Text vergisst, dass du so falsch singst, dass den Juroren das Trommelfell platzt oder dass deine Hose aufreißt.“

Tinka stellte sich die Pannen vor, und ihr wurde nachträglich noch ganz schwindlig. Diese Blamage hätte sie nicht ertragen.

Zerknirscht fuhr Lissi fort: „Ich war echt sauer auf mich, weil ich so etwas gedacht habe.“ Sie rollte sich auf die Seite, und Tinka sah, dass die Warze schmolz. Lissi erklärte weiter: „Ich habe mir gedacht, reiten wirst du sicher nie. Weil du dir die Nase wegniest, wenn du nur an ein Pferd denkst.“

Wie zum Beweis überkam Tinka in diesem Moment ein heftiger Niesanfall.

„Deshalb will ich reiten. Ich will auch etwas haben, was nur ich mache und wo ich absolut die Beste bin. Aber ich will es echt lernen und brauch deine Hexerei nicht. Geht das in dein Spatzenhirn?“

Tinka seufzte tief auf. Sie hatte noch nie so genau darüber nachgedacht, was in Lissi vorging. Aber nachempfinden konnte sie es gut.

„Und jetzt?“, fragte sie leise.

Lissi schlug mit den ausgestreckten Armen auf die schillernde blaue Decke, als wollte sie ein Muster einprägen.

„Jetzt kann ich das Reiten vergessen, weil dank deiner Hexerei Ännie pleite ist und gehen muss. Hast du wirklich allerfeinst hingekriegt.“

„War keine Absicht“, verteidigte sich Tinka sofort.

Wieder lagen die zwei schweigend da. Das Wölkchen war mittlerweile verschwunden und die Dämmerung brach herein. Lissis Gesicht war wieder wie vorher und mit einem knarzenden Geräusch bogen sich die Beine gerade.

„David!“, fiel Tinka ein. „Er ist noch immer bei den Lydofskys.“

Lissi richtete sich auf und stützte sich auf die Ellbogen. „David bei den Lydofskys, und wir hören nichts? Ich meine, sonst kriegt die Lydofsky doch schon die Krise, wenn sie nur unseren Schatten sieht.“

Auch Tinka schöpfte Verdacht. „Da stimmt was nicht."

Lissi schwang sich aus dem Bett und fegte in das Badezimmer, dessen Wanne die Form einer Riesenmuschel hatte. Über dem Waschbecken hing ein Spiegel, der am Rand über und über mit Glitzersteinen besetzt war. Prüfend betrachtete Lissi ihr Gesicht und die Haare. Die noch immer abstehenden Ohren versteckte sie unter den Locken und gab sich selbst das Gütesiegel: absolut herzeigbar. Dann sagte sie zu Tinka: „Komm, wir sehen mal nach, was dort drüben abgeht."

Freudig winkte Tinka mit beiden Händen und rollte sich vom Bett. „Ich habe letzte Woche einen Spruch entdeckt, der unsichtbar macht. Wollen wir den versuchen?"

Dafür war Lissi sofort zu haben. Das klang spannend!

Tinka trommelte sich mit dem Zeigefinger auf die Stirn, bis ihr der Spruch wieder eingefallen war. Sie sprach ihn Lissi vor, um danach Aufstellung zu nehmen und die Hände zum Hexenklatsch zu heben.

„Disperatus tutus subitus", flüsterten beide und tippten die Spitzen von Daumen und kleinen Fingern aneinander. Als sie sich danach ansahen, konnten sie durch die andere hindurchsehen. Nur ein milchiger Nebel war von ihnen geblieben.

„Zu sanfter Hexenklatsch", stellte Tinka fachmännisch fest. Nachdem sie den Spruch wiederholt und das Tippen stärker ausgeführt hatten, klappte es schließlich. Sie hörten sich, waren aber nicht mehr zu sehen.

Die nächste Hexerei war ein Von-Ort-zu-Ort-Zauber. Dazu stellten sie sich die Terrasse der Lydofskys und die Hollywoodschaukel mit den grünbraun gestreiften Kissen vor.

Wind schlug ihnen ins Gesicht und strich an ihren Ohren vorbei wie bei einer schnellen Fahrt mit dem Fahrrad. Es dauerte nur eine halbe Sekunde, und sie standen am gewünschten Ort.

Durch die hohen Fensterscheiben zum Wohnzimmer sahen sie David.

Lissi musste Tinka auf der Stelle recht geben. Hier stank es gewaltig, und damit war nicht Davids Angewohnheit gemeint, lautstark Überdruck aus dem Bauch abzulassen.

# Das Geheimnis der Lydofskys

Der kleine Bruder hockte auf dem senffarbenen Sofa, ein Tischtuch umgebunden, auf den Knien eine ganze Schüssel mit Schokoeis, das er gierig in sich hineinlöffelte. Sein Gesicht sah bereits aus, als hätte er sich eine Schönheitsmaske aus Schokolade aufgelegt. Die dunkle Soße tropfte auf den Samt und den Teppichboden, doch Frau Lydofsky schien das nicht zu stören.

„Die kniet vor David wie vor einer Statue!", stellte Tinka fassungslos fest.

Frau Lydofsky lag tatsächlich auf den Knien und redete mit säuerlichem, gezwungenem Lächeln auf den Kleinen ein. Durch die geschlossene Terrassentür war leider nicht zu hören, was sie sagte.

Das Benehmen von Herrn Lydofsky war nicht

weniger erstaunlich. Er kauerte neben der Stereoanlage auf einem Hocker mit dicken Fransen, trug Kopfhörer und hatte eine Hand an einem großen Knopf, mit dem etwas geregelt werden konnte. Aus seiner Nase wuchs wie die Lügennase von Pinocchio der helle Balken einer Senderanzeige, wie sie bei alten Geräten üblich war. Es schien, als suche Herr Lydofsky einen Radiosender. Allerdings tat er es mit ernster, angestrengter Miene und streckte dabei die Zungenspitze zwischen den Lippen hervor.

Die Mädchen fixierten die Stehlampe mit dem Blümchenschirm und hexten sich einfach in das Wohnzimmer hinein.

„Manni, es zieht", keifte Frau Lydofsky in dem Tonfall, den Lissi und Tinka normalerweise von ihr kannten. Durch die Kopfhörer aber war Herr Lydofsky davor geschützt und reagierte nicht.

Drei Stufen lauter und eine Oktave höher wiederholte seine Frau die Beschwerde. Ihr Mann zog einen Hörer vom Ohr und sagte tadelnd: „Läuschen, stör mich nicht, ich muss einen besseren Sender suchen."

Voller Freude klatschte David den Löffel in die braune Suppe, zu der das Schokoeis bereits zerflossen war. Die Spritzer trafen Frau Lydofsky genau in ein Auge und überzogen ihr Gesicht mit

Schoko-Sommersprossen. Es war ihr anzusehen, dass sie David am liebsten zum Fenster hinausgeworfen hätte. Doch sie zwang sich zu Zurückhaltung und flötete schmeichelnd: „Jetzt erzähl mal schön weiter, mein Schatz. Von deinen Schwestern und von deiner Mami, deinem Papi und deinen Brüdern."

„Tinka ist ein Star mit 99 Punkten!", verkündete David stolz, doch das wollte Frau Lydofsky gar nicht hören.

Mit gezwungener Geduld verlangte sie: „Ach, ich möchte so gerne etwas von ihren Geheimnissen wissen. Sie machen doch sicher Dinge, die pfui, pfui, pfui sind."

David nickte wissend. Tinka machte sich bereit, ihm notfalls den Mund zuzuhalten. Ihre unsichtbare Hand würde nicht auffallen.

„Los, red schon", verlangte Frau Lydofsky, nach schmutzigen Sensationen gierend.

„Tinka trägt keinen BH!"

Die Röte schoss Tinka ins Gesicht, und sie fürchtete schon, dadurch sichtbar zu werden. Der Grund für den fehlenden BH war die fehlende Oberweite. Dabei hatten schon vier andere Mädchen in der Klasse einen.

Enttäuscht stieß Frau Lydofsky die Luft durch die lang gezogenen Nasenlöcher.

„Bestimmt gibt es etwas, das noch mehr pfui ist."

David strahlte. „Lissi hat Stan in den Hintern gebissen."

Lissi entfuhr ein Prusten. Sie erinnerte sich genau. Stan hatte ihr Juckpulver in die Hüte gestreut, und als Rache hatte sie ihm im Bad aufgelauert, als er aus der Dusche stieg, und kräftig in seinen Allerwertesten gebissen. Der Schmerz war nicht halb so schlimm gewesen wie die Tatsache, dass die Schwester ihn nackt gesehen hatte. Eine ganze Woche war Stan mit hochrotem Kopf herumgelaufen.

„Läuschen", meldete sich Herr Lydofsky zu Wort. „Ich kann sie nicht mehr hören. Aber ich schwöre dir, sie haben vorhin über dunkle Magie und Hexen gesprochen. Bestimmt haben sie in ihrem Haus eine finstere Verschwörung, und der Teufel persönlich erscheint bei ihnen in der Nacht."

David ließ den Löffel fallen und formte mit den Fingern zwei kleine Hörnchen auf seinem Kopf.

„Ich bin ein Teufel, bäääääää!" Er streckte die Zunge heraus, senkte sein Haupt und versuchte, so finster wie möglich zu schauen.

Lissi und Tinka war im gleichen Augenblick klar, was der Grund für die Freundlichkeit der Lydofskys war: Sie wollten die Mädchen ausspionieren. Nicht nur David wurde ausgehorcht. In dem Musikgerät, das sie Lissi geschenkt hatten, war eine Wanze eingebaut. Über die Stereoanlage hörte Herr Lydofsky, was im Nebenhaus gesprochen wurde.

Die unsichtbare Lissi zupfte Tinka am Ärmel.

„Ab auf die Straße!“, flüsterte sie kaum hörbar.

Ein Hexenklatsch, und die Schwestern standen wieder in der kalten Abendluft. Der Geruch von feuchter Erde und Frühling stieg ihnen in die Nase. Er war eine Erholung nach dem Gestank von Mottenkugeln im Haus der Lydofskys.

„Zuerst holen wir David raus und dann …“ Lissi ballte die Faust und schwenkte sie in Richtung Nachbargrundstück.

Tinka klingelte, und Frau Lydofsky meldete sich über die Gegensprechanlage. „Wir müssen heim und wollten unseren Bruder abholen“, erklärte Tinka höflich.

Es dauerte, bis die lange Frau Lydofsky mit David an der Hand erschien. Die Schokospuren waren nur nachlässig in ihren Gesichtern verschmiert. Die elfenbeinfarbene, hochgeschlossene Bluse der Nachbarin und ihr grauer Rock waren mit wilden braunen Sprenkeln übersät. David hingegen war unter dem Tischtuch sauber geblieben.

„Er war bestimmt sehr brav!“, sagte Tinka mit treuherzigem Augenaufschlag. „Nicht wahr, mein Bruderherz?“

Frau Lydofsky machte ein Gesicht, als hätte ihr

jemand soeben einen Liter Essig mit einem Schuss Schwefelsäure zu trinken gegeben.

„Noch viel Spaß mit dem kleinen Gerätchen", wünschte sie Lissi, die einen Schritt hinter Tinka stand.

Mit aller Falschheit, die sie aufbringen konnte, erwiderte Lissi: „Ich werde es Tag und Nacht bei mir tragen, auf Schritt und Tritt und allen Wegen."

Begeistert nickte Frau Lydofsky und übergab ihnen David mit spitzen Fingern.

Die Mädchen hatten das Gartentor noch nicht erreicht, als Boris' Wagen am Gehsteigrand hielt. Hinten saßen mit betretenen Mienen Frank und Stan. Grit kurbelte das Fenster herunter und forderte die Schwestern auf einzusteigen.

„Nehmt schon mal David mit, wir kommen nach!" Tinka verstaute den kleinen Bruder im Kindersitz und gurtete ihn fest. „Vielleicht braucht er etwas Kamillentee. Unsere liebe Nachbarin hat ihn nämlich mit Schokoeis verwöhnt."

Grit wimmerte leise, weil sie keine Lust auf eine weitere Bauchwehnacht von David hatte.

Zurück im Hexenhaus traten die Mädchen ins Wohnzimmer, wo noch immer das kleine Musikgerät auf dem Sofa lag.

Lissi zwinkerte Tinka zu und sagte laut: „Sag mal, hast du das Foto im Fernsehen gesehen?"

Tinka verzog fragend das Gesicht. Wovon redete Lissi da?

Durch heftiges Nicken gab Lissi ihr zu verstehen, sie solle einfach „Ja“ antworten.

„Ah … ja!“

„Das Foto, das von den beiden Bankräubern gemacht wurde, die am Freitag die Sparkasse am Hauptplatz überfallen haben?“

„Ja!“, sagte Tinka, die noch immer nicht verstand, worauf Lissi hinauswollte.

„Ist dir die Ähnlichkeit nicht aufgefallen?“

Lissis Miene war ein einziges Fragezeichen.

„Die Bankräuber hatten Nylonstrümpfe über die Köpfe gezogen. Der eine war sehr groß und dürr, der andere klein und dick. Ich wette, das waren die Lydofskys.“

Beide Hände auf den Mund gepresst, stand Tinka da und wand sich. Sie durfte jetzt auf keinen Fall laut loslachen. Aber wenn sie sich Manni Lydofsky vorstellte, wie ihm die Kopfhörer von den Ohren flogen, glaubte sie zu platzen.

„Plötzlich schenken sie mir so ein teures Gerät und stopfen David mit Schokoeis voll!“, fuhr Lissi ernsthaft fort. „Bestimmt nur, weil sie endlich Geld haben. Ich wette, die Beute ist in ihrem Garten versteckt.“

Jetzt stieg auch Tinka auf das Spiel ein.

„Lissi, wir haben gefährliche Nachbarn!", rief sie übertrieben ängstlich. „Vielleicht gehören sie zur Mafia. Oder zu dieser Knackerbande, die auch schon andere Banken geplündert hat."

„Wir müssen die Polizei alarmieren", schlug Lissi vor.

„Mir sind die schon immer verdächtig vorgekommen!", setzte Tinka noch eins drauf. „Frau Lydofsky sieht aus wie eine Gangsterbraut. Und ihr Mann hat etwas, das mir immer eine Gänsehaut über den Rücken jagt."

Lissi pflichtete heftig bei. „Die anderen Nachbarn sagen das auch. Alle. Ich kenne niemanden in der Straße, der die beiden nicht für ein gerissenes Gaunerpaar hält."

„Wer weiß, was die zwei im Keller alles versteckt haben. Vielleicht drucken sie dort Geld!"

Die beiden Schwestern übertrafen sich in ihren Schilderungen der dunklen Geschäfte von den Lydofskys.

Sie waren erst zufrieden, als sie heftiges Geschrei aus dem Nebenhaus hörten. Frau Lydofsky war völlig aus dem Häuschen und kreischte in einer Lautstärke, gegen die nicht einmal die doppelten Scheiben etwas ausrichten konnten.

„Manni, das ist alles deine Schuld. Weil du immer diesen schwarzen Mantel trägst. Unser Ruf, unser guter Ruf ist zerstört. Ich kriege einen Anfall, wenn die Polizei uns verhaftet."

Lissi trat vor die Tür und hexte Sirenengeheul in die frühe Nachtluft.

„Wir müssen fliehen!", wimmerte Frau Lydofsky.

„Aber Läuschen, wir sind keine Bankräuber", kam es unschuldig von ihrem Mann.

„Aber alle halten uns dafür. Und wenn wirklich Beute in unserem Garten versteckt ist, dann landen wir hinter Gittern." Frau Lydofsky begann zu heulen wie ein Baby.

Als Lissi erneut die Hände zum Hexenklatsch hob, drückte Tinka sie sanft wieder hinunter. „Gewährt Gnade, edle Rächerin", sagte sie geschwollen, wie sie es im Film „Die drei Musketiere" gehört hatte.

Ein wenig enttäuscht verzog Lissi den Mund. Zu gerne hätte sie den beiden Lydofskys wirklich einen Koffer voll Geld in den Garten gehext. Das war doch etwas Gutes, oder?

Na ja, besser, sie ließ es bleiben. Solche Hexereien konnten auch nach hinten losgehen.

# Lissi, das Naturtalent

Es war ein seltsamer Geburtstag für Lissi. In der Nacht hatte Grit noch eine Karottentorte gebacken, weil sie wusste, dass Lissi die gern aß. Da sie keine kleinen Geburtstagskerzen in den Küchenschubladen fand, suchte sie einfach alle Kerzen zusammen, die im Haus vorhanden waren. So bekam Lissi eine Torte, auf und neben der Weihnachtsbaumkerzen, Schwimmkerzen, halb abgebrannte Kerzen vom letzten Adventskranz, zwei lange, schlanke Festtagskerzen und sogar ein Grablicht aufgebaut waren.

Boris fühlte sich schlecht, weil er kein richtiges Geschenk mehr für seine Tochter hatte und die Sache mit den Reitstunden anscheinend danebengegangen war. Er murmelte etwas von einem weiteren

Wunsch und einer Überraschung, die er noch hätte, aber Lissi konnte an seinem verlegenen Gesicht ablesen, wie unangenehm ihm die Sache war.

Frank und Stan saßen am Tisch wie Musterschüler. Frank hatte sogar auf seine übliche Sonnenbrille verzichtet und nicht mal, wie sonst immer, Kopfhörer in den Ohren stecken. Sie taten alles, um die Eltern nicht noch wütender zu machen.

David war noch immer schlecht von der Schokoladeneis-Orgie, und Thorsten gähnte in einem fort, weil er angeblich die ganze Nacht gepaukt hatte. Für Lissi hatten sich die Geräusche aus seinem Zimmer aber eher nach Liebesgeflüster mit seiner neuen Angebeteten angehört. Statt „Alles Gute zum Geburtstag" wünschte er der Stiefschwester „Alles Gute von der Pute!".

In der Hitze der großen Kerzen schmolz die Schokoglasur auf dem Kuchen dahin, und Grit drängte, Lissi solle die Kerzen auspusten. Sie erhob sich halb aus ihrem Stuhl, pumpte die Lunge voll Luft und blies mit vollen Backen. Alle Kerzen erloschen, und die Familie spendete Applaus.

„Wünsch dir was, sag es aber nicht", erinnerte Grit ihre Tochter an den alten Brauch. Lissi presste die Augen zusammen, und der Wunsch leuchtete hinter ihrer Stirn fast auf. Fröhlich grinsend ließ sie sich auf den Stuhl zurückplumpsen.

„Kann ich heute reiten gehen?“, wollte sie wissen, während sie hungrig von einem Stück Torte abbiss.

„Äh, ja … willst du noch?“

„Klar, ist doch mein Geburtstagsgeschenk.“

„Also … hm … ich muss mit Ännie telefonieren“, stotterte Boris herum. Er verschwand in seine Praxis, die im selben Haus untergebracht war, und kehrte wenige Minuten später zurück. Freudestrahlend verkündete er: „Ännie ist bereit für deine erste Reitstunde.“

„Da lacht mir die Sonne aus dem Popo“, stellte Lissi zufrieden fest.

Tinka kratzte verlegen mit der Gabel auf dem Teller herum. „Darf ich … mitkommen? Und zusehen, wenigstens?“

Lissi grinste breit. „Aber so was von klaro!“

„Halte dich nur von den Pferden fern“, erinnerte Grit ihre Tochter. „Du weißt ja, deine Allergie …“

Boris holte Lissi und Tinka von der Schule ab und fuhr mit ihnen zu einem Geschäft für Reiter. Dort bekam Lissi einen schwarzen Reithelm, auf den man sogar mit einem Hammer schlagen konnte, ohne dass der Kopf eine Beule bekam. Reithosen lehnte sie ab, und statt normaler Reitstiefel wollte sie lieber Westernboots haben, wie Ännie sie trug.

Von ihrem Taschengeld steuerte Tinka noch eine große Packung Pferdeleckerlis bei, die Pferden angeblich nicht nur gut schmeckten, sondern außerdem gesund waren und viele Vitamine enthielten.

Am Nachmittag ließ Boris seine Patienten eine halbe Stunde warten und brachte die Schwestern persönlich zum Reiterhof.

„Gegen sechs hole ich euch wieder ab", rief er ihnen nach, als sie ausstiegen.

Es war ein kühler Frühlingstag, und Tinka zog fröstelnd ihre blaue Jacke ein wenig fester um die Schultern. Am Himmel hingen bauchige Wolken, die nach unten grau und schwer aussahen, als wollten sie demnächst Regen zur Erde schicken.

Über dem Hof lag traurige Stille. Sogar die Vögel in den Zweigen der Bäume zwitscherten wehmütig vor sich hin. Von den Wiesen fegte ein scharfer Wind heran und pfiff um die Ecken des Stalls.

Lissis Laune war der größte Sonnenschein an diesem Tag und diesem Ort. Übermütig spuckte sie aus, wie Ännie es immer tat, und stapfte breitbeinig in den neuen Cowboystiefeln auf das Wohnhaus zu. Unter dem Arm trug sie den Reithelm, der ihren Kopf bei Stürzen schützen sollte. An einem Lederband wippte auf ihrem Rücken ein speckiger Cowboyhut, der Teil ihrer Sammlung war.

„Heidi-ho!", rief sie der geschlossenen Tür entgegen, als wäre es das Tor zum Hexengarten, das sich bei freundlichem Grüßen und fröhlichen Gedanken von allein öffnete.

Die Tür wurde aufgerissen, und die bullige Ännie sah heraus. Sie schlüpfte in eine Jacke aus gescheckten Kuhfell und erwiderte Lissis Gruß mit einem lang gezogenen „Hoooowdy!" (das spricht sich „Haaaaaauuuu-di").

Lissi und Ännie klatschten die Hände in der Luft zusammen wie alte Freundinnen, wie Kumpane, die gemeinsam durch dick und dünn gegangen waren und zahlreiche Abenteuer erfolgreich bestanden hatten.

An der äußersten Stallecke, dort, wo der Zufahrtsweg in den Vorplatz mündete, stand Tinka und beobachtete Lissi und die Reitlehrerin. In ihr meldete sich ein klitzekleines bisschen Neid. Natürlich gönnte sie Lissi das neue Hobby, aber gleichzeitig bereitete es ihr auch Sorgen. Vielleicht fand Lissi wirklich großen Gefallen am Reiten, und sie würden in Zukunft weniger Zeit gemeinsam im Hexenhaus verbringen.

Tinka musste an Julio denken, den Jungen aus der Schule, in den sie sich vor einiger Zeit verknallt hatte. Lissi hatte es herausgefunden und war wütend geworden, gleichzeitig aber auch bekümmert.

Auch sie hatte damals befürchtet, die Freundschaft mit Tinka, die ihr so wichtig war, könnte einen Knacks bekommen.

Mit einem kleinen Seufzer stellte Tinka den Kragen ihrer Jacke auf. Sie traf Julio noch immer. Er war die Ausnahme der Regel, die Lissi und sie gemeinsam aufgestellt hatten. Sie lautete: NO JUNGS. Trotzdem waren die zwei Mädchen die besten Freundinnen geblieben. Zurzeit war Julio mit seiner Klasse drei Wochen auf Sprachkurs in Italien, und er fehlte Tinka schon ein wenig.

Ännie hatte den bereits geputzten Buffalo aus dem Stall geholt, der Lissi mit einem freudigen Wiehern und einem Stubs mit der Nase begrüßte. Er ließ sich von ihr genussvoll mit Leckerlis füttern, während Ännie vorführte, wie Zaumzeug und Sattel fachgemäß an- und aufgelegt wurden.

Schwungvoll stellte Lissi anschließend den Fuß in den Steigbügel, noch schwungvoller schwang sie sich in den Sattel, um im nächsten Moment hinter dem Pferd zu verschwinden. In ihrer Begeisterung hatte sie einfach zu viel Schwung genommen und war auf der anderen Seite wieder abgestürzt. Ännie blickte unter Buffalos Bauch durch und erkundigte sich, ob alles in Ordnung sei.

Lissi war sofort wieder auf den Beinen und unternahm den nächsten Versuch. Sie wollte reiten lernen, und nichts würde sie davon abbringen. Lissis Dickkopf hatte auch seine guten Seiten. Wenn Lissi etwas wirklich wollte, unternahm sie alles, um es zu erreichen. Tinka bewunderte die Hexenfreundin im Stillen dafür. Sie selbst war da ganz anders. Sie grübelte immer lange, machte Pläne und suchte den besten Weg. Lissi hingegen stürmte einfach drauflos und kam fast immer ans Ziel.

Mittlerweile saß sie im Sattel und guckte von Buffalos Rücken aus vergnügt über den Hof. Ännie legte ihr die Zügel zwischen die Finger und erklärte ihr, wie sie mit Hilfe der Schenkel dem Pferd Zeichen geben konnte. Aber Lissi wollte am liebsten sofort losreiten, deshalb hörte sie nur mit halbem Ohr zu und nickte ungeduldig.

Hinter Tinka knirschten Schritte im Kies. Sie drehte sich um und sah Paula schnaufend auf sich zukommen. Sie hatte enge Reithosen und eine rote Daunenjacke an, in der sie ein wenig kugelig aussah.

„Grüß dich, Tinka", sagte sie und versuchte, wieder zu Atem zu kommen. Das schnelle Gehen hatte sie außer Puste gebracht. Als Paula an Tinka vorbei in Richtung Lissi sah, stutzte sie. „Ja, sag mal, gestern ist die Lissi doch geritten wie eine Weltmeisterin. Und heute tut sie so, als könnte sie es nicht mehr. Führt ihr die arme Ännie an der Nase herum?" Argwöhnisch kniff Paula die Augen zusammen. „Steckt ihr am Ende mit Riki und Franzi unter einer Decke? Das sieht mir fast danach aus."

„Nein, nein!" Tinka winkte energisch ab. „Bestimmt nicht."

Wie sollte sie Paula bloß erklären, woher Lissis gestrige Reitkünste gekommen waren?

# Der Traum vom großen Preis

Ännie führte Buffalo nun an einer langen Leine, der Longe, im Kreis. Gutmütig setzte er Huf vor Huf und nickte mit dem Kopf im Takt wie zu einer stummen Melodie.

„Zügel locker, Rücken gerade“, rief Ännie Lissi zu.

Gehorsam tat Lissi, was verlangt wurde, und Tinka dachte bei sich: Sie sieht schon aus wie eine echte Reiterin.

Paula rammte ihr einen Ellbogen in die Rippen. „Jetzt aber flott, meine Beste. Was war das gestern, oder was ist das heute?“

„Also gestern ... weißt du ... Lissi ist ein Schauspieltalent, sie ... also ...“, stotterte Tinka herum. „Ihr seid alle reingefallen.“ Tinka war ein rettender

Gedanke gekommen, und sie hoffte heftig, Paula würde ihr glauben. „Sie hat noch nie auf einem Pferd gesessen und ist einfach so losgeritten. Lissi kann das total überzeugend." Vertraulich beugte sie sich an Paulas Ohr. „Vor einer Schularbeit hat Lissi mal einen Blinddarmanfall gespielt. Sie hatte nichts gelernt und wollte kneifen. Sogar der Schularzt ist drauf reingefallen. Sie ist ins Krankenhaus gekommen, und erst, als sie schon auf dem Operationstisch lag, hat sie gestanden, dass sie alles nur vorgetäuscht hatte."

Paula sah Tinka ungläubig in die Augen, blickte dann zu Lissi und wieder zurück zu Tinka. Mit gespreizten Fingern kratzte sie sich am Kopf und dachte nach, was sie darauf sagen sollte.

„Dann muss sie ein Naturtalent sein, und Buffalo verstellt sich sonst!"

Tinka pflichtete ihr heftig bei.

„Ja, gut erfasst. Lissi ist das größte Naturtalent. Und ich habe gelesen, Pferde sollen sich manchmal völlig verstellen. Da soll es ein teures Sportpferd gegeben haben, das immer wieder so getan hat, als wäre es ein uralter Gaul, nur damit es umsorgt wurde und eine Pause bekam."

„Was es alles gibt!", staunte Paula.

Von hinten strich ein kurzer, heißer Lufthauch über Tinkas Wange hinweg. Sie warf einen flüchtigen

Blick über die Schulter und erschrak. Wenn nur Paula davon nichts mitbekam! Prüfend sah Tinka zu ihr hin, aber Paula hatte nur Augen für Lissi und Buffalo.

Hinter Tinka ballte sich eine Wolke bunten Nebels zusammen, aus der eine dicke Nase, große Ohren und ein Hemd wuchsen, das nicht einmal Boris zu einem Kostümfest angezogen hätte: Auf grasgrünem Grund prangten quietschrosa Blüten mit zitronengelben Staubgefäßen. Unterhalb des Hemdes formte der Nebel zwei Beine, die in weit ausgestellten Schlaghosen steckten, die modern gewesen waren, als Grit noch Windeln trug.

Ein langes, von tiefen Furchen durchzogenes Gesicht blickte Tinka ernst entgegen.

Sie wusste sofort, mit wem sie es zu tun hatte. Der Mann hieß Rock, Eduard Rock, und kam vom Club der Hexen, bei dem auch Tinka und Lissi Mitglieder waren. Sein Auftauchen hatte selten etwas Gutes zu bedeuten. Eduard Rock hatte die Schwestern erst vor kurzer Zeit in die Hexenschule geholt, beziehungsweise ihnen Verwarnungen überbracht, weil sie verbotenerweise gehext hatten.

Aber wieso erschien er hier auf dem Pferdehof und ausgerechnet jetzt? Normalerweise ließ er sich nur im Garten der Mädchen blicken.

Sofort durchwühlte Tinka ihr Gewissen. Hatte sie

wieder etwas getan, das gegen die Regeln des Hexenclubs verstoßen hatte?

Noch hatte Paula Eduard Rock nicht bemerkt, aber lange konnte es nicht mehr dauern. Sie fixierte Lissi, die ein übermütiges „Jihaaaaa!“ ausstieß und fest, aber gleichzeitig locker wippend im Sattel saß, als Ännie Buffalo den Befehl zum Traben gab.

Hinter dem Rücken machte Tinka Herrn Rock verzweifelt Zeichen, er solle verschwinden.

Paula wandte sich Tinka zu und bemerkte ihr Herumwedeln. Fragend beugte sie sich nach hinten und betrachtete prüfend Tinkas Hand.

„Ja, sag, was tust du denn da?“

„Ist so eine Übung für schönere Beine“, log Tinka und rollte die Augen über sich selbst. Etwas Dümmeres hätte ihr nicht einfallen können!

Sofort hatte auch Paula die Hände auf dem Rücken und ließ die Finger zappeln.

„Kribbelt“, stellte sie kichernd fest. „Und das wirkt tatsächlich?“

Tinka schob sie mit sanftem Druck in Richtung Ännie. „Komm, wir müssen uns das aus der Nähe ansehen.“

Widerstrebend ging Paula los. „Hilft das wirklich?“, bohrte sie weiter. „Bekommt man davon dünnere Beine? Ich finde meine nämlich viel zu dick und hätte gerne so richtig schlanke Modelle.“

Eduard Rock räusperte sich leise, blieb aber zum Glück hinter der Hausecke stehen. Eine Entschuldigung murmelnd, entfernte sich Tinka von Paula und eilte zu ihm.

„Wenn Sie jemand gesehen hätte!", zischte sie ihn an. „Weiß Frau Strickler, dass Sie vor den Augen von Nicht-Hexen erscheinen?"

Der Name Strickler ließ Herrn Rock zusammenzucken. Sie war die Präsidentin des Clubs der Hexen und seine Chefin. Ein Auftauchen, wie er es gerade hingelegt hatte, war strengstens untersagt.

„Sie muss nicht alles erfahren", stammelte er verlegen und kramte in seiner flachen Aktentasche, die er immer unter den Arm geklemmt bei sich trug. „Hör zu, wir haben da eine Meldung von der Abteilung für Hex-Energie."

„Hex-Energie?" Dieses Wort war Tinka völlig neu. Es klang wie Heiz-Energie, aber was sollte das bedeuten?

„Tinka, walz schleunigst herbei!", rief Lissi nach ihrer Schwester.

„Ich kann jetzt nicht!", flüsterte Tinka Herrn Rock zu. „Später. Aber hier sollte Sie keiner sehen." Sie war froh, ihn loswerden zu können, denn es klang, als hätte er wieder mal schlechte Nachrichten, und die konnte sie zurzeit so was von gar nicht gebrauchen.

Sie wirbelte um die Ecke und biss sich auf die Unterlippe. Lissi stand auf Buffalos Rücken. Obwohl er mittlerweile galoppierte, behielt sie das Gleichgewicht und jubelte immer wieder „Jipiiii".

„Ein Naturtalent, wie ich gesagt habe, ein Naturtalent!", murmelte Paula vor sich hin.

„Ich glaub, mir fetzt es den Hosenboden weg." Ännie spuckte ihren Kaugummi in die Luft und fing ihn mit dem Mund wieder auf. „Lady, Sie müssen im Sattel auf die Welt gekommen sein."

Lissi grätschte die Beine und ließ sich auf das harte Leder fallen. Den schmerzenden Stich, den sie dabei verspürte, beachtete sie einfach nicht.

Die erste Reitstunde war zu Ende, und Lissi stieg von Buffalo ab. Sie stellte sich vor ihn und rieb ihre Nase an seiner.

„NO JUNGS heißt es sonst bei uns, aber für dich machen wir eine Ausnahme", lachte sie.

So strahlend hatte Tinka ihre Stiefschwester schon lange nicht mehr gesehen. Wie eine geübte Reiterin löste sie den Sattelgurt und befreite Buffalo von dem ledernen Sitz. Nach Ännies Anweisungen rieb sie ihn trocken und striegelte ihn anschließend gewissenhaft.

Noch immer fühlte sich Tinka ein wenig ausgeschlossen. Aber Lissis Freude, etwas gefunden zu haben, das diese ganz bestimmt besser konnte als sie, machte auch Tinka froh. Das war wieder die alte Lissi, wie Tinka sie kannte und mochte. Vielleicht war sie sogar eine Spur fröhlicher als sonst.

Zwischen den Wolken kam die Sonne durch und schickte ein paar wärmende Strahlen auf den Hof. Buffalo hob den Kopf, als wollte er sich bräunen lassen, was bei seiner Fellfarbe allerdings nicht nötig war.

Geistesabwesend streichelte Ännie seine breite Stirn.

„Es ist zum Pferdeäpfelbeißen“, murmelte sie brummig.

Lissi und Paula sahen sie fragend an. Auch Tinka kam ein paar Schritte näher. Dieser erste Satz kündigte mehr an.

„Ladys, die schöne Zeit auf Ännies Reiterhof ist vorbei.“ Sie deutete mit einer ausladenden Bewegung auf die Gebäude. „Die Geschäfte liefen nicht so gut, ich habe mir Geld geliehen, und jetzt will dieser Hai alles auf einmal zurück.“ Sie fuhr in die ausgeleierten Taschen ihrer Hose und zog das Innenfutter nach außen. Ein paar Brösel und eine Büroklammer fielen heraus. „Nichts mehr da. Ich bin pleite und meinen Hof in Kürze los. Der Hai macht Ernst und lässt alles hier versteigern.“ Sie tätschelte den großen Buffalo wie ein kleines Kind.

„Adios, amigo, heißt es bald für uns zwei. Hoffentlich geben die neuen Besitzer dir weiter deinen Hafer."

Ännie schniefte auf einmal verdächtig und wischte sich mit dem Jackenärmel über die Augen. „Buffalo ist mein erstes Pferd. Ich habe ihn bekommen, als ich noch ein Mädchen war."

Paula wollte Ännie trösten. „Aber Riki und Franzi sind ganz verrückt nach ihm, weil er gestern doch so fabelhaft gelaufen ist."

„Die zwei spinnenden Heuballen", schimpfte Ännie. „Alle paar Tage eine neue Meise im Kopf. Was heißt Meise! Die haben ausgewachsene Lämmergeier dort oben. Wenn sie keinen Spaß mehr an Buffalo haben, werden sie ihn wegwerfen wie ein Spielzeug. Haben sich auch sonst nur über ihn lustig gemacht." Sie spuckte verächtlich aus.

Schwärmerisch meinte Paula: „Wir müssten richtige Rennen reiten, bei denen gewettet wird. Das wäre doch was, wenn wir dort gewinnen würden! Wir könnten einen Haufen Geld abräumen. Dann kannst du alle Schulden zurückzahlen."

„Träum weiter, kleine Lady!" Ännie lächelte kurz, denn der Gedanke an einen solchen Gewinn war verlockend. Nur würde er niemals Wirklichkeit werden.

Neben Buffalos breiter Brust tauchte Lissis Lockenkopf auf. Tinka verstand den Blick sofort, den

Lissi ihr zuwarf. Ein solcher Sieg war mit Hexerei vielleicht möglich. Es war zwar streng untersagt, Geld oder sich selbst Glück zu hexen. Hier aber ging es um Ännie, ihren Hof und die Pferde.

Nachdem Buffalo wieder in seiner Box stand und vergnügt Heu kaute, lud Ännie die Mädchen auf eine Tasse heißen Kakao in ihr Haus ein. Als Tinka über die Schwelle trat, glaubte sie, durch eine Kinoleinwand in einem Wildwestfilm gelandet zu sein.

Das Haus war eingerichtet wie eine Kulisse für ein Cowboyabenteuer. Die Küche mit der langen Bar erinnerte an einen Saloon, an der Bürotür prangte ein Sheriffstern und durch eine offene Tür konnte man in eine Wohnstube mit Flickenteppich, Feuerstelle, Schaukelstuhl und einer ganzen Wand voller Hufeisen blicken.

Lissis Augen blieben an einer dünnen Baumscheibe hängen, die wie ein Bild an der Wand der schmalen Diele hing und in die ein Spruch eingebrannt war. Auch Tinka hatte sie gesehen. Das schlechte Gewissen regte sich in ihr.

# Hex-Energie wird knapp

*Was du ausgefressen hast,*
*das koch gefälligst nach!*

Tinka verstand, was damit gemeint war. Wer etwas Unrechtes getan hatte, der sollte es auch wieder in Ordnung bringen.

Bestimmt säße Ännie nicht so tief in der Tinte, hätte Tinka nicht gestern Lissi und Buffalo verhext. Es lag nun an ihr, alles wieder auszubügeln. Nur wie?

Während Ännie in der Saloon-Küche am Herd hantierte und Paula Kakaopulver in große Tontassen löffelte, blieben die Hexenschwestern in der Diele stehen. Eine ganze Wand zierten Fotos von Ännie und einem Pferd, das an seinem breiten Kopf eindeutig als Buffalo zu erkennen war.

„Ein Rennen gewinnen, das wär's!", raunte Lissi.

Wortlos hob Tinka die Hände und deutete einen Hexenklatsch an.

Zustimmend nickte Lissi. „Bestimmt wettet niemand auf Buffalo. Er ist er ja ein totaler Außenseiter im Rennen."

„Wieso kennst du dich da aus?", wollte Tinka wissen.

„Ich kann lesen, auch wenn du das nicht glaubst."

Beschwichtigend hob Tinka die Hände.

„Wenn ein Pferd als hoher Außenseiter gewinnt, bekommt man hundertmal so viel Geld, wie man gesetzt hat", fuhr Lissi fort.

Das könnte schon eine Lösung sein, dachte Tinka. Auf diese Weise würde sie in Ordnung bringen können, was sie angerichtet hatte. Und es war nicht einmal besonders schwierig.

„Was macht ihr da draußen? Plant ihr eine Verschwörung?", rief Ännie aus der Küche.

Die Mädchen bewegten sich in Richtung Tür. Als Tinka eintrat, machte Paula eine ungeschickte Bewegung mit dem Ellbogen und fegte zwei Tassen vom Tisch. Blitzschnell riss Tinka die Hände hoch und führte einen Hexenklatsch aus, um das Fallen der Tassen zu stoppen.

Obwohl sie sicher schnell genug gewesen war und auch das richtige Wort geflüstert hatte, blieben die

Tassen nicht in der Luft stehen, wie sie es beabsichtigt hatte. In Zeitlupe sanken sie weiter den rissigen Holzdielen auf dem Boden entgegen, der Kakao stieg dabei wie eine braune Wolke auf.

Tinka klopfte die Fingerspitzen erneut aneinander, dann noch einmal fester und schließlich so stark, dass die Knöchel knackten.

Unerbittlich stürzten die Tassen weiter, und obwohl sie fast in der Luft zu stehen schienen, erreichten sie den Boden, wo sie – noch immer sehr langsam – zersplitterten. Ihr Klirren klang jedoch nicht hoch und schrill wie sonst, sondern tief und knurrend.

Rund um Tinka war alles mit einem Schlag verlangsamt, auch die Bewegungen von Ännie, die den Milchtopf von der Herdplatte zog, und von Lissi, die sich vorbeugte und ungläubig auf die zerbrochenen Tassen starrte. Dazu kam unverständliches, grummelndes Grunzen und Knurren, das an einen Film erinnerte, der in Zeitlupe abgespielt wurde.

Wieder spürte Tinka einen heißen Schauer an ihrem Hals. Da sie die Hexerei ausgeführt hatte, war sie von der Verlangsamung nicht betroffen. Sie wandte sich um und sah Eduard Rock aus einer Nebelwolke steigen, die er immer für sein Erscheinen benutzte. Aufgebracht deutete Tinka auf Ännie und

Paula. Herr Rock verstand sofort und hexte ihnen zwei Augenbinden um den Kopf. Ein weiterer Hexenklatsch, und auch Lissi war von dem seltsamen Zauber nicht mehr betroffen und konnte sich wieder normal bewegen.

„Hat dich die Wahnsinnslaus gebissen?“, fuhr sie Tinka an.

Eduard Rock räusperte sich wichtig, und Lissi stöhnte leise in sich hinein. Auch sie verband nichts Gutes mit seinem Auftauchen.

„Normalerweise gäbe das eine glatte Verwarnung“, begann er.

„Schönen Tag erst mal“, grüßte Lissi ihn.

„Äh …“ Herr Rock zwinkerte verwirrt. „Ach ja, schönen Tag.“ Er deutete auf die Bescherung auf dem Boden und die Zeitlupenbewegungen von Paula und Ännie. „Es ist untersagt zu hexen, wenn Nicht-Hexen es sehen können.“

„Wissen wir“, leierte Lissi gelangweilt.

„Es hätte alles wesentlich schlimmer ausgehen können“, fuhr Eduard Rock fort. „Wenn ich mir vorstelle, wie ihr euch zum Beispiel von Ort zu Ort hext. Dann wärt ihr in diesem Tempo durch die Luft geschwebt.“

Tinka hielt noch immer die Finger gespreizt und betrachtete sie prüfend. Es sah aus wie Muskelübungen, als sie die kleinen Finger und die Daumen hin und her klappte. „Wieso funktioniert es nicht richtig? Habe ich etwas falsch gemacht?“

„Meine Damen, wohl etwas viel gehext in letzter Zeit, was?“ Herausfordernd blickte Eduard Rock zwischen den beiden hin und her.

Lissi und Tinka überlegten kurz und stimmten widerwillig zu.

„Das hat sich auf eure Hex-Energie ausgewirkt!“ Herr Rock präsentierte eine lange Liste, auf der jede einzelne Hexerei vermerkt war. Daneben standen Zahlen, als hätte jeder Spruch seinen Preis.

„Hexen haben nicht unbegrenzt Hex-Energie zur Verfügung. Wird in zu kurzer Zeit zu viel gehext, so kommt es zu einer Knappheit. Aus diesem Grund wurde ich geschickt. Hexen eures Alters und Könnens verfügen noch nicht über die Hex-Energie-Vorräte der erwachsenen Hexen und Hexer.“ Wichtig reckte er den Hals und strich sich mit dem Zeigefinger über die Augenbraue. „Es dauert etwa zwei bis drei Wochen, dann verfügt ihr wieder über euren üblichen Vorrat an Hex-Energie. Bis dahin unterlasst bitte alle Hexereien. Sonst passiert so was!“ Er deutete auf Ännie und Paula, die noch immer einen unendlich langsamen Tanz aufführten, der von dumpfem Grummeln und Grollen begleitet wurde. Warnend schnalzte sein langer Zeigefinger in die Höhe. „Solltet ihr euch widersetzen, kann euch vorübergehend der Folfonia-Schlüssel abgenommen werden. Für die Wiedererlangung ist eine Nachprüfung nötig."

Der Folfonia-Schlüssel verlieh den Mädchen ihre Hexenkraft und war hervorragend getarnt. Er sah aus wie ein Sauger am Holzstiel, der zur Reinigung verstopfter Toiletten eingesetzt wird, war aber zusätzlich noch unsichtbar und im Hexenhaus gut versteckt.

Eduard Rock stopfte die Papiere in die Tasche zurück. „Ist euch alles klar, was die nächsten Wochen betrifft? Haltet euch daran." Er führte eine schnelle Folge von Hexenklatschen durch. Einer beendete die Zeitlupe, in der sich alle anderen im Raum befanden, der nächste setzte die Tassen zusammen und beförderte sie auf den Tisch zurück und der dritte befreite Ännie und Paula von den Augenbinden. Mit dem vierten verabschiedete sich Herr Rock.

In der Küche summte und zischte es wieder, und alles war wie vor dem Moment, als Tinka die Tassen hatte retten wollen.

Das heißt, nicht alles. Die Schwestern und Hexenfreundinnen mussten sich mit dem Gedanken anfreunden, in den nächsten Tagen eine ihrer liebsten Beschäftigungen nicht ausführen zu können. Ihr Plan vom gewonnenen Rennen und dem hohen

Preisgeld war damit vorläufig gescheitert. Wahrscheinlich wäre er das ohnehin.

Während die zwei noch dastanden und ihren trüben Gedanken nachhingen, klopfte jemand langsam, aber sehr laut an die Haustür.

Die Hände an den Hosenbeinen abwischend, schob sich Ännie an Tinka und Lissi vorbei und öffnete. Draußen standen drei Männer, alle in dunklen Jacken und mit zerknitterten Gesichtern. Das sonst so freudige „Howdy" blieb Ännie bei ihrem Anblick im Hals stecken.

Der kleinste der drei, dessen vorgebeugte Haltung Lissi an einen Gorilla erinnerte, blickte giftig zu Ännie hoch und sagte: „Wir suchen Frau Trippstett!"

„Was seid ihr denn für Fußgänger?", knurrte Ännie ihn an.

„Sind Sie Frau Trippstett?", fauchte der Kleine zurück.

„Was geht euch das an?" Ännie stellte sich noch breitbeiniger hin, als wollte sie größere Standfestigkeit gewinnen.

Der Kleine streckte die Hand nach hinten und bekam von einem seiner Kollegen einen Brief gereicht, den er Ännie unter die Nase hielt.

„Wir holen die Pferde ab. Sie werden nächste Woche versteigert. Auftrag von Herrn Lehnmann, bewilligt vom Bezirksgericht."

Kommentarlos knallte Ännie ihm die Tür vor der Nase zu. Da der Mann genau auf der Schwelle gestanden hatte, bekam er die Tür vor die Nase und stöhnte auf. Gequetscht tönte es von draußen: „Das nützt Ihnen nichts. Wir holen uns jetzt die Pferde."

Die stämmige Ännie nagte am Nagel ihres Daumens wie ein aufgeregtes kleines Mädchen. In ihren Augen stand Angst.

„Ich kann sie vermöbeln und vom Hof werfen, aber dann hetzt mir dieser Lehnmann bestimmt noch die Polizei auf den Hals."

„He, Gripsbirne, was jetzt?", raunte Lissi aus dem Mundwinkel.

Tinka hatte sich eine blonde Haarsträhne in den Mund gesteckt und kaute heftig darauf herum. Wenn sie nur irgendeine Idee hätte!

Ihr fiel nur ein Ausweg ein. Aber den konnte sie ebenso gut gleich vergessen, weil er ganz bestimmt nichts brachte.

# Tinkas Trick

„Wo wohnen Riki und Franzi?", hörte sich Tinka fragen. Dabei hatte es bestimmt keinen Sinn, mit den beiden zu reden. So, wie die sich gestern aufgeführt hatten, würden sie garantiert kein Interesse daran haben, Ännie und ihren Reiterhof zu retten.

Ännie drehte sich zu Tinka und starrte sie finster an.

„Lady, wir sollten höchstens ihrem Vater die Beine auf dem Rücken verknoten", bemerkte sie düster.

Das hatte Tinka zwar nicht gemeint, aber Lissi gefielen sowohl der Vorschlag als auch die Vorstellung, wie der hochnäsige Herr Lehnmann mit verknoteten Beinen aussehen würde.

„Den Lehnmanns gehört die Villa neben der Abzweigung zum Reiterhof", erklärte Paula, die aus der Küche kam und vorsichtig den frisch gebrühten Kakao schlürfte. Der Duft der Schokolade stieg Tinka in die Nase.

Vor dem Haus knirschte der Kies unter den Reifen der Transporter, die nun vorfuhren.

Energisch stemmte Ännie die Fäuste in die Hüfte. Ihr Schnauben und Knurren verhieß nichts Gutes. „Nein, die nehmen meine Pferde nicht mit", sagte sie in einem Tonfall, der klang, als wollte sie auf der Stelle Hackfleisch und Hamburger aus den drei Männern machen.

Schwungvoll riss Ännie die Tür auf und blinzelte in das grelle Licht der Nachmittagssonne.

Besorgt flüsterte Paula Tinka zu: „Wir müssen sie zurückhalten. Ännie gewinnt immer den Hauptpreis auf dem Rummelplatz bei ‚Hau-den-Lukas'. Sie kann ein Hufeisen mit bloßen Händen verbiegen."

Wie ein Stier vor dem Angriff scharrte Ännie mit dem Fuß.

Draußen stapften die Männer in den Stall, und nach einer kurzen Pause ertönte von dort lautes, ängstliches Wiehern.

„Ich brech ihnen alle Knochen, dieser Lehnmann kann sie anschließend als Puzzle zusammensetzen." Den Kopf zornig vorgestreckt, stürmte Ännie los.

Bevor Tinka bewusst wurde, was sie tat, hatte sie schon zum Hexenklatsch ausgeholt. Sie wollte die

Zeit einen Moment anhalten, um mit Lissi einen Plan auszuhecken. Die niedrige Hex-Energie bewirkte aber wieder das Gleiche wie vorhin: Ännie blieb nicht stehen, sondern bewegte sich wie ein Astronaut auf dem Mond. Genauso erging es dem kleinen Halbstarken, der versuchte, Buffalo aus dem Stall zu führen. Das sonst so sanfte Tier gebärdete sich, als wüsste es von seinem Schicksal.

Lissi presste die Hände an den Kopf. „Hast du einen Wurm in der Birne? Wir sollen das Hexen sein lassen. Sieh dir das an!" Sie deutete auf Paula, die die Kakaotasse an den Mund geführt hatte, aber nicht schnell genug schluckte. Der braune Saft rann links und rechts an ihrem Kinn herunter.

„Solange unsere Hex-Energie nicht völlig erschöpft ist, kann den Pferden nicht wirklich etwas geschehen", erklärte Tinka hastig. „Wir gehen zu dieser Riki und zu Franzi. Ich rutsch vor ihnen auch auf den Knien und nenn sie Hoheit, wenn sie ihren Vater bloß davon abhalten, den Hof versteigern zu lassen."

Doch davon hielt Lissi gar nichts. „Zu diesen Nasenbären willst du gehen? Niemals! Eine Meierbeer macht keinen Kniefall."

„Eine Schnabel tut alles, wenn es darum geht, jemandem zu helfen!", schnappte Tinka beleidigt zurück. Sie packte Lissis Kopf und drehte ihn Richtung

Stalltür, wo der arme Buffalo ängstlich stieg und mit den Vorderhufen strampelte.

„Man sollte diese Weiber ungespitzt in den Boden hauen und Schnittlauch auf ihren Köpfen anpflanzen, damit sie wenigstens zu irgendetwas nütze sind“, knurrte Lissi.

„Komm, wir schaffen das. Gemeinsam!“ Tinka rang flehend die Hände. Lissi musste einfach mitkommen! Allein wollte sie nicht in die Höhle des Löwen.

Langsam, aber sehr bestimmt, schüttelte Lissi den Kopf.

„Niemals. Nein. Mach das allein.“

Tinka sank in sich zusammen. Kleinlaut gestand sie: „Ich … also … das traue ich mich nicht.“

Überrascht sah Lissi sie an. „Echt nicht?“

„Bitte, komm mit.“

„Null Bock.“ Lissi versenkte die Hände in den Hosentaschen und kickte einen Kieselstein von der obersten Treppenstufe.

„Es ist unsere letzte Chance!“, jammerte Tinka.

Lissi bekam auf einmal große Augen, die sie wie ein gehetztes Reh aussehen ließen, das in die Scheinwerfer eines Autos starrt. „Und wenn es danebengeht? Wenn sie uns rauswerfen? Wenn sie so doof daherreden wie gestern und ich den Gitzemann kriege?“

„Den was?“

„Gitzemann! Sagt Frank immer. Heißt übersetzt: in Saft geraten."

Tinka bemerkte, dass an Lissis Hals ihr Herzschlag zu sehen war. Er ging sehr schnell und sehr heftig. Ihre Lippen waren ganz bleich.

„Sag mal, hast du Angst?", fragte Tinka, die es nicht fassen konnte.

„Aber so was von überhaupt nicht!", wehrte sich Lissi.

„Gib's zu, du bist aufgeregt!"

„Nein!"

„Du machst dir doch fast in die Hosen, so wie ich gestern."

„Du spinnst ja, Schwester."

Tinka stieß einen Freudenschrei aus. „Du bist gar nicht so obercool, wie du immer tust. Dir pfeift auch der Dünnschiss durch den Bauch."

„Höre ich recht, Frau Specht?" Lissi spielte die Empörte.

Aus lauter Freude musste Tinka ihre Schwester drücken.

„Kenne ich alles, kenne ich gut!" Tinkas Erleichterung löste warme Wogen in ihr aus. Sie verstellte die Stimme und machte Lissi nach. „Aber jetzt beweg dein Fahrgestell Richtung Landstraße. Wir suchen diese Gören heim und richten ihnen mal die Waden nach Norden."

Lissi musste lachen.

Tinka packte sie am Ärmel und zerrte sie mit sich. „Meine Schwester hat Muffensausen!“, jubelte sie. „Ich bin nicht allein.“

„Die Hirnsauger waren nicht bei den Lydofskys“, bemerkte Lissi. „Dafür haben sie bei dir Überstunden gemacht.“

Während des ganzen Weges redeten die zwei über das, was sie vorhatten. Lissi hob schließlich die Arme wie jemand, der gerade den Befehl „Pfoten hoch!“ gehört hatte.

„Ich gestehe, Frau Richter. Diese Höllenschwestern und ihr Eisprinz von Vater sind mir nicht Pflaumenmus. Ich meine, der Typ scheint nicht nur Kohle zu haben, sondern würde auch die falschen Zähne seiner Oma verschachern, wenn sie Knete bringen. Und was ist, wenn er die Polizei holt? Wenn uns Grit und Vati auch von der Polizeistation abholen müssen? Hast du mit deinem Mückenhirn schon mal daran gedacht?“

„Nein, hab ich nicht. Ich muss immer an den Kristall denken.“

Lissi schnaubte. „Vergiss ihn, denk besser daran, was uns dieser Lehnmann antun kann.“

„Der Kristall“, wiederholte Tinka bockig. „Ich habe mich gewinnen sehen und deshalb so gut gesungen und getanzt. Weil ich gar keine Zweifel hatte an meinem Talent. Weil ich total locker war. Verstehst du?“

Lissi pfiff vor sich hin, als müsste sie sich selbst beruhigen. Ätzend meinte sie: „Heißt das, du wirst für die Weiber und ihren Vater deine Show abziehen? Und aus lauter Begeisterung werden sie dir dann jeden Wunsch erfüllen?“

Nun war Tinka an der Reihe, über die Langsamkeit von Lissi zu stöhnen. „Hör mal, Schwester, schalt einfach einen Gang höher. Statt uns jetzt alle Katastrophen auszumalen, solltest du dir lieber vorstellen, wir kriegen diese Lehnmanns herum. Stell dir vor, wir kommen wieder aus ihrem Haus und machen ‚Ah‘!“. Tinka zog mit der Faust einen unsichtbaren Griff aus der Luft, wie es Tennisspieler oft tun, wenn sie Punkte machen.

Lissi brütete vor sich hin und sagte nichts.

„Wir tun so, als hätten wir schon alles in der Tasche“, fuhr Tinka fort. „Lehnmann hätte schon seine Bullies zurückgepfiffen und Ännie alle Schulden erlassen. Und diese Franzi und Riki fressen uns aus der Hand wie zahme Wellensittiche.“

Lockend rief Lissi mit hoher, verstellter Stimme: „Franzi, Riki!“ Sie streckte den unsichtbaren Vögeln die hohle Hand entgegen. „Hier, schön fressi, fressi, Franzi und Riki. Gru, gru, gru.“

Tinka sog tief die Luft durch die Nase ein. „Spürst

du die Kraft, die uns diese Gedanken geben? Das ist wie Hexerei ohne Hexenklatsch. Wir werden es schaffen."

„Als der Verstand verteilt wurde, hast du dir wohl gerade Zöpfchen geflochten und nicht ‚hier' gerufen", stellte Lissi bissig fest.

Tinka nahm es als Kompliment und Zustimmung ihrer Hexenschwester. Die beiden blieben stehen, und Tinka sah Lissi tief in die Augen. Beschwörend sagte sie: „Wir zwei haben es schon geschafft. Wir verlassen das Haus und klatschen die Hände in der Luft zusammen. Wir können es kaum erwarten, Änne die gute Nachricht zu bringen. Wir lachen uns schlapp, weil wir frech und stark waren und die beiden Zimtzicken herumbekommen haben."

Lissi nickte einmal kräftig. „So sei es!"

# Der perfekte Show

Protzburg! Dieses Wort fiel Lissi sofort ein, als sie vor dem weißen Haus der Lehnmanns standen. Es erinnerte an ein Schloss, das geschrumpft und in einen Garten gestellt worden war, in dem keine einzige Blume blühte.

Eine mürrische Frau in einem schwarzen Kleid öffnete die Tür, als Lissi und Tinka klingelten.

Locker erklärte Lissi: „Wir wollen zu Franzi und Riki."

„Die gnädigen Fräuleins sind im Salon!", erhielten sie als Antwort. Als sich die Haushälterin umdrehte und vorausschritt, schnitt Lissi ihr hinter dem Rücken eine spottende Grimasse.

„Bestimmt muss sie den Hofknicks machen", flüsterte Tinka aus dem Mundwinkel.

Der Salon hatte die Größe eines halben Turnsaals und sah aus wie ein Schauraum in einem Möbelhaus. Perlmuttfarben schillerten hier nicht nur die Tapeten, sondern auch die Seidenbezüge der Polstermöbel. Überhaupt war im Haus der Lehnmanns alles größer als anderswo. Franzi fläzte in einem Sessel und wirkte verloren und winzig in den Gebirgen aus Kissen. Riki rekelte sich auf einem Sofa, auf dem bestimmt eine ganze Schulklasse Platz gefunden hätte. Beide Mädchen verfolgten im Fernsehen eine heiße Kussszene.

„Besuch ist da!“, meldete die Dame und ließ Tinka und Lissi eintreten.

Franzi und ihre große Schwester waren nicht bereit, den Blick vom Bildschirm zu nehmen.

„Bist du das, Paula? Na, sind die Pferde schon alle fort?“

„Howdy, ihr Trantüten!“, rief Lissi in den kleinen Saal.

Zwei Köpfe schossen in die Höhe und blickten über die wuchtigen Lehnen in ihre Richtung.

Franzi rümpfte sofort die Nase.

„Verschwindet, ihr seid nicht willkommen.“

„Pech für Hugo, und den stört's nicht!“, gab Lissi seelenruhig zurück. Tinka schaffte das nie so schnell und bewunderte Lissi für ihre Schlagfertigkeit.

Riki sprang aus dem Sofa auf und strich ihren türkisfarbenen Pulli glatt, der sehr teuer aussah. Mit geschäftiger Miene baute sie sich vor Lissi auf und sagte: „Du nennst den Namen deiner Reitlehrerin, auf der Stelle!"

Lissis dunkle Locken sträubten sich wie die Stacheln eines Stachelschweins, wenn es angegriffen wurde. Schnell mischte Tinka sich ein, um ein mögliches Unglück zu verhindern.

„Also ... das ist eine Sache, die nicht mit wenigen Worten zu erklären ist."

„Wirf sie raus!", verlangte Franzi in gelangweiltem Ton. „Oder soll ich den Gärtner holen? Der macht das gerne."

Tinka kam es so vor, als würde bereits Rauch aus Lissis Ohren quellen.

„Jetzt hört mal zu, ihr zwei ..."

Schnell unterbrach Tinka sie. „Wie gesagt, die Geschichte ist lang ..."

„Die meisten Namen bestehen aus zwei Teilen: Vorname und Zuname, und die höre ich jetzt oder ihr fliegt raus!" Riki plusterte sich auf und schüttelte ihre lockige braune Mähne.

Verzweifelt rang Tinka nach einer Ausrede. Die Lage war absolut hoffnungslos und verloren. Ihr Herz machte wieder Anstalten, im Kopf zu pochen, und das Ziehen im Bauch meldete sich. Rückzug war das Einzige, was blieb. Der Trick hatte doch nicht geklappt, sie hatten verloren.

Lissi war verdächtig still. Tinka spürte bei ihr weder Beben noch Zittern noch Grollen, Schnaufen oder Zischen. Alarmiert warf sie einen Blick auf ihre Hexenschwester.

Mit einem breiten Grinsen im Gesicht stand Lissi Riki Auge in Auge gegenüber.

„Ich nenne dir den Namen!"

Was redete sie da? Zu Tinkas Ziehen im Bauch gesellte sich ein Kribbeln wie von hundert Maikäfern.

„Wie ist das? Habt ihr zwei euer Väterchen unter Kontrolle? Tut er alles, was euch glücklich macht?"

Angeberisch pflanzte sich Franzi neben ihrer Schwester auf. „Unser Vati ist Weltklasse und erfüllt uns jeden Wunsch. Er hat nämlich ein schlechtes Gewissen, weil Mami ausgezogen ist, und deshalb verwöhnt er uns nach Strich und Faden."

„Das heißt, er pfeift seine Bluthunde zurück und lässt den Reiterhof in Frieden, wenn ihr das wollt?"

„Klar!", sagte Franzi patzig.

„Dann sagt ihm mal schnell, dass er das tun soll."

Riki verschränkte die Arme vor der Brust. „Nenn mir einen einzigen Grund, warum wir ihn darum bitten sollten."

„Weil ich euch dann den Namen meiner Lehrerin sage! Ich sage euch, wer mir das beigebracht hat, was ihr gesehen habt."

Die Schwestern wurden zappelig wie kleine Mädchen vor dem Spielwarenladen.

Durch eine Doppelflügeltür platzte Herr Lehnmann in den Salon.

„Ich muss noch mal ins Büro", rief er, ohne Tinka oder Lissi zu beachten.

Franzi stürmte zu ihm und rief: „Vati, bitte, du darfst die Pferde nicht vom Reiterhof wegbringen lassen. Wo sollen wir sonst in Zukunft reiten? Der nächste Hof ist so weit weg."

Ihr Vater öffnete den Mund, und es sah nicht so aus, als wollte er etwas Freundliches sagen.

Riki wandte sich auf die erwachsene Tour an ihn. „Lass Ännie in Frieden. Du hast ohnehin schon so viel um die Ohren."

Der Vater ließ einen erschöpft klingenden Seufzer los. „Das könnt ihr laut sagen."

„Wirklich, der Hof sollte besser in Ännies Händen bleiben", versicherte Riki.

Herr Lehnmann zauberte ein Handy aus der Brusttasche, tippte eine Nummer und wartete. Erst nach mehrmaligem Läuten meldete sich jemand. Durch die Stille im Salon war eine tiefe Stimme zu hören, die sehr langsam und gedehnt sprach.

„Sind Sie betrunken?“, fauchte Herr Lehnmann. „Die Aktion wird auf jeden Fall abgeblasen.“

Er nickte seinen Töchtern zu. „Das war das letzte Mal, dass ich mit diesem Reiterhof belästigt worden bin, klar? Ab jetzt will ich keinen Ton mehr darüber hören. Reitet oder lasst es bleiben, verstanden?“

Wie zwei artige kleine Mädchen flöteten die Schwestern: „Ja, Vati! Du bist der Beste!“

Die Tür fiel zu, und Herr Lehnmann war fort.

Wie zwei Suchscheinwerfer drehten sich Franzi und Riki wieder Lissi zu. Sie wollten endlich den Namen der Reitlehrerin erfahren.

Lissi legte vertraulich den Arm um Tinkas Schultern: „Habe ich alles meiner Schwester zu verdanken, alles.“

Franzi verzog den Mund zu einer hässlichen Fratze: „Häääää?“

Tinka nickte ernst. „Ja, ich reite, seit ich zwei Jahre alt bin. Ich gelte als Naturtalent mit der Gabe, eine übersinnliche Verbindung mit dem Pferd aufzubauen. Leider habe ich eine Allergie gegen Pferdehaare entwickelt, doch ich konnte meine Erfahrungen und mein Wissen an meine liebe Schwester Lissi weitergeben.“

„Gib mir Stunden, Reitstunden!“, verlangte Riki.

Bedauernd schüttelte Tinka den Kopf. „Ist leider nicht mehr möglich. Der Arzt erlaubt es nicht. Aber ihr beide kennt jemanden, der mindestens so gut ist wie ich."

„Wer?" Franzi hing an Tinkas Lippen.

Tinka ließ sie zappeln, bis sie ihr den Namen verriet. „Ännie! Allerdings gibt sie dieses Wissen nur an Reiter weiter, die ihr wirklich sympathisch sind und denen sie vertraut."

Riki und Franzi machten betretene Gesichter.

„Strengt euch an, dann schafft ihr das schon", riet Tinka wie eine gute alte Freundin.

„Aber Hände weg von Buffalo!", fuhr sie fort. „Er sieht ganz harmlos aus, doch wer das Geheimnis nicht kennt, wie er zu reiten ist, der kann gehörig auf die Schnauze fallen." Tinka drückte die Daumen beider Hände und sagte ein wenig übertrieben: „Wir wünschen euch alles Gute und toi, toi, toi."

Franzi und Riki begannen sofort, heftig zu tuscheln, als die Hexenschwestern sich zum Gehen wandten. So höflich und freundlich, wie es die beiden unter Aufbietung aller Kräfte schafften, riefen sie ihnen nach: „Könntet ihr nicht ein gutes Wort bei Ännie für uns einlegen? Sagt ihr, dass wir Vati aufgehalten haben."

Tinka sah die beiden nachdenklich an. „So einfach geht das nicht. Ihr werdet euch da schon selbst anstrengen müssen."

„Ihr schafft das sicher!", fügte Lissi hinzu.

Zwei zerknirschte, kleinlaute Mädchen blieben zurück. Die große Klappe von Franzi und Riki war zu einem verzagten Mündchen geschrumpft, aus dem in nächster Zeit Ännie gegenüber nur das Allerfreundlichste herauskommen würde.

Es war genau so, wie sie es sich vorgestellt hatten. Kaum war die Haustür der Villa hinter ihnen ins Schloss gefallen, schlugen Tinka und Lissi die Hände in der Luft zusammen. Lissi führte das Siegeszeichen der Tennisspieler gleich mehrfach aus, und vor lauter Freude legten die beiden Freundinnen den Weg zum Pferdehof tanzend zurück.

„Wir haben geflunkert!“, gab Tinka zu bedenken.

„Notlüge nennt man das, und sie war für einen wichtigen und guten Zweck!“, belehrte Lissi sie.

Schon aus der Entfernung hoben die Mädchen die Hexerei auf und ließen auf dem Pferdehof wieder alles in normaler Geschwindigkeit ablaufen. Deshalb wunderte es sie nicht, als ihnen die leeren Transporter entgegenkamen.

Tinka quälte nur eine kleine Sorge. „Wirst du … wirst du auch weiter reiten?“

„Klar!“ Lissi schien fest entschlossen. „Aber nur, wenn diese zwei Zwickzangen von Lehnmann-Schwestern mich nicht sehen. Sonst riechen die den Braten doch noch.“

„Aber hast du dann noch Zeit für unser Haus?"

„Schwesterherz, ich habe nicht vor, einen Weltrekord aufzustellen und am Pferderücken festzuwachsen." Lissi pustete sich eine Locke aus der Stirn und grinste Tinka frech an.

„Okay!" Tinka war erleichtert.

Da fiel Lissi wieder ein, was für ein wichtiger Tag heute war: „Sag mal, krieg ich nicht mal ein Geburtstagsgeschenk von dir? Hast du das große Knausern bekommen?"

Tinka jammerte los, als hätte sie den Weltuntergang ausgelöst. „Ich wollte es dir schon heute Morgen geben, aber dann war keine Zeit. Du bekommst es heute Abend, einverstanden?"

„Hauptsache, in den Krallen!", antwortete Lissi vergnügt.

Gierig riss sie ein paar Stunden später das Päckchen auf, das die Größe eines Schuhkartons hatte. Unter dem Einwickelpapier kam tatsächlich eine leicht zerbeulte Schuhschachtel zum Vorschein. Vor Neugier fast platzend, riss Lissi den Deckel hoch und raschelte in dem Seidenpapier, das darunter lag. Sie spürte etwas Weiches, grub es aus dem Papier aus und hielt einen Samthut in den Händen.

„Hab ich schon vor zwei Wochen für dich gekauft", beeilte sich Tinka zu sagen.

„Starkes Teil“, stellte Lissi zufrieden fest. Der Hut war flach, und seitlich waren ein kleiner Pokal, ein Wimpel und sogar ein winziges Siegerpodest und eine Goldmedaille in Münzgröße befestigt. „Ein Siegerhut, was?“

Tinka war erleichtert, dass er Lissi gefiel.

„Ich hab was einsticken lassen. Lies mal, auf der Seite, unter den Ansteckern.“

Lissi drehte den Hut zwischen den Fingern, las und grinste. Sie blickte auf, zwinkerte Tinka zu und sagte: „Hast doch keinen Wurm in der Birne, Schwesterherz. Messerscharf das Richtige erkannt.“

Mit Goldfaden war in den Samt gestickt: Für Lissi, die Beste!

Wie Tinka es gesagt hatte: Auch wenn es mit Lissi manchmal wie verhext war, konnte sie sich keine bessere Schwester und Freundin vorstellen.

Wenn sie nur ihre Hexenkräfte schon wieder zurückhätten. Die beiden konnten es kaum erwarten!

ZUTRITT NUR FÜR HEXEN!

# No Jungs!

## Schwesterherz, du spinnst!

# Wirf die Schwester aus dem Fenster

Es *ist normal, wenn du deine Schwester manchmal aus dem Fenster werfen willst; nicht normal aber ist es, wenn du es wirklich tust!*

An diesen Spruch musste Tinka an jenem Morgen immer wieder denken. Sie hatte ihn in ihrer Lieblingszeitschrift gelesen, die stets die flottesten Mode- und Schminktipps, die größten Poster, die besten Geschichten über alle möglichen Stars und vor allem Laura brachte, die auf alle Fragen der Mädchen eine Antwort hatte. Diese Laura war es auch, die einem Mädchen, das sich bei ihr über die ewig nervende Schwester beschwert hatte, den Spruch als Beruhigung geschrieben hatte.

Ja, am liebsten hätte Tinka Lissi aus dem Fenster geworfen. Es gab dafür nur zwei kleine Hindernisse. Erstens war Lissi stärker als sie und hätte sich bestimmt gewehrt wie eine wilde Katze, und zweitens hätte Tinka sie mindestens in den ersten Stock der Schule tragen müssen. Das erschien ihr doch zu aufwendig.

Die beiden Mädchen standen in der angenehm warmen Frühlingssonne vor der Schule, Tinka auf der ersten Stufe der Treppe an das Geländer gelehnt und Lissi oben am Eingang. Wie sie so dastand, das Kinn frech vorgestreckt, erinnerte sie Tinka an eine Priesterin auf einer Dschungelpyramide, die das erste Menschenopfer erwartete.

Mahnend murmelte Tinka leise in sich hinein: „Jetzt übertreib mal nicht. Sie ist immerhin deine Stiefschwester."

Ein weiterer Hinweis darauf, wie sauer sie auf Lissi war! In guten Zeiten bezeichnete sie Lissi immer nur als ihre Schwester, aber nie als Stiefschwester, obwohl sie das tatsächlich war.

Wie auch an den Tagen zuvor hatten sich in Lissis Nähe einige glühende Verehrer versammelt. Ein Junge mit vor Aufregung roten Backen und Ohren, der eine Klasse unter Tinka und Lissi war, stand,

Papier und Kugelschreiber gezückt, bereit. Zwei andere Jungen, die drei Klassen über ihnen waren, feixten erwartungsvoll herum.

Schon bogen Lissis Opfer in die Straße ein und verlangsamten ihren Schritt. Wahrscheinlich wären sie sogar gerne umgekehrt, aber sie hatten wohl Angst vor Lissis beißenden Kommentaren.

Die drei hießen Hans-Günther, Rolli und Elmer, waren Klassenkameraden von Lissi und hatten den Spitznamen „Drillinge". Immer tauchten sie gemeinsam auf, und keiner der drei schien ohne die anderen beiden auch nur einen Schritt zu tun.

„Morgen, Rolli!", rief Lissi strahlend, als wäre dieser ihr bester Freund.

Rolli zog erschrocken die Schultern hoch, und seine mit viel Lack kunstvoll aufgestellten Haarstacheln knickten ängstlich um. Er erinnerte Tinka an ihren kleinen Bruder David, der früher auch immer gedacht hatte, keiner sähe ihn, wenn er die Augen zupresste.

Lissi wartete, bis Rolli drei Schritte näher war, und verkündete dann ernst: „Seit ich dein Gesicht gesehen habe, gefallen mir meine Plattfüße richtig gut!"

Die umstehenden Jungen kicherten in sich hinein.

Mit gespielter Sorge wandte sich Lissi nun an

Elmer, der meistens verlegen grinste und dabei eine breite Lücke zwischen den Vorderzähnen zeigte. Als ihn Lissis Blick traf, machte er eine Bewegung, als wollte er sich hinter Hans-Günther verstecken.

„Hallo, Elmer!" Man hätte glauben können, Lissi spreche mit einem Hund, der sich die Pfote verletzt hat. „Es ist wirklich ein dummer Brauch, ein Baby dreimal hochzuwerfen. Vor allem, wenn es beim dritten Mal nicht gefangen wird wie du."

Der Kleine mit den roten Backen gab ein Lachen von sich, das wie eine kleine Explosion klang, und notierte Lissis Ausspruch sofort auf seinem Zettel.

Nach Worten ringend, machte Elmer den Mund auf und zu, aber es kam kein Ton heraus. Hilflos schluckte er immer wieder und stampfte auf wie ein trotziges Kleinkind.

Hans-Günther verschränkte die Arme vor der Brust und sah Lissi herausfordernd an. Die Augen zu schmalen Schlitzen verengt, kam er näher. Sein Gang wurde immer breitbeiniger.

Lissi klimperte mit den Wimpern und winkte ihm mit den Fingerspitzen. „Tag, Hans-Güntherchen!"

„Hau ab!", zischte ihr Hans-Günther zu.

Als hätte sie es nicht gehört, trat Lissi genau vor die Eingangstür, damit er nicht einfach ins Schulhaus flüchten konnte. Ganz begeistert fragte sie ihn: „Stimmt's, deine Eltern sind Chemiker?"

„Was?" Hans-Günther schüttelte verwirrt den Kopf. Mit einer solchen Frage hatte er überhaupt nicht gerechnet.

Schon beugten sich die großen Jungs vor, damit ihnen kein Wort entging. Lissis kleiner Fan und Mitschreiber hing an ihren Lippen.

„Klar, deine Eltern müssen Chemiker sein!", wiederholte Lissi. „Du siehst nämlich aus wie ein missglückter Versuch!"

Während Hans-Günther empört die Luft einsog, grölten die zuhörenden Jungen lachend auf. Triumphierend drehte Lissi den Kopf zu ihnen und holte sich die erwartete Begeisterung ab.

Die Drillinge ballten ihre Fäuste, knirschten mit den Zähnen und rangen nach irgendeinem Spruch, mit dem sie Lissi die Frechheiten heimzahlen konnten. Wie aber auch schon an den Tagen zuvor fiel ihnen keiner ein.

Höflich öffnete ihnen Lissi die Schwingtür. „Husch, husch, ab in die Klasse, aber nicht wieder aus dem Klo trinken, klar?"

Hämisches Gelächter schallte den dreien hinterher. Einer der großen Jungen ging auf Lissi zu und streckte ihr die flache Hand entgegen. Kumpelhaft klatschte Lissi darauf.

„Deine Schwester, der nackte Wahnsinn!“, sagte jemand Tinka von hinten leise ins Ohr. Sie brauchte sich nicht umzudrehen, denn sie hatte die Stimme sofort erkannt.

# Schwesterherz, du spinnst!

„Tag, Julio!"

„Hallo, Tinka!"

Ein groß gewachsener Junge mit wilder Strubbelmähne trat neben sie und versetzte ihr einen zärtlichen Stoß mit dem Ellbogen. „Alles klar auf der Andrea Doria?"

„Andrea wie?" Tinka sah ihn nicht einmal an, weil sie die Augen nicht von Lissi und ihren Anhängern abwenden konnte.

„Andrea Doria war ein Schiff, das untergegangen ist. Davor aber war alles klar auf der Andrea Doria!" Julio folgte Tinkas Blick. „Du hättest Lissi gestern Nachmittag echt erleben sollen. Als ich zum Fußballtraining gekommen bin, war die Mädchenmannschaft gerade mit einem Spiel fertig. Sören, du weißt schon, der Käpten der Schulmannschaft aus der letzten Klasse, sagte ziemlich laut, dass für ihn die kickenden Weiber aussehen wie besoffene Hühner in Stöckelschuhen. Danach hat er gerülpst."

Bevor Julio weitererzählte, ahnte Tinka schon, was Lissi getan hatte. Sie wurde auch sofort bestätigt.

„Lissi hörte das, baute sich vor ihm auf und funkelte ihn an. Alle anderen Spieler standen dabei. Sören mimte zuerst noch den Starken, aber als Lissi ihn nur durchdringend ansah, begann er sich sichtlich unwohl in seiner Haut zu fühlen." Julio strich mit dem Finger über die kleine sternförmige Narbe an seinem Kinn, die von einem Fahrradunfall zurückgeblieben war.

„Hat sie gesagt: Ich kann lauter?" Tinka fragte das mit leiser Stimme.

Julio nickte langsam. „Und es stimmte. Ich meine, es war wie eine Explosion. Danach war es absolut still. Sören hatte es die Sprache verschlagen. Lissi sagte noch: Das ist meine Meinung zu dir! Und zog dann einfach ab."

Nach einem tiefen Seufzer meinte Tinka: „Sie ist so … unmädchenhaft. Ich meine, Lissi führt sich auf wie der Oberjunge."

„Der nackte Wahnsinn!", wiederholte Julio. Dann aber fiel ihm ein, dass er dringend noch einen Teil der Mathematik-Hausaufgaben abschreiben musste.

Er hauchte einen Kuss auf seinen Zeigefinger und drückte ihn Tinka auf die Wange. „Bis später!"

Tinkas betrübtes Gesicht übersah er. Nicht absichtlich, aber weil seine Gedanken schon längst bei der vergessenen Hausaufgabe waren.

Für Tinka war Lissis Benehmen einfach nur peinlich. Schrecklich peinlich. Sie genierte sich ganz entsetzlich.

„Voll peinlich!", tönte es neben ihr. Einen Augenblick glaubte Tinka, sie höre eine zweite Stimme in ihrem Kopf, die ihr nur sehr bekannt vorkam.

Doch die Stimme war echt und gehörte ihrem Bruder Stan. Er stand neben ihr und blickte kopfschüttelnd zu Lissi. Hinter ihm kam mit schlurfenden Schritten Frank, Bruder Nummer zwei.

„Versichern sollte man sich gegen so etwas lassen!", stellte Stan fest. Zu Frank sagte er: „Du hast diese Röhre in die Familie mitgebracht. Leg sie an die Leine oder setz ihr einen Maulkorb auf."

Die Worte, die Frank pro Tag sprach, konnte man zählen. Auch in diesem Moment bequemte er sich nur zu einem „Null Bock".

Stan versetzte seiner Schwester einen kumpelhaften Stoß: „Da bin ich richtig dankbar, mit so einem Exemplar wie dir gesegnet zu sein."

Es war bestimmt das größte Kompliment, das er Tinka in den vergangenen zwölf Jahren jemals gemacht hatte. Als die Brüder aber Lissi auf sich zukommen sahen, hatten sie es auf einmal sehr eilig, im Schulhaus zu verschwinden.

Fröhlich pfeifend, ging Lissi zu Tinka hinüber und sah sie Beifall heischend an. „Den drei Großmaul-Gorillas habe ich die tägliche Abreibung verpasst. Ich glaube, sie fühlen sich ohne schon gar nicht mehr wohl."

Die großen Jungen auf der anderen Seite des Eingangs stimmten einen Schlachtgesang an, der den überaus geistreichen Text hatte: „Li-i-i-issi, Li-i-i-issi, e-o-eeee! E-o-eeeee!"

Wie ein Superstar winkte Lissi ihnen huldvoll zu.

„Diese Angeber-Affen verdienen es wirklich, jeden Tag eins auf die Rübe zu bekommen." Lissi war absolut überzeugt davon, dass es richtig war, wie sie die drei behandelte. „Hast du gemerkt, seit ich ihnen jeden Tag einen kleinen Empfang bereite, sind sie bis zur letzten Stunde streichelweich und brav."

Zwischen die Schwestern drängte sich die pummelige Greta. „Diese Sprüche, Lissi, diese Sprüche!" Gemeinsam betraten sie das Schulhaus. Tinka genierte sich heftig für ihre Schwester. Sie hätte gerne zu Greta etwas gesagt wie: „Ach, sie meint das nicht so." Aber Lissi hätte das bestimmt nicht gefallen, und Tinka hatte keine Lust, sich auch so einen Spruch von ihr einzuhandeln.

Kurz bevor sie das Klassenzimmer erreichten, bog Tinka nach links ab und eilte zappelnd auf eine Tür zu, auf der aus dunkler Folie ein Kopf und ein paar Finger breit darunter zwei Beinchen klebten. Der Mittelteil fehlte, aber jeder wusste, er stellte ein Kleidchen dar.

Wie konnte ein Tag werden, wenn er mit einem solchen Morgen begann? Tinka hatte sich über Lissis Benehmen schrecklich aufgeregt, und nun fühlte sich ihr Bauch an, als befände sich in ihm ein Vulkan. Sie hatte gelesen, wie gut drei große Gläser warmes Wasser gleich nach dem Aufstehen für die Schönheit waren, und deshalb trank sie seit zwei Wochen sogar vier. Das viele Wasser wollte natürlich auch wieder raus, und schon einige Male hatte Tinka einen wilden Galopp veranstalten müssen, um noch rechtzeitig die Toilette zu erreichen.

Während sie dasaß und auf die Kritzeleien an der Innenseite der Kabinentür starrte, dachte sie grimmig: Schwesterherz, du spinnst. Du spinnst hochgradig. Die feinen Härchen in ihrem Nacken stellten sich auf, als sie sich Lissis Sprüche und den Bericht über ihr Rülpsen wieder ins Gedächtnis rief.

Auf dem Gang rasselte die altmodische Schulglocke, die nur aus losen, scheppernden Teilen zu bestehen schien. Tinka wusch sich hastig die Hände, spritzte sich kaltes Wasser ins Gesicht und verließ eilig das stille Örtchen. Sie hasste es, auch nur eine halbe Minute zu spät im Klassenzimmer zu sein.

Hinter ihr ertönte das Klick-Klack hoher Stöckelschuhe, das zu Frau Rittfuchs gehören musste. Sie war neu an der Schule und hatte die Biologielehrerin der Klasse ersetzt, die ein Baby erwartete.

„Katharina, hallo!“, rief sie mit ihrer hohen, hellen Stimme und beschleunigte ihren Schritt.

Tinka drehte sich zu ihr. „Guten Morgen, Frau Rittfuchs.“

Große dunkle Augen in einem schmalen, von kurzen dünnen rotbraunen Haaren umrahmten Gesicht sahen Tinka an. In der rechten Hand hielt die Lehrerin eine flache Schachtel mit Löchern im Deckel.

„Gestern habe ich einen gefunden und eingefangen. Aber nur für heute, damit ihr alle einen echten sehen könnt. Am Nachmittag lasse ich ihn selbstverständlich wieder frei.“ Die Lehrerin trug die Schachtel so behutsam, als wäre sie aus dünnem Glas.

„Was haben Sie da drin?“, wollte Tinka wissen.

„Eines der großen Wunder der Natur. Ach, wie sehr liebe ich die Natur! Welch geniale Baumeisterin und Erfinderin sie doch ist.“

Noch immer wusste Tinka nicht, was in der Schachtel war, aber das erstaunte sie nicht sehr. Frau Rittfuchs erschien ihr manchmal wie eine Elfe, die sich für die Schule in enge Jacken und Röcke quetschte und Schuhe mit hohen, spitzen Absätzen trug. In Wirklichkeit aber hatte sie wohl feine Flügel am Rücken und flatterte in der Nacht in einem weißen Kleidchen durch den Wald und durch den Nebel, der über dem Wasser der Teiche und Bäche lag.

„Katharina, Kindchen, du siehst heute aus wie eine Regenwolke. Geht es dir nicht gut? Bedrückt dich etwas?“ Die Anteilnahme der Lehrerin klang echt und wirklich besorgt.

Am liebsten hätte Tinka natürlich gesagt: „Ach, es ist nur meine Stiefschwester. Sie führt sich schlimmer auf als der wildeste Junge der Schule, und ich finde das total peinlich.“ Aber sie schwieg lieber.

## Klassenfahrt in Sicht

Sie hatten die Klasse erreicht, und Tinka ließ der Lehrerin den Vortritt. Hinter sich schloss sie leise die Tür und eilte vor in die erste Bank, gleich beim Lehrertisch, wo Lissi bereits in ihrem Stuhl flätzte. So unauffällig wie möglich schlüpfte Tinka auf ihren Platz, nahm Biologiebuch und Ringmappe heraus und legte Füller und farbige Filzstifte daneben. Kreuz und quer und drunter und drüber gab es bei ihr nicht. Alle Schulsachen lagen gerade, wie mit dem Lineal ausgerichtet, auf dem Tisch.

„Meine Lieben", begann Frau Rittfuchs, stellte die Schachtel ab und hielt die Hände feierlich vor der Brust gefaltet. „Jeden Tag sollen wir die Natur bewundern und für all die Genialität preisen, die sie uns bietet."

Ein lauter Schluckauf tönte durch die Klasse, und alle Köpfe drehten sich in Rollis Richtung, der mit seinen Freunden die letzte Bank besetzte. Verlegen grinsend, sagte er „'tschuldigung. Das ist die Natur in mir."

Einige kicherten.

„Um lebendig werden zu lassen, was wir im Unterricht nur auf Bildern in unserem Lehrbuch sehen, werden wir eine viertägige Klassenfahrt machen."

Lauter Jubel brach aus, und die Lehrerin versuchte, ihn mit energischen Handbewegungen zum Verstummen zu bringen. Viel erreichte sie damit aber nicht.

Lässig erhob sich Lissi und rief wie ein General in den Lärm: „Klappe ZU!" Als nicht sofort alle verstummten, wiederholte sie das Kommando lauter und energischer. Nun schlossen sich alle Münder, und es herrschte wieder Stille. Mit einem zufriedenen Grinsen ließ sich Lissi zurück auf den Stuhl fallen.

Das linke Auge der Biologielehrerin zuckte nervös. Sie sah Lissi an, ratlos, was sie in diesem Moment sagen sollte.

„Äh …", begann sie dann. „Also, wir werden vier Tage auf dem Land verbringen und uns dort an den Wundern der Natur berauschen und ergötzen."

Elmer hob die Hand. Frau Rittfuchs erteilte ihm das Wort.

„Heißt das, wir müssen Bier trinken?"

„Äh, wieso?" Die Lehrerin sah sich verwirrt um.

In einer der hinteren Bankreihen beugte sich Greta nach vorn, spitzte die Lippen und äffte den trällernden Tonfall der Lehrerin nach: „In der Pause werde ich mich an meinem Brot ergötzen. Was habt ihr denn zum Ergötzen mitgebracht?"

Tinka schwieg. In ihrer Tasche lag eingewickelt in Alufolie ein doppelter Toast mit Salami, Honig und Essiggurken dazwischen.

Da klopfte jemand einmal und sehr heftig an die Tür und riss diese gleich darauf auf. In der rechteckigen Öffnung stand Frau Müllenburg, die Direktorin der Schule. Zwischen den Fingern hielt sie ihre Brille, die sie immer an einer dünnen Kette um den Hals trug, und fuchtelte damit herum wie ein Dirigent vor dem Orchester.

Im Klassenzimmer konnte man in diesem Augenblick eine Stecknadel fallen hören. Die Schüler hatten Frau Müllenburg den Spitznamen „Adlerauge" gegeben, weil ihr nichts zu entgehen schien. Tauchte sie persönlich in einer Klasse auf, so bedeutete das nie etwas Gutes.

„Entschuldigen Sie die Störung, aber könnte ich Sie bitte kurz sprechen, Frau Kollegin?" Adlerauge sagte es in einem Tonfall, der zu verstehen gab: Sie kommen am besten auf der Stelle zu mir, weil Sie ohnehin schon genug Ärger haben.

Das zarte Rosa wich aus dem Gesicht von Frau Rittfuchs. Furchtsam trippelte sie zur Tür. „Beschäftigt euch still und lest schon das nächste Kapitel im Buch!“, trug sie den Schülern auf.

Die Direktorin winkte sie auf den Gang und schloss die Tür. Rolli sprang sofort auf, huschte hin und versuchte zu verstehen, was draußen gesprochen wurde.

Im Pappkarton auf dem Lehrertisch surrte etwas. Es war ein tiefes, brummendes Surren wie von einem kleinen Propeller.

Alle Augen waren auf Rolli gerichtet, der an seinen Haarstacheln zupfte und angestrengt lauschte.

„Die kriegt eine echte Abreibung, die Foxtrott“, zischte er den anderen zu.

Das Surren in der Schachtel wurde heftiger und zorniger. Der Deckel war verrutscht und saß nur noch schief auf der Schachtel. Von innen drückte etwas dagegen.

Rollis Augen wurden groß vor Sensationslust. „Eltern haben sich beschwert, weil die Foxtrott lebende Tiere in den Unterricht bringt. Wenn sie es noch einmal tut, gibt's Ärger. Und falls auf unserer Klassenfahrt etwas schiefläuft, fliegt sie.“

Tinka tat die Lehrerin leid. Frau Rittfuchs behandelte die Tiere mit allergrößter Vorsicht. Ihr wurde sehr unrecht getan.

Überraschend ging die Tür auf, während Rolli noch immer gebückt, das Ohr an die Innenseite gepresst, dastand. Er stolperte nach vorn und stieß mit dem Kopf an die schmale Taille der Direktorin. Er sah aus wie Tinkas kleiner Bruder David, wenn er zu seiner Mutter kuscheln kam.

Einige kicherten, und Rolli bekam vor Verlegenheit feuerrote Ohren.

Der Deckel der Schachtel auf dem Lehrertisch rutschte noch weiter zur Seite. Ein Spalt entstand, durch den sich ungeduldig und energisch ein dicker schwarzer Käfer zwängte. Auf seinem Kopf prangte ein dunkles Geweih. Tinka sah ihn, und ihr erster Gedanke war das rote Dreieck im Biologiebuch: Hirschkäfer waren streng geschützt und vom Aussterben bedroht. Frau Rittfuchs hätte keinen in die Schule mitbringen dürfen.

Mit einem energischem Räuspern schob Frau Müllenburg Rolli zur Seite und machte tadelnd „Tststs!". Sie schickte ihn auf seinen Platz zurück und ging selbst auf den leeren Stuhl neben Greta zu. Heidrun, die sonst dort saß, hatte Windpocken und fehlte schon seit einer ganzen Woche.

Frau Rittfuchs' Stimme glich einem hohen

Zwitschern, als sie der Klasse erklärte: „Frau Direktor Müllenburg will ein wenig bei uns zuhören."

Die Schüler zogen die Köpfe ein, und alle taten, als müssten sie die richtigen Seiten im Biobuch und im Heft aufschlagen.

Wie ein Stück Holz klapperte der Hirschkäfer auf dem Lehrertisch. Außer Tinka hatte ihn bisher noch niemand bemerkt. Wenn Adlerauges scharfer Blick darauf fiel, stand es um die Biologielehrerin schlecht.

Ein eiskaltes Kribbeln kroch durch Tinkas Wirbelsäule. Sie hatte das Gefühl, ihre langen blonden Haare würden sich im Nacken sträuben.

Am liebsten hätte sie gequiekt, das aber traute sie sich aus verschiedenen Gründen nicht. Ihr blieb ein einziger Ausweg: Sie würde die Kräfte verwenden, die Lissi und sie seit einiger Zeit besaßen. Es war ihnen verboten, sie in Anwesenheit von Nicht-Eingeweihten zu benutzen, doch es handelte sich hier um einen Notfall, und der rechtfertigte alles.

Tinka spreizte auf ihrem Schoß Daumen und die kleinen Finger beider Hände.

Der Hirschkäfer krabbelte ein Stück, und seine Flügel begannen zu zucken. Er machte sich startklar. Tinka musste schnell handeln. Sie war gut im Auswendiglernen von Sprüchen, in der Geschwindigkeit aber hatte sie Schwierigkeiten, den richtigen in ihrem Kopf zu finden.

Ihr fiel eine Zeile ein, die sie erst vor ein paar Tagen geübt hatte. Sie erschien ihr passend. So murmelte sie: „Elexirus!" Dazu tippte sie dreimal die Fingerspitzen aneinander. Diese Bewegung hieß Hexenklatsch und setzte den Spruch erst in Gang.

Die Wirkung trat augenblicklich ein.

# Die krabbelnde Pfütze

Was in den Sekunden danach geschah, hier in Zeitlupe:

Frau Rittfuchs ging zu ihrem Tisch, um etwas aus ihren Unterlagen zu holen. Dabei entdeckte sie den krabbelnden Hirschkäfer und riss Augen und Mund zu einem stummen verzweifelten Schrei auf und blähte dazu auch nach die Nasenflügel. Ihre überaus große Tierliebe erlaubte ihr nicht, das Einzige zu tun, das eine Entdeckung des Käfers durch die Direktorin verhindert hätte: Niemals würde sie ein Heft oder ein Buch auf das Tier schlagen.

Lissi bemerkte das Erschrecken der Lehrerin und folgte ihrem Blick. Sofort war ihr klar, wie tief die Biologielehrerin in der Patsche steckte. Die Klassenfahrt war damit wohl erledigt, und Frau

Rittfuchs würde sich bald eine neue Stelle suchen müssen.

Nun aber trat die Wirkung von Tinkas Zauber in Kraft. Der Spruch war harmlos und wurde normalerweise zum Entsaften von Orangen, Äpfeln und Zitronen verwendet. Er verwandelte die Frucht in Limo, die mit dem ausgestreckten Zeigefinger dann direkt in ein Glas gelenkt werden konnte.

Der Hirschkäfer war aber keine Frucht und besaß sechs Krabbelbeine, die sich mit der Hexerei nicht gut vereinbaren ließen. Der dicke schwarze Körper schmolz zwar dahin wie ein Stück Butter in der Sommersonne, und auch das Geweih verwandelte sich in zähe, klebrige Flüssigkeit. Nur die Beine leisteten Widerstand und blieben unter dem dickflüssigen, glänzenden schwarzen Fleck erhalten.

Fassungslos schlug die Lehrerin die Hände vor den offenen Mund. Für sie sah es aus, als hätte nur ihr Gedanke, sie könnte ein Buch oder ein Heft auf ihn fallen lassen, den armen Käfer in Mus verwandelt.

Aus den Augenwinkeln sah Lissi Tinkas Bewegung beim Hexenklatsch, und deshalb wunderte sie die seltsame Verwandlung des Käfers weniger.

Tinka presste die Zähne aufeinander und die Lippen zusammen. Sie klammerte sich an der Sitzfläche ihres Stuhles fest, und jeder ihrer Muskeln verkrampfte sich.

Die dunkle Pfütze begann, sich zu bewegen. Zuerst rann sie über die Kante des Lehrerpultes, plumpste mit einem dumpfen Laut zu Boden und begann dort, an den Beinen der Tische entlangzulaufen. Sie steuerte direkt auf Lissi und Tinka zu.

„Bitte, Frau Kollegin, setzen Sie den Unterricht fort!" Die Direktorin gab Frau Rittfuchs ein Zeichen, das einer Königin gegenüber ihren Untertanen würdig gewesen wäre.

Aber die Biologielehrerin bekam keinen Ton heraus. Ihre Augen waren auf den wabbelnden flachen Tropfen gerichtet, der noch vor wenigen Sekunden ein Hirschkäfer gewesen war.

„Was ist denn auf dem Boden?", fragte Frau Müllenburg ungeduldig.

Auch Lissi warf jetzt alle Vorsicht über Bord und hob die Finger zum Hexenklatsch. Sie wollte Frau Rittfuchs viele Worte in den Mund wünschen, konnte sich aber nur verschwommen an den Spruch dazu erinnern. Irgendetwas mit „Poeticus" war es, und damit es auch schnell und gut wirkte, schlug sie die Fingerspitzen sehr fest und gleich fünfmal aneinander.

*„Erzählen will ich euch von Wald und Wiesen,*
*wo wir die Wunder der Erde erleben und genießen."*

Lissis Hexerei hatte zwar nicht ganz die gewünschte Wirkung, aber zumindest eine starke. Die ganze Aufmerksamkeit war auf Frau Rittfuchs gerichtet. Eine Hand an die Brust gepresst, den anderen Arm ausgestreckt, stand sie vor der Tafel und hörte sich an wie eine Schauspielerin auf der Theaterbühne. Sie redete, ohne Luft zu holen, und zu Lissis Kummer in Reimen. Die ersten Zeilen drehten sich alle noch um edle Hirsche und das Rot der Kirsche, die Anmut der Rehe, die wir niemals sehen aus der Nähe, und den Kuckuck, der zwischen Baumwipfeln flattert, und die Ente, die auf dem Teiche schnattert.

Aus einem Grund, den Lissi sich nicht erklären konnte, geriet die Sache dann aber außer Kontrolle, und auf einmal verkündete die Biologielehrerin mit warnend gesenkter Stimme:

*„Doch wenn euch rote Ameisen beißen,*
*werden eure Schreie die Luft zerreißen,*
*Tränen werden fließen nicht zu knapp,*
*denn die Ameisen nagen euch*
*bis auf die Knochen ab!“*

Mit einem angeekelten „Iiiiii!“ lehnte sich Frau Müllenburg in ihrem Stuhl ganz weit nach hinten, als kämen die roten Ameisen schon schnell auf sie zugekrabbelt.

Die Mädchen und Jungen der Klasse starrten sie mit einer Mischung aus Faszination und Abscheu an.

Der flüssige schwarze Hirschkäfer aber waberte über Lissis Sportschuh in Tinkas Richtung. Es war nur noch eine Frage von Zentimetern, bis Tinka aufspringen und sich kreischend auf ihren Stuhl retten würde. Sie hatte die absolute Panik vor Käfern und Spinnen, und sah sie eine Maus, quiekte sie lauter, höher und schlimmer als jede Comicfigur in einem Zeichentrickfilm. Sie hatte den Hirschkäfer in einer wirklichen Notsituation verhext.

Erst jetzt fiel ihr die wesentlich einfachere Lösung ein, die sie auch sofort in die Tat umsetzte: Ein Hexenklatsch genügte, und der flüssige Käfer war wieder in seiner Schachtel. Ein zweiter Hexenklatsch schloss den Deckel, und ein dritter verwandelte den kriechenden Klecks wieder in den Hirschkäfer zurück.

*„Wild ist das Leben dort draußen im Wald,*
*auf unserer Fahrt erfahrt ihr das bald,*
*erscheinen mag es uns grausam und schlecht,*
*doch in der Natur hat alles Sinn, ist alles recht!"*

Die Hände zur Decke erhoben, den Blick nach oben gerichtet, stand Frau Rittfuchs da. „Hat alles Sinn, ist alles recht!“, setzte sie noch einmal nach wie ihr eigenes Echo.

In der Klasse wurden ratlose Blicke gewechselt. Was war das gerade gewesen?

Elmer gab einen schnarchenden Lacher von sich. „Die hat ja gereimt“, platzte er heraus und erntete dafür viel Gekicher.

„Deine Leitung liegt auch dreimal um die Schule!“ Hans-Günther rollte die Augen und stöhnte gequält.

Hinter Tinka und Lissi stemmte sich Frau Müllenburg mit beiden Händen an der Tischkante hoch. Bekümmert verfolgte Lissi jede ihrer Bewegungen. Es war allein ihre Schuld, wenn die Lehrerin jetzt rausgeworfen wurde.

Sich räuspernd trat Frau Müllenburg neben die Biologielehrerin und nickte langsam.

Was hatte diese ernste Miene zu bedeuten?

„Schon lange war es mein Wunsch, dass die verschiedenen Fächer viel mehr ineinandergreifen.“ Die Direktorin hakte ihre Finger ineinander, als wolle sie mechanische Zahnräder formen. „Biologieunterricht in Reimen, welch wunderbare Idee, Frau Kollegin! Wie viel Vorbereitung mag Sie das gekostet haben! Ich bin wirklich sehr beeindruckt, und ihr …“, sie wandte sich der Klasse zu, „… habt Glück, von einer so außergewöhnlichen Frau unterrichtet zu werden.“

„Ich danke, Frau Direktor, wie nett, doch jetzt ist mir schlecht und ich muss ins Bett."

Völlig verwirrt und fassungslos, weil sie sich nicht erklären konnte, was in sie gefahren war, stolperte Frau Rittfuchs aus dem Klassenzimmer. Da ihre hohen Absätze sie beim Laufen hinderten, schlüpfte sie einfach aus den Schuhen und trug sie an den Riemchen in der Hand.

Verdutzt sah ihr die Direktorin nach.

Tinka rief, um die Lage zu retten: „Äh … sie ist so bescheiden, unsere Frau Rittfuchs. Bestimmt schämt sie sich jetzt wegen des vielen Lobs."

Zustimmend nickte die Schuldirektorin Tinka zu. „Ach wie schön, dass es noch solche Leute gibt."

Für den Rest der Stunde trug sie den Mädchen und Jungen auf, im Biologiebuch zu lesen. Kaum aber hatte sie die Klasse verlassen, redeten alle drauflos. Jeder musste seine Meinung zu dem Geschehenen loswerden.

Lissi drehte sich auf dem Stuhl zu Tinka. „Gratuliere, Schwester, du hast nicht nur die Rittfuchs, sondern auch unsere Klassenfahrt gerettet. Hätte Adlerauge den Hirschkäfer bemerkt, wäre das für die Rittfuchs eine haarige Sache geworden."

Tinka beugte sich nahe zu Lissis Ohr und wisperte piepsig: „Aber wir dürfen nicht in der Öffentlichkeit hexen."

Mit einer wegwerfenden Geste meinte Lissi: „Notfall. Das gilt immer als Ausrede. Es war der reinste Notfall.“

# Flunker, flunker, flunker

Der Mittwoch war ein zweigeteilter Tag für Tinka und Lissi. Nach der fünften Schulstunde hatten sie Mittagspause und ab halb drei Uhr noch Sportunterricht

„Ist heute wieder Händchen-Zeit?“, zog Lissi ihre Schwester beim Verlassen der Schule auf. Tinka atmete tief ein, bis ihr fast schwindlig wurde. Erstens beruhigte so ein tiefer Atemzug, wenn sie die Ratschläge des Doktors im Fernsehen richtig verstanden hatte, und zweitens gab er ihr ein paar Sekunden, in denen sie eine wichtige Entscheidung treffen konnte: Sollte sie Lissi anlügen oder nicht?

Ebenso lang, wie sie eingeatmet hatte, stieß sie die Luft wieder aus. Sie spielte die Verlegene und sagte, den Blick auf ihre Schuhspitzen gerichtet. „Ja, ist heute, wenn du nichts dagegen hast."

Gönnerhaft klopfte ihr Lissi auf den Rücken. „Ach was, viel Vergnügen mit Bussi-Boy!"

Sogar diesen Namen ließ Tinka an diesem Nachmittag ohne Protest stehen. Ihre Gedanken waren ganz woanders und ganz bestimmt nicht dort, wo Lissi sie vermutete. Lissi war sicher, Tinka konnte es kaum erwarten, ihren Julio zu treffen und mit ihm im Park auf der Bank zu sitzen und die Brote zu verdrücken, die Boris ihnen am Morgen mitgegeben hatte.

Sie lag kilometerweit daneben mit dieser Vermutung. Tinka dachte tatsächlich an Julio, aber hauptsächlich daran, wie sie ihn an diesem Tag loswerden konnte.

Lissi winkte und ging Richtung Eisdiele davon. Sie hatte sich schon die ganze Deutschstunde lang überlegt, was sie als Mittagessen verdrücken sollte, und sich für Eisspaghetti entschieden.

Unruhig trat Tinka von einem Bein auf das andere und wartete auf Julio. Er hatte in der letzten Stunde immer Mathematik bei Professor Tröger, der gerne überzog. Die Schulglocke klingelte bereits zum Ende der Pause, als endlich Julios Klassenkameraden und er durch die Eingangstür kamen.

„Tröger hat heute bestimmt die längste Rechnung

der Welt aufgeschrieben", stöhnte er und strich ein paar feuchte Haarsträhnen aus der Stirn. „Keiner versteht, was er da ständig in seinen Bart murmelt. Ich glaub, nicht mal er selbst." Fröhlich zwinkerte er ihr zu. „Hab mich total auf dich gefreut. Park oder Park oder Park?"

„Kann nicht!" Tinka war über das schrille Quietschen ihrer Stimme selbst überrascht.

„Nicht?" Julios Locken hingen auf einmal schlaff an seinem Kopf herab. Mit tieftraurigem Dackelblick sah er Tinka an. „Echt nicht?"

„Tut mir so leid!" Sie schämte sich immer mehr. Innerhalb weniger Minuten gleich zwei faustdicke Lügen. So etwas tat Tinka sonst nie.

„Schade. So schade." Julio klopfte auf seinen Rucksack. „Dabei habe ich heute extra für dich Erdnussbutter und dazu Himbeermarmelade auf mein Schinkenbrot gestrichen. Jetzt muss ich das wohl selbst essen. Wenn ich es nicht überlebe, ist es deine Schuld."

„Wie süß von dir!" Tinka liebte Schinken mit Erdnussbutter und Marmelade. Etwas anderes war aber wichtiger. „Nächste Woche wieder, einverstanden?"

„Nächste Woche sind wir gemeinsam auf Klassenfahrt, weißt du das nicht?"

„Ihr kommt auch mit?", platzte Tinka heraus.

Julio legte den Kopf zur Seite und sah sie argwöhnisch an. „Hört sich an, als wolltest du das nicht!"

„Nein, nein, nein!", versicherte Tinka schnell. „Ist super. Ist nur so überraschend."

„Wir haben doch auch die Foxtrott, und sie will uns …", Julio presste die Hände ans Herz und schmetterte dramatisch, „… die Wunder der Natur aus nächster Nähe vorführen."

Tinka küsste ihre Handfläche, streckte sie in Julios Richtung und pustete darüber, um ihm das Küsschen zukommen zu lassen. Als wäre es ein Fußball, der nur mit dem Kopf ins Tor zu bekommen war, hechtete Julio hoch und fing den unsichtbaren Kuss aus der Luft ab. Mit einem wohligen Seufzer landete er wieder auf den Füßen und winkte Tinka.

Den ganzen Weg bis zur Kristallgasse 77 sagte sich Tinka im Kopf vor: „Wozu bin ich Hexe, wenn ich das nicht hexe? Es ist sicher gestattet, weil es etwas Gutes ist, und es ist wichtig, weil ich es brauche."

In den vergangenen Monaten hatte sich im Leben von Tinka und Lissi viel verändert. Aus zwei ärgsten Feindinnen waren nicht nur Freundinnen, sondern durch die Heirat ihrer Eltern sogar Stiefschwestern geworden. Damit nicht genug, besaßen die zwei gemeinsam ein eigenes Haus, das ihnen die alte Emma Schicketanz überlassen hatte. Dazu hatten die Schwestern aber noch etwas viel Besseres bekommen: Hexenkraft. Sie waren Mitglieder im Club der Hexen, besaßen ein ganzes Zimmer voller Hexenbücher, zwei Flugbesen und einen unsichtbaren Kater namens Cosimo.

In der Kristallgasse kamen Tinka ihre Nachbarn entgegen. Lydofsky war ihr Name, den Lissi gerne in ein LyDOOOOFsky umwandelte. Frau Lydofsky überragte ihren Gemahl um gut zwei Köpfe, dafür war Herr Lydofsky mindestens doppelt so breit wie sie.

An diesem Frühlingsnachmittag glaubte Tinka einen Moment, die Lydofskys wären nun völlig durchgedreht. Herr Lydofsky hatte sich in einen roten Trainingsanzug gezwängt, der sich wie Wurstpelle über seinen Bauch spannte, und seine Frau trug zu einer silbrig glänzenden hautengen Sporthose ein fliederfarbenes T-Shirt und ein grasgrünes Stirnband. Beide hatten lange Stöcke in der Hand, wie sie sonst beim Skifahren verwendet wurden.

„Manni, bleib im Takt!“, ermahnte Frau Lydofsky ihren Mann wie eine strenge Oberlehrerin. Die Arme schwingend, zählte sie: „Links, zwei, drei, vier, links, zwei, drei, vier!“

„Ski fahren im Sommer?“, entschlüpfte es Tinka, als die zwei auf sie zukamen.

„Das ist Nordic Walking, Mädchen!", belehrte Herr Lydofsky sie schnaufend. Der Schweiß rann ihm bereits über das Gesicht, dabei lag das Gartentor erst ein paar Schritte hinter ihnen.

„Mund zu und regelmäßig atmen! Denk daran, du musst zehn Kilogramm abnehmen!"

Tinka hätte es nicht gewundert, wenn Frau Lydofsky eine Peitsche geschwungen hätte. Mit zackigen Schritten eilte sie steif an Tinka vorbei und verschwand mit ihrem Manni um die Ecke in eine Seitengasse.

Prüfend tastete Tinka ihren Hosenbund ab. Ob dieses komische Gehen auch gegen kleine Speckbäuchlein half? Tinka versuchte schon seit einiger Zeit, es loszuwerden.

Später! Jetzt hatte sie andere Sorgen. Es gab etwas zu regeln, das allerhöchste Wichtigkeit besaß.

NO JUNGS prangte auf einem Holzschild neben dem Gartentor bei Nummer 77. Das Schild hatten die Mädchen im Werkunterricht selbst zugeschnitten und die Buchstaben eingebrannt. Gedacht war es als Warnung an ihre Brüder, die das Hexenhaus selbst gerne in Besitz genommen hätten.

Mit einem grüßenden Laut öffnete sich das Gartentor von selbst. Die alte Eiche rechts davon winkte Tinka mit dem langen, herabhängenden Ast und den frischen grünen Blättern. Für Tinka war das eine Selbstverständlichkeit, an diesem Tag war sie allerdings in großer Eile und grüßte nur flüchtig zurück, was die Eiche ihr krummnahm.

Das Haus mit dem spitzen Dach lag hinter Bäumen und Büschen versteckt und sah aus, als hätte es eine dicke Mütze auf. Die Eingangstür, die keine Klinke und auch keinen Knauf besaß, war kirschrot. Höflich gab sie Tinka den Weg frei.

In der Diele glitzerten Hunderte Kristalle auf langen Wandbrettern im Sonnenschein, der durch Fenster und die offene Tür fiel. Zu ihren Füßen schnurrte Cosimo, der unsichtbare Kater, und rieb seinen runden Kopf an ihren Schienbeinen. Tinka musste ihm schnell in der Küche den Futternapf mit gewässerter Milch vollhexen, weil er sonst keine Ruhe gegeben hätte.

Danach aber konnte sie endlich tun, was sie sich vorgenommen hatte. Sie stürmte in das kleine Zimmer, das rechts von der Eingangstür lag und in dem sich in schiefen Regalen und auf dem Boden Hexenbücher stapelten.

Wie ein Maulwurf kam sich Tinka vor, als sie nach dem grünen Buch mit dem rauen Umschlag buddelte. Erst vergangenes Wochenende hatte sie es in den Händen gehabt und darin gelesen. Es war allerdings nicht sehr angenehm, das Buch zu halten, da der Einband aus echten Blättern bestand, die sich ständig verwandelten. Manchmal auch in Brennnesseln, was Tinka einige rote Blasen an den Händen verursacht hatte.

Als sie das Buch endlich unter einem anderen Wälzer mit ständig schmatzenden Kussmündchen hervorzog, stach sie sich an einer Rosenranke, die an diesem Tag aus dem harten Deckel wucherte. Sie lutschte das Blut von ihrem Daumen, während sie mit der anderen Hand bereits blätterte und suchte.

„Tränke, Säfte und Salben“ lautete der Titel des Buches, und Tinka war ein Rezept ins Auge gesprungen, dessen Überschrift in ihrem Gedächtnis hängen geblieben war. Sie flehte, die Zutaten für den Trank mögen nicht zu schwierig zu beschaffen sein, damit sie ihn sofort brauen konnte.

Ganz weit hinten, auf einer Seite, aus der ständig Kamille wuchs, fand sie ihn. In großen, samtig weichen Buchstaben stand da geschrieben: „Kuschelweich für Wildfänge.“ Der Titel klang selbst in Tinkas Ohren etwas kitschig, aber die Beschreibung der Wirkung war genau das, was sie brauchte: ein leicht säuerlicher Saft mit erfrischendem Maracujaduft, der wilden, ungestümen, ungehobelten oder unflätigen Wesen die Kanten und Ecken rundet und sie zu beliebten Mitgliedern der feinen Gesellschaft macht.

„Das wird wirken!", murmelte Tinka und überflog das Rezept. Vor ihren Augen tanzten die Zutaten, von denen sie die meisten nicht kannte.

Hinter ihr hüstelte jemand schüchtern.

Erschrocken schoss Tinka in die Höhe und wirbelte herum. Sie fühlte sich ertappt und rechnete damit, Lissi zu sehen. Auf Lügen reagierte diese sehr empfindlich, und Tinka war auf das Schlimmste gefasst.

# Hermine Hoxter

„Wer sind Sie?“, entfuhr es Tinka.

„Die neue Putzfrau!“

„Wir haben keine Putzfrau!“

Die Frau, die im Zimmer aufgetaucht war, summte fröhlich und fuhr mit dem ausgestreckten Zeigefinger über ein Brett des Bücherregals.

„Ihr hättet aber eine nötig, meine kleine Knospe.“ Sie streckte Tinka die Fingerspitze entgegen, an der dunkelgrauer Staub klebte.

„Wer sind Sie?“, wiederholte Tinka und überlegte, wie sie sich verteidigen könnte, wenn die Frau gefährlich werden würde.

„Mein Mohnblütenmädchen, du hast mich gerufen, und jetzt tust du, als wäre es nicht so. Wie enttäuschend!“

Das weiße Kleid der Frau hatte an den Schultern, unter dem Busen und am Saum jede Menge rosa Schleifchen und Rüschen und hätte zu einem kleinen Mädchen bestimmt besser gepasst als zu einer Frau wie ihr. An ihrem rechten Arm schaukelte dazu noch eine eckige Handtasche, die mit jeder Menge knallbunter Blumen verziert war, wie sie Kindergartenkinder zu zeichnen pflegen. Die Füße mit den weißen Seidenstrümpfen steckten in roten Halbschuhen.

Tinka liebte Sendungen im Fernsehen, in denen über ungelöste Kriminalfälle berichtet wurde. Die Filme, in denen die Vorfälle nachgestellt wurden, versetzten sie in einen angenehmen Nervenkitzel. Beim Anblick der Frau fiel ihr ein Fall ein, der sich vor fünfzig Jahren in der Stadt ereignet hatte. Der Titel lautete „Der Unbekannte mit der Axt“, und es ging um einen Mörder, der von Augenzeugen entweder als Schuljunge oder als kleines Mädchen beschrieben wurde und der mit einer Axt die Straßen unsicher machte.

Vielleicht hatte ihn sich die Frau zum Vorbild genommen? Gänsehaut breitete sich über Tinkas Unterarme aus.

Ungeduldig wandte sich die Frau Tinka wieder zu. An ihrem Kopf baumelten kurze, dicke blonde Korkenzieherlocken herunter. Der strenge Mittelscheitel erinnerte Tinka stark an die Damen auf uralten Ölgemälden.

Die Lippen schmollend gespitzt, fragte die Frau: „Was tust du so, als wolltest du einen meiner Tränke, wenn du es dir dann doch anders überlegst. Du bist ein garstiges Distelkind."

Mit der Schuhspitze schlug Tinka das auf dem Boden liegende Buch zu, in dem sie vorhin geblättert hatte. Zwischen den kleinen gezackten Blättern, die auf dem Einband sprossen, guckte ein rundes Gesicht mit großen Augen heraus. Darunter tauchten Buchstaben auf, die aus kleinen leuchtend orangefarbenen Beeren zusammengesetzt waren:

**Hermine Hoxters Hexensäfte**

„Das bin ich!", erklärte die Frau voll Stolz und deutete zwischen dem Bucheinband und sich mit dem Finger hin und her.

Ein kleiner Stein fiel Tinka vom Herzen. Sie hatte es also doch nicht mit einer Mörderin zu tun, was sie jetzt, da die Gefahr gebannt war, schon fast wieder schade fand.

„Ist das hier kein Hexenbuch?", fragte sie mit einem Blick auf das Werk aus grünen Blättern und Blättern aus Papier.

„Mein Katalog!“, verbesserte Hermine Hoxter sie. „Du kannst das alles nicht selbst brauen. Dafür ist Können, Weisheit und Erfahrung nötig.“ Mit den Fingerspitzen zupfte sie ihre Locken zurecht und schwenkte die Hüften.

Das enttäuschte Tinka.

„Du hättest gerne den Trank ‚Kuschelweich für Wildfänge‘ – ist doch so, nicht?“ Mit kleinen, trippelnden Schritten schwebte Hermine um Tinka herum.

Zögernd stimmte Tinka zu. „Ja, für meine Schwester Lissi.“

„Schon morgen kannst du den Trank in den Händen halten.“ Dann nannte Hermine den Preis, der dreimal so hoch war wie Tinkas monatliches Taschengeld.

„Sauteuer!“, stellte sie fest.

Hermine stemmte ihre dicken Fäuste in ihre speckigen Hüften. Den Kopf zur Seite gelegt, sah sie Tinka vorwurfsvoll an.

„Ach was, teuer? Du kleine Anfängerhexe hast ja keine Ahnung, wie viel Arbeit so ein Trank macht. Allein das Suchen und Sammeln der Zutaten verschlingt Tage und Wochen.“

„Aber wenn Sie den Trank schon morgen liefern können, geht das doch schnell“, warf Tinka ein.

„Mein Tulpenköpfchen, denkst du, ich braue den Saft nur für dich? Hermine Hoxters Tränke sind heiß begehrt, und deshalb entscheide dich besser schnell, da ich auch noch andere Kundinnen zu versorgen habe."

Ungeduldig klopfte sie mit der Schuhspitze auf den Boden.

Der Preis war Tinka einfach zu hoch.

„Kann ich nur halb so viel haben und dafür auch weniger zahlen?"

Ein ausgestreckter Zeigefinger tippte ihr auf die Nase. „Du kleines Fräulein Bohnenkraut. Weil du es bist, mache ich da eine Ausnahme." Sie zückte ein winziges silbernes Notizbuch und kritzelte mit einem klitzekleinen Stift die Bestellung hinein. Mit einem singenden „Bis mooooooorgen!" verabschiedete sie sich und löste sich in eine blassrosa Wolke auf, die zart nach Rosen duftete.

Tinka blieb allein in der Hexenbibliothek ihres Hauses zurück. Zu ihren Füßen gluckste es. Cosimos Bauch war dick und voll Milch. Zufrieden schnurrend, warf er sich gegen Tinkas Waden. Sie ging in die Hocke und streichelte den unsichtbaren Kater.

„Habe ich das Richtige getan, Cosimo?", fragte sie ihn. Die Antwort war ein Rülpsen, das nach saurer Milch roch. Tinka fächelte sich mit der Hand Luft zu, um den Geruch zu vertreiben. Vielleicht sollte sie dem Kater auch ein paar Tropfen von dem Saft abgeben.

Nach dem Sportunterricht machten sich die Hexenschwestern gemeinsam auf den Heimweg. Lissi pfiff laut und falsch eine Melodie.

„Was soll das sein?“, fragte Tinka.

Lissi nannte ihr den Titel des Songs, der gerade Nummer eins in der Hitparade war. Zwischen Tinkas Augen formte sich eine Falte, die aussah wie ein Fragezeichen. „Die Nummer klingt doch völlig anders.“ Tinka versuchte, sie zu summen und jeden Ton richtig zu treffen. Sie war stolz, wie gut sie die Melodie hinbekam. Lissi musste das bewundern.

Doch ihre Schwester zog nur eine ihrer drahtigen Locken lang und ließ sie wieder in die gedrehte Form zurückschnalzen.

„Mir gefällt meins besser“, sagte sie und pfiff genauso falsch weiter. Später fragte sie ganz nebenbei: „Und, schönes Händchenhalte-Stündchen mit Julio gehabt?“

Tinka rang nach Luft, setzte ein Lächeln auf und nickte. Wenn etwas Unwahres nicht ausgesprochen wurde, dann war es auch nicht gelogen, redete sie sich ein. Um weiteren Fragen zu entgehen, ging sie etwas schneller und bog erleichtert in die Straße ein, in der das helle Haus mit dem dunklen Dach der Schnabel-Meierbeers stand.

Schon am Gartentor hörten die Mädchen jemanden im Haus lauthals schreien. Es klang weder nach Schmerzensschrei noch nach Angstschrei, sondern nach einem heftigen Anfall von Brüllwut.

„Ich stopf dem Ungeheuer eine Socke ins Maul", knurrte Lissi und ballte die Fäuste.

„Das darfst du nicht!" Tinka nahm Lissi an der Schulter und hielt sie fest. „So etwas kann Schäden bei einem kleinen Kind auslösen, die es nie wieder loswird. Vielleicht zieht David dann keine Socken mehr an."

„Mir so was von egal!" Lissis Miene erinnerte an einen Stier, der mit einem roten Tuch in der Kampfarena gereizt wird.

David war ihr kleiner Bruder und der Jüngste der Familie. Seine frühere Lieblingsbeschäftigung war ihm langweilig geworden. Bisher bereitete es ihm den größten Spaß, alle möglichen Sachen der Familie in der Toilette zu versenken. Besonders hatten es ihm Schlüssel jeglicher Art angetan, und bis heute war ein Schrank im Schlafzimmer der Eltern nicht mehr aufzubekommen.

Ein neuer Schrei war zu hören, der noch höher und schriller als der vorige war.

„Du stopfst ihm keine Socke in den Mund!“, schärfte Tinka ihrer Schwester noch einmal ein.

Lissi befreite sich aus ihrem Griff und schüttelte den Kopf. „Mache ich bestimmt nicht, keine Sorge.“

Erleichtert atmete Tinka auf. Lissi stieg die Treppe zur Eingangstür hoch und zog ihren Wohnungsschlüssel aus der Hosentasche.

„Ich dreh der kleinen Kröte den Hals um.“

Tinka hoffte, es sei nicht ernst gemeint.

Als Lissi die Tür aufstieß, gellte ihr ein Brüllen entgegen, das ihre Trommelfelle singen ließ. Noch in der Diele stehend, ließ sie Rucksack und Sporttasche fallen, holte tief Luft und schrie dann mit der höchsten Lautstärke, die sie zusammenbrachte: „Ruuuuhe! Halt die Klappe!“

Während Tinka hinter sich die Tür schloss, herrschte im Haus angespannte Stille. Schnelle Schritte von nackten Füßen auf Steinboden näherten sich. David streckte den zerstrubbelten Kopf aus dem Flur. Die Anstrengung seines Geschreis stand ihm ins Gesicht geschrieben.

„Ich will auch so laut wie du!“, sagte er bewundernd.

Tinka eilte auf ihn zu und kniete sich neben ihn. „Ach, Davidlein, du wirst dir noch deine Stimmbänder zerren und ganz heiser werden.“

David würdigte sie keines Blickes. Andächtig sah er zu Lissi hoch: „Wenn die so laut kann, schaff ich das auch."

Lissi war erstaunt, dass kein anderer Bewohner des Hauses sich über Davids Schreierei aufregte.

# Mitten zwischen die Augen

Grit Schnabel-Meierbeer kramte in der Küche im Tiefkühler. Sie wirkte frisch und entspannt und nicht im Geringsten genervt. Dabei hatte sie bestimmt wieder einen anstrengenden Tag in ihrem Blumenladen gehabt, den sie gemeinsam mit einer Freundin führte.

„Howdy, Grit!“, grüßte Lissi, wurde aber von ihrer Stiefmutter ignoriert. Offensichtlich war Grit doch nicht so gut gelaunt. Sie tat nämlich so, als sei Lissi gar nicht da.

Tinka drängte hinter ihr in die Küche und rief ihrer Mutter ein „Hallo, Mam!“ zu.

Aber auch Tinka schien in Ungnade gefallen zu sein. Grit wog unentschlossen Päckchen mit gefrorenen Erbsen und Karotten in den Händen.

Aus dem Wohnzimmer strich ein sanfter Luftzug, der Stan in die Küche wehte. Er war ein Schnabel, genau wie Tinka und Grit, und im Vorbeigehen bewunderte er sein Spiegelbild in einer glänzenden Wandabdeckung, hinter der sich die Steuerung der Heizung verbarg.

„Tag, Stan!“, sagte Tinka. Ihr Bruder tat, als hätte er es nicht gehört, nahm die Milchpackung aus dem Kühlschrank und goss sich den Inhalt direkt in den Mund. Grit bemerkte es von der Seite und verzog tadelnd das Gesicht, sagte aber nichts.

Auch Lissis Bruder Frank, wie David, Boris und sie ein Meierbeer, kam angetrottet. Wie gewöhnlich trug er seine Sonnenbrille mit den kleinen runden Gläsern, überraschenderweise aber nicht die Kopfhörer, die den ganzen Tag Geräusche, die er als Musik bezeichnete, von seinem MP3-Player in die Ohren übertrugen. Ohne die Kabel, die sonst immer unter seinen halblangen Haaren heraushingen, sah er fast nackt aus.

„Frank, du Stinktier!“, schmetterte Lissi ihm entgegen. Ihr Bruder überging es einfach, nahm Stan den Karton aus der Hand, legte den Kopf weit zurück und goss sich einen halben Liter Milch in den offenen Mund.

„Waren das wir? Hast du was gehext?“, fragte Tinka besorgt.

„Nicht, dass ich wüsste …“ Selbst Lissi wurde langsam ungemütlich zumute.

Waren sie unsichtbar? Oder erlebten sie einen Traum mit offenen Augen?

Tinka schlug vor, noch einmal das Haus zu verlassen und es erneut zu betreten. Vielleicht war dann alles mit einem Schlag wieder normal.

Lissi näherte sich Grit und tippte ihr auf den Rücken. Grit zuckte leicht und drehte sich zu ihr um. „Hallo, Lissi“, sagte sie lächelnd und sehr laut. Sie legte die Tiefkühlpackungen weg und griff sich an die Ohren. Als sie die Hände wieder wegnahm, hielt sie zwei gelbe kleine Schaumstoffkegel zwischen den Fingern. „Ich habe noch mehr davon in der Schublade neben dem Besteck. Nehmt euch auch welche, dann hört ihr David nicht.“

„Kann man das Monster nicht abdrehen?“, schnaubte Lissi.

Grit Schnabel-Meierbeer zog bedauernd die Augenbrauen hoch. „Dein Vater und ich sind zu dem Entschluss gekommen, es ist das Beste, ihn einfach so lange brüllen zu lassen, bis es ihm langweilig wird.“

„Aber wieso schreit er überhaupt?“, mischte sich Tinka ein.

„Wenn ich das wüsste …“

„Ich brauche frische Luft!“ Lissi rührte sich ein großes Glas Zitronenlimo an und schlenderte in

Richtung Terrasse. Tinka folgte ihr mit einer Tasse heißem Wasser, in das sie ein wenig Honig, drei Tropfen Essig und einen Löffel Marzipan-Aroma gerührt hatte.

Auf dem Gartentisch hatten die Jungen ihre Schulsachen ausgebreitet. Statt Hausaufgaben zu machen, standen sie am Ende der Terrasse, zogen mit höchst unappetitlichen Geräuschen durch Nase und Schlund auf und spuckten aus.

Tinka schüttelte sich angeekelt.

„Könnt ihr aufhören?", rief sie, aber die Jungen hörten sie nicht, da auch sie Ohrstöpsel trugen. Offenbar versuchten sie herauszufinden, wer weiter spucken konnte.

Tinka und Lissi hatten noch einiges für den morgigen Schultag zu erledigen, und da die Sonne so angenehm schien und im Garten Davids Geschrei nicht so laut zu hören war, wollten sie hier Hausaufgaben machen. Sie holten ihre Rucksäcke und schoben das Zeug der Jungen zur Seite.

Noch immer rotzten und spuckten Stan und Frank in einer Lautstärke, die das Schmatzen einer ganzen Schweinefamilie wie ein Flüstern erscheinen ließ.

„Das ist widerlich!", beschwerte sich Tinka laut. Ihre Brüder aber kümmerte das wenig.

Heftig schob Lissi den Gartenstuhl zurück, dessen

Metallbein kreischend über den Stein der Terrasse schabte, und stand auf. Mit drohenden, ausholenden Schritten stapfte sie auf die Jungen zu und klopfte ihnen auf den Rücken.

Stan drehte sich um und sah sie vorwurfsvoll an. Lissi zog ihm einen Stöpsel aus dem Ohr.

„Lasst euren Matsch aus der Birne woanders abrinnen, klar?“

Ein grunzendes Lachen war die Antwort. Demonstrativ sammelte Stan mit einem Geräusch, das halb würgend und halb krächzend war, sämtliche Reste aus Hals und Nase und spuckte sie in einem hohen Bogen ins Gras.

Tinka verzog das Gesicht und schüttelte sich vor Ekel.

Aus zwei schmalen Schlitzen funkelte Lissi den Bruder an. „Noch ein Mal, und ich spuck dir zwischen die Augen!“

Stan lachte nur spöttisch. Er drehte sich um und prüfte, wie weit sein Bruder gerade gespuckt hatte und ob er ihn damit übertroffen hatte.

Es gab Momente, da bildete sich Tinka ein, sehen zu können, wie sich Lissis schwarze Haarkrause sträubte. Jetzt war ein solcher Moment. Dreimal klopfte sie Stan kräftig gegen die Wirbelsäule. Mit einem genervten Ausdruck im Gesicht wandte er sich ihr zu.

Kein Lama hätte es besser gekonnt. Ohne das Theater mit den widerlichen Geräuschen, einfach nur mit einem kurzen, scharfen, zischenden Laut spuckte Lissi und verfehlte ihr Ziel um keinen Millimeter.

Vor Erstaunen und Schreck war Stan wie erstarrt. Seine Augen verdrehten sich, und er versuchte, nach oben zu seiner Nasenwurzel zu schielen.

Mit dem zufriedenen Gesicht einer Schützenkönigin kehrte Lissi zu Tinka zurück. Im Weggehen sagte sie laut: „Noch eine Schweinerei von euch, und ich ziel direkt in deine Augen."

Mit steifem Rücken saß Tinka am Tisch und sah ihrer Schwester tadelnd entgegen.

„Wetten, die zwei geben Frieden?", meinte Lissi und ließ sich auf ihren Stuhl fallen.

„Das kannst du doch wirklich nicht machen!", zischte Tinka.

Stan hatte Frank am Arm genommen und redete wild gestikulierend auf ihn ein. Er deutete immer wieder zu Lissi, und als Frank den feuchten Fleck auf Stans Stirn sah, verzog sich sein Mund zu einem Grinsen, das von einem Ohr zum anderen reichte. Als würde ihm Erdöl aus der Stirn sprudeln, lief Stan nach vorne gebeugt und breitbeinig in die Küche, um sich abzuwischen. Frank glotzte die Mädchen an, worauf Lissi sich leicht erhob und tat, als würde sie auf ihn zielen. Auf einmal hatte es der Bruder sehr eilig wegzukommen.

„Mission erfolgreich!“ Lissi war sehr zufrieden mit ihrer Aktion.

„Das kannst du nicht machen!“, empörte sich Tinka. „Für dich muss man sich ständig genieren. Du fluchst und schimpfst, du rülpst und spuckst. So benimmt man sich doch nicht.“

Den Kopf in die Hand gestützt, hörte Lissi der Schwester geduldig zu. „Man tut das nicht“, gab sie ihr Recht. „ICH aber schon.“

„Du bist unmöglich. Du spinnst wirklich.“ Tinka schniefte empört und blätterte in ihrem Englisch-Hausaufgabenheft herum.

„Werd jetzt nicht sentimental“, ermahnte Lissi sie.

„Die ganze Schule tuschelt schon über dich!“

„Klar wären alle gerne so!“

„Auf der Klassenfahrt gehe ich nicht in ein Zimmer mit dir!“

„Wer da spinnt, bist du!“, brauste Lissi auf. „Du solltest wieder mal Dampf ablassen, Specki!“ Das Specki konnte sie sich nicht verkneifen, weil sie wusste, wie sehr sie Tinka damit traf.

Energisch zog Tinka ihre Sachen auf ihre Seite des Tisches und kehrte Lissi den Rücken zu. Sollte sie beschimpfen, wen sie wollte! Die ganze Schule, wenn ihr danach war. Sie aber ließ ganz sicher nicht so mit sich reden.

Aber auch Lissi drehte sich von ihr weg und brummte: „Spinn dich aus, Schwester!“ Mit einem Ruck wandte sie sich dann noch einmal Tinka zu. „Im Übrigen bist du eine Lügentüte.“

Protestierend fuhr Tinka herum. „Jetzt spinnst du aber total.“

„Du lügst, dass sich hier im Haus die Wände biegen.“

„Nimm das zurück!“ Tinka spürte das Blut in ihr Gesicht schießen. Damit Lissi es nicht bemerkte, tat sie, als müsse sie sich mit beiden Händen Luft zufächeln.

„Gibt's zwei Julios?“, fragte Lissi herausfordernd.

Volltreffer. Tinka geriet fast ins Wanken, als sie die Frage hörte.

„Z... z... zwei Julios?“ Mehr brachte sie nicht heraus. Es kam ihr selbst nicht besonders intelligent vor.

„Mit einem hast du doch Schmusestunde im Park gehabt, und der zweite hing ziemlich traurig beim Sportplatz herum.“

Das Blut füllte Tinkas Kopf wie einen Ballon und sie glaubte, er müsse jeden Moment platzen. Absolut nichts fiel ihr mehr ein, was sie zu ihrer Verteidigung hätte sagen können. Deshalb brummte sie bockig: „Trotzdem bist du voll peinlich. Aber total!“

„Besser als eine Lügnerin!“, giftete Lissi, riss ihre Hefte und Bücher vom Tisch und rauschte damit ab ins Haus.

Sehr niedergeschlagen blieb Tinka sitzen und sah ihr nach.

# Ein Faultier namens Manni

Tinka und Lissi stritten sich nicht sehr oft. Gab es aber einmal Krach, so war er heftig. Den restlichen Mittwoch redeten sie kein Wort mehr miteinander. Auch am Donnerstag tat jede so, als gäbe es die andere nicht.

Um Tinka zu ärgern, klopfte Lissi noch viel schlimmere Sprüche und sagte zu den Drillingen: „Ihr seid so überflüssig wie ein Sandkasten in der Sahara.“ Bei ihren Anhängern löste sie damit neue Lachstürme aus, Tinka aber verschwand schnell im Klassenzimmer, weil ihr Lissi so schrecklich peinlich war.

Enttäuscht nahm Tinka zur Kenntnis, dass Hermine Hoxter die bestellte Mischung noch nicht liefern konnte. Als Tinka am Nachmittag heimlich ins

Hexenhaus schlich, fand sie nur einen Zettel an der Tür, auf den flüchtig gekritzelt war: „Braucht länger, melde mich wieder, H. Hoxter."

Also blieb Tinka nichts anderes übrig, als Lissis wilde Art noch weiter zu erdulden.

Daheim wurde es ungemütlich. Strömender Regen zwang die Familie, im Haus zu bleiben, was David ihnen aber nicht gerade einfach und angenehm machte. Noch immer bekam er von Zeit zu Zeit einen Brüllanfall, der durch Mark und Bein ging.

Am Nachmittag kam Boris Schnabel-Meierbeer aus seiner Arztpraxis gerannt, die im Erdgeschoss des Wohnhauses lag. Aufgebracht ruderte er mit den Armen und zeterte mit David: „Jetzt ist wirklich endlich Schluss. Dein Gebrüll hört man sogar durch die gepolsterte Tür, und die soll absolut schalldicht sein." Er deutete auf die Verbindungstür, die auf beiden Seiten mit dicken Kissen überzogen war.

David grinste ihn frech durch seine breite Zahnlücke an.

„Sollen meine Patienten glauben, wir schlagen oder foltern dich hier?", fragte Herr Schnabel-Meierbeer den Jüngsten.

„Hilfe, Folter!", brüllte David sofort los.

Olga, die Sprechstundenhilfe mit dem strengen Blick, kam sofort gelaufen, um nachzusehen, ob dem Kleinen tatsächlich etwas angetan wurde.

Nachdem sie sich vergewissert hatte, dass David heil und wohlauf war, murmelte sie etwas von „als Arzt klasse, in Kindererziehung eine Niete“ und kehrte in den Behandlungsraum zurück.

Da ihm nichts anderes mehr einfiel, kniete sich Boris vor David hin, faltete die Hände und flehte: „Bitte, hör mit der Schreierei auf. Du bekommst auch den großen Truck, den sie bei der Tankstelle verkaufen.“

„Will ich nicht!“, erwiderte David wenig beeindruckt.

Tinka, die sich gerade einen Schokoriegel aus der Küche holen wollte, glaubte, Tränen der Verzweiflung in Boris' Augen zu sehen. Mit hängenden Schultern trottete er in die Praxis zurück und erinnerte an einen Bären, dem jemand den Honig geklaut hat.

„Krieg ich Schokolade?“, bettelte David Tinka an. Sie hörte es aber nicht, weil sie extra dicke Stöpsel in den Ohren stecken hatte. Zart zupfte David an ihrem Pulli und machte mit den Händen eine drollige, bittende Bewegung. Tinka nahm einen Pfropfen aus dem Ohr und fragte: „Warum schreist du eigentlich die ganze Zeit so?“

Als Antwort bekam sie nur Kichern. Um David aber nicht zu reizen, teilte sie mit ihm den Schokoriegel. Tinka war schon auf der halben Treppe nach oben, als sie es in der Küche klirren hörte. Sie rannte zurück und fand David auf der Anrichte vor, wo er aus einem Schrank Grits schönste Blumenvase zog.

„Nein, nein, nein, die lässt du schön, wo sie ist!" Energisch nahm sie ihm die Vase ab und stellte sie in den Schrank zurück. Mit Nachdruck schloss sie die Tür. Der erwartete neue Brüllanfall blieb aus, was Tinka sehr überraschte.

Mit David stimmte etwas nicht. Wenn sie nur wüsste, was es war!

Alle Jungen hatten im Haus ihr eigenes Zimmer. Nur die Mädchen mussten eines teilen. Es war sehr groß und bot genug Platz für beide, trotzdem aber hatten sich Tinka und Lissi beim Einzug ziemlich darüber beschwert.

Damals hatten sie gerade von Frau Schicketanz ihr Häuschen geschenkt bekommen und das schlechte Gewissen der Eltern über die Zimmereinteilung genutzt, um sich die Erlaubnis zu sichern, dass sie dafür von Freitagmittag bis Sonntagmittag ganz allein in der Kristallgasse wohnen durften, ohne Aufsicht der Eltern und ohne die Brüder. Grit und Boris hatten sich weichklopfen lassen und zugestimmt. Seither genossen die Schwestern die zwei Tage und sehnten sie jede Woche heftig herbei.

Diesmal aber war es anders. Auch am Freitag war da noch immer eine Mauer aus Eis zwischen ihnen. Auf dem ganzen Weg von der Schule in die Kristallgasse redeten sie kein Wort miteinander und starrten nur vor sich hin, als gäbe es die andere nicht.

Bei Nummer 77 angekommen, blieb das Gartentor geschlossen. Das war sehr ungewöhnlich, weil es normalerweise sofort für sie aufschwang. Tinka erkannte den Grund schnell. Leicht schief hing noch immer ein zweites kleines Schild dort, wo Besucher den Klingelknopf erwarten würden. Das Schild stammte von Frau Schicketanz und darauf stand:

An diesem Freitag aber hatten die Mädchen nur dunkelgrauen Nebel im Kopf.

Vom Ende der Straße tönte die scharfe Stimme von Frau Lydofsky. „Nicht schlapp machen, Manni, flott, flott, flott! Links, zwei, drei, vier!" Die langen Stöcke schwingend, kam sie mit großen Schritten auf die Mädchen zu. Es dauerte lange, bis auch

Herr Lydofsky um die Ecke bog. Er stützte sich völlig erschöpft auf seine Stöcke und schleppte sich schnaufend dahin. Sein Trainingsanzug klebte nass geschwitzt an ihm, und sein künstliches Haarteil hing schief vom Kopf.

„Läuschen, ich kann nicht …“ Das Wort „mehr“ blieb auf der Strecke.

„Paperlapapp, Manni, reiß dich zusammen und denk, wie viele Kilogramm du noch abarbeiten musst.“

Unerbittlich marschierte Frau Lydofsky voran und Lissi sah ihr kopfschüttelnd nach.

„Sklaventreiberin hätte die werden sollen. Oder Einpeitscherin auf so einem alten römischen Ruderboot“, sagte Lissi so laut, dass es die Nachbarin hören konnte.

Empört hielt sie inne. „Deine Frechheiten, junge Dame, kannst du dir sparen. Sonst sehe ich mich gezwungen, deine Eltern davon zu unterrichten.“

Herr Lydofsky war am Zaun der Mädchen stehen geblieben und lehnte sich gegen die Latten. Sie sahen bei einem flüchtigen Blick aus, als hätte jemand beim Zuschneiden mit der Säge gezittert. Mit Abstand betrachtet aber erkannte man, dass jede Latte des Zauns die Form einer lang gezogenen Katze hatte.

Den schwitzenden Herrn Lydofsky schätzten die Holzkatzen wenig, und da sie magische Kräfte besaßen, konnten sie fauchen, miauen und sogar kratzen. Das Brett neben ihm versetzte ihm einen kraftvollen Klaps auf das breite Hinterteil, der ihn weitertaumeln ließ. Seine geröteten Augen hatte er auf Tinka und Lissi gerichtet.

„Zu euch … zu euch …“, stieß er heraus.

„Wir waren es nicht!“, beteuerte Tinka, die beobachtet hatte, was die Katzen getan hatten.

Herr Lydofsky sah sie verständnislos an.

„Ihr … ihr … ihr werdet …!“ Zwischen jedem Wort rang er nach Luft.

„Mach schneller, du Faultier“, rief ihm seine Frau ungeduldig zu. Sie hob in gespielter Verzweiflung die Stöcke und jammerte: „Ach, was habe ich für einen schlappen Sack zum Mann. Ein wenig Pfeffer täte dir gut.“

Halb kriechend, bewegte sich Herr Lydofsky durch das Gartentor, verfolgt von den mitleidigen Blicken der Schwestern. Der Arme hatte es wirklich nicht leicht. Aber was hatte er den Mädchen versucht zu sagen?

Ein wenig komisch war der Anblick der plötzlich so sportlichen Lydofskys schon gewesen, und er hatte in die Gesichter von Tinka und Lissi ein kleines Schmunzeln gezaubert.

Jetzt öffnete sich der Eingang in ihren Garten.

# Das Tränklein

Keine der beiden wollte den Anfang zur Versöhnung machen. Deshalb wichen sie einander den restlichen Nachmittag in großem Bogen aus.

Am Abend gähnte Tinka häufig. Die Hand hielt sie natürlich immer vor den Mund. Auch Lissi gähnte, aber mehr wie ein Nilpferd und ohne vorgehaltene Hand. Faul fläzte sie auf dem Sofa im Wohnzimmer und schlief dort schließlich ein.

Tinka ging ganz allein nach oben, in das Dachgeschoss, in dem sich das Schlafzimmer befand. Es war ein großer Raum mit schiefen Wänden und dreieckigen Dachluken. An einer Wand stand ein Himmelbett mit blassgelben Vorhängen und rotem Bettzeug, auf dem goldene Sterne in allen Größen funkelten. In dieser Nacht aber konnte Tinka lange nicht einschlafen. Unruhig wälzte sie sich herum.

Ein Grund war Cosimo, der über die getrennten Schlafstätten der Schwestern wenig begeistert war. Da er sich nicht entschließen konnte, wo er sich hinlegen sollte, pendelte er zwischen Wohnzimmer und Schlafzimmer hin und her, sprang mal zu Lissi und machte es sich dann wieder neben Tinkas Kopf bequem. Nervös schlug er mit dem Schwanz, den Tinka mehrmals in den Mund bekam.

Ein anderer Grund war das Knacken im Haus. Die uralten Balken schienen in der Nacht zum Leben zu erwachen und sich in ihrer eigenen Sprache aus Klicken, Klacken und Knarzen zu unterhalten. Sie jagten Tinka Angst ein. Lag Lissi in der anderen Hälfte des Bettes, hörte sie die Geräusche meistens gar nicht. Ganz allein aber schon.

Die Decke des Raumes war so schwarzblau wie der Himmel über der Stadt, und verkleinert blinkten die Sterne, und der Mond leuchtete. Er erhob sich über dem Schrank, der wie ein strammer Wächter der englischen Königin aussah, und wanderte langsam in Richtung Betthimmel.

Irgendetwas störte Tinka. Nicht nur an Lissi, sondern auch an sich selbst. Sie fühlte sich wie ein Fahrrad mit eckigen Rädern. Was war wohl der Grund dafür?

Schließlich sank sie doch in einen leichten Schlaf, aus dem sie mehrere Male aufschreckte. Draußen war es bereits hell, und an den schiefen Wänden des Zimmers schimmerte das erste Rot der aufgehenden Sonne, als Tinka schon wieder geweckt wurde. Sie hatte das Gefühl, ihre Augenlider seien mit Superkleber verschlossen worden, und brummte unwillig. Es dauerte, bis ihr klar wurde, dass diesmal nicht Cosimo mit seiner Pfote über ihre Schulter kratzte.

Mit einem erschrockenen Laut richtete sie sich auf und riss gleichzeitig die Bettdecke ans Kinn, als könnte sie sich dahinter verstecken.

Eine kleine feuchte Wolke traf sie im Gesicht, die nach Veilchen duftete und auf der Zunge süßlich schmeckte. Tinka leckte sich die Lippen ab und zwang sich, die Augen zu öffnen. Das erste Tageslicht schmerzte richtig, weil sie noch so müde und verschlafen war.

Auf der Bettkante hockte Hermine Hoxter, einen kleinen Pumpspray in der Hand. Sie drückte auf den Knopf und ließ weitere kleine Tropfenwölkchen in Tinkas Richtung los.

„Kleine Kostprobe, völlig kostenlos“, zwitscherte sie. „Mein Gute-Morgen-Saft in Sprayform. Fühlst du dich schon fröhlich, fit und munter?“

Tinkas Antwort war ein müdes Stöhnen.

„Ich werte das als ein Ja!" Vor sich hin summend, hob Hermine Hoxter ihre Blumenhandtasche hoch, fischte mit dem Arm darin herum und beförderte eine kleine gelbe Flasche heraus.

„Deine Bestellung, mein Kamillenkätzchen."

Lag es an der frühen Uhrzeit, oder stimmte etwas anderes nicht? Auf einmal hatte Tinka keine Lust mehr auf den Trank.

Frau Hoxter spürte es und zog wieder einen Schmollmund. „Was für Mühe ich mir gegeben habe, Herzkirschchen, und du sitzt nur da und blinzelst." Sie äffte Tinkas verschlafenes Augenzwinkern nach und streichelte das geschliffene gelbe Fläschchen. „Du armes, armes Säftchen, wie undankbar du doch behandelt wirst."

Kleinlaut gestand Tinka: „Ich glau… also … es ist nicht recht, dass ich Lissi nur weichspüle. Ich meine, für sie wäre es bestimmt nicht schön, und wenn wir jemandem etwas anhexen, das er nicht mag, dann trifft es doch uns. Ich mag nicht noch sanfter werden, wenn Sie verstehen, was ich meine."

Hermine Hoxter hörte ihr mit der geduldigen Miene einer Mutter zu, die Sorgen gewöhnt ist.

„Ach, Leberblümchen, wie gut ich dich verstehe! Es geht um deine Schwester, die unten schnarcht, nicht wahr?"

Tinka nickte.

„Mein Vergissmeinnicht, ich hatte auch so eine Schwester, früher.“ Verklärt blickte Hermine Hoxter durch die Dachluke in den Morgenhimmel. „Man nannte sie Hilde, die Wilde, und mich immer Hermine, die Biene. Was habe ich mich doch über Hilde aufgeregt.“ Als sie den Kopf senkte, hatte sie auf einmal den traurigen Blick eines Dackels. „Dir kann ich es ja sagen, wo du doch eine Schwester in Not bist: Ich wäre zu gerne so gewesen wie Hilde. So wild und frei und unerschrocken. Aber ich habe mich nie getraut. Das Wilde war auch in mir, doch ich wollte es nicht rauslassen. Richtig gefangen habe ich es gehalten, und deshalb hat mich Hilde wohl auch so aufgeregt.“

Die Worte ließen in Tinkas Kopf ein Glöckchen klingeln. Konnte das auch auf sie zutreffen? Regte sie sich über Lissi deshalb so auf, weil sie selbst gerne so rotzfrech wäre?

In ihrem Kopf zogen die Erlebnisse der vergangenen Wochen vorbei. Wie gerne würde sie den Drillingen auch eine Abreibung verpassen, wie Lissi das zurzeit jeden Morgen tat. Rolli nannte sie hinter ihrem Rücken öfter Stinka, und Elmer und Hans-Günther hatten ihr vor Kurzem das Mathematikheft versteckt, als sie unbedingt in der Pause noch pauken musste, weil sie fürchtete, zur Wiederholung an die Tafel gerufen zu werden. Die zwei hatten das Heft im Jungenklo auf einen Spülkasten gelegt und gewettet, ob Tinka es wagen würde, die Toilette zu betreten. Lissi hätte das bestimmt getan, Tinka aber hatte bis zum Ende der Pause gewartet und das Heft erst dann geholt. Sie war prompt aufgerufen worden und hatte nur herumgestottert, was ihr ein dickes Minus eingebracht hatte.

Wie sehr hatte sie sich in diesem Moment Lissis Kaltschnäuzigkeit und Mut gewünscht.

Während Tinka so überlegte, spielte Hermine Hoxter lächelnd mit ihren Locken. „Scheint, als hätte ich ins Schwarze getroffen."

Seufzend stimmte Tinka ihr zu. Verlegen deutete sie auf das Fläschchen neben Frau Hoxter. „Muss ich es trotzdem bezahlen?"

„Ach nein!" Hermine Hoxter stopfte es in die Tasche zurück. „Bestimmt meldet sich morgen schon eine andere Hexe, die es haben möchte." Listig zwinkerte sie Tinka zu. „Viel interessanter aber ist, ob du nicht vielleicht ein anderes Tränklein versuchen möchtest. Glaube mir, es ist bestimmt eines der besten, das ich je gebraut habe. Erstens schmeckt es herrlich fruchtig frisch, und zweitens gibt es dir genau das, was du dir so wünschst."

Interessiert richtete sich Tinka auf und strich hastig ihr zerstrubbeltes Haar zurecht.

„Mein Schneeglöckchen, das Tränklein hätte ich

selbst benötigt, als ich so alt war wie du. Nur gab es damals weder eine Hermine Hoxter noch ihren Katalog der besten Tränke." Sie zog ein weiteres Heft mit grünem Blättereinband aus der Tasche und legte es neben Tinka. „Empfiehl mich doch bitte weiter, ich kann noch ein paar Aufträge brauchen. Für drei neue Bestellungen bekommst du diesen Spray kostenlos." Sie drückte erneut ein paar Mal die Pumpe und hüllte Tinkas Kopf in dem duftenden Nebel ein.

„Ist er teuer ... der andere Saft? Das Tränklein?", erkundigte sich Tinka.

„Ach, für dich zum halben Preis!" Der aber war noch immer fast so hoch wie der des Sanftmachers. Da Hermine Tinkas Zögern bemerkte, ließ sie ihr noch mehr nach.

„Wann kann ich den Trank haben?" Tinka war auf einmal ganz fiebrig.

„Ich sollte ihn bis spätestens morgen Mittag fertig haben und werde ihn dir dann liefern."

Tinka konnte es kaum erwarten.

# Der Mimionär

Auf Hexenart verließ Hermine Hoxter das Haus wieder. Sie winkte Tinka und löste sich in eine dünne Rauchsäule auf.

Danach fühlte sich Tinka auf einmal leichter und wirklich wach. Sie zog sich in das Bad zurück, das an das Schlafzimmer angrenzte, und trödelte dort lange herum. Das Waschbecken war eine riesige Muschel aus Porzellan, die Wasserhähne goldene Fische. Die weiße Badewanne hatte die Form eines Bootes, und der Duschkopf, der aus der Wand ragte, war ein Wal, der zu prusten schien.

Tinka rekelte sich im warmen Wasser der Wanne mit viel Schaum, den sie alle paar Minuten anders duften ließ. Nachdem sie sich angezogen hatte, hüpfte sie die Treppe hinunter und sah nach Lissi.

Den Kopf in ein riesiges Kissen auf dem Sofa gebohrt, schlief ihre Schwester noch immer tief und fest.

In der Küche trat Tinka vor das Loch in der Wand, aus dem feuchte, kühle Nebelschwaden krochen. Es war eine Art Hexenkühlschrank und Herd zugleich. Per Hexenklatsch konnte man aus dem Nebelloch so ziemlich alle Speisen holen, sogar Tinkas höchst ungewöhnliche Kombinationen. Sie beschloss, an diesem Morgen nicht an ihre schlanke Linie zu denken, sondern sich etwas zu gönnen, das ihr schmeckte und guttat. Ihre Wahl fiel auf Toast mit Nugatcreme, Ketschup und gehacktem Emmentaler. Für Lissi hexte sie eine Schüssel Frühstückspops mit Früchten und Milch. Sie kannte Lissis Vorliebe für völlig aufgeweichte und schlabbrige Pops, die sich im Mund herrlich glitschig anfühlten.

Der Morgen war angenehm warm, und Tinka ließ ein Tablett mit dem Frühstück zu dem kleinen Tischchen und den beiden Stühlen im hinteren Garten schweben.

Durch die Hecke drangen die Befehle von Frau Lydofsky. Ihre Kommandos waren hart und unerbittlich.

„Hopp, hopp, hopp, Manni, das waren erst vierzehn Kniebeugen, ich will zwanzig sehen."

Es quietschte gequält und rostig, und zuerst hielt Tinka es für einen Laut, den die Knie von Herrn Lydofsky erzeugten. Es waren aber die Angeln des Wohnzimmerfensters, das Lissi aufgestoßen hatte. Müde blinzelte sie in den Tag hinaus und brummte etwas von „Licht abdrehen!". Da sie zu faul war, den Umweg durch die Haustür zu machen, kletterte sie durch das Fenster und ließ sich in die Wiese fallen. Auf allen vieren kam sie an den Tisch, stemmte sich auf den Sitz und löffelte, die Augen noch geschlossen, den Frühstücksmatsch. Genüsslich rieb sie sich danach den Bauch.

„Geht es dir gut?", fragte Tinka ganz nebenbei.

„Ein Tag zum Bäume-Ausreißen und Weitwerfen!", verkündete Lissi, streckte sich kräftig und gähnte lautstark.

Zwischen den Schwestern war also endlich wieder Frieden.

Am Nachmittag stellte Tinka fest, dass sie ein Armband und eine dünne Kette, die sie beide unbedingt tragen wollten, daheim vergessen hatte. Natürlich wäre es für sie kein Problem gewesen, die Sachen einfach herbeizuhexen, aber sie verzichtete vorsichtshalber darauf. Man konnte nie wissen. Boris überkam zum Wochenende manchmal der Putzfimmel, und er jagte dann mit dem Staubsauger durch das Haus. Falls er sich gerade im Zimmer der

Mädchen aufhielt, könnte es ihm auffallen, dass von Tinkas Pinnwand Dinge einfach verschwanden. Sie bewahrte den selbst gebastelten Schmuck nämlich nicht in einer Schublade auf.

Lissi lag faul in der Sonne und schmökerte in einem Buch, aus dem sie viele der Sprüche bezog, die sie den Jungen so gerne um die Ohren knallte. Tinka verabschiedete sich und kündigte an, bald wieder zurück zu sein.

Sie fand ihre Familie im Garten, und die Vorsicht wäre also gar nicht nötig gewesen. Es fehlten nur zwei: ihr großer Bruder Thorsten, der studierte und zum Wochenende meistens heimkam, damit seine Wäsche gewaschen wurde, und David.

Grit winkte Tinka erschöpft zu.

„Schätzchen, ich habe meine Taktik geändert. David wird jetzt bewacht. Jeder von uns übernimmt eine Stunde. Wenn er erst mal drei Tage nicht geschrien hat, vergeht ihm bestimmt von allein die Lust. Sobald er loslegen will, wird ihm der Mund zugehalten."

Diese Aufgabe hatte gerade Thorsten übernommen, der sich die Zeit mit Telefonieren vertrieb. An seinem albernen Gekicher erkannte Tinka, mit wem er sprach: zweifellos mit seiner Freundin.

David hockte auf dem Boden und ließ seine Spielzeugautos eine kleine Rampe hinunterrasen und über einen liegenden Teddybären springen.

Tinka beobachtete ihn kurz und wollte dann weiter zu ihrem eigenen Zimmer. Auf einmal holte David tief Luft, als wollte er zu einem neuen Schrei ansetzen. Thorsten, der ein paar Schritte entfernt in einem Sitzsack fläzte, ließ das Handy fallen, machte eine Rolle rückwärts und presste David die Hand auf den Mund.

Verzweifelt keuchte der Kleine: „Krieg keine Luft, krieg keine Luft." Darauf aber fiel Thorsten nicht mehr herein. Er lockerte den Griff nur leicht und befahl: „Atme, und kein Ton, verstanden?"

Artig schnaufte David, und sehr langsam nahm Thorsten seine Hand weg.

„Bärchen", rief eine dünne Stimme aus dem Handy. „Bist du noch dran, Bärchen?"

Thorsten lief knallrot an, als ihm klar wurde, dass Tinka mitgehört hatte. Er riss das Handy hoch und flüsterte eindringlich: „Ich bin nicht allein, also bitte keine Kosenamen."

David erhob sich und kam ganz nahe an Tinka heran. Ernst sah er sie von unten an.

„Ich will Mimionär sein!"

„Mimionär?" Tinka ging in die Hocke und sah ihm in die Augen. „Was ist denn das?"

„Dann habe ich so viel Geld, dass ich alles kaufen kann. Alle Spielzeugautos, die ich will."

„Millionär!", verbesserte Tinka ihn. Sie lächelte

ihn amüsiert an. „Dazu musst du aber viel Geld verdienen."

„Krieg ich. Bald." David war sich seiner Sache sehr sicher.

„Und wie?", wollte Tinka wissen.

„Im Fernsehen habe ich es gesehen. Du musst so laut schreien, dass ein Glas zerspringt. Dann bekommst du eine Million."

Tinka hegte einen Verdacht. „Hast du mit Stan und Frank diese Sendung gesehen, in der Leute völlig verrückte Sachen machen, wie ein Aquarium samt Fischen leer trinken?"

Voller Stolz nickte David.

Mit einem Schlag war Tinka jetzt einiges klar. David machte keine „schwierige Phase" durch, wie die Eltern es manchmal nannten. Er trainierte nur, um den versprochenen Betrag zu bekommen, der ausgesetzt worden war für denjenigen, der mit seiner Stimme Gläser zum Zerspringen brachte. In dieser Sendung wurde ständig nach verrückten Dingen gesucht. Nachdem Tinka Kette und Armband geholt hatte, setzte sie sich im Garten zwischen die Liegestühle von Grit und Boris.

„Was krieg ich, wenn ich euch sage, warum David so viel schreit?"

Grit war jeder Preis recht. Sie versprach sogar den Super-Minirock, den Tinka sich schon so lange wünschte, gegen den Grit aber heftig protestiert hatte.

Nachdem die Eltern die Erklärung gehört hatten, atmeten sie erleichtert durch.

„Wir dachten schon, wir müssten mit ihm zum Psychiater", seufzte Boris.

Als Tinka das Haus der Schnabel-Meierbeers verließ, fühlte sie sich noch ein wenig leichtfüßiger.

Es gab Tage, da erschien ihr alles wie eine tonnenschwere dunkelgraue Last. Diese Tage lagen nun aber hinter ihr. Federleicht und fröhlich weiß kam ihr die Welt vor.

Jedoch täuschte sie sich. Und wie.

## Lissis Fragen

Erst sehr spät fielen die Mädchen in dieser Nacht in das hohe Himmelbett unter dem Dach. Sie hatten den Abend mit einer ihrer Lieblingsbeschäftigungen verbracht, nämlich einen Stapel Bücher aus der Hexenbibliothek zu holen und neue Sprüche auszuprobieren.

Viele hatten geklappt. Als Lissi aber Cosimo sichtbar hexen wollte, erlebten die Mädchen eine kleine Panne. Nachdem Lissi den Hexenklatsch ausgeführt hatte, wurden auf dem Teppich Cosimos Umrisse sichtbar. Er stand buckelnd und mit dickem Schweif vor ihnen und maunzte geschockt. Es sah aus, als würde aus jedem einzelnen seiner Haare ein dünner Blitz zucken. Wie verrückt sprang er über Stühle und Sofa und an den

Mädchen hoch und versuchte, den Spuk wieder loszuwerden.

Aus Sorge, das Fell könnte Feuer gefangen haben, hexte Tinka ihn vor das Haus in die Regentonne. Dort zog Lissi gleich darauf ein triefendes, noch immer unsichtbares Tier heraus, das sich aus Rache eng an sie schmiegte und sie völlig durchnässte.

Müde von so viel Hexerei, lagen Tinka und Lissi auf dem Boden. Tinka malte mit den Zehenspitzen Kreise in die Luft, was für Beine und Po gut sein sollte. Lissi ließ sich aus der Luft ein Popcorn nach dem anderen einzeln in den offenen Mund fallen. Völlig unerwartet fragte sie: „Hast du dich mit Julio zerkracht?"

Bei Tinka schrillte eine feine Alarmglocke. Normalerweise interessierte sich Lissi nie für Julio, und deshalb war Tinka auch auf der Hut. Auf einen von Lissis bissigen Kommentaren hatte sie um diese späte Uhrzeit keine Lust mehr.

„Wieso willst du das wissen?", versuchte Tinka auszuweichen.

„Na ja", Lissi feixte herum, „kein Kicher-Küsschen mehr, kein eiskaltes Händchenhalten ..."

Auf einmal saß Tinka in der Doppel-Patsche. Sie wollte unter keinen Umständen erklären, warum sie Julio am Mittwoch versetzt hatte. Dazu hätte sie von Hermine Hoxter erzählen müssen, und davon erfuhr Lissi besser nichts. Wo doch morgen der Saft eintraf, der Tinka auch einmal so sein lassen würde wie Lissi!

„Ach, wir … also … er kommt auch auf Klassenfahrt mit!“ Tinka war erleichtert über diesen Einfall und hoffte, Lissi würde sich damit zufriedengeben.

Das aber tat sie nicht.

„Sag, du und dein Bussi-Boy … worüber quatscht ihr denn so?“

Langsam ging Tinka die Fragerei zu weit.

„Ich meine … du kannst doch nur über deine Mädchensachen quatschen. Aber Julio interessiert sich bestimmt nicht für Poster, Nagellack und Miniröcke.“

Die Alarmglocke in Tinkas Kopf bimmelte noch lauter.

„Ach … wir haben immer was zu reden.“ Tinka kam das Gespräch vor wie ein Slalomlauf rund um Lissis bohrende Fragen.

„Keine Ausflüchte, Schwesterherz! Details, Details!“ Lissi rollte sich auf die Seite und stützte den Kopf in die Hand. Sensationsgierig hob sie die Augenbrauen.

„Wie bist du eigentlich auf deinen Julio gekommen? Ich meine, hat da eine Sirene unter deinem Pony zu heulen begonnen? Oder hast du einen Stich im Hinterteil gespürt? Und ist er von dir angezogen worden wie so ein Magnetschwein von der Kühlschranktür?"

Langsam begann Tinka zu überlegen, ob sie vielleicht einen Albtraum hatte. Vielleicht war sie gar nicht mehr wach. Das Kissen, das Lissi nach ihr warf und das sie am Kopf traf, war allerdings ein Beweis dafür, dass sie noch längst nicht schlief.

Den frischen Frieden zwischen ihr und ihrer Schwester wollte sie nicht in Gefahr bringen. Eine Abfuhr konnte sie ihr also nicht erteilen. Was sollte sie nur antworten?

„Ich meine, würdest du mit Julio auch kicken gehen, wenn er das lustig fände? Oder zu einem Fußballmatch? Oder in einen Film, der echt eklig ist?"

„Solche Filme mag Julio nicht."

„Aber wenn er sie mögen würde? Kämst du dann mit? Tätest du ihm den Gefallen?"

Während Tinka nach der besten Antwort suchte, ließ sie ihre Finger über den Teppich krabbeln. Cosimo fand das ein lustiges Spiel und versuchte, sie zu fangen.

„Julio ist echt nett. Ich meine, er würde bestimmt mit mir in jeden Film gehen. Und ich gehe mit ihm auch in einen Film, den nur er mag." Aus Verlegenheit redete Tinka sehr leise. Sie rechnete mit einer spitzen Bemerkung, aber Lissi ließ sich wieder auf den Rücken rollen und strampelte mit den Beinen, als würde sie Rad fahren.

„So ist das!", hörte Tinka sie sagen.

„So ist was?"

Einen Augenblick erschien ihr Lissi verändert. In der nächsten Sekunde war sie aber wieder die Alte und erklärte mit spöttischem Lächeln: „Muss ich dir und deinem Bussi-Boy also nicht nachschleichen. Hast du mir was erspart."

Diese Erklärung hörte sich aber eher lahm an, und so ganz glaubte Tinka Lissi nicht.

Wie immer war Tinka als Erste wach, schlich ins Badezimmer, putzte sich die Zähne, bürstete sich die Haare und tappte dann, die Schuhe in der Hand, die Treppe hinunter.

Zurück auf dem Bett blieb eine zerwühlte Decke, aus deren großen Falten irgendwo ein paar Locken von Lissi guckten.

Da die Morgensonne so angenehm warm schien, beschloss Tinka, das Frühstück wieder im Freien zu richten. Beim Hinaustragen des vollbepackten Tabletts hörte sie aus dem Garten der Lydofskys eine strenge Ansprache.

„Manni, nein, nein und nochmals nein!"

Herr Lydofsky gab winselnde Laute von sich.

„Bitte, Läuschen, ich kann nicht nur von Karotten und Salat leben. Ich bin doch kein Goldhamster."

Tinka zog mit den Händen die Zweige der Hecke ein Stückchen auseinander und sah die beiden Lydofskys auf ihrer Terrasse. Zusammengesunken kauerte Herr Lydofsky in einem Klappstuhl, vor ihm auf dem Tisch ein Teller mit ein paar welken Salatblättern und ganzen Karotten. Seine Frau stand wie das lebendige mahnende Gewissen mit erhobenem Zeigefinger da und hielt eine Rede über gesunde Ernährung.

„Aber du isst doch auch Butterhörnchen und Marmelade", weinte er fast.

„Ich trage auch nicht so viel Extragepäck herum!" Frau Lydofsky blickte vorwurfsvoll auf den kugelförmigen Bauch ihres Mannes, der sich unter der Trainingsjacke abzeichnete.

Um nicht bemerkt zu werden, schloss Tinka das Loch in der Hecke wieder und stellte schnell Teller und Schüsseln auf dem Tischchen ab. Vergnügt klapperte sie mit dem Porzellan und dem Besteck. Danach kehrte sie in die Küche zurück, um Butter und Saft zu holen. Weil sie immer damit rechnen mussten, von den Lydofskys beobachtet zu werden, hexten die Mädchen so wenig wie möglich im Freien.

In der Diele taumelte Tinka eine völlig zerstrubbelte, verschlafene Lissi entgegen. Die Arme schlaff vorgestreckt, sah sie aus wie eine wandernde Mumie oder eine Schlafwandlerin.

„Frühstück steht schon draußen“, sagte Tinka fröhlich, und Lissi zuckte zusammen, als hätte sie einen Eimer eiskalten Wassers über den Kopf bekommen. Sie war bestimmt einer der größten Morgenmuffel der Welt.

„Schrei mich nicht an.“

Tinka lächelte. Selbst wenn sie flüsterte, würde Lissi es um diese Zeit als Brüllen empfinden. Da Lissi nur ihr langes Schlaf-T-Shirt trug, zog sie mit einer Hand ihre Sweaterjacke vom Haken neben der Tür, der die Form eines Drachenkopfes hatte. Sie warf sie sich über und tappte blinzelnd weiter.

Zwischen Tinkas Beinen schoss auf einmal Cosimo aus der Küche in Richtung Garten durch. Der Kater gab maunzende Laute von sich, als ob er Appetit auf einen Vogel hätte. Tinka versuchte, ihn festzuhalten, aber Cosimo entglitt ihr und war sofort verschwunden.

„Wunderbare Natur! Fressen und gefressen werden“, murmelte Tinka und setzte den Weg in die Küche fort.

Durch das schmale Fenster fiel nur wenig Licht, weil die Äste der Hecke dagegendrückten. Tinka hatte es am Morgen gekippt, weil Cosimo beim

Trinken viel Milch verspritzt hatte, die sauer geworden war und schlecht roch.

Von draußen hörte sie einen unterdrückten Aufschrei, gefolgt von heftigem Rascheln. Cosimo miaute und schrie, als wäre er in den Kampf mit einem Rivalen um eine Katzendame verwickelt.

„Lass die Vögel in Ruhe“, schimpfte Tinka durch das offene Fenster hinaus.

Cosimo fauchte und maunzte noch zweimal und verstummte dann. Nach einer kleinen Pause hörte Tinka ihn sogar schnurren.

Dieser Kater! In sich hineinschmunzelnd, hexte Tinka eine Mischung aus Orangen-, Himbeer-, Ananas- und Bananensaft und garnierte sie per Hexenklatsch mit Kirschen. Für sich selbst hexte sie noch eine große Tasse heiße Schokolade mit einer Prise scharfem Chili. Sie tat, als würde sie das Tablett in den Händen tragen, in Wirklichkeit aber flog es von allein.

Lissi fläzte auf dem Stuhl und zupfte an ihrem Nasenflügel.

„Wann kommt endlich das Frühstück?“, knurrte sie hungrig.

Die Teller auf dem Tisch waren leer. Wären da nicht ein paar Krümel geblieben, hätte es ausgesehen, als wäre nie etwas hingestellt worden.

„Cosimo!“, schimpfte Tinka. Der Kater hatte sich

wohl die Sachen geholt und fraß sich jetzt in der Hecke voll. Dabei war er ohnehin schon viel zu fett.

„Hunger!", grölte Lissi und rülpste, als wollte sie einen Punkt unter ein großes Ausrufezeichen machen.

Tinka begab sich erneut in die Küche, und wenige Minuten später hatte sie im wahrsten Sinne des Wortes ein neues Frühstück gezaubert.

Da Stan Geburtstag hatte, wollte die gesamte Familie Schnabel-Meierbeer in ein Landgasthaus fahren. Die Mädchen hatten versprochen, schon vor Mittag daheim zu sein.

Den ganzen Vormittag lang wartete Tinka ungeduldig auf das Eintreffen des versprochenen Saftes von Hermine Hoxter, aber er kam nicht. Um die Hexe zu rufen, blätterte Tinka in dem Katalog, doch sie erschien nicht. Sicherheitshalber suchte Tinka rund um das Haus, im Garten, in allen Zimmern und sogar vor dem Gartentor, jedoch fand sie weder von einem Fläschchen noch von Frau Hoxter eine Spur.

Offensichtlich hatte diese sie vergessen, und Tinka war darüber sehr enttäuscht. So gerne hätte sie den Trank auf der Klassenfahrt ausprobiert, um auch einmal wild und unerschrocken zu sein wie Lissi. Ein Zusatznutzen wäre für sie gewesen, sich nicht vor Spinnen und Käfern zu fürchten, von denen ihnen Frau Rittfuchs bestimmt jede Menge vorführen würde.

Als die Schwestern um elf Uhr vormittags das Gartentor hinter sich schlossen, warf Tinka einen letzten, suchenden Blick zurück. Aber noch immer war nichts zu sehen.

„Ist was?" Lissi kannte ihre Schwester gut und spürte ihre Unruhe.

„Nein, nichts!", flunkerte Tinka.

# Salat und Karotten

Am Dienstag um acht Uhr morgens sollte die Klassenfahrt starten. Frau Rittfuchs schrieb eine lange Liste von Dingen an die Tafel, die alle Schüler mitbringen mussten.

„Wir übernachten auf dem Dachboden eines alten Bauernhofes, und deshalb braucht ihr Schlafsäcke", erklärte sie. „Wer sich nicht gerne wäscht, für den habe ich gute Nachrichten: Es gibt nur einen Brunnen mit kaltem Wasser. Auf eurer Haut werden sich also allerhand mikroskopisch kleine Tierchen vermehren, aber für vier Tage ist das schon gestattet."

Rolli meldete sich und fragte: „Gibt's da auch ein ein Plumpsklo?"

Großes Gelächter von allen Seiten, und Rolli nickte glücklich über den gut platzierten Witz.

Frau Rittfuchs nickte zustimmend. „Ja, wir leben sehr einfach. Aber Frau Meix, die Bäuerin, ist eine hervorragende Köchin. Es wird euch schmecken.“

Lissi warf einen abschätzenden Blick auf die hohen Stöckelschuhe der Biologielehrerin.

„Ob sie die wohl auch auf der Klassenfahrt tragen wird?“, raunte sie Tinka zu.

Die Lehrerin hatte es gehört und beugte sich zu den Mädchen. „Das ist doch nur Verkleidung für die Schule. Täuschen und tarnen nennt man so etwas.“ Sie zwinkerte und fuhr dann mit ihrer Ansprache über die benötigte Ausrüstung fort.

Den ganzen Schultag lang überlegte Tinka fieberhaft, mit welcher Ausrede sie sich von Lissi lösen und heimlich in die Kristallgasse schleichen könnte. Sie wollte unbedingt nachsehen, ob nicht vielleicht doch die Lieferung von Frau Hoxter eingetroffen war.

Lissi kam ihr, ohne es zu wissen, zu Hilfe.

„Mein Schlafsack hat ein Loch, und ich brauche einen neuen“, erklärte sie, als die Schwestern die Schule verließen.

„Meiner ist noch gut!“, sagte Tinka.

„Komm mit zum Sportladen.“ Lissi ging los, aber Tinka winkte ab.

„Ich geh schon mal voraus. Hab einfach schon Hunger.“

Lissi verdrehte die Augen. „Fressmonster!“ Sie wedelte mit der Hand und war gleich darauf um die Ecke verschwunden.

Um auch wirklich vor Lissi daheim zu sein, musste Tinka den ganzen Weg bis zur Kristallgasse im Dauerlauf zurücklegen. Sie war nass geschwitzt und hatte Seitenstechen, als sie endlich ankam. Nach Luft japsend, stolperte sie über den Kiesweg auf das Haus zu. Ihre Enttäuschung war groß, als vor der roten Haustür kein Fläschchen auf sie wartete. Sie trat ein und hexte sich in der Küche ein riesiges Glas Wasser, das sie in einem Zug leerte. Cosimo miaute erfreut über den unerwarteten Besuch.

Da Hermine Hoxter schon zweimal im Haus aufgetaucht war, lief Tinka noch einmal durch alle Räume, doch ohne Erfolg. Sie suchte im Katalog nach einer Möglichkeit, mit der Hexe in Kontakt zu treten, aber sie fand keinen Hinweis. Der Trick mit dem Blättern funktionierte nicht, und selbst als Tinka laut sagte: „Ich brauche unbedingt noch drei Säfte!“, ließ sich Hermine nicht blicken.

Das war wirklich schade. Vor den Nächten auf dem Dachboden und den Begegnungen mit krabbelnden kleinen Ungeheuern hatte Tinka schon jetzt Angst. Die Gänsehaut würde sie wohl vier Tage lang nicht loswerden.

Eine dünne Haarsträhne zwischen den Fingern

drehend, machte sie sich auf den Weg nach Hause. Sie war noch im Garten, als sie auf der Straße die Stimme von Frau Lydofsky hörte. Eine Oktave höher als an den Tagen zuvor kreischte sie immer wieder atemlos: „Manni! Manni! Manni!"

Der arme Herr Lydofsky wurde von ihr also noch immer durch die Gassen gejagt und musste wie ein Skifahrer, der sich in der Jahreszeit geirrt hatte, mit diesen lächerlichen Stöcken herumstochern.

Als Tinka durch das Gartentor trat, sah sie etwas auf sich zukommen, das erst auf den dritten Blick aussah wie Frau Lydofsky. Sie erinnerte an ein Klappmesser, das halb zugeklappt war, schleifte einen Stock hinter sich nach und hing mit letzten Kräften am anderen. Das Stirnband war ihr zum Hals hinuntergerutscht, Hose und T-Shirt schlabberten feucht herum, und von ihrer spitzen Nase tropfte der Schweiß.

„Ma… Ma… Mami", fiepte sie jämmerlich.

Nannte sie ihren Mann nicht immer Manni? Konnte sie nicht mehr richtig sprechen?

„Nicht schlappmachen, Lausemaus!", schallte eine kraftvolle Stimme vom anderen Ende der Straße. Etwas Rundes kam tänzelnd und die Stöcke über dem Kopf schwingend auf sie zu. Erst aus der Nähe erkannte Tinka auf der Spitze eines der Stöcke das schwarze Haarteil, unter dem er sonst seine

Glatze verbarg. Er ließ es oben kreisen, wie Zirkusartisten dies mit einem Teller auf einem dünnen Stab taten. „Schönen Tag, kleine Nachbarin!“, rief er Tinka entgegen und eilte an ihr vorbei. Ohne sich umzudrehen, sagte er zu seiner Frau: „Lausemaus, du Schnarchschnecke, brauchst wohl ein bisschen Pfeffer im Po! Noch sieben Runden liegen vor uns.“

Frau Lydofsky schluchzte fast. „Ich bin keine Schnarchschnecke, ich gehe zurück zu meiner Mama.“ Zu Tinka sagte sie mit gebrochener Stimme: „Er hat mich auch schon Blindschleich-Schnurzel-Schnäuzchen genannt. Was für eine Beleidigung!“

Aus der Ferne rief Herr Lydofsky vergnügt: „Salat und Karotten, meine kleine faule Birne, und du wirst fit wie ein Handschuh!“

Salat und Karotten, Tinka wollte sich das merken. Sie war auch keine Sportskanone, und vielleicht half ihr eine Salat-Karotten-Diät.

# Die leere Flasche

„Du hast gehext!" Tinka wollte das nicht sagen, aber es entschlüpfte ihr, als sie die Haustür aufschloss und Lissi bereits in der Diele stand. Es war einfach nicht anders möglich. Lissi musste einen Von-Ort-zu-Ort-Hexspruch eingesetzt haben, sonst hätte sie niemals vor ihrer Schwester daheim sein können.

Unter dem Arm hielt sie den zusammengerollten Schlafsack, der noch in dünne Plastikfolie verpackt war. Sie war also im Sportgeschäft gewesen, und von dort bis zum Haus der Schnabel-Meierbeers war es ein langer Weg. Auf dieser Strecke fuhr auch kein Bus.

Lissi schleuderte die Schlafsackrolle in die Luft, wo sie sich dreimal drehte und dann aufrecht auf Lissis ausgestreckter, flacher Hand landete. Wie eine Artistin ließ Lissi sie weiter in der Luft kreiseln und tanzen und bewegte sich so auf die Treppe zu. Tinka ging ihr nach und zischte vorwurfsvoll: „Wir dürfen nicht hexen, wenn es andere sehen. Möchtest du wieder Ärger mit dem Club der Hexen bekommen?“ Die Kontrolleure waren ständig unterwegs und sperrten Hexenkräfte für Tage oder sogar Wochen.

Während sie den Schlafsack wie einen langen Floh in einem Bogen über ihren Kopf auf die andere Hand und wieder zurück springen ließ, antwortete Lissi seelenruhig: „Hab nicht gehext. War einfach nur schnell.“

Tinka konnte es nicht glauben. Es war einfach unmöglich.

Im Wohnzimmer wurde die Terrassentür aufgeschoben, und Tinka und Lissi sahen ihren Vater aus dem Garten kommen. Er wirkte erschöpft und schüttelte die rechte Hand aus.

„Tag, meine kleinen Hexen!“ Tinka zuckte immer leicht zusammen, wenn er sie so nannte.

„Hast du was an der Hand?“, erkundigte sich Lissi neugierig.

„Ach, der morsche Baum hing schon so schief. Da habe ich ihn gefällt, damit er nicht vom Sturm umgerissen wird und den Nachbarn ins Schwimmbecken fällt.“ Boris Schnabel-Meierbeer stemmte die andere Hand ins Kreuz und streckte sich mit schmerzverzerrtem Gesicht. „Zum Holzfäller eigne ich mich nicht. Das steht fest. Zersägen werde ich den Stamm später."

Er stakste Richtung Badezimmer, um eine heiße Dusche zu nehmen, bevor seine Nachmittagssprechstunde begann. Neugierig liefen Tinka und Lissi auf die Terrasse hinaus und fanden den morschen Baumstamm quer über dem Rasen liegend vor. Die nackten Äste ragten jämmerlich kahl zum Himmel empor.

„Das haben wir gleich!" Lissi warf Tinka den Schlafsack zu, der im Flug eine dreifache Schraube und einen Salto machte. Vor Bewunderung hätte ihn Tinka um ein Haar nicht gefangen.

Dann stapfte Lissi breitbeinig auf den Stamm zu, der so dick wie ein Oberschenkel war. Sie stellte sich davor, spuckte in die Hände, kniff ein Auge zu, peilte mit dem anderen das Ziel an, und hob die rechte Handkante, als wäre sie ein Beil. Mit einem lauten Kampfschrei schlug sie zu.

Tinka schloss die Augen und glaubte, die Schmerzen zu fühlen, die Lissi in der Hand haben musste. Statt Gejammer aber ertönte schon der nächste Karateschrei und dann der übernächste. Durch die Wimpern blinzelnd, sah Tinka zu Lissi, die in rasender Geschwindigkeit auf den Stamm einschlug.

Dabei bewegte sie sich gleitend zur Seite, als stünde sie auf einem Förderband. Nach nur ein paar Sekunden hatte sie das dicke Ende erreicht, und mit einem tiefen Atemzug trat sie nach hinten weg.

Vor ihr auf der Wiese lagen an die zwanzig handliche Holzscheiben, die nur darauf warteten, weggeräumt zu werden.

Sportlich schüttelte Lissi ihre Handkante aus, die nicht die allerkleinste Verletzung abbekommen hatte.

Tinka rutschte der Schlafsack aus dem Arm.

„Ich hab Hunger", verkündete Lissi und ging in Richtung Küche.

„Li… Li… Lissi…!" Aufgeregt trippelte Tinka ihr nach. „Wo hast du das gelernt? Wieso kannst du das?"

„Was?" Lissi warf ihr einen verwunderten Blick über die Schulter zu.

„Karate!"

Mit der Hand befühlte Lissi Tinkas Stirn, riss die Finger schnell wieder weg und schüttelte sie, als hätte sie sich verbrannt. „Klarer Fall, du fantasierst. Ich kann doch kein Karate."

Fassungslos stand Tinka da und sah zwischen dem zerhackten Stamm und ihrer Schwester hin und her. Sie spürte ein Kribbeln im Nacken, das nichts Gutes verhieß.

Während Lissi an ihrem Schreibtisch saß und versuchte, die Rätsel der Mathematik zu lösen, stahl sich Tinka unter dem Vorwand, ein Bad zu nehmen, davon. Lissi verzweifelte gerade wieder an Rechnungen, die ihrer Meinung nach kein Ergebnis hatten, und beachtete Tinkas Abgang gar nicht.

Nachdem sie das Bad verriegelt hatte, lief Tinka zur Wanne und ließ Wasser einlaufen. Natürlich hatte sie nicht vor, mitten am Nachmittag zu baden, aber irgendwie musste sie aus dem gemeinsamen Zimmer kommen. Sie schloss die Augen und stellte sich die kirschrote Eingangstür des Hexenhauses vor. Die Farbe begann, in ihrem Kopf zu leuchten, und sie roch fast den Duft der feuchten Erde, der Blumen und der Blüten an den Büschen.

Dieses Bild war für einen Von-Ort-zu-Ort-Hexspruch sehr wichtig. Es gab das Ziel der magischen Reise vor. Nun galt es noch, den Hexenklatsch genau in der richtigen Stärke auszuführen, sodass Tinka nicht mit voller Wucht durch die geschlossene Tür raste, sondern davor zum Stehen kam. Sie spreizte Daumen und kleine Finger und tippte sie aneinander.

Das vertraute Rauschen in ihren Ohren setzte ein, und sie fühlte einen leichten Stoß in ihrem Rücken. Schneller als jede Schallwelle und wahrscheinlich sogar schneller als das Licht wurde Tinka durch die Luft an den gewünschten Platz transportiert.

Vor ihr maunzte es erstaunt, und als sie die Augen öffnete, lobte sie sich im Stillen für die punktgenaue Landung auf der Türmatte des Hexenhauses. Da sie nicht viel Zeit hatte, kraulte sie Cosimo nur hastig zwischen den Ohren und streckte dann die Hände aus. Sie murmelte den Spruch „Ditektus subtius“, und ihr Herz schlug schneller, als sie ein leichtes Ziehen in den Fingerspitzen fühlte. Wie von einer unsichtbaren Kraft bewegt, schwenkten die Arme auf die Hauskante zu, und Tinka stolperte hinterher. Es ging an der Mauer entlang und durch einen struppigen Busch, der im Weg stand, bis zu dem kleinen Platz mit dem Tischchen und den Gartenstühlen. Dort wurden Tinkas Hände herumgerissen und tauchten in das Blätterwerk des Kräuterbeetes ein. Ihre Finger landeten auf etwas Glattem, Kühlem, das sie ergriff und herauszog.

„Das ist es!“, flüsterte Tinka erfreut. Die Flasche war lindgrün mit drei breiten orangefarbenen Streifen auf dem unteren Teil und einem Messingschraubverschluss, der golden glänzte. Erdkrümel klebten am Glas, ließen sich aber leicht abwischen. Prüfend hielt Tinka die Flasche gegen das Sonnenlicht, um den Stand der Flüssigkeit darin erkennen zu können.

Aber die Flasche war leer. Nur ein kleiner zäher Rest sammelte sich auf dem Boden. Mit zitternden Händen schraubte Tinka den Verschluss auf und guckte mit einem Auge hinein. Sie sah jedoch nur die letzten Tropfen, in denen winzige Sternchen blitzten.

„Oh nein", flüsterte sie und drehte die Öffnung nach unten. Der frische Duft von Passionsfrucht und Pfirsich wehte ihr in die Nase und ließ ihr das Wasser im Mund zusammenlaufen. Aber was nützte das, die Flasche war leer!

In Gedanken versunken, erhob sich Tinka. War Hermine Hoxter verwirrt gewesen und hatte eine leere Flasche geliefert? Wie kam die Flasche in das Kräuterbeet? Konnte jemand anderer daraus getrunken haben?

Es klopfte heftig neben Tinka, die vor Schreck einen Sprung zur Seite machte. Das Trommeln wurde lauter und ungeduldiger.

„David hat schon wieder das andere Klo verstopft. Schwing dich aus der Wanne, Schwester!", verlangte Stan.

Natürlich klopfte er nicht im Garten des Hexenhauses, sondern im Haus der Schnabel-Meierbeers. Tinka konnte es zum Glück hören. Eigentlich wollte sie noch einen Katalog von Hermine Hoxter aus dem Haus holen, aber Stan verlangte, sofort in das Badezimmer gelassen zu werden, und kündigte an, sonst in den nächsten Blumentopf zu pinkeln. Schon bei der Vorstellung schüttelte sich Tinka.

Also dachte sie fest an das Badezimmer und führte den bewährten Hexenklatsch aus. Im nächsten Augenblick fand sie sich in dicken Dunstschwaden wieder, die aus der Wanne stiegen. Ihr fiel gerade noch ein, dass sie sich den Bademantel überwerfen musste, bevor sie den Riegel öffnete. Stan riss sie am Ärmel aus dem Bad, und zum Glück beachtete er weder die Hosenbeine, die unter dem Bademantel hervorguckten, noch Tinkas trockene Haare.

Als sie zu Lissi ins Zimmer zurückkehrte, warf ihr diese eine gefaltete Karte zu.

„Ist gerade von einer Krähe für dich abgegeben worden."

Tinka nahm das dunkelbraune Papier und löste das rote Siegel. Ihr schwante Schlimmes.

Hastig zerriss Tinka die Karte in kleine Schnipsel.

„Was stand denn drauf?", erkundigte sich Lissi, über ihr Mathematik-Heft gebeugt.

„Ach … nur … wegen eines neuen Hexenbuches, das ich haben will“, flunkerte Tinka.

Von den unlösbaren Rechnungen genervt, warf Lissi die Arme in die Luft, raufte sich die Haare, nahm das Heft und biss ein großes Stück heraus. Tinka blieb die Luft weg. Das Heft erinnerte an ein Surfbrett nach einem Haiangriff. Damit nicht genug, schluckte Lissi den ersten Bissen hinunter und nahm einen zweiten, dritten und vierten. Als wäre es ein Stück Kuchen, schob sie sich den Rest des Heftes in den Mund und erklärte mit vollen Backen: „So ist Mathe lecker!“

Tinka hielt noch immer das Fläschchen in der Hand. Das Glas schien auf einmal zu glühen.

Mit belegter Stimme fragte sie: „Lissi, hast du gestern aus einer grünen Flasche getrunken?“

Lissi zog sich eine der Heftklammern zwischen den Zähnen heraus und nickte. „War nur noch halb voll. Ich weiß, dass du das Zeug wieder stundenlang gemixt hast. Tut leid, tut leid, ist es verzeiht?“

Verzeihen war das geringste Problem. Tinka graute vor den weiteren Folgen des Trankes. Er war doch für sie bestimmt und hätte sie wild machen sollen. Lissi war das ohnehin schon.

Sie musste die Wirkung rückgängig machen. Aber wie? Hexen sollte sie besser nicht, in die Kristallgasse kam sie nicht mehr vor der Klassenfahrt, und einen Katalog von Hermine Hoxter hatte sie auch nicht zur Hand.

Sie konnte nur noch eines tun: Lissi Tag und Nacht bewachen.

Ihre Knie fühlten sich auf einmal an, als wollten sie Tinkas Körper nicht mehr tragen.

Lissi wischte sich genussvoll den Mund ab. Besorgt erkundigte sich Tinka: „Ist dir jetzt schlecht?"

Lissi legte sich die Hand auf den Magen. „Nein, bin nur durstig. Hab ein Gefühl im Bauch, als hätte ich gerade ein Schulheft gegessen." Sie erhob sich und raste ins Badezimmer, wo Tinka lange das Wasser rinnen hörte und Lissis gierige Schlucke vernahm, weil diese – wie gewöhnlich – den Kopf direkt unter den Hahn hielt.

# Totalo normalo

„Adlerauge fährt mit!“ Wie ein Lauffeuer verbreitete sich die schreckliche Meldung unter den Schülern. Erwartungsvoll standen sie vor dem Schulhaus beim Bus, bereit einzusteigen.

„Spielst du Zwilling?“, fragte Lissi und machte einen großen Schritt zur Seite, um von Tinka wegzukommen.

Tinka lachte verlegen. „Wieso, wir sind doch Freundinnen.“

„Deshalb musst du nicht an mir kleben!“

Doch, muss ich, weil du sonst Schreckliches tun könntest, dachte Tinka unruhig.

Lissi winkte über die Köpfe der wartenden Schüler hinweg, und Tinka sah sofort, wem der Gruß galt den Drillingen! Als sich Lissi zwischen den anderen durchschob und auf die drei Jungen zusteuerte, folgte ihr Tinka so dicht, dass sie ihr mehrmals auf die Fersen trat.

„He, ich werde dir gleich wieder peinlich sein!“, schnaubte Lissi. „Ich hab wieder ein paar starke Meldungen. Nur zur Warnung!“

Aber das war Tinka jetzt egal. Hauptsache, Lissi tat nichts Schreckliches, wie zum Beispiel einem der Jungen ein Ohr abzubeißen.

„Hi, Rolli, gibt's dich auch in Schön?“, begrüßte Lissi den ersten der drei, der in ihre Nähe kam. Elmer, der hinter Hans-Günther in Deckung ging, rief sie zu: „He, du, was sagst du als Unbeteiligter zum Thema Intelligenz?“

Wie ein Fels blieb Hans-Günther stehen und verschränkte die Arme vor der Brust.

„Du bist einzigartig!“, lobte Lissi ihn überraschenderweise. Nach einer kleinen Pause ergänzte sie: „Jedenfalls kann man das nur hoffen!“

Natürlich hatte sie wieder viele Lacher auf ihrer Seite und genoss es. Tinka atmete ein wenig auf. Vielleicht hatte die Wirkung des Trankes schon nachgelassen. Wilder als sonst erschien ihr Lissi an diesem Dienstag nicht.

„Ich setz mich neben dich“, verkündete ihre Schwester in diesem Moment Hans-Günther. Verschmitzt fuhr sie fort: „Und wenn du so stocksteif dastehst, kannst du gut als Werbung für lebende Mumien herhalten."

„Du musst neben mir sitzen!" Tinka drängte sich zwischen Lissi und Hans-Günther. Lissi aber sah über ihre Schulter hinweg Hans-Günther an.

„Ich muss mich um diesen Herrn hier kümmern. Er braucht mich!"

Noch immer trotzte der Junge ihr und zeigte sich wenig beeindruckt von der Ankündigung.

„Nein, Lissi!" Tinka versuchte sie am Arm zur Seite zu ziehen, aber Lissi stand da wie festgewachsen.

Tinka heulte fast.

„Mich kriegst du nicht klein!" Hans-Günther sagte es drohend wie eine Kampfansage.

„Du verkriechst dich schon morgen in das nächste Mauseloch!", erklärte Lissi siegessicher. Die ruhige Art, in der sie es sagte, passte gar nicht zu ihr.

In ihrer Panik über den Trank und seine Wirkung fiel Tinka das aber nicht auf. Sie achtete nur auf alles, was noch wilder an Lissi war als sonst.

Auf der obersten Stufe stehend, klatschte die Direktorin in die Hände. „Einsteigen, meine Herrschaften, wir fahren los!"

Hilflos musste Tinka zusehen, wie Lissi Hans-Günther in den Bus folgte und sich in der dritten Reihe auf den Sitz neben ihm fallen ließ. Die Reihen davor und dahinter waren schon besetzt. Tinka fand erst acht Reihen weiter hinten einen Platz und blickte von dort mit allergrößter Sorge nach vorn. Lissis Lockenspitzen ragten wie viele kleine Antennen über den Rand der Lehne. Was hatte sie vor?

In ihrem Kopf nagte der Zweifel wie ein kleiner Wurm mit scharfen Zähnen. Und wenn sie selbst doch nicht so sein wollte wie Lissi? Wenn alles, was Lissi tat, einfach nur entsetzlich peinlich war?

„Ist da frei?“, hörte sie neben sich eine bekannte Stimme.

Im Gang stand Julio und lächelte schwach. Er hatte etwas Ängstliches an sich, das Tinka noch nie zuvor aufgefallen war. Sie rutschte ans Fenster und deutete auf den freien Platz. Julio setzte sich und schluckte mehrmals trocken. Tinka konnte sich im Augenblick nicht um ihn kümmern, weil sie Lissi im Auge behalten musste. Die halbe Nacht hatte sie wach gelegen und zu Lissis Hängematte am anderen Ende des Zimmers gespäht. Sie hatte befürchtet, das Schulheft könnte ihrer Schwester doch noch Beschwerden bereiten, und wollte sofort hilfreich zur Stelle sein. Doch Lissi hatte friedlich geschlafen.

„Ich kann mich auch woanders hinsetzen?“, bot Julio an. Tinka blickte ihn verwirrt an und schüttelte den Kopf.

Der Bus setzte sich mit einem Ruck in Bewegung und rollte die Straße hinunter. Auf dem Gehsteig blieben Eltern und Geschwister zurück und winkten. Zum Glück hatte Grit den Mädchen eine rührselige Abschiedsszene erspart. Sie hatte sie nur abgesetzt und war dann sofort in ihren Blumenladen gefahren.

Nachdem sie die Stadtgrenze hinter sich gelassen hatten, begann sich Tinka, ein klein wenig zu entspannen. Hans-Günther hatte bisher weder einen Schmerzensschrei von sich gegeben, noch war er mit vor Entsetzen weit aufgerissenen Augen aus der Sitzreihe geflüchtet. Sowohl er als auch Lissi schienen es sich bequemer gemacht zu haben und mit dem Kopf etwas tiefer gerutscht zu sein. Ihre Haarschöpfe waren jedenfalls nicht mehr zu sehen.

Julio holte eine Limoflasche aus seinem Rucksack. Es zischte, als er den Schraubverschluss öffnete. Erschrocken zuckte Tinka zusammen.

„Ist was?“ Julio fühlte sich unsicher, weil Tinka sich so seltsam benahm. Statt eine Antwort zu geben, nahm ihm Tinka die Flasche aus der Hand, setzte sie an den Mund und trank. Mit einem genüsslichen Seufzer setzte sie die Flasche wieder ab und wischte sich mit dem Handrücken über den Mund.

„Das hast du noch nie getan“, hörte sie Julio neben sich sagen.

„Was getan?“

„Aus der Flasche getrunken und den Mund mit der Hand abgewischt. Du nimmst sonst immer einen Becher oder ein Glas und eine Serviette oder ein Taschentuch.“

Tinka musste ihm recht geben und wunderte sich über sich selbst.

„Lissi ist der Hammer!“, erklärte Julio nach einer kleinen Pause.

„Hä?“ Tinka sah ihn überrascht an. Erschrocken wich Julio zurück. „Ich … ich wollte nur sagen: Lissi ist der Hammer. Ist sie echt. Nicht nur, weil sie deine Schwester ist.“

„Hammer? Wie meinst du das?“

„Sie sagt, was sie denkt. Und diese Macho-Jungs blitzen bei ihr total ab. Denen zeigt sie's, und das verdienen sie auch. Das traut sich sonst wirklich keine.“

Unruhig kaute Tinka an einer Haarsträhne herum. „Und ich bin wohl die Langeweile auf zwei Beinen. Ich mache das nämlich gar nicht, ich bin immer nur nett und brav.“

„Aber nein, nein, sicher nicht!“, versicherte Julio schnell. „Sag doch so einen Quatsch nicht. Du bist total anders. Du bist eben Tinka, und das ist genauso schwer in Ordnung.“

Noch hatte Tinka aber ihre Zweifel.

„Ist das nicht peinlich, was Lissi da so alles sagt und tut?", erkundigte sich Tinka vorsichtig.

„Ach was!" Julio biss herzhaft von einem Apfel ab und reichte ihn an Tinka weiter. „Wer hält denn schon diese Normalos aus, die freihändig im Stehen schlafen?"

„Aber ich bin doch auch so eine Normalofrau!", sagte Tinka kleinlaut. Mit den Schneidezähnen zupfte sie die Schale vom Apfel und zerrieb das weiße Fruchtfleisch, bis Saft daraus wurde, den sie mit der Zungenspitze aufleckte.

„Normalofrau, he?" Julio deutete auf die Spuren, die Tinka mit den Zähnen im Apfel hinterließ. „Und Erdbeermarmelade mit Salami, he? Totalo normale. Klar. Und wenn du nur schwarz-weiße Sachen trägst und ein paar Straßen Umweg machst, weil du an diesem Tag unbedingt über einen Zebrastreifen gehen willst. Das ist normalo?"

Tinka grinste verlegen. Ja, das waren einige ihrer Angewohnheiten, die für sie völlig normal waren.

„Findest du, ich spinne?"

Julio lachte auf. „Und wenn schon? Solange du nicht zickst, ist alles bestens. Zicken nerven, aber Spinner sind Spaß." Er tippte ihr mit dem Zeigefinger auf das Knie. „Ich mag dich."

Einen Augenblick lang legte Tinka den Kopf auf seine Schulter. Und sie mochte Julio auch. Selbst wenn er mit dem Finger im Ohr bohrte, wie er es soeben wieder einmal tat.

Was aber war mit Lissi dort vorne? Es herrschte verdächtige Stille in ihrer Reihe.

# Die Wildschweinjägerin

„Meine Matratze riecht, als hätten hier die Schweine geschlafen!“ Während Greta mit einer Hand den Schlafsack ausbreitete, hielt sie sich mit den Fingern der anderen Hand die Nase zu und machte dabei ein angeekeltes Gesicht.

„Wirf dich doch draußen in den Dreck und wälz dich ordentlich, dann stört's dich bestimmt nicht mehr!“, riet ihr Lissi, lachte und hängte noch ein lautes Grunzen an.

Tinka breitete die silberne Folie aus, die sie Boris aus der Praxis stibitzt hatte. Normalerweise wurden diese ultradünnen Folien bei Unfällen eingesetzt, um den Verletzten einzuwickeln und warm zu halten. Tinka hatte sie vorsorglich mitgenommen, um sich damit gegen Wanzen und Flöhe zu schützen, die sie in den dunkelbraunen Matratzen des Lagers vermutete.

Ganz so wild und einfach, wie Frau Rittfuchs es beschrieben hatte, war die Unterkunft auf dem Bauernhof allerdings nicht. Es gab nicht nur den Dachboden, sondern auch einige Zimmer mit Stockbetten. Lissi, Tinka, Greta und drei andere Mädchen teilten sich ein solches Zimmer. Es war winzig, und nur wenn alle den Bauch einzogen und die Luft anhielten, konnten sie zwischen den Betten stehen.

„Was hast du Hans-Günther eigentlich während der Fahrt Unfreundliches gesagt?“, wollte Greta neugierig wissen.

Lissi hatte sich gerade auf einem oberen Bett ausgestreckt und räkelte sich. „Ach, nicht so viel.“

„Du hast ihm ständig was zugeflüstert!“, beharrte Greta. „Ich hab’s gesehen. Ich bin doch hinter euch gesessen. Und er hat auch was zu dir gesagt.“

„Ach das!“ Lissi machte eine lässige Geste mit der Hand. „Er hat versucht, witzig zu sein, und mich gefragt, ob ich in eine Steckdose gegriffen hätte oder ob meine Haare immer so aussehen.“

„Und was hast du geantwortet?“ Greta stützte sich auf der Bettkante auf und sah Lissi erwartungsvoll an.

„Ich … ich habe gesagt …“

Tinka tauchte von unten auf und betrachtete Lissi prüfend. Ihre Schwester wirkte irgendwie verlegen und auf jeden Fall ruhiger als sonst. Für Tinka war das ein Hoffnungsfunke, weil der Trank vielleicht seine Wirkung verloren hatte.

„Ach, ich habe gesagt: Dir muss man einen Knochen umhängen, damit wenigstens ein Hund mit dir spielt."

Greta trommelte vor Vergnügen mit den Handflächen auf Lissis Matratze, aus der kleine Staubwolken aufstiegen. „Diese Sprüche, Lissi, diese Sprüche! Einer besser als der andere. Du bist wirklich ein Hit."

Im Erdgeschoss trommelte jemand mit einem Kochlöffel auf einen leeren Topf.

„Versammlung, Versammlung, Versammlung!", rief Frau Rittfuchs. „Alle herunterkommen! In drei Minuten Versammlung!"

Die beiden Schulklassen versammelten sich in einer urigen Bauernstube mit verwittertem Holzboden, dicken Balken, die die Decke stützten, und kleinen Fenstern, durch die der Nachmittagssonnenschein fiel.

Die Biologielehrerin war kaum wiederzuerkennen. Stöckelschuhe und Kostüm hatte sie gegen Latzhose, Pulli und schwere Schnürstiefel ausgetauscht. Auch die Schuldirektorin hatte ihre sonst immer grauen oder blauen Röcke daheim gelassen und trug nun ein Trachtendirndl mit geschnürtem Mieder und Wollkniestrümpfen.

Die Jungen und Mädchen hockten auf Stühlen, Bänken, Tischen, Fensterbrettern und Truhen und warteten gespannt, was an diesem Tag noch auf dem Programm stand.

„Wir brechen zu unserer ersten Forscherwanderung in den Wald auf“, begann Frau Rittfuchs.

„Hunger, Hunger, Hunger!“, krähte Rolli.

Lissi wandte sich ihm zu und meinte: „Kannst dir ja ein Wildschwein jagen. Musst ihm bestimmt nicht einmal nachrennen. Es kommt sicher zu dir.“ Sie machte eine kleine Pause und ergänzte dann grinsend: „Gleich und Gleich gesellt sich gern.“

Wieder hatte sie die Lacher auf ihrer Seite. Selbst Frau Rittfuchs schien sich ein Schmunzeln kaum verkneifen zu können.

„Eure Aufgabe besteht darin, zu zweit durch den Wald und über die Wiese zu gehen und Insekten zu fangen!“, setzte sie fort. „Wir verwenden dazu kleine Beobachtungsschächtelchen, die ihr euch bitte hier aus dem Korb nehmt. Alle Schüler schauen sich anschließend die von jeder Gruppe gefangenen Tiere an, und dann werden sie freigelassen.“

„Wer? Die Schüler?“, fragte jemand vorwitzig, und ausnahmsweise war es nicht Lissi.

„Die Insekten natürlich!“ Frau Rittfuchs hatte Mühe, die Ruhe zu bewahren. „Am Abend werdet ihr die Tiere zeichnen und beschreiben, und wir werden sie gemeinsam bestimmen.“

Frau Müllenburg machte ein Gesicht, als hätte ihr jemand schluckweise Essig eingeflößt.

„Die Mädchen und Jungen allein im Wald? Erscheint Ihnen das nicht zu riskant, Frau Kollegin?“

Die Biologielehrerin blickte über die Köpfe der Schüler zur Direktorin. „Ich halte hier alle für erwachsen genug, sich verantwortungsvoll zu benehmen, und zur Sicherheit sind sie ohnehin zu zweit unterwegs.“

Noch immer hatte Frau Müllenburg Zweifel, aber Frau Rittfuchs ließ durchblicken, dass sie ihren Plan auf jeden Fall durchsetzen wollte.

„Wie Sie meinen“, sagte die Direktorin schließlich. Es schwang allerdings ein Unterton mit, den Tinka von Grit kannte und der bedeutete: Wenn Sie einen Fehler machen wollen, dann nur los, aber sagen Sie später nicht, ich hätte Sie nicht gewarnt.

Für Tinka war klar, sie würde mit Lissi losziehen. Erstens, weil sie Freundinnen waren, und zweitens, weil sie Lissi unbedingt beobachten musste. Sie sah sich nach ihrer Hexenschwester um und entdeckte sie bereits an der Tür. Winkend drängte sie sich zwischen den Klassenkameraden durch und angelte eine Plastikdose aus dem Korb. Lissi verschwand bereits durch die Tür, durch die mehrere Jungen und Mädchen nachdrängten. Sie wollten alle gleichzeitig hinaus und hatten ihren Spaß daran, in der Tür zu stecken und nicht weiterzukommen. Für Tinka aber bildeten sie eine Mauer, die sie von Lissi trennte.

Unter viel Gekicher und Geschubse löste sich das Durcheinander endlich auf und die Schüler purzelten übereinander in den Vorraum.

Als Tinka endlich im Freien war, sah sie sich hektisch nach Lissi um und rief ihren Namen. Als Antwort hörte sie das Muhen der Kühe und das Grunzen der Schweine.

Von Lissi keine Spur! Wahrscheinlich war sie schon losgegangen, und vielleicht sogar allein. Der Trank hatte ihr wahrscheinlich noch mehr Mut und Energie verliehen, als sie ohnehin schon hatte. Wo konnte sie sein?

Hinter Tinka erschien Frau Rittfuchs und erinnerte laut: „Ihr geht bitte immer zu zweit. Keine Alleingänge, habt ihr das alle verstanden?“

Tinka war überzeugt, dass Lissi bereits in Schwierigkeiten steckte. Sie musste sie schnellstens finden. Wer weiß, was sie alles anstellen würde! Es hätte Tinka nicht gewundert, wenn sie ihre Hexenschwester mit einem gefangenen Wildschwein auf den Schultern zwischen den Bäumen heraustreten gesehen hätte.

„Halt, Katharina, wohin allein?“ Frau Müllenburg hielt sie an der Schulter fest. „Wo ist deine Schwester Elisabeth? Ihr zwei steckt doch immer zusammen.“

Tinka holte tief Luft und setzte ein strahlendes Lächeln auf und antwortete: „Wir sollen doch auch mal mit jemand anderem was unternehmen, nicht?“

Da Greta gerade aus dem Haus trat, rief sie sofort nach ihr und erklärte: „Wir zwei gehen heute forschen!“

„Und mit wem ist deine Schwester unterwegs?“ Die Direktorin blickte suchend um sich.

Das wüsste ich selbst gerne, dachte Tinka. Sie hoffte, Lissi im Wald zu finden. Wenn sie die Wirkung des Saftes nur nicht zu irgendeiner Verrücktheit trieb!

# Iiiiiiiiiii!

Greta stapfte neben Tinka dahin und hob dabei die Beine wie ein Storch, der einen Sumpf durchquert. Den Kopf hatte sie eingezogen, und ihre Augen wanderten furchtsam nach links und rechts.

„Ich hätte meinen Strohhut mitnehmen sollen. Dann wäre ich vor allen Viechern geschützt, die von oben herabfallen!“ Greta schauderte.

„Was für Tiere meinst du?“, fragte Tinka höchst alarmiert.

„Ach, alles, was dort oben in den Bäumen herumhängt und gerne Blut saugt.“

„Gibt es da viel?“

„Ach, es reicht doch ein solcher Blutsauger, der sich in dir verbeißt und dir eine Beule verpasst, die später eitert und operiert werden muss, und dann bleibt ein Loch in deinem Arm oder deinem Nacken zurück, das so groß ist, dass du damit einen Pingpongball fangen kannst."

Tinkas Augen weiteten sich vor Schreck. „Gibt es solche Biester denn wirklich? Oder hast du das erfunden?"

Greta zog die Jeans über ihr kleines Speckbäuchlein und zupfte an ihrem T-Shirt, das ein wenig zu eng war.

„Ich sage dir, es gibt viel mehr Grässlichkeiten, als du dir träumen lässt."

Tinka wünschte sich jetzt einen dieser Schutzanzüge, die die Feuerwehrleute bei besonders schweren Bränden tragen.

Die Mädchen spazierten einen ausgetretenen Pfad entlang, der links und rechts von grünen Farnen begrenzt wurde. Die Bäume wurden immer dichter, und die silbrige Rinde der Stämme schimmerte im Licht, das durch die Kronen fiel.

Tinka hörte einen spitzen Schrei und wäre beinahe auf einen der herabhängenden Äste gesprungen. Greta stand auf den Zehenspitzen und zappelte herum.

„Iiiiiiiiiiiii, sieh dir das an!"

Vor ihren teuren Sportschuhen mit den glitzernden Strasssteinchen krabbelte ein sehr dünner, sehr großer Käfer mit langen gebogenen Fühlern.

„Iiiiiiiii, wie gruselig!“ Greta tanzte beschwörend um das Tier herum.

„Fang es ein und nimm es mit. Frau Rittfuchs ist bestimmt begeistert!“

„Iiii!“ Greta erstarrte bei dem Gedanken. „Iiii, ich fass das Vieh doch nicht an. Wer weiß, ob es nicht beißt oder sticht und sein Gift in mein Blut spritzt. So ein Gift kann direkt zum Herzen schießen und es lähmen.“

Kaum hatte sie es gesagt, hatte Tinka das Gefühl, dass sie ihren Herzschlag nicht mehr spürte.

Über ihren Köpfen bewegte sich etwas. Tinka schrak zusammen, blickte hoch und sah ein dunkles Eichhörnchen über einen Ast turnen. Das Eichhörnchen wagte sich bis zur dünnen Spitze des Zweiges vor, der sich gefährlich nach unten bog.

Es reichte, um Greta erneut zum Kreischen zu bringen.

„Die beißen, die beißen!“

Das war selbst Tinka neu. Von Killer-Eichhörnchen hatte sie noch nie gehört. Hier hatten sie es mit einem sehr wagemutigen Tier zu tun, das abrutschte und schließlich nur noch an einer Pfote am Ast schaukelte.

„Iiiiiiiiiii!“ Die dicke Greta sprang herum und raufte sich die kurzen Haare. „Hilfe, Hilfe, Hilfe!“

Das Eichhörnchen erschrak über die seltsamen Waldbesucher, lockerte den Griff, plumpste herab, landete auf einem anderen Ast und verschwand.

Im Vergleich zu Greta kam sich Tinka wie eine Superheldin vor. Alles, was da herumkroch und -krabbelte, gehörte bestimmt nicht zu ihren Lieblingstieren, aber deshalb musste man nicht so ein Theater machen.

Um ihre Aufgabe hinter sich zu bringen, bückte sich Tinka, öffnete die Plastikdose, die ihnen die Lehrerin mitgegeben hatte, schaufelte den verdutzten Käfer hinein und drückte den Deckel drauf. Der Käfer hockte träge da, schien aber gegen den kleinen Ausflug nichts einzuwenden zu haben.

Ein paar Schritte entfernt, klopfte Greta sich ständig ab, hüpfte auf einem Bein und schüttelte das andere.

„Was ist? Zecken? Oder Ameisen? Oder Flöhe?“, erkundigte sich Tinka.

„Keine Ahnung. Aber man kann nie wissen!“

Tinka wünschte sich sehnlichst Lissi herbei. Deren schlimmste Sprüche waren nicht halb so peinlich wie Gretas Gezetere.

Zwischen den Bäumen ertönte ein Signal, das sich anhörte wie ein altmodisches Jagdhorn. Es klang aber prustender und fast schon spottend.

„Halali, ich kriege dich!“ Das war doch Lissis Stimme! Dem Klang nach war sie im Begriff, etwas Fürchterliches zu tun.

Greta hatte mittlerweile den Rückweg angetreten. „Ich mach kehrt und fang auf der Wiese irgendwas Kriechendes.“

Tinkas Verantwortungsbewusstsein sagte ihr, sie müsse bei Greta bleiben. Die Sorge um Lissi war aber noch größer.

„Folg einfach dem Weg, dann kannst du dich nicht verlaufen!“, riet sie Greta. Ihr schlechtes Gewissen beruhigte sie, indem sie sich sagte, dass sie ohnedies noch nicht weit gegangen waren und dass selbst die überdrehte Greta die kleine Strecke schaffen würde.

Kaum war sie hinter den Baumstämmen nicht mehr zu sehen, rief Tinka leise, aber drängend nach ihrer Schwester. Doch Lissi antwortete nicht. Tinka rief noch mal und noch mal und bewegte sich in die Richtung, aus der sie Lissis Stimme gehört zu haben glaubte.

„Lissi!“, zischte sie scharf und bemühte sich, so leise wie möglich aufzutreten, damit ihr auch kein Geräusch entging, das sie zu Lissi führen könnte.

In den Baumkronen rauschte der Wind.

Der Wald war frühlingshaft hell. Trotzdem fühlte sich Tinka sehr unbehaglich. Prüfend blickte sie über sich und hinter sich. Sie wurde das Gefühl nicht los, beobachtet zu werden.

Weil ihr jetzt schon alles egal war und sie nur ihre Schwester finden wollte, rief sie laut nach Lissi.

Noch immer aber meldete sich diese nicht.

An einer Stelle, an der sich die Bäume lichteten und in einer kleinen Senke dunkles, schlammiges Wasser stand, hielt Tinka an. Sie begann sich wie Greta zu fühlen und hätte am liebsten ängstlich gequiekt. Sie fühlte sich plötzlich von allen Seiten bedroht.

Weil es angeblich beruhigte, knetete sie ihre Ohrläppchen und hielt die Luft an.

Plötzlich hörte sie schnelle Schritte. Sie suchte hektisch nach einem Versteck. Wenn es nun ein Hirsch war oder ein Wildschwein? Griffen solche Tiere an?

Es knackte heftig im Unterholz, und aus dem Gebüsch brach … Lissi!

Was war in sie gefahren? Halb gebückt, die Arme vorgestreckt und hechelnd wie ein Hund, der einem Stöckchen hinterherjagte, rannte sie mit affenartiger Geschwindigkeit. Völlig außer Atem keuchte sie etwas, das Tinka zuerst nicht verstand. Sie hörte angestrengt hin und schnappte etwas auf, das so ähnlich klang wie „Ich krieg dich, ich krieg dich!“.

Hinter wem war Lissi her? Sie konnte unmöglich Käfer jagen. Oder gab es welche, die so schnell krabbelten? Möglich war alles, wirklich alles.

„Lissi!“ Tinka versuchte, sich bemerkbar zu machen, aber entweder wollte Lissi sie nicht hören oder sie war wirklich so sehr in ihre Verfolgungsjagd vertieft, dass sie Tinkas Ruf nicht bemerkte.

So schnell, wie sie gekommen war, verschwand sie wieder zwischen den Bäumen, und ihre raschelnden Schritte verklangen.

Am Tümpel blieb eine ratlose und verzweifelte Tinka zurück. Wenn Lissi nun etwas Gefährliches tat und sich verletzte? Sie würde sich das nie verzeihen! Sie musste sie davor bewahren, aber wie, wie, wie nur?

Hexen durfte sie nicht! Ihre Daumen und kleinen Finger spreizten sich von ganz allein.

„Nein, tu es nicht“, ermahnte sie sich. Falls wirklich ein Verfolger in der Nähe war, könnte er Augenzeuge der Hexerei werden, und das würde sie ihre Hexenkräfte kosten. Der Club der Hexen kannte da kein Pardon.

Was tun, was tun, was tun?

# Ohnmacht ist nahe

Tinka beugte sich vor und betrachtete ihr Spiegelbild im dunklen Wasser.

„Du behältst jetzt einen kühlen Kopf", begann sie, mit sich selbst zu reden. „Einen klaren, kühlen Kopf. Du wirst sehr schnell wissen, was zu tun ist, und du wirst Lissi helfen." Dabei sah sie sich selbst ernst und beschwörend in die Augen. Die Worte taten ihr gut und gaben ihr Mut.

Der Wind strich über den Waldboden und raschelte im welken Laub, das vom Herbst liegen geblieben war.

Tinka fühlte wieder, wie sich ihre feinen Haare im Nacken sträubten. Sehr langsam wandte sie sich um, in der Hoffnung, wer auch immer dort lauerte, würde sich verraten.

Aber es war niemand zu sehen.

Wie eine rostrote Bürste schoss von links ein Tier heran. Seine Augen waren weit aufgerissen und dunkel.

Tinka, die sich selbst oft im Spiegel musterte, kannte Momente, in denen auch sie so aussah. Meistens war dies vor einer schwierigen Prüfung oder einem Auftritt auf der Bühne wie vor Kurzem in der Schule.

Das Tier war ein Fuchs, und ganz anders als im Kinderlied hatte der Fuchs keine Gans gestohlen, sondern war selbst der Gejagte.

Jäger!, fiel es Tinka ein. Vielleicht war Jagdzeit, und es waren herumballernde Jäger im Wald unterwegs. Ob sie ihre Jacke ausziehen und schwingen sollte, damit die Jäger sie nicht vielleicht für Wild hielten?

„Halali!“ Da tauchte auch Lissi mit ihrem Kampfschrei wieder auf.

Sie war hinter dem Fuchs her. Und bei dem Tempo, das sie draufhatte, standen ihre Chancen nicht schlecht, ihn zu erwischen. Tief nach unten gebeugt und die Hände wie die Schaufeln eines Schneepflugs knapp über dem Boden, raste sie dahin.

Tinka rief ihren Namen, aber ihre Schwester schenkte ihr nur einen blitzschnellen Seitenblick und zischte ihr aus dem Mundwinkel zu: „Ich krieg den Fuchs und nehm ihn mit. Die Rittfuchs wird Bauklötze staunen."

Das glaubte Tinka auch, aber darauf wollte sie es nicht ankommen lassen.

„Lass ihn laufen!", rief sie bittend.

Der Fuchs hatte endlich gefunden, wonach er die ganze Zeit gesucht hatte. Unter einem umgestürzten Stamm war eine schmale dunkle Öffnung auszumachen. Dort verbarg sich sicherlich sein Bau, in dem vielleicht sogar kleine Füchse warteten. Flach auf den Boden gepresst, schaffte es der Fuchs, durch den Spalt zu schlüpfen und sich in die unterirdischen Gänge zu retten.

„Das nützt dir nichts, Rotrock!", schrie Lissi drohend, warf die Arme in die Höhe, stieß sich mit beiden Beinen vom Boden ab und sprang dem Fuchs hinterher.

Tinkas Hände formten sich von allein zum Hexenklatsch und die Worte „Tempus arretus" flogen aus ihrem Mund.

Da hing Lissi jetzt in der Luft, wie von unsichtbaren Fäden gehalten. Sie hatte noch das jagdfreudige Strahlen in den Augen und den Mund rufend offen. Tinka hatte die Zeit angehalten und ihr damit vielleicht einen schmerzhaften Zusammenstoß mit Baumstamm und Erdboden erspart.

Aber wie weiter? Solange der Saft diese Wirkung besaß, war Lissi nicht zu bremsen. Tinka konnte sie aber auch nicht einfach in der Luft hängen lassen. Es waren schließlich noch viele andere im Wald unterwegs, die nach Insekten suchten, und es war nicht auszudenken, welche Aufregung es gäbe, wenn jemand aus der Klasse Lissi so fände.

Tinka schloss die Augen und flehte leise: „Bitte, Hermine Hoxter, bitte, hilf mir! Was soll ich tun?"

Der Wind erhob sich erneut und flüsterte Tinkas Namen. Sie fuhr herum, und aus dem Nichts tauchte plötzlich zwischen den Bäumen Hermine Hoxter auf und eilte mit wehendem weißen Rüschenkleid auf sie zu.

„Leberblümchen, ich war gerade in der Nähe Kräuter suchen und hatte auf einmal so ein Jucken wie von Brennnesseln, dass du mit dem Tränklein Probleme hast. Kann das sein?"

Hinter Tinka kam Leben in die stocksteife Lissi, doch ihrer Schwester entging es, dass der Bann, den sie auf Lissi gelegt hatte, zu bröckeln begann. Schon konnte Lissi die Fingerspitzen wieder abknicken und strecken.

„Der Trank ... Lissi hat ihn getrunken." Tinka wurde mit einem Schlag klar, wohin das Frühstück am Sonntag verschwunden war. „Und Herr Lydofsky hat auch ein paar Schlucke genommen." Da er von seiner Frau nichts zu essen bekommen hatte, war er durch die Hecke geklettert und hatte sich am Tisch der Mädchen bedient. Cosimo hatte wilder Wachkater gespielt und ihn unter Einsatz der Krallen und viel Gefauche vertrieben. Trotzdem aber hatte Herr Lydofsky einen Teil des Saftes getrunken und Lissi hatte den Rest geleert.

„Aber er war doch für dich, Glockenblümchen."

Tinka hatte wirklich Mühe, drei zusammenhängende Worte herauszubekommen, und hoffte, Hermine Hoxter würde trotzdem verstehen, wovon sie sprach.

Die Hexe kicherte und hielt sich wie ein albernes kleines Mädchen die Fingerspitzen vor den Mund. „Eine Verwechslung also. Weil mein Saft so gut duftet und schmeckt. Aber ich kann keinen Sinn darin sehen, ihn bitter oder sauer zu machen."

Mittlerweile bewegte Lissi auch Unterarme und Füße. Sie ruderte ruckartig mit den Armen und versuchte, sich zu befreien, um den Fuchs endlich weiterverfolgen zu können.

„Lissi ist jetzt doppelt wild!" Tinka faltete flehend die Hände. „Bitte, tun Sie etwas dagegen."

Hermine Hoxter legte ihr beruhigend die kleine rosige Hand auf den Arm. „Ach, mein kleines Espenlaub, brauchst nicht zu zittern. Die Wirkung hält nur drei Tage an."

„Das ist noch bis morgen, und ich kann Lissi nicht so lange bändigen."

„Nun übertreib nicht!" Frau Hoxter zupfte ihre Locken zurecht, die beim Erscheinen etwas zerzaust worden waren.

„Was kann ich nur machen?" Tinka bettelte verzweifelt.

In den Fingern von Hermine Hoxter erschien eine winzige Spraydose. „Mund auf", kommandierte sie, und als Tinka das tat, betätigte Frau Hoxter dreimal den Drücker. Ein feiner Nebel, der nach Marzipan schmeckte, senkte sich auf Tinkas Zunge. „Das wird dich beruhigen, damit du nicht Katastrophen siehst, wo gar keine sind."

Unter Aufbietung all ihrer Kräfte sprengte Lissi den Hexenbann, der sie erstarren hatte lassen, und schüttelte ihn ab. Sie plumpste zu Boden, und vor den erstaunten Augen von Frau Hoxter begann sie, mit beiden Händen wild die Erde wegzuschaufeln, um den Fuchs zu verfolgen. Sie buddelte schneller als jeder Maulwurf und steckte schon nach Sekunden bis zur Hüfte im Fuchsbau.

„Das ist eine Katastrophe", jammerte Tinka.

„Und wer ist das?" Hermine Hoxter deutete mit dem Zeigefinger auf einen breiten Baumstamm mit mächtigen Wurzeln. Dahinter stand jemand, der Probleme hatte, das Gleichgewicht zu halten. Hände griffen nach der Rinde und versuchten, sich festzuklammern, und ein schwächer werdendes Stöhnen war zu hören.

„Für mich sieht das nach einer klassischen Ohnmacht aus. Was meinst du, Leberblümchen?“ Hermine Hoxter wühlte in ihrer großen Tasche nach einem Trank, der helfen könnte.

Diesen Trank aber brauchte jetzt am allerdringendsten Tinka. Die Zweite, die gleich in Ohnmacht fallen würde, war nämlich sie. Erstens, weil ein Uneingeweihter sie beim Hexen beobachtet hatte und das Probleme geben würde. Zweitens, weil dieser Uneingeweihte nicht irgendjemand war, sondern jemand aus ihrer Klasse. Und drittens, weil der Uneingeweihte sicher schon länger dort stand, und das wahrscheinlich deshalb, weil er mit Lissi unterwegs gewesen war.

All das schoss Tinka wie ein Blitz durch den Kopf. Und genauso schnell wusste sie, dass ihre Vermutungen richtig waren. Sie fühlte sich auf einmal selbst schwindlig.

Eine ganze Wolke Marzipannebel hüllte Tinkas Kopf ein, weil Frau Hoxter wild die Pumpe betätigte und sprayte und sprayte.

# Tinka traut ihren Augen nicht

Von Lissi ragten nur noch strampelnde Beine aus dem Fuchsbau, und sie buddelte, als ginge es darum, einen Tunnel bis nach Australien zu graben.

Mit großen Sprüngen eilte Frau Hoxter zu dem dicken Baumstamm, um auch dort ihren selbst gemischten Duft großzügig zu verteilen.

„Was bist du für ein Vergissmeinnicht?", hörte Tinka sie vergnügt trällern.

Da ihre Beine sie nicht mehr trugen, ließ sich Tinka auf den feuchten Waldboden sinken, ohne sich um die Flecken zu kümmern, die ihre Leinenhose abbekommen würde.

„Lissi? Das gibt's ja nicht. Treibst du einen Scherz, oder …?" Tinkas Gedanken fuhren Karussell.

Eine forsche Stimme tönte durch den Wald. „Ist hier jemand? Finde ich hier fröhliche Forscher?"

Ein Unglück kommt selten allein, und in diesem Fall nahte es schon in Person der Schuldirektorin. Wenn sie Lissi in der Erde stecken sähe, wäre sie bestimmt entsetzt, und vielleicht bekäme die arme Frau Rittfuchs dann diesen Ärger ab. Tinka kämpfte sich hoch und stolperte auf Frau Müllenburg zu, um sie aufzuhalten. Solange diese den Tümpel nicht erreichte, war die Situation noch zu retten. Sie würde nicht wirklich mitbekommen, was im Gange war.

„Hallo? Ich habe doch Stimmen gehört!" Frau Müllenburgs Befehlston klang schon drei Stufen strenger.

„Psssst!" Tinka hatte den Finger vor den Mund gelegt und bedeutete der Direktorin, leise zu sein. Irritiert wanderten Frau Müllenburgs Augen über Tinkas schmutzige Hose hinauf zu ihrem Gesicht, mit dem sie immer noch deutlich machte, die Direktorin möge sich still verhalten. Erklärend fügte Tinka hinzu: „Sonst vertreiben Sie doch die Tiere, die wir beobachten sollen."

„Die Käfer und Insekten?", fragte Frau Müllenburg ungläubig.

„Es gibt hier Rehe, und einen Hirsch haben wir auch schon gesehen."

Die Direktorin blieb stehen und spähte zwischen den Bäumen durch. „Wie wunderbar, ich will warten, bis er sich noch einmal blicken lässt."

Nur das nicht!, dachte Tinka.

„Mit wem bist du unterwegs?", wisperte ihr Frau Müllenburg kaum hörbar zu.

„Mit Lissi", log Tinka.

„Ach gut, denn mir ist Greta entgegengekommen, die wohl nur das Stadtleben gewohnt ist."

„Scheint so."

Hinter dem Baum war ein Stöhnen zu hören, und Frau Müllenburg hob sofort alarmiert den Kopf. Tinka tat, als müsse sie heftig husten, und versuchte die Laute zu übertönen.

„Was war das? Das klang nach einem Notfall."

Verdeckt von dem umgestürzten Stamm, buddelte Lissi noch immer. Sie beförderte die Erde aus dem Loch und schleuderte sie hoch in die Luft.

„Um Himmels willen!" Frau Müllenburg fasste sich an die Brust. „Was ist dort im Gange?"

„Maulwurf!", piepste Tinka.

„Es muss ein riesiges Tier sein!"

Summend tänzelte Hermine Hoxter hinter dem Baum hervor und schwenkte die Handtasche. Die Direktorin betrachtete sie argwöhnisch und legte den Kopf leicht zurück, als könnte sie nicht ganz glauben, was sie da sah.

„Kennst du die Dame?“, wollte sie von Tinka wissen.

Was sollte sie darauf antworten?

Frau Hoxter eilte mit einem freudigen Lächeln auf die Schuldirektorin zu und streckte ihr die Hand entgegen. „Hermine Hoxter, sehr erfreut.“ Zu Tinka sagte sie leise: „Hast du sie für meine Tränke geworben? Du weißt, dann gibt es als Prämie ein kleines Geschenk.“

Tinka wurde knallrot. Sie hätte in diesem Moment nichts dagegen gehabt, wenn sich die Erde einfach geöffnet hätte und sie in aller Ruhe hätte versinken können.

Völlig außer Atem und schwer keuchend, richtete Lissi sich auf.

Von den Knien aufwärts gab es keinen Fleck an ihr, der nicht mit Erde verklebt war. Ihr Kraushaar sah aus wie aus Ton.

Ungläubig und fassungslos machte Frau Müllenburg einen Schritt näher. „Lissi?“

„Ich hab ihn bald!“, verkündete Tinkas Schwester mit listigem Funkeln in den Augen. Frau Müllenburg reckte den Hals und blickte über den Stamm in das tiefe Loch, das Lissi mit bloßen Händen ausgehoben hatte.

Energisch drehte sie sich zu Tinka und Frau Hoxter zurück.

„Auf der Stelle verlange ich eine Erklärung, was hier vorgeht."

Das Stöhnen und Wimmern setzte wieder ein. Hinter dem Baumstamm schob sich etwas sehr Dunkles, sehr Nasses, sehr Schmutziges und sehr Schlotterndes hervor. In einem Gesicht voll mit unfreiwilliger Schlammpackung öffnete sich immer wieder ein schmaler Schlitz. Heraus kam aber kein Wort, sondern nur klägliches Winseln.

„Ist das Hans-Günther?" Frau Müllenburg hatte Mühe, ruhig weiterzuatmen.

„Sie hat … Lissi hat … ich wollte doch nur ihre Hand … sie hat … mich in den Tümpel geworfen." Hans-Günther hob die Arme über den Kopf, als würde er eine schwere Last hochstemmen. „So hat sie es getan. Kein Kuss … sicher kein Kuss …"

Lissi, das Erdmonster, stemmte die Hände in die Seite. „Du Jammerlappen, was redest du da? Ich wollte nur, dass du die Wasserschlange fängst. Was hast du dich auch so angestellt und so gekreischt?"

Frau Müllenburg trat einen Schritt zur Seite, um weiter vom Tümpel wegzukommen.

Tinka machte sich schlimme Vorwürfe. War es nicht alles ihre Schuld? Nur weil sie einmal hatte so sein wollen wie Lissi, war das Chaos ausgebrochen. Der Einzige, der sich über den Saft freute, war wohl Herr Lydofsky. Aber sonst jagte eine Katastrophe die andere. Tinka sah sie schon vor ihrem geistigen Auge vorbeiziehen. Bestimmt würden Boris und Grit in die Schule bestellt und über Lissis Benehmen informiert werden. Möglicherweise schickte Frau Müllenburg die Schwestern sogar heim. Es würde Fragen über Fragen geben, und Frau Rittfuchs bekam bestimmt nie wieder die Erlaubnis, eine Klassenfahrt zu unternehmen.

Es war zum Heulen. Und weil Tinka – wie Lissi es nannte – „sehr nahe am Wasser gebaut hatte“, begannen ihr auch die Tränen über die Wangen zu rinnen.

„Was sehe ich da? Tautropfen sind das nicht, mein kleiner Fliegenpilz.“ Hermine Hoxter zog aus ihrer Tasche ein weißes Tuch und reichte es Tinka. Diese wischte sich schnell über das Gesicht und schnäuzte sich dann lautstark.

„Lissi und Tinka, ich erwarte jetzt Erklärungen!“, kam auch schon das Kommando von Frau Müllenburg.

Aber was sollten die Mädchen ihr sagen?

Durch Tinkas Kopf schoss der Gedanke: Mach es wie Lissi! Einfach Augen zu und drauflos! Sie könnte hexen, was das Zeug hielt. Ohne an die Folgen zu denken. Sie brächte hier alles wieder in Ordnung, und was dann geschehen würde, das würde man sehen. Sollte wirklich ein Kontrolleur vom Club der Hexen kommen, vielleicht dieser sauertöpfische Eduard Rock, dann würde sie ihm schon etwas an den Kopf werfen. Etwas Flapsiges, Freches. Einen Spruch, wie Lissi ihn gerne klopfte.

Aber wie ein vorbeirasender Zug verschwand die Idee auch wieder. Vielleicht konnte Lissi so handeln, sie aber würde es nicht schaffen. Ihr fielen hundert verschiedene Gründe ein, dazu jede Menge Wenn und Aber, und überhaupt: Nur die Vorstellung, sich so zu benehmen, verursachte ihr Bauchschmerzen und das Gefühl, in einem viel zu großen und einem viel zu engen Schuh zu stehen.

„Ich verständige auf der Stelle eure Eltern!", zeterte die Direktorin und zog ihr Handy aus der Tasche des Dirndlkleides. Mit einem ärgerlichen Schnauben musste sie feststellen, dass im Wald der Empfang zu schwach war und sie das Telefonat verschieben musste. „Ihr kommt alle mit mir zurück zum Bauernhof, und dort will ich dann endlich klare Aussagen hören. Und Sie ...," Frau Müllenburg deutete auf Hermine Hoxter, „... Sie halten sich gefälligst von meinen Schülern fern."

Zornig presste Frau Hoxter die Lippen zusammen. „Reden Sie nicht mit mir wie mit einer Erstklässlerin", sagte sie mit großer Beherrschung. Lieber hätte sie wohl geschrien oder wesentlich stärkere Ausdrücke gebraucht. Tinka beobachtete, wie

Hermine Hoxter Zeige-, Mittel- und Ringfinger einrollte und Daumen und kleine Finger spannte. Es juckte sie wohl zu hexen.

Hexen! Ohne selbst zu hexen! Tinka spürte, wie diese Idee sie um eine Handbreit wachsen ließ.

# Sei du selbst!

Das könnte die Lösung sein. Tinka folgte immer ihrem Gefühl, und die Vorstellung dessen, was gleich geschehen könnte, fühlte sich stark und richtig an. Sie beugte sich zur Seite, bis die wippenden Locken von Frau Hoxter sie an der Nase kitzelten.

„Können Sie eigentlich hexen?“, raunte Tinka, und nur wer sie gut kannte, hörte den listigen Unterton heraus.

„Ich habe seinerzeit den Goldenen Hexenbesen für besondere Leistungen bei allen Prüfungen bekommen!“, erklärte Hermine Hoxter stolz.

„Hier ist jetzt eine Meisterhexe gefragt!“ Tinka deutete mit dem Kopf über die Lichtung, den triefenden Hans-Günther, die lehmige Lissi und die bebende Schuldirektorin. „Wen könnten wir denn rufen, damit hier Ordnung geschaffen wird?"

Von Hermine Hoxter war ein leises Pfeifen zu hören, als sie die Luft einsog.

„Wozu jemanden rufen?", raunte sie zurück. „Ich bin doch da. Und meine Stärke ist nicht nur das Mischen von Tränken, glaube mir, es gibt kaum eine Hexe, die mehr Sprüche kennt als ich."

„Kennen Sie auch so schwierige wie zum Beispiel den, mit dem Nicht-Eingeweihten, die uns hexen gesehen haben, die Erinnerung daran aus dem Gedächtnis gelöscht werden kann?"

„Alle sieben Möglichkeiten sind mir bekannt!"

„Das will ich sehen!", verlangte Tinka.

Mit einem leisen Kampfschrei warf sich Hermine Hoxter in Position, die Hände zum Hexenklatsch erhoben.

Tadelnd schüttelte Frau Müllenburg den Kopf. „Was tun Sie denn da?"

Hans-Günther schluchzte auf wie ein Baby.

Beschwörend murmelte Frau Hoxter gleich drei Sprüche hintereinander, die alle das Wort „Blancus" enthielten, und führte den Hexenklatsch einmal in Hans-Günthers und dann in Frau Müllenburgs Richtung aus.

Beide zuckten mit dem Kopf und richteten sich auf. Ihr Blick war auf einmal leer.

„Sauber sollte dieser Bursche auch wieder werden, und beide gehören zurück auf den Bauernhof. Dort können sie weniger anrichten als hier!" Tinka jubelte innerlich und hoffte, ihr Plan möge weiter so gut funktionieren.

Die Hexe zauberte mit großen Gesten und bewegte die Arme wie eine indische Tempeltänzerin. Sie schien Gefallen daran zu finden, aus dem Hexen eine Show zu machen.

Tinka war von Frau Hoxters Künsten sehr beeindruckt. Hans-Günther war im Bruchteil einer Sekunde sauber wie eine Schaufensterpuppe, und mit einer schwungvollen Armbewegung ließ Hermine Hoxter ihn und die Schuldirektorin wie Spielzeugdrachen in die Luft steigen, um sie unter lauten Beschwörungen vor dem Bauernhof landen zu lassen.

Da sie schon einmal in Fahrt gekommen war, ließ sie auch gleich alle Erdkrümel wie Flöhe von Lissi abspringen, hexte ihr Haar zur gewohnten wilden Krause und hob die Wirkung des Saftes schon frühzeitig auf. Von den vielen Sprüchen, die sie da getroffen hatten, taumelte Lissi ein wenig benommen über die Lichtung.

Lässig klopfte sich Hermine Hoxter die Hände ab und pustete über die Fingerspitzen wie der Cowboy über seinen rauchenden Colt.

„Hermine hat aufgeräumt!", stellte sie zufrieden fest. „Hättest du einem Palmkätzchen wie mir wohl nicht zugetraut, was?"

Tinka klimperte mit den Wimpern und spielte die Erstaunte: „Niemals hätte ich Ihnen das zugetraut. Was für eine große Hexe Sie doch sind."

Frau Hoxter schniefte kurz. „Wenn das doch endlich auch die Damen im Club der Hexen erkennen würden. Die lächeln immer nur über meine Tränke und Säfte. Wenn du eine von denen siehst, dann erzähl mal, wie ich euch aus dem Schlamm gezogen habe." Sie kicherte. „Im wahrsten Sinne des Wortes." Bedauernd meinte sie dann noch: „Ach, den Trank wirst du wohl nicht mehr wollen, wie ich das so sehe?"

Hermine tat Tinka leid. Sie hatte sich Mühe gegeben und Lissi und ihr wirklich sehr geholfen. Aber Tinka wollte nicht mehr so sein wie ihre Schwester. Es erschien ihr besser, sie selbst zu bleiben. So fühlte sie sich auf jeden Fall am besten.

„Äh … kann es ein ganz kleines Fläschchen sein, das nicht so teuer ist?", erkundigte sie sich.

„Weil du es bist, ja!" Frau Hoxter nahm einen Block aus der Tasche und machte sich eine Notiz.

Auf diese Weise wollte sich Tinka bei ihr bedanken, und das Fläschchen war nicht für sie, sondern für Herrn Lydofsky bestimmt. Alle paar Tage ein paar Tropfen davon würden ihm und seiner Linie guttun und seiner Frau das ewige Gemeckere abgewöhnen.

„Lieferung erfolgt in drei Tagen“, kündigte Frau Hoxter an, rückte die Locken zurecht und strich ihr Kleid glatt. „Aber jetzt entschuldigt mich, ich habe auch andere Kundinnen.“ Mit einem scharfen Windstoß fegte sie davon und verschwand als Nebelschwade zwischen den Bäumen. Aus der Ferne rief sie Tinka noch zu: „Ach, und sei ruhig du selbst. So sind wir doch am stärksten!“

Fragend sah Lissi ihr nach und schüttelte verständnislos den Kopf.

„Wir gehen besser zurück zum Bauernhof“, meinte Tinka ein wenig verlegen. Sie konnte noch nicht abschätzen, wie Lissi auf die Ereignisse der vergangenen Stunde reagieren würde.

In der Plastikdose krabbelte ungeduldig der Käfer mit den langen Fühlern. Tinka hielt die Dose waagrecht, damit er nicht zu viel herumrutschte.

Das erste Stück des Weges schwiegen die Schwestern. Lissi war die Erste, die dann herausplatzte.

„Los, sag schon, nenn mich verknallte Kitschkuh oder so!“

Tinka versuchte, ihre ernste Miene zu bewahren. „Ach, tatsächlich?“, spielte sie großes Erstaunen vor, „du bist also verknallt in Hans-Günther?

Die starken Sprüche gegen ihn und seine beiden Getreuen dienten nur dazu, um davon abzulenken? Damit ich es nicht merke und auch sonst niemand?“

Noch nie zuvor hatte Tinka ihre Hexenschwester so knallrot im Gesicht gesehen. Sie konnte es sich nicht verkneifen, sie an ihr gemeinsames Motto zu erinnern: NO JUNGS!

„In unseren Garten kommt er bestimmt nicht“, versicherte Lissi sofort. „Überhaupt weiß ich nicht, ob das was für mich ist.“ Sie kickte einen Stein vor sich her und bohrte die Fäuste tief in die Hosentaschen. „Aber wir haben Spaß miteinander und können viel lachen. Er ist nicht halb so dämlich, wie er immer tut. Das sind mehr Rolli und Elmer.“

Geduldig hörte Tinka zu und lächelte in sich hinein. Lissi und ein Junge, wer hätte das gedacht! Tinka jedenfalls nicht einmal in den wildesten Albträumen.

Eine Faust erschien unter Tinkas Nase. „Ein Wort zu Greta oder einer der anderen Gänse, und du darfst an der da schnuppern! Die Linke riecht nur nach Krankenhaus, aber die Rechte nach Friedhof“, drohte Lissi.

Tinka hatte ohnehin nicht vor, Lissis Geheimnis auszuplaudern.

Vor ihnen tauchte das dunkle Holzhaus des Bauernhofes auf. Aufgeregte Stimmen waren von dort zu hören, zwischen die sich lautes Schweinegrunzen mischte. Neugierig, wie Tinka war, wollte sie sofort loslaufen. Lissi aber hielt sie an der Schulter zurück.

Fragend drehte sich Tinka zu ihr.

„Ja?“

„Du bist echt nicht schlecht!“, erklärte Lissi ganz ernst.

Eine warme, glückliche Welle ging durch Tinkas Körper. „Du auch, Lissi. Bist echt in Ordnung.“ Sie drückte ihre Schwester an sich und klopfte ihr auf den Rücken. Sehr schnell aber schob Lissi sie weg und knurrte: „Kein Grund, kitschig zu werden.“

Nebeneinander liefen sie um das Bauernhaus herum in den Hof, in dem bereits der Großteil der Schüler versammelt war. Über alle Köpfe aber ragte Frau Müllenburg, die erhöht stand. Als Lissi und Tinka näher kamen, erkannten sie den Grund der Aufregung.

Die Schuldirektorin befand sich mitten in der Schweinekoppel auf einer breiten Tonne aus Blech, aus der automatisch Futter in kleine Tröge rieselte. Drumherum warteten viele kleine und große Schweine, guckten mit den lustigen schwarzen Augen zu Frau Müllenburg hoch und grunzten erwartungsvoll.

„Helfen Sie mir hier raus, Frau Kollegin. Ich flehe Sie an!“

Frau Rittfuchs drängte sich durch die schaulustigen Schüler und schüttelte den Kopf.

„Frau Direktor, was tun Sie denn da drin? Die Tierställe und Koppeln sollen nicht betreten werden. Die Bäuerin hat es uns doch ausdrücklich gesagt.“

Frau Müllenburg zappelte nervös herum und hob ein Bein, weil ein Schwein sich aufgerichtet hatte und versuchte, an ihrem Schuh zu knabbern.

„Unsere Frau Direktor“, seufzte Frau Rittfuchs, öffnete unerschrocken das Gatter und schritt durch die aufgewühlte Erde. Sie schnappte die Schuldirektorin an den Beinen und legte sie sich über die Schulter. So trug sie sie aus der Schweinekoppel hinaus in den Hof und stellte sie dort wieder auf die Füße.

Jubelnd und Beifall klatschend, gratulierten die Mädchen und Jungen der Biologielehrerin für die gelungene Rettungsaktion.

Frau Müllenburg war sofort wieder ganz Dame, schniefte kurz und meinte dann: „Sehr beherzt, Frau Kollegin, sehr beherzt!“ Zu den Schülern aber sagte sie warnend: „Und bleibt ja von den Tieren hier fern, ihr habt gesehen, wie schnell etwas geschehen kann.“ Danach zog sie ab ins Haus und war für den Rest des Tages verschwunden. Berichtet wurde, die

Dusche im Zimmer der Direktorin sei länger als eine Stunde gelaufen.

Die restlichen Tage der Klassenfahrt versprachen noch einiges an Spaß. Aber Langeweile kannten Tinka und Lissi ohnedies nicht. Notfalls wurde sie einfach weggehext.

ZUTRITT NUR FÜR HEXEN!

# No Jungs!

## Die Wilde-Weiber-Wahnsinns-Party

## Spitzmaul-Kuss und Lissi-Leise

HÖCHST VERDÄCHTIG! schrieb Tinka in dicken Großbuchstaben oben auf die erste Seite des neuen Notizbuches. Sie saß an ihrem Schreibtisch, und ihr Blick wanderte hinaus in den Garten. Sie war allein im Zimmer, das sie mit ihrer Stiefschwester Lissi teilte. Diesen seltenen Augenblick würde sie für die Aufgabe nutzen, die sie sich für den Monat Oktober selbst gestellt hatte.

Zwischen dem 1. und dem 31. Oktober wollte sie sich in vier verschiedenen Berufen versuchen. Nun war bereits der 20., und sie hatte noch gar nichts ausprobiert.

„Auch eine Weltreise beginnt mit dem ersten Schritt aus dem Haus", sagte sie halblaut, um sich Mut zu machen. Früher hatte sie zwischen

Schauspielerin, Unfallchirurgin und Hochhaus-Architektin geschwankt. Die Architektin hatte sie erst vorgestern wieder beiseitegelegt, und schuld daran war ihr jüngster Bruder David. Er hatte sie angebettelt, mit ihm ein Haus aus bunten Plastikbausteinen zu bauen. Normalerweise hätte Tinka alles Mögliche vorgetäuscht, um dem zu entgehen: von kilometerlangen Rechnungen, die sie noch als Hausaufgabe machen musste, bis zu entsetzlichen Bauchschmerzen, die erst zu Beginn ihrer Lieblingsserie im Fernsehen wieder verschwunden wären. Diesmal aber war sie David in sein Zimmer gefolgt, das einer Baustelle glich, auf der ein Kugelblitz gewütet hatte.

„Warum verstreust du alle Bausteine auf dem Boden?“, fragte sie ihn.

„Muss alle sehen. Sonst weiß ich nicht, welchen ich nehmen soll“, erklärte der kleine Bruder. Dann brachte er eine Grundplatte und begann, einen Klotz nach dem anderen in die Hand zu nehmen und wieder wegzulegen.

„Wir fangen mit den blauen an“, entschied Tinka kurzerhand und wollte einen Baustein auf die Platte drücken.

David kreischte in einer Lautstärke und Tonlage, die die Fensterscheiben gefährlich klirren ließen. Grit Schnabel-Meierbeer, die Mutter der beiden, kam mit Rührschüssel und Schneebesen in der

Hand aus der Küche gestürzt, um nachzusehen, ob David sich ein Bein abgeschnitten oder nur ein Loch in den Kopf geschlagen hatte.

„Ti-hi-hi-hi-hi-nka macht mein Haus kaputt!“, heulte David.

Tinka erntete einen strafenden Blick ihrer Mutter.

„Da ist kein Haus“, verteidigte diese sich und deutete auf die leere Grundplatte.

„Unten muss ein grüner Stein sein!“ Aus Davids Nase hing ein langer Rotzfaden. Er schaffte es, ihn mit einem heftigen Aufziehen wieder zur Gänze im Nasenloch verschwinden zu lassen. Das war der Moment, in dem Tinka ihren Wunsch, Hochhaus-Architektin zu werden, verwarf.

Aus der Unfallchirurgin wurde auch nichts. Ihr fehlte dazu einiges: Erstens das Operationsbesteck, zweitens ein Operationssaal und drittens ein Unfallopfer, zum Beispiel eine junge, verzweifelte Frau, die sich in Schmerzen vor ihr auf der Trage wand und unter Tränen erzählte, dass die Mutter sie verstoßen habe und der Vater verschwunden sei. Tinka, im weißen Arztkittel, hätte dann zickzack alle abgetrennten Gliedmaßen angenäht und dem armen Opfer auch gleich die Nase gerade operiert und notfalls den Busen verkleinert oder vergrößert. Nach dem Händewaschen wäre sie aufgebrochen, um der gemeinen Mutter eine Standpauke zu halten und den verschwundenen Vater noch in derselben Nacht zu finden. Am nächsten Morgen, wenn ihre Patientin aufwachte, würden Vater und Mutter vereint am Krankenbett sitzen, Händchen halten und von der tüchtigen Frau Doktor Tinka Schnabel-Meierbeer schwärmen.

Im hintersten Winkel ihres Kopfes wusste Tinka, dass solche Geschichten zwar in Fernsehserien vorkamen, in Wirklichkeit aber dünn gesät waren. Aus ihrem Gedächtnis löschen wollte sie diesen Berufswunsch jedoch noch nicht.

Trotzdem, ihr Vorsatz lautete: vier Berufe Probe schnuppern.

Und wenn Tinka sich vornahm, das bis zum Letzten des Monats zu tun, dann geschah es auch.

Nachdem sie als Nächstes von Berufen wie Raubtierpflegerin und Überschallflugzeug-Pilotin geträumt hatte, aber für diese ebenfalls keine Trainingsmöglichkeiten fand, entschied sie sich für etwas Einfacheres: Privatdetektivin oder vielleicht sogar Kriminalkommissarin.

Nach der Schule machte sie einen Abstecher in einen Schreibwarenladen. Sie erstand einen Notizblock, einen Kugelschreiber, dessen Schrift im Dunkeln leuchtete und der auf Stein, Glas and an der Zimmerdecke schrieb, und eine starke Lupe, die flach war wie ein Stück Papier.

Es konnte losgehen. Sie brauchte nur noch einen Auftrag, einen Fall, den sie lösen sollte. Schon drohte auch dieser Versuch zu scheitern, als Tinka beschloss, sich selbst einen Fall zu schaffen. Sie wollte ein wenig trainieren. Ihre Familie war dazu bestens geeignet. Hier gab es genug zu beobachten und zu erforschen.

Nun saß sie also an ihrem Schreibtisch. „Höchst verdächtig", sagte sie leise grübelnd. Was war ihr in letzter Zeit höchst verdächtig vorgekommen? Als hätte jemand einen Schalter umgelegt, sprudelten auf einmal die Einfälle. Tinka konnte fast nicht schnell genug schreiben. Das Blatt füllte sich mit Eintragungen, wie:

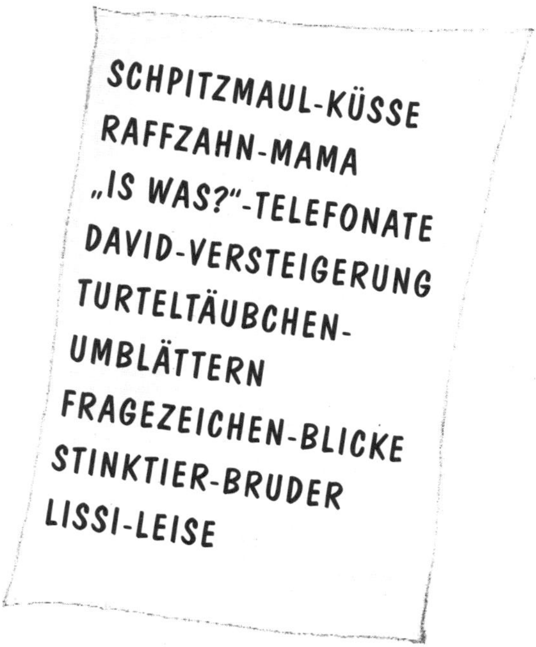

„Höchst verdächtig. Allerhöchst verdächtig!“ Tinkas Augen wanderten die Liste noch einmal von oben nach unten und von unten nach oben ab. Es handelte sich bei ihren Beobachtungen ausschließlich um Ereignisse und Verhaltensweisen in ihrer Familie, die ganz besondere Entwicklungen ankündigten.

Tinka fischte einen kleinen, am Rand mit Muscheln besetzten Handspiegel aus der Schreibtischschublade, hielt ihn sich vor das Gesicht, zwinkerte sich zu und sagte lobend: „Du hast Talent, Privatdetektivin Tinka Schnabel-Meierbeer!“

Da knallte hinter ihr ein Schuss. Tinka fuhr vom Stuhl hoch, die Handkanten verteidigend vor der Brust. Sie nahm die Pose einer dieser Detektivinnen aus dem Film ein, in dem ständig etwas explodierte und die Heldinnen trotzdem immer perfektes Make-up und eine makellose Frisur hatten.

Gegen die Innenseite der Tür gelehnt, stand ihre Stiefschwester Lissi. Sie waren seit der Heirat ihrer Eltern nicht nur miteinander verwandt, sondern teilten auch das Geheimnis ihres eigenen kleinen Hauses in der Kristallgasse.

„Führst du Selbstgespräche, Schnabel?“

Neuerdings redete Lissi ihre Schwester mit Nachnamen an. Tinkas Mutter hieß Schnabel, Lissis Vater Meierbeer, und bei der Hochzeit war daraus der Doppelname Schnabel-Meierbeer geworden.

„Hallo, Lissi!“ Tinka piepste ertappt.

Diese kam breitbeinig, die Fäuste in den Hosentaschen, zu Tinkas Schreibtisch. Den Spiegel hatte Tinka beim Aufspringen einfach fallen lassen. Dabei waren zwei kleine Muscheln abgesprungen. Lissi streckte die Hand aus, nahm den Spiegel hoch und drehte ihn prüfend.

„Was tut das Teil? Sagt es dir …“ – Lissi verstellte die Stimme zu einem hohen spottenden Flöten – „‚Du bist die allerschönste Schnabel im ganzen Land‘?“

Mit Nachdruck nahm Tinka der Schwester den Spiegel ab und warf ihn in die Lade zurück. Bevor sie das Gleiche mit dem Notizblock machen konnte, hatte Lissi ihn schon geschnappt. Laut las sie vor, was Tinka notiert hatte. „Lissi-Leise?“, fragte sie drohend. „Was habe ich mir darunter vorzustellen? Was bedeutet Lissi-Leise? Häää?“

Lissi war geladen. Am besten war sie im Augenblick mit einer Zeitbombe zu vergleichen, bei der jemand langsam an der Uhr drehte. Es fehlte nur ein bisschen, und sie ging in die Luft.

Tinka drängte es, zu „Lissi-Leise“ noch „Lissi-Rotes-Tuch“ hinzuzufügen. Sie unterdrückte den Wunsch, um die Schwester nicht noch mehr zu reizen. Lissi kam gerade vom Fußballtraining. Dort musste sich etwas Unangenehmes ereignet haben.

Ob und wann sie es erzählen würde, musste man abwarten.

Vielleicht war sie, Tinka, wirklich die geborene Detektivin. Sie erinnerte sich, dass sie die Lissi-Leise auch nach dem letzten Fußballtraining beobachtet hatte. Dort also musste etwas vorfallen, das ihrer Schwester zu schaffen machte. Was das war, würde sie herausfinden.

„Was bedeutet Lissi-Leise?“, wiederholte diese scharf.

„Ich ... ich mache nur Stabreime“, versuchte Tinka, eine Ausrede zu finden. „So wie Tinka-Tierisch, Boris-Bombastisch, David- äh ... David-?“

„David-Doofkopf!“, half Lissi ihr weiter.

Tinka grinste. „Oder Frank-...“

„Fürchterlich!“, reimte Lissi auf den Namen ihres Bruders. Sie hatte verstanden, dass das zweite Wort immer mit dem gleichen Buchstaben beginnen musste.

„Ja richtig, ganz genau! Frank-Fürchterlich und Stan-Stumpfnase!“

Stumpfnase gefiel Lissi besonders gut. Stan, ihr Stiefbruder, hatte tatsächlich eine etwas breite platte Nase bekommen. Er war überaus eitel und betrachtete sich in jedem Spiegel, an dem er vorbeikam. Sogar im Metall des Suppenlöffels und in jeder Schaufensterscheibe bewunderte er sein Spiegelbild.

Lissi war abgelenkt und stellte keine weiteren Fragen mehr. „Stan-Stumpfnase und David-Doofkopf" vor sich hin brummelnd wanderte sie in ihre Hälfte des lang gestreckten Zimmers. Dort hing die Hängematte, in der sie schlief. Auf dem Wandregal daneben befanden sich abwechselnd ein Kaktus und einer ihrer Samthüte. Sowohl die Kakteen als auch die Hüte waren spitz, rund oder eckig, mit Noppen oder Stacheln, und zählten zu Lissis Schätzen.

Sich als Detektivin zu versuchen, hatte bei Tinka einiges ausgelöst. Da war nicht nur das Gefühl, vielleicht den Beruf fürs Leben gefunden zu haben. Es gab vor allem mit einem Schlag viele Fragen, auf die Tinka dringend eine Antwort brauchte. War sie zu Mittag noch der Meinung gewesen, sie erlebe einen stinknormalen Tag im Oktober, so hatte sich das ganz plötzlich geändert.

# Intelligenzquotient minus 100

Wie sollte sie ihre Ermittlungen fortsetzen?

Tinkas Blick wanderte zu Lissi. Deren forsche Fröhlichkeit war zurückgekehrt. Was immer sie vorhin geärgert hatte, schien vergessen. Trotzdem wollte Tinka mehr über Lissi-Leise und Lissi-Rotes-Tuch wissen. Warum war Lissi vergangene Woche nach dem Fußballtraining ungewohnt in sich gekehrt gewesen? Und was war diese Woche ein rotes Tuch für sie gewesen, das sie so gereizt hatte?

Jetzt kam es darauf an, durch geschickte Fragen möglichst viel aus Lissi herauszulocken.

„Schöner Tag heute, nicht?" Tinka wippte auf den Zehenspitzen auf und nieder.

„Meise unterm Pony?", brummelte Lissi. Da sie in ihrem Schulrucksack nicht fand, was sie suchte, drehte sie ihn um und leerte den Inhalt auf den Boden. Ganz unrecht hatte sie nicht. Die Frage war vielleicht nicht wirklich die beste gewesen. Draußen rüttelte der Sturm an den Bäumen, als wollte er alle bunten Blätter abreißen. Außerdem war vorhin ein Wolkenbruch niedergegangen. Lissis drahtige Locken hingen schlapp und nass herab.

Nächster Anlauf. Tinka überlegte kurz und sagte dann: „Du hast sicher viele Tore geschossen, nicht?"

„Neun." Pause. Lissi wühlte im wilden Durcheinander aus Heften, Büchern und Stiften.

„Deine Mannschaft ist bestimmt sehr stolz auf dich, nicht?"

Lissi, die auf allen vieren kroch, hob den Kopf. „Ist es sehr anstrengend?"

„Was?" Tinka war verwirrt.

„Eine doofe Frage nach der anderen zu stellen."

Das Verhör verlief nicht, wie Tinka es sich wünschte. Sie ließ sich aber trotzdem nicht aus der Ruhe bringen. Das war eine ihrer großen Stärken.

„Morgen ist Freitag", fuhr sie fort.

„Intelligenzquotient minus hundert", tönte es von Lissi. „Morgen ist Donnerstag."

Den Wochentag hatte Tinka nur angesprochen, weil Freitag für die Mädchen immer ein besonderer

Tag war. Ab Mittag durften sie in ihr eigenes Haus in der Kristallgasse 77 und dort bis Sonntagmittag bleiben. Es war kein gewöhnliches Haus, sondern ein Hexenhaus. Lissi und Tinka waren schon seit einer ganzen Weile Mitglieder im weltweiten Club der Hexen, besaßen Flugbesen und beherrschten einige Hexensprüche. Tinkas Taktik war es, auf das Thema Hexen zu kommen.

Schlagfertig gab sie Lissi zurück: „War nur ein Test, ob du mir auch wirklich zuhörst. Und am Freitag können wir wieder …“ Sie spreizte Daumen und kleinen Finger beider Hände und deutete den Hexenklatsch an, bei dem die Fingerspitzen aneinandergetippt wurden.

„Sag mir was Neues, Schnabel!“, murmelte Lissi. „Aaaaaaa!“ Sie stieß einen Schrei aus, der Tinka zusammenzucken ließ. In der Hand hielt sie ihren Zirkel wie die Freiheitsstatue in New York ihre Fackel.

„Wenn du jemanden verhexen könntest, wer wäre dein Opfer?“, forschte Tinka weiter. Ihr Herz klopfte noch heftig wegen des Schrecks von vorhin.

Lissi sprang auf die Beine. „Da fällt mir die Wahl zurzeit sehr leicht.“ Grimmig rammte sie die Zirkelspitze in die Holztischplatte.

Triumphierend dachte Tinka, sie hätte jetzt den wunden Punkt getroffen. Gleich würde sie wissen, was Lissi im Fußballtraining widerfahren war.

„Ich verhexe ...“ – Lissi machte eine kleine Pause, bevor sie sich mit einem Ruck zu ihrer Schwester drehte und die Hände zum Hexenklatsch erhob – „... dich!“

Abwehrend hob Tinka beide Arme. „Aber wieso mich?“

Wieder ein Fehlschlag. Sie schimpfte im Stillen mit sich selbst.

„Weil du an meinen Nerven sägst.“ Lissi erzeugte mit den Lippen ein quietschendes Sägegeräusch. „Und dort sägt schon jemand anderer heftig.“

„Wer denn?“, fragte Tinka wie aus der Pistole geschossen.

Lissis Augen verengten sich zu schmalen Schlitzen. Ihre Fäuste ballten sich. Sie hob die Schultern und schob das Kinn vor. Tinka nannte es die „Presslufthammer-Position“. War Lissi richtig wütend, nahm sie gerne diese Haltung an. Sie schimpfte dann los und hörte sich dabei an wie ein Presslufthammer.

Ausgerechnet an diesem Mittwoch aber tat sie Tinka den Gefallen nicht. Lissi entspannte sich wieder und machte eine wegwerfende Handbewegung. „Ach, vergiss es.“

Es war zum Verzweifeln. So nahe war Tinka der Lösung des Rätsels schon gewesen.

Mit einem heftigen Schnauben ließ sich Lissi auf den Schreibtischstuhl plumpsen und schlug das

Mathematik-Hausaufgabenheft auf. Sie sollte Kreise und Dreiecke zeichnen, was sie gerne tat. Der seltene Fall trat ein, dass sie für die Hausaufgabe dankbar war. Vielleicht würde sie dadurch von dem Grummeln in ihrem Inneren abgelenkt. Normalerweise glich Lissi einem Vulkan, der ausbrach und Feuer spuckte, wenn der Druck zu groß wurde. Diesmal aber war das etwas anderes.

„Ausziehen, du musst sie ausziehen!“, drang Grit Schnabel-Meierbeers Stimme von draußen herein.

„Nein!“ So kurz, knapp und scharf wie ein Peitschenknall konnte nur David „Nein“ sagen.

„Doch, du ziehst sie aus!“

„Nein!“

„Du bist ein braver Junge und bekommst auch einen Eislolli“, verhandelte Grit.

David war nicht zu hören. Er dachte also über das Angebot nach.

Da aus Lissi während der nächsten Stunde bestimmt nichts mehr herauszukitzeln war, verließ Tinka das Mädchenzimmer. Die Tür auf der anderen Seite des Flurs stand offen. Sie sah ihre Mutter mit David neben der Badewanne stehen.

„Zum Baden musst du dich ausziehen, David!“, wiederholte Grit langsam und eindringlich, als wollte sie diese Aussage in Davids kleinen Kopf hämmern.

„Nein!“

Grit stöhnte gequält. Das Wasser rann noch immer sprudelnd aus dem Hahn. David kletterte flink über den Wannenrand und platschte mit Schuhen, Hose und Pulli in den hohen Badeschaum.

„David!", jammerte die Mutter. „Kannst du nicht einmal brav sein?"

„Nein!"

Grit wurde nur sehr selten richtig wütend. Jetzt aber war ein solcher Moment gekommen. Sie riss ein Badetuch von der Stange und pfefferte es mit aller Kraft, die sie hatte, gegen die Kachelwand. Danach warf sie die Arme in die Luft und stürmte aus dem Bad. Als sie Tinka sah, blieb sie schwer atmend vor ihr stehen.

„Bitte, bändige ihn. Ich kann sonst für nichts garantieren."

„Mach ich, Mami!", versprach Tinka.

Während ihre Mutter die Treppe hinunterlief, schlenderte Tinka zu David. Vergnügt glucksend und kichernd spielte er mit seinen Plastikschiffen und Schwimmtieren. Am liebsten versenkte er alle Schiffe und Gummitiere und sah dann zu, wie sie untergingen.

„Hallo, David!", trällerte Tinka mit hoher Stimme. Sie hatte gehört, dass kleine Kinder auf hohe Stimmen besser ansprachen. Für David waren allerdings Engelszungen nötig. „Ist wirklich süß von dir, dass du deine Klamotten gleich mitwäschst. Aber das ist doch nicht nötig."

„Ich zieh mich nie mehr wieder aus", kündigte David an.

„Willst du auch mit Schuhen und deiner dicken Jacke ins Bett gehen?"

David drehte sich zu Tinka und sah sie nachdenklich an. Diese Idee war ihm noch nicht gekommen, aber sie gefiel ihm.

„Ja!", krähte er.

Jetzt half nur noch ein Trick. Tinka musste den wunden Punkt treffen. Herausfordernd sagte sie: „Du tust das nur, weil du schon wieder in die Hosen gemacht hast."

Wie ein Meeresgott schoss David in die Höhe. Schaum und Wasser spritzten nach allen Seiten. Tinka wischte sich einen weißen Klacks von der Nase. Noch in der Wanne stehend, riss sich David die Hose samt Unterhose herunter, zog sich seine Schuhe aus und schleuderte Tinka alles vor die Füße. Bevor er sich noch wehren konnte, war sie schon bei ihm und zerrte ihm auch noch seinen Pulli über den Kopf. Nackt stand er jetzt vor ihr. Laut quiekend tauchte er schnell im Schaumbad unter.

Sie hatte erreicht, worum Grit sie gebeten hatte. Wie eine Trophäe trug Tinka die triefenden Davidsachen nach unten in Richtung Waschmaschine.

„Schau in meine Unterhose. Nicht reingemacht. Nicht reingemacht!", schrie ihr David hinterher.

„Jajaja", sagte Tinka grinsend.

Die Treppe endete in einem Flur, von dem Türen in die Küche, ins Wohnzimmer, zur Diele und in die Arztpraxis von Boris Schnabel-Meierbeer gingen. Die Verbindungstür zur Praxis war angelehnt. Dahinter konnte Tinka die Stimmen der Eltern hören. Sie redeten leise, trotzdem verstand Tinka jedes Wort.

„Nicht mehr lange, mein Liebling. Nicht mehr lange. Halte noch ein wenig durch." Es war Boris, der das sagte.

Aber was meinte er damit? Wollten die Eltern David vielleicht verschenken? Dann wären sie ihn für immer los, und Grit würde eine Menge Ärger erspart bleiben.

Tinka fiel die „David-Versteigerung" auf ihrer Liste ein. Gemeint waren damit Gespräche zwischen Grit und Müttern von Davids Freunden aus dem Kindergarten. In letzter Zeit hatte Grit David bei den anderen Müttern immer in den höchsten Tönen gelobt. Er war der liebste, sanfteste und artigste Junge der Stadt. Es handelte sich dabei um eine glatte Lüge, und Tinka ahnte den Grund. Meistens ging es darum, dass David zwei Tage bei einem seiner Freunde bleiben sollte. Er liebte es, bei anderen zu übernachten. Grit hatte solche David-freien Tage daheim einmal „Balsam für die Nerven“ genannt.

Aber was bedeutete: „Nicht mehr lange“? In Tinkas Ohren klang es, als würde David vielleicht sogar verkauft werden. Oder Boris und Grit schlichen sich heimlich in der Nacht davon und ließen ihre sechs Kinder einfach im Stich. Boris färbte sich die Haare, und Grit rasierte sich eine Glatze. Unerkannt und mit neuen Namen fingen sie dann in den USA ein neues Leben an.

„Tinka, dir geht die Fantasie durch“, ermahnte Tinka sich innerlich.

Die Praxistür öffnete sich leise quietschend und gab den Blick auf die Eltern frei. Sie gaben sich wieder Spitzmaul-Küsse. Tinka erinnerten sie an Spitzmaul-Nashörner im Tiergarten. Genau wie diese Tiere hatten Boris und Grit die Lippen gespitzt und pressten sie aneinander. Sie taten das immer, wenn sie sich selbst eine Portion „Wir-sind-richtig-verknallt“ verpassen wollten.

Wozu brauchten sie das jetzt?

Seit Tinka sich als Detektivin versuchte, gab es im Hause Schnabel-Meierbeer mehr ungelöste Rätsel als je zuvor.

In der Diele fiel die Haustür zu. Tinkas Bruder Stan kam auf Zehenspitzen in den Flur geschlichen. Die Eltern bemerkten ihn sofort und wichen auseinander. Stan hob verlegen die Hand und winkte in die Runde.

„Tagchen, alle zusammen."

„Hallo, Stan. Läuft alles gut?", erkundigte sich Boris sehr geschäftlich.

Stan nickte mit dem ganzen Oberkörper. „Jop. Alles unter Kontrolle und im grünen Bereich, würde ich sagen." Da er neben einem Spiegel stand, konnte er sich nicht verkneifen, einen Blick hineinzuwerfen. Seine Hand wanderte sofort tastend an die breite Nase.

„Boris, kann man das operieren? Ich sehe aus wie ein Boxer nach dem K. o."

Grit stöhnte leise vor sich hin und zog in Richtung Küche ab.

„Das wird schon", tröstete Boris seinen Sohn. „Diese Veränderungen sind nicht bleibend. Du wirst dich schon gut auswachsen."

„Na hoffentlich", murmelte Stan. Er knetete ein bisschen an der Nase, als könnte das ihre Form verbessern. Als er am Fuß der Treppe Tinka begegnete, roch sie es wieder: Stan war umhüllt von einer Wolke aus schwerem Herrenparfum. Er musste sich das Zeug direkt aus der Flasche über den ganzen Körper und seine Klamotten geschüttet haben. Tinka konnte auf einmal kaum noch atmen.

„Wieso stinkst du so?“, röchelte sie völlig übertrieben und fächelte sich mit der Hand Luft zu.

Stan schnüffelte sofort an seiner Jeansjacke und zog das T-Shirt zur Nase hoch.

„Riecht doch herrlich männlich“, meinte er zufrieden, drängte sich dann aber schnell an Tinka vorbei und lief nach oben in sein Zimmer.

Noch ein Fall, der dringend gelöst werden musste: das Geheimnis des Stinktier-Bruders.

# Ein Vulkan namens Lissi

Am Abend kamen Tinka die ersten Zweifel, ob sie wirklich Privatdetektivin oder Kriminalkommissarin werden wollte. Stan und Frank, ihr zweiter Bruder, den Lissi in die Familie mitgebracht hatte, fläzten vor dem Fernseher und guckten einen Krimi. Auf der Suche nach ihrer ultradünnen Lupe kam Tinka ins Wohnzimmer. Sie warf einen kurzen Blick auf den Bildschirm und fragte freundlich: „Spannend?"

Frank antwortete nur mit einem unverständlichen Grunzlaut, aber das war Tinka so gewohnt. Er hielt sich eine offene Tüte Knoblauch-Chips direkt unter die Nase, als würde er den Geruch als angenehm empfinden.

Sofort machte Tinka im Kopf eine Notiz: Frank wild auf Knoblauch – vielleicht heimliche Angst vor Vampiren. Im nächsten Moment fiel ihr jedoch eine andere Erklärung ein, die ebenfalls einleuchtete: Frank ging es nicht besser als ihr. Er hielt Stans Duftwasser nicht aus. Im Wohnzimmer schwebte eine unsichtbare, aber atemberaubende Wolke.

„Sehr interessant!“, sagte Stan.

Tinka ließ sich auf das Sofa sinken und presste sich die Hand vor Mund und Nase.

„Es geht um Würmer und Käfer, die Tote zerfressen“, erklärte Stan locker. „So stellen Profis fest, wie lange jemand schon tot ist.“

Sofort sauste Tinka wieder in die Höhe. Nein, danke, kein Bedarf! Sie hätte nie gedacht, dass auch solche Tätigkeiten zur Arbeit von Kriminalisten gehörten. Sie selbst betrachtete lieber verdächtige Briefe unter einer Lupe oder nahm Fingerabdrücke mit Bleistiftstaub von Türklinken ab.

„Tobt sie sehr?“, tönte es aus der Knoblauch-Chipstüte.

„Wie? Wer? Wieso?“ Tinka verstand Franks Frage nicht.

„Harte Niederlage. Beim Abendessen war sie normal. Oben bei euch im Zimmer auch?“ Es war nicht einfach zu verstehen, was Frank sagte. Mittlerweile schnüffelte er nicht nur, sondern mampfte gleichzeitig die Chips.

„Meinst du Lissi?“ Tinka drehte dem Fernseher den Rücken zu, um das ekelige Gekrabble nicht sehen zu müssen, das die Kamera aus allernächster Nähe zeigte.

„Hast du im Zimmer sonst jemanden versteckt?“

Frank hatte drei ganze Sätze hintereinander gesprochen. Das war ungefähr so selten wie Schnee im Sommer. Allerdings zeigte es auch, dass mit Lissi wirklich etwas nicht stimmte.

„Warum soll Lissi toben? Was hat sie wütend gemacht?“, versuchte Tinka weiterzuforschen. Die Antwort war leider nur schmatzendes Kauen und ein gemurmeltes: „Muss sie dir selbst sagen.“

Aber genau das tat Lissi nicht.

Erst am nächsten Tag vor der Schule erfuhr Tinka, was beim Fußballtraining geschehen war. Die Schwestern erreichten gleichzeitig mit ihrer Klassenkameradin Frieda das Schultor. Frieda hatte das Biologiebuch in der Hand und wiederholte den Stoff der letzten Stunde: alles über das menschliche Gehirn. Sie lernte immer und überall. Für sie war jede andere Note als die beste ein Weltuntergang. Manche Lehrer trauten sich schon nicht mehr, ihr vielleicht einmal die zweitbeste Note zu geben, weil Frieda dann fast in Tränen ausbrach.

„Armes Hühnchen“, sagte sie, als sie Lissi sah.

„Gack, gack, gack!“, machte Lissi spottend.

Beleidigt verzog Frieda den Mund. „Ich wollte nur etwas Mitfühlendes sagen. Meine Schwester Annabelle hat es mir erzählt."

Annabelle war schon eine Klasse weiter und das genaue Gegenteil von Frieda. Lernen war für sie ein Fremdwort, dafür aber zählte sie zu den besten Sportlerinnen der Schule. Tinka wusste, dass Annabelle in der Mädchen-Fußballmannschaft spielte.

„Annabelle meint, du bist besser. Trotzdem haben mehr als die Hälfte der Mädchen für Ulla gestimmt."

Lissis Unterkiefer mahlte, ihre Backenmuskeln arbeiteten heftig. Tinka spürte die Blicke, die ihr Lissi aus den Augenwinkeln zuwarf. Es schien ihr sehr unangenehm zu sein, was da geschehen war.

Frieda bemerkte die Alarmzeichen in Lissis Gesicht nicht und redete weiter drauflos. „Es tut sehr weh, eine solche Niederlage einstecken zu müssen. Glaube mir, ich kann das gut verstehen. Wer will schon verlieren? Keiner."

Tinka hätte Frieda gerne bedeutet, sie solle lieber still sein. Da aber Lissi zwischen den beiden ging, konnte sie es nicht unauffällig tun.

„Es war dein größter Wunsch, Kapitän des Mädchenteams zu werden." Frieda redete wie eine Maschine einfach vor sich hin. Lissis Augen waren schon verkniffen, ihr Mund ein dünner Strich und die Falte über der Nase wuchs die Stirn hinauf fast bis zu der Stelle, an der das dunkle Kraushaar begann. Tinka, eine erfahrene Lissi-Kennerin, wusste, wie diese Zeichen zu deuten waren: Es fehlten nur noch wenige Worte, um Lissi zu einem Ausbruch zu bringen, der jeden Vulkan vor Neid hätte erkalten lassen.

„Ulla ist jetzt Kapitän und hat dir wirklich eine gemeine Schlappe beschert. Aber mach dir nichts draus. So etwas ist bald vergessen. Bis Weihnachten kann sich keiner mehr daran erinnern, dass du dich schon als Käpt'n gefühlt hast und auch so getan hast, als wärst du es bereits. Solche Peinlichkeiten gehen vorüber."

Das war's dann.

Der Ausbruch begann sehr leise. Zuerst kam nur ein scharfes Zischen zwischen Lissis zusammengebissenen Zähnen hindurch.

„Bring mir eine Gummisaugglocke."

Tinka glaubte, sich verhört zu haben, Frieda auch.

„Gummisaugglocke?", wiederholte sie ungläubig. „Meinst du eines dieser widerlichen Dinger am Holzstiel, mit denen verstopfte Klos geputzt werden?"

Stumm nickte Lissi dreimal.

„Wozu brauchst du die?" Frieda, die alles losgeworden war, was sie hatte loswerden wollen, hob schon wieder ihr Biobuch. „Sag's mir später, ich muss noch die wichtigsten Zentren im Gehirn lernen, falls ich die Stundenwiederholung machen soll."

Da kam die Explosion: „Ich will dir mit der Saugglocke dein Blödheitszentrum aus dem Hirn saugen." Lissi stellte pantomimisch dar, wie sie die Saugglocke an Friedas Ohr ansetzen und damit pumpen würde. „Wahrscheinlich geht dann gleich dein ganzes Hirn ab. Denn es besteht ohnedies nur aus einem Ober-Doofheits-Tratsch-Tussi-Zentrum!"

Lissi schrie so laut, dass rund um sie alle Jungen und Mädchen stehen blieben. Ein Junge mit Ohrring und Stachelfrisur starrte sie mit offenem Mund an. Zwei größere Mädchen schüttelten verständnislos die Köpfe.

Frieda sagte nichts. Stumm sah sie Lissi in die Augen, aus denen noch immer Wutblitze zuckten. Grimmig schob sie dann den Unterkiefer weit nach vorn, rückte die Tasche mit den Schulsachen unter ihrem Arm zurecht, zielte und knallte Lissi das Biologiebuch auf den Kopf. Erleichtert stolzierte sie danach Richtung Klassenzimmer.

Der Schlag hatte bei Lissi den Wutschalter wieder zurück auf SANFT gekippt. Ihr Zorn verrauchte und verwandelte sich in Traurigkeit. So gerne hätte

Tinka etwas Nettes zu ihr gesagt, sie ließ es aber lieber bleiben, um sie nicht zu reizen.

Schweigend betraten sie das Klassenzimmer. Sie saßen in der ersten Reihe, gleich in der Bank vor dem Lehrertisch. Besorgt warf Tinka ihrer Schwester immer wieder einen Blick zu. Mit Lissis Wutausbrüchen konnte sie besser umgehen als mit ihrer traurigen Verschlossenheit. So kannte sie die Schwester gar nicht. Tinka machte sich Sorgen um Lissi. Außerdem fühlte sie sich ein bisschen ausgesperrt. Sonst erzählten sie einander doch alles. Na ja, fast alles. Wenn es um Jungen ging, war das so eine Sache. Tinka hatte es zum Beispiel nicht übers Herz gebracht, Lissi von Julio zu berichten, in den sie sich verliebt hatte.

Damals, als sie das Hexenhaus in der Kristallgasse bekommen hatten, waren ihre Brüder besonders nervig gewesen. Deshalb prangte ein Holzschild am Gartentor mit der Aufschrift:

Die Mädchen hatten beschlossen, Garten und Haus als jungenfreie Zone einzurichten. Überhaupt waren ihnen Jungen völlig egal. Lissi empfand sie sogar als ätzend.

Tinka sah das ein bisschen anders. Gegen Julios weiche braune Augen hatte sie sich einfach nicht wehren können. Sie hatte es auch gar nicht gewollt.

Die größte Überraschung aber bereitete ihr Lissi ein paar Wochen später. Sie hatte ein Auge auf Hans-Günther geworfen. Die beiden verstanden sich nicht schlecht. Um es aber vor Tinka geheim zu halten, war Lissi in ihrer Gegenwart immer besonders hart mit ihm umgegangen, hatte ihn verspottet und sich über ihn lustig gemacht.

Trotzdem! Jungen waren ein ganz eigenes Thema. Die zählten nicht. Sonst aber erzählten die Mädchen einander alles. Tinka überlegte kurz, vielleicht ein bisschen beleidigt zu sein und Lissi die kalte Schulter zu zeigen. Sie hätte ihr gestern doch wirklich sagen können, was geschehen war.

Nicht zum Kapitän der Mädchen-Fußballmannschaft gewählt worden zu sein, musste für Lissi etwas ganz besonders Schlimmes bedeuten.

Ein neuer Fall für mich!, dachte Tinka. Die Aussicht, als Detektivin eine weitere Herausforderung zu bekommen, versöhnte sie ein klein wenig.

# Ulla

Wer war diese Ulla?

Während Frau Rittfuchs an der Tafel stand und von den genialen Leistungen des menschlichen Gehirns schwärmte, arbeiteten Tinkas Gehirnzellen auf Hochtouren. Sie kramte in allen Laden ihres Gedächtnisses nach Informationen über Ulla. Bestimmt hatte sie diese Unruhestifterin schon einige Male in der Pause auf dem Gang gesehen. Trotzdem tauchte in ihrem Kopf kein Bild auf, das zu dem Namen passte.

In der ersten Pause war Lissi mit einer Englisch-Hausaufgabe beschäftigt, die sie vergessen hatte. Tinka nahm sich eine Stange knackigen Sellerie aus ihrem Rucksack und mischte sich in das Getümmel auf dem Gang.

Sie war nur wenige Schritte weit gekommen, als ihr Frieda den Weg verstellte. Sie schmollte noch immer. „Es wundert mich nicht, dass Lissi die Wahl zum Fußballkäpt'n verloren hat", redete sie sofort los. „Du solltest ihr einmal sagen, wie kratzbürstig sie ist. Das lässt sich keiner gefallen. Tinka, das musst du wirklich mit ihr bereden."

Tinka schenkte Frieda ein breites verständnisvolles Lächeln und nickte mit großer Ernsthaftigkeit. „Danke für den guten Ratschlag. Aber sag, in welche Klasse geht deine Schwester Annabelle genau?"

Frieda, zufrieden, bei Tinka ein offenes Ohr gefunden zu haben, deutete drei Türen weiter. „Sie kann dir genauer erzählen, wie unmöglich Lissi beim Fußballtraining war."

„Ach was!" Mit diesen Worten ließ Tinka Frieda einfach stehen und schlenderte los. Knackend biss sie von dem Sellerie ab, während sie vor der offenen Tür zu Annabelles Klasse stehen blieb. Verstohlen warf sie einen Blick in den fast quadratischen Raum.

Annabelle war leicht an ihrem langen, pechschwarz gefärbten Haar zu erkennen. Sie und ein paar Klassenkameradinnen standen um ein Mädchen, das aufrecht auf der Tischkante saß. Tinkas erster Gedanke war: Eine Königin hält Hof.

Dabei hatte das Mädchen wenig von einer Königin. Sie war nicht besonders groß, hatte dünne aschblonde Haare und ein Mäusegesicht. Verschmitzt kicherte sie gerade vor sich hin. Deutlich hörte Tinka, wie sie mit Ulla angesprochen wurde.

Das also war Ulla, die Lissi bei der Käpt'nwahl geschlagen hatte. Tinka konnte sich überhaupt nicht vorstellen, warum. Ulla erschien ihr unscheinbar und langweilig. Wieso sich die anderen so um sie drängten, verstand Tinka schon gar nicht.

„Wie sind deine Ideen zu einem verbesserten Training?", wurde Ulla gefragt.

Sie setzte eine wichtige Miene auf. „Es ist dringend nötig, hier etwas zu ändern. Frau Schnellhahn bemüht sich. Aber ihre Trainingsmethoden sind einfach nicht mehr zeitgemäß. So gewinnen wir die Meisterschaft nie."

Für diese gewichtige Aussage erhielt sie Zustimmung und heftiges Nicken von allen Seiten.

„Und was willst du genau vorschlagen?", hakte Annabelle nach.

Ulla lächelte ein wenig. „Ich werde das alles mit Frau Schnellhahn besprechen. Übrigens ..." – sie schöpfte tief Luft und hob die Hände – „... danke, danke, danke, dass ihr mich gewählt habt. Es ist wirklich eine sehr große Ehre für mich. Ich bin doch ganz neu hier an der Schule. Trotzdem habt ihr euch für mich entschieden und nicht für Schnabel-Meierbeer."

„Weil du bestimmt besser bist!“, sagte ein Mädchen, das ein nervöses Zwinkern hatte.

„Ach, Annabelle, dir muss ich noch etwas sagen. Aber unter vier Augen!“ Ulla sprang vom Tisch und bewegte sich in Richtung Tür. Tinka kehrte ihr schnell den Rücken zu, blieb aber stehen. Sie wollte zu gern wissen, was Ulla und Annabelle vertraulich zu bereden hatten.

Laut grölend, kam eine Schar Jungs den Gang entlang. Sie marschierten genau zwischen Tinka und den anderen beiden Mädchen durch, sangen laut und falsch und verhinderten so, dass Tinka etwas verstand. Verärgert hob diese die Hände zum Hexenklatsch. Sie drehte den Kopf, um einen Blick auf Ulla und Annabelle zu erhaschen. Sie hatten die Köpfe zusammengesteckt, als gäbe es Geheimnisse auszutauschen. Tinka musste sie unbedingt hören. Sie erinnerte sich dunkel an einen Hexenspruch, der es möglich machte, unbemerkt zu lauschen. Ihr fiel aber nur ein Teil davon ein, der wie „Ohrensaus“ oder so klang.

Die Jungen sangen immer lauter und falscher. Tinka verlor die Nerven. Schon hatte sie Daumen und kleine Finger gespreizt und klopfte die Spitzen aneinander. In ihrer Verzweiflung murmelte sie „Fischstumm!“ dazu.

Hinter ihr trat angenehme Ruhe ein. Tinkas

Zufriedenheit darüber hielt aber nicht einmal drei Sekunden an. Ihr schoss durch den Kopf, was sie mit dieser unbedachten Hexerei angerichtet hatte.

Zum Ersten hatte sie gegen das oberste Gebot des Clubs der Hexen verstoßen und in Gegenwart von Nicht-Hexen gezaubert. Zweitens war die Stimmlosigkeit nicht gerade etwas Erfreuliches. Hexte sie jemandem etwas Schlimmes an, so konnte es sie selbst treffen. Drittens würde der tonlose Gesang der Jungen nicht unbemerkt bleiben, und viertens sah sie Annabelle und Ulla bereits am anderen Ende des Ganges. Ulla hatte Annabelle den Arm kameradschaftlich um die Schulter gelegt und schien ihr viel mitzuteilen zu haben. Tinka aber hörte es nicht. Die ganze Hexerei war nicht nur verboten und falsch, sondern auch vergeblich.

Um den Schaden schnellstens wieder gutzumachen, den sie angerichtet hatte, wandte sich Tinka ihren Opfern zu.

„Feuchte Fliegenkacke", flüsterte sie vor sich hin. Es war der schlimmste Fluch, zu dem sie sich hinreißen ließ.

Es waren sechs Jungen, denen sie die Stimmen weggehext hatte. Vier hatten es nicht einmal bemerkt. Sie versuchten immer noch zu grölen, allerdings kam kein einziger Ton aus ihren weit aufgerissenen Mündern. Dabei sahen sie aus wie die dicken

Goldfische im Büro der Schuldirektorin. Die anderen beiden aber fassten sich ständig an den Hals, versuchten sich zu räuspern und wechselten entsetzte Blicke.

Vor und hinter Tinka liefen andere Schüler auf dem Weg zur nächsten Unterrichtsstunde vorbei. Tinka fehlte der Mut, den Hexenklatsch erneut auszuführen. Sie könnte dabei beobachtet werden und das wäre katastrophal. Bestimmt bekäme sie dann bereits am Nachmittag Besuch von einem der strengen Kontrolleure des Hexenclubs. In solchen Fällen wurden Hex-Verbote und ähnliche Strafen verhängt.

Die Pausenglocke läutete. Zu Tinkas Entsetzen gingen die Jungen nicht alle in die gleiche Klasse, sondern liefen auseinander. Um ihnen wieder Stimmen zu hexen, musste Tinka sie sehen. Aber drei von ihnen bogen gerade um die Ecke und verschwanden aus ihrem Blickfeld.

„Feuchte Fliegenkacke", murmelte Tinka erneut. In der nächsten Pause würde sie sie suchen müssen. Keine einfache Aufgabe in einer Schule mit fast tausend Schülern. Nein, die nächste Pause war zu spät. Jungen waren wehleidig. Bestimmt wollten sie gleich nach Hause gehen, weil sie sich krank fühlten. Noch schlimmer wäre, wenn sie zum Schularzt liefen. Von verhexten Stimmbändern verstand der bestimmt nichts. Vielleicht ließ er sie sogar ins Krankenhaus bringen.

Die Katastrophen überschlugen sich in Tinkas Kopf. Sie musste ihre stimmlosen Opfer auf der Stelle finden. So lief sie los, um den Kopf in jedes Klassenzimmer zu stecken.

Ein Stockwerk tiefer traf Tinka auf Frau Müllenburg, ihres Zeichens Schuldirektorin. Sie hielt die Brille, die sie an einem dünnen Kettchen um den Hals trug, zwischen den Fingern, während sie einen schwitzenden Knaben musterte, der ein paar Kilogramm zu viel auf die Waage brachte. Tinka erkannte ihn sofort als eines ihrer Opfer.

„Ich verstehe kein Wort, Cornelius", sagte Frau Müllenburg. Sie klang bereits ein wenig ungeduldig und gereizt.

Heftig mit den Armen gestikulierend, versuchte Cornelius, der Direktorin etwas verständlich zu machen. Dazu bewegten sich seine Lippen, und die Kinnlade klappte auf und zu. Trotzdem kam kein Laut aus seinem Mund.

„Falls das wieder ein Streich ist, dann wird er diesmal schlimme Folgen haben." Die Direktorin drohte mit dem erhobenen Zeigefinger, als wäre Cornelius erst fünf Jahre alt.

Verzweifelt rang dieser die Hände. Er heulte fast.

Tinka stand an der Ecke, hatte sich aber weit vorgebeugt. Sie wollte sich zurückziehen, um Cornelius vom Hexenbann zu befreien.

„Katharina, bist du das?“, hörte sie Frau Müllenburg rufen.

Auch das noch. Sie war entdeckt. Wie sollte sie ihre Mission jetzt fortsetzen?

„Kommst du bitte her? Ich habe einen Auftrag für dich!“

Was blieb Tinka anderes übrig, als das Versteck zu verlassen. Die Direktorin verzichtete sogar auf einen Tadel dafür, dass Tinka nicht im Unterricht war. „Bitte, begleite Cornelius zum Schularzt. Er und seine Schwester Ulla sind neu hier. Irgendetwas stimmt mit seinem Hals nicht.“

Glück im Unglück, dachte Tinka, nickte artig und bedeutete dem Jungen, ihr zu folgen. Cornelius war ein stämmiger Bursche mit breitem Hinterteil. Gehorsam schlappte er hinter Tinka her. Wie aber sollte sie den Hexenklatsch ausführen, ohne dabei von ihm gesehen zu werden?

Ihr Blick fiel auf das Strichmädchen auf der Tür, an der sie gerade vorbeigingen.

„Komme gleich“, versprach Tinka und huschte in die Toilette. Die Tür ließ sie einen Spalt offen, um Cornelius im Auge zu behalten. Ein kurzer Hexenklatsch, dazu das Wort Retourus, und der Junge hatte seine Stimme wieder. Sie war noch etwas hoch und piepsig, aber das kümmerte ihn nicht.

„Kann wieder sprechen!“ Das hohe Piepsen passte gar nicht zu dem dicken Jungen.

„Sieh an, dann musst du gar nicht mehr zum Schularzt!“ Tinka tat sehr überrascht. „Aber so neu kannst du hier nicht sein. Du hast doch schon gute Freunde, nicht wahr?“

Cornelius fiel auf den Trick herein. Er zählte alle Jungs auf, die er an der Schule kannte. Es waren fünf. Die fünf anderen, mit denen Tinka ihn vorhin gesehen und die sie verhext hatte. Sie versuchte, sich die Klassen zu merken, in die sie gingen. Das verkürzte die Suche.

Da Tinka nun durch Zufall den Bruder von Ulla vor sich hatte, nützte sie die Gelegenheit.

„Nettes Mädchen, deine Schwester Ulla.“

Hätte Tinka zu Cornelius gesagt: „Hinter dir steht ein schwarzes Ungeheuer mit glühenden Krallen“, wäre er bestimmt nicht heftiger zusammengezuckt. Er riss die Augen, die tief in seinem speckigen Gesicht lagen, weit und ungläubig auf.

„Nett? Hast du nett gesagt?“

Was hatte das denn zu bedeuten?

„Ist sie das nicht?“, forschte Tinka listig nach. „Kennst du sie überhaupt?“

„Flüchtig.“

Cornelius lachte hoch und klang überdreht.

„Nett. Ulla und nett!“ Er flüchtete, als könnte Tinka ihn auch noch beißen.

Was sollte Tinka davon halten?

# Wilde Weiber vor!

Lissi hatte die vergessene Englisch-Hausaufgabe nur vorgetäuscht. In das aufgeschlagene Heft hatte sie einen Zettel gelegt, auf den sie zornige Zacken und Kringel kritzelte. Sie wollte die Klasse nicht verlassen. Ulla zu begegnen, hätte sie nicht ertragen. Mindestens ebenso schlimm wäre es gewesen, ihre Teamkameradinnen aus der Fußballmannschaft zu sehen. Es waren zehn Mädchen, Lissi machte die Elf voll.

Die gewonnene Wahl und das Amt des Teamkapitäns hatte Lissi wirklich schon in der Tasche geglaubt. Nicht in einer Zillion Lichtjahre wäre sie auf die Idee gekommen, dass sie die Mannschaft nicht anführen würde. Ulla war eine recht brauchbare Verteidigerin, aber nichts gegen Lissi, die beste und erfolgreichste Stürmerin der Schule!

Jedes Mädchen hatte einen Zettel bekommen und den Namen der Spielerin aufgeschrieben, die sie als Käpt'n haben wollte. Für Lissi gab es fünf Stimmen, für Ulla sechs. Es war knapp gewesen, aber Niederlage war Niederlage.

Normalerweise platzte Lissi, wenn etwas nicht so ablief, wie sie sich das gewünscht oder gedacht hatte. In diesem Fall aber ging die Explosion nach innen los. Ihr tat es in der Brust richtig weh. Aber es war kein Schmerz wie nach einem Boxhieb oder einem schweren Foul mit Sturz.

In Lissi nagten kleine spitze Zähne. Eine schrille Stimme fragte in einem fort: Was finden die anderen an dieser Ulla?

Nachdem Frau Schnellhahn, die Sportlehrerin, Ullas Sieg bekannt gegeben hatte, war Ulla vor Lissi getreten. Lissi stand noch unter Schock. Sie hatte deshalb auch nur mit halbem Ohr gehört, was Ulla sagte. „Mach dir nichts draus. Es kann nur eine die Bessere sein."

Die Bessere?

Wieso sollte sie die Mannschaft besser anführen können als Lissi? Es gab doch an ihr nichts, das Lissi als „besser" empfunden hätte. Ulla war eine unscheinbare graue Maus und redete immer mit einem kleinen, verschämten Grinsen. Überhaupt hielt sie den Kopf gerne gesenkt und tat sehr bescheiden.

Lissi hingegen war laut, energisch, und in einem Match entwickelte sie sich zur Sklaventreiberin. Laut schrie sie den anderen zu, was sie zu tun hatten. Fast immer waren es Kommandos, die der Mannschaft zu einem Tor verhalfen.

Nein, Lissi verstand die Welt nicht mehr.

Die Pause war gerade zu Ende und Tinka noch immer nicht zurück. Dafür trat Annabelle neben Lissis Platz. Annabelle war sehr groß und blickte hochnäsig auf Lissi herab.

Frieda wieselte zu ihrer Schwester. „Hallo, was gibt's?"

„Heute nach der Schule Treffen der Mädchenmannschaft auf dem Sportplatz", verkündete Annabelle befehlend.

„Und wozu soll das gut sein?" Lissi lehnte sich auf ihrem Stuhl zurück und verschränkte die Arme vor der Brust.

„Der Käpt'n will eine Teambesprechung."

„Na und?" Es war keine wirklich gute Antwort, aber die einzige, die Lissi so schnell eingefallen war. Lieber hätte sie gesagt: „Von dieser Taube, die in einen Ventilator geraten ist, lasse ich mir gar nichts sagen." Aber das konnte sie sich gerade noch verkneifen.

„Du kommst besser." Annabelle hätte sich von Lissi mehr Respekt für Ullas Aufforderung erwartet.

Sie zitterte ein wenig. Ein Zeichen, dass sie sich nicht ganz sicher fühlte.

Frieda mischte sich ein. „Komm schon, Lissi. Zeig Sportsgeist! Es ist sehr schwer zu verlieren. Aber man muss das mit Anstand tun. Wenn das Mädchen, das dich besiegt hat, eine Besprechung haben will, musst du das akzeptieren."

Lissi legte, während Frieda ihre Moralpredigt hielt, die Arme auf den Rücken. Schon hatte sie Daumen und kleine Finger weggestreckt und die anderen drei Finger eingerollt. In ihrem Kopf kramte sie nur noch nach dem passenden Spruch.

Als hätte ein meckernder Geist von ihr Besitz ergriffen, zeterte Frieda weiter und weiter. „Lissi, es gibt Dinge im Leben, die muss man hinnehmen."

Der Hexenspruch lautete „Wohlus" und konnte fast ohne Lippenbewegung ausgesprochen werden. Er bewirkte auch nichts Böses, denn das hätte auf Lissi zurückfallen können wie ein Bumerang. „Wohlus" löste, je nachdem, wie fest der Hexenklatsch ausgeführt wurde, beim anderen wohlige Schauer über den Rücken aus. Lissi klatschte so fest, dass ihre Fingergelenke knackten.

„Uh-ha-ha!", stieß Frieda aus. Sie machte im Stehen schlangenförmige Bewegungen, als hätte jemand die Wirbelsäule aus ihrem Rücken gezogen. „Hu-hu-hu!" Die Laute, die sie erzeugte, erinnerten an die Affen im Tiergarten. Dazu schüttelte sie sich und schlenkerte mit den Schultern.

„Was ist denn in dich gefahren?", fragte Annabelle kopfschüttelnd. Als Antwort bekam sie nur einen wohligen Grunzlaut von ihrer kleineren Schwester. Annabelle wandte sich noch einmal Lissi zu, die sich mit allergrößter Anstrengung ein triumphierendes Grinsen verkniff.

„Nach der Schule am Sportplatz. Sonst wirst du aus der Mannschaft ausgeschlossen."

Empört fuhr Lissi in die Höhe. „Das geht überhaupt nicht. Oder wollt ihr zu zehnt spielen?"

Schon im Hinausgehen drehte sich Annabelle noch einmal um. Sie genoss es zu sagen, was sie erfahren hatte: „Wir bekommen zwei neue Spielerinnen dazu. Eine ist Sturm. Sturmspitze."

Diese Meldung schleuderte Lissi auf ihren Stuhl.

„Oh-jo-hahah, Lissi!", gluckste und gackerte Frieda vor ihr.

Lissi hatte das Gefühl, auf eine Falltür getreten zu sein, die plötzlich aufgegangen war. Sie stürzte in ein tiefes Loch.

Nach dem Unterricht wollte Tinka natürlich mit Lissi gemeinsam nach Hause gehen.

„Ich komm nach", sagte Lissi knapp.

„Wieso?", wollte Tinka wissen.

„Ach, Besprechung des Fußballteams."

Tinka gingen hundert Fragen durch den Kopf, die sie Lissi unbedingt stellen wollte. Außerdem hätte sie ihr gerne erzählt, was sie von Ullas Bruder gehört hatte. Dazu wäre es aber nötig gewesen zu verraten, dass sie gehext hatte. Nein, das ließ sie lieber bleiben.

„Aha!", antwortete Tinka schließlich nur. Um irgendetwas Freundliches von sich zu geben, fügte sie hinzu: „Vielleicht haben die anderen ihre Meinung geändert und wollen doch dich zum Kapitän haben."

Einen Augenblick lang erschien Lissi das möglich.

Ein kräftiger Herbststurm fegte über den verwaisten Fußballplatz. Von den Stangen des Tores kam ein hohes Pfeifen, und das Netz blähte sich wie ein Segel.

Die Tür des Garderobengebäudes wurde geöffnet. „Wir sind hier", rief Annabelle.

Lissis Fäuste wirkten in den Hosentaschen wie Fußbälle. Den Kopf angriffslustig gesenkt, zog sie mit der Schuhspitze die angelehnte Tür auf, schlüpfte in den Vorraum der Garderoben und lehnte sich dort gleich an den Türstock.

Es roch nach verschwitzten Trainingsanzügen und Schuhen, von denen sich etliche verlorene und liegen gelassene in einer Wühlkiste gleich neben Lissi türmten.

„Endlich!“ Ulla stand auf einer niedrigen Holzbank, der Rest der Mannschaft vor ihr. Andächtig sahen die Mädchen zu ihr hinauf. „Pünktlichkeit ist doch wirklich nicht schwierig, oder?“ Ulla redete sanft, trotzdem klang es für Lissi wie ein Zahnarztbohrer.

Alle drehten sich zu ihr. Lissi blickte in die Mädchengesichter. Sie hatte natürlich überlegt, wer ihre Wählerinnen gewesen waren. Vier mussten es sein, denn die fünfte Stimme kam von ihr selbst. Natürlich hatte sie für sich gestimmt.

„Es ist Zeit, in unserer Mannschaft einiges zu erneuern“, begann Ulla. Sie deutete auf zwei Mädchen, die in Lissis Nebenklasse gingen. „Nina und Mareike sind neue Spielerinnen. Mareike ist Sturm, Nina eine sehr gute Torfrau.“

Leonie, die die Torwarthandschuhe am liebsten den ganzen Tag getragen hätte, protestierte. „Wir brauchen niemand Neuen im Tor. Ich bin Torfrau. Das reicht.“

Lissi nickte bekräftigend. „Leonie ist der Hammer, hält jeden Ball und hat Nerven aus Stahl beim Elfmeterschießen.“ Dankbar drehte sich Leonie zu ihr und flüsterte: „Du musst Käpt'n sein, nicht die!“

Scharf kam es von Ulla: „Du wirst dich an mich gewöhnen müssen, Leonie. Außerdem können wir ja ausprobieren, wer von euch beiden besser ist.

Mit Lissi machen wir das genauso. Schließlich sollen doch die besten Mädchen im Match spielen und nicht irgendwelche Lieblinge."

Da erschien Frau Schnellhahn in der Tür der kleinen Kammer, in der sie die Pausen verbrachte. Die Schülerinnen hatten ihr den Spitznamen „Gazelle" gegeben, weil sie so zart und elegant war.

„Keine schlechte Einstellung, das muss ich sagen", mischte sie sich ein. „Ich finde Ullas Vorschlag durchaus überlegenswert."

„Ich nicht!", brauste Lissi auf.

Ulla lächelte sie kalt an.

„Da mache ich nicht mit."

Noch immer lächelte Ulla wie tiefgefroren.

Leonie stellte sich auf Lissis Seite. „Lissi hat recht. Wieso sollen wir plötzlich gegeneinander spielen? Wir sind nicht die Nationalelf, sondern eine starke Mädchenmannschaft. Eine Mannschaft von richtig wilden Weibern." Sie klopfte Lissi heftig auf den Rücken, um ihre Worte zu bekräftigen. Lissi musste husten, lachte dann aber und klopfte zurück.

„Genau! Die gefürchteten Wilden Weiber sind wir!"

Ulla verzog das Gesicht, als wäre das alles unter ihrer Würde.

Katrin und Miriam, die meistens nichts sagten, traten jetzt auch zu Lissi und Leonie.

„Wilde Weiber ist gut!“, pflichteten sie bei.

Frau Schnellhahn eilte zu Ulla und pfiff kurz auf der Trillerpfeife, die ihr immer um den Hals baumelte. Alles Getuschel verstummte, und die Gesichter waren ihr zugewandt.

„Mädchen, ihr könnt doch nicht das Team spalten. Das wäre eine Katastrophe.“

Lissi fühlte sich mit drei Anhängerinnen an der Seite wieder stärker. „Ich führe euch zum Sieg“, versprach sie kämpferisch.

Mit Ullas Ruhe war es vorbei. „Das ist Meuterei“, beschwerte sie sich, „ich bin zum Käpt'n gewählt worden. Ich!“

„Wir brauchen wieder Teamgeist!“, verkündete Lissi. „Am besten, wir feiern eine Party. Eine Wilde-Weiber-Wahnsinns-Party!“ Von Leonie, Katrin und Miriam bekam sie für diesen Vorschlag sofort Applaus.

„Ich lasse eine Party steigen. Eine Party, wie ihr sie noch nie erlebt habt!“ Ullas Stimme war jetzt schrill.

„Alles, was du bieten kannst, kann ich überbieten!“, gab Lissi an.

Zum ersten Mal seit der Niederlage spürte sie, dass auch die anderen Mädchen sich ihr wieder zuwandten.

Annabelle legte den Kopf nach hinten und sah

Lissi herausfordernd an. „Echt? Du kannst alles überbieten?“

Die Hände in die Seite gestemmt, trat Lissi ihr entgegen.

„Und ob ich das kann!“

„Dann beweis es mal!“

Ullas Anhängerinnen blickten nicht mehr mit verdrehten Augen anhimmelnd zu Ulla hoch, sondern sahen zwischen Lissi und Annabelle hin und her. Energisch pustete sich Annabelle die schwarzen Haarsträhnen aus der Stirn.

„Wann soll sie denn steigen, deine Wilde-Weiber-Wahnsinns-Party?“

Eine warnende Stimme meldete sich in Lissis Kopf. Aber Lissi hatte keine Lust, auf sie zu hören.

„Nächste Woche irgendwann.“

„Kneifst du schon? Irgendwann ist kein Tag!“, drängte Annabelle.

„Am … Samstag!“ Lissi wollte die Party in ihrem Hexenhaus veranstalten. Dort würde sie hexen, was das Zeug hielt, und den Mädchen eine Party ausrichten, von der die Schule noch in hundert Jahren schwärmen würde. Sie war sich sicher, Ulla auf diese Weise ausstechen zu können. Um das noch zu unterstreichen, sagte sie: „He, und wann steigt deine Party, Ulla? Du musst mir ja eine Vorgabe geben, damit ich beweisen kann, wer von uns beiden die Bessere ist!“

„Lass erst mal deine Party sehen“, knurrte Ulla. Ihr Mäusegesicht war verkniffen und düster.

Die Gazelle schüttelte verständnislos den Kopf. „Mädchen, was treibt ihr da? Hat das etwas mit Sportsgeist zu tun?“

„Wilde Weiber vor, noch ein Tor!“, stimmte Lissi an. Damit hoffte sie, den Einwand der Sportlehrerin zu übertönen.

„Wilde Weiber vor, noch ein Tor!“, fielen Leonie, Katrin und Miriam ein. Und zu Lissis besonders großer Freude schloss sich auch ein Mädchen von Ullas Seite an, und gleich darauf ein zweites, das aber nur die Lippen bewegte. Aber Lissi zählte sie schon für sich.

# Eine lange Liste

Auf dem Weg nach Hause kickte Lissi jedes Steinchen vor sich her, das ihr vor die Füße kam. Sie schaffte es sogar, einen Stein in eine offene Mülltonne zu schleudern.

An der Ecke der Straße, in der das Haus der Schnabel-Meierbeers lag, traf sie auf Tinka. Tinka war nicht allein.

„Es war doch nur ein Versehen", versicherte sie flehend.

Der Mann, dem sie gegenüberstand, verzog keine Miene. Er erinnerte Lissi an den Polizisten, der ihrer Mutter einen Strafzettel verpasst hatte. Grit hatte auf ihn eingeredet, aber ohne Erfolg. Wie ein Roboter hatte er den Zettel fertig ausgefüllt, um ihn ihr dann in die Hand zu drücken.

Lissi kannte den Mann, mit dem Tinka redete. Die Mädchen hatten mit ihm schon öfter zu tun gehabt. Sein Auftauchen bedeutete nie etwas Gutes. Das war an diesem Tag auch nicht anders.

„Herr Rock, bitte, Sie müssen das verstehen …"

Eduard Rock, vom Club der Hexen, war zuständig für Hexen, die eine Regel gebrochen hatten, und für die Hexenschule. Er hatte eine große Vorliebe für weit ausgestellte Glockenhosen, knallbunte Hemden mit breiten Streifen, großen Tupfen oder Blumen und lange Strafpredigten. In der Hand hielt er ein kleines Büchlein mit schwarzem Ledereinband sowie ein Klemmbrett. Bevor er eine Seite umblätterte, befeuchtete er jedes Mal seinen Finger an der Zunge.

„Wir haben lange genug ein Auge zugedrückt. Jetzt haben eure ständigen Fehltritte Folgen." Er schien Tinka schon einiges vorgelesen zu haben und fuhr jetzt fort. Gründlich, wie er nun einmal war, hatte er Datum und Ort jeder Hexerei der Mädchen notiert. Hatte die Zauberei von Nicht-Hexen beobachtet werden können, fügte er am Ende ein missbilligendes „Verboten" dazu. Über Tinkas Schulter sah er Lissi am Zaun stehen und winkte sie mit der freien Hand näher.

„Da haben wir gleich die zweite Übeltäterin. Dir ist die andere Hälfte dieses schwarzen

Buches gewidmet. Letzte Eintragung, wie bei deiner Schwester, heute. Tststs!" Er schüttelte das lange Gesicht, das wie sieben Tage Regenwetter aussah.

„Hat ja keiner was gesehen", murmelte Lissi achselzuckend.

Eduard Rocks lange Nase schwenkte zu ihr. „Keiner was gesehen? Aber es hätte jemand etwas sehen können. Außerdem ist es verboten, verboten, verboten! Und wenn etwas verboten ist, so habt ihr euch daran zu halten." Er zeterte und zeterte und fuchtelte dabei mit einer Hand ständig auf und nieder, um seinen Worten Nachdruck zu verleihen.

Endlich legte er eine Pause ein. Tinka war zerknirscht, Lissi sah ihn herausfordernd an.

„Was geschieht jetzt? Bekommen wir Prügel mit dem magischen Rohrstock?"

„Wie bitte?" Herr Rock war empört, eine solche Frage gestellt zu bekommen.

In diesem Augenblick bogen Stan und Frank um die Ecke. Eduard Rock erstarrte, als er sie kommen sah. Er hob das aufgeschlagene schwarze Notizbuch und hielt es sich schützend vor das Gesicht.

Frank gab in seinem schwer verständlichen Gemurmel ein „WasndasfürneVogelscheuche?" von sich.

Stan tat, als würden ihn die grellen Neonfarben des Hemdes blenden. Die Hand vor den Augen spähte er durch die gespreizten Finger. „Wo bekommt man solche Teile? Muss man die aus der Altkleidersammlung klauen?"

Tinka und Lissi hörten Eduard Rock hinter dem Büchlein heftig atmen.

„Wer ist das?", wollte Stan von ihnen wissen. „Macht er Ärger?" Ritterlich baute er sich vor den beiden auf. „Braucht ihr Schutz?"

„Wir sprechen uns noch!", zischte Rock energisch, senkte den Kopf, um sein Gesicht vor den Jungen zu verbergen, und eilte mit großen Schritten um die Ecke. Frank, der immer etwas länger brauchte, starrte zuerst vor sich hin, machte dann zwei Schritte zurück, um sich den flüchtenden Rock noch einmal genauer anzusehen.

„Woisnderhin?", murmelte er.

Tinka hätte es ihm sagen können. Er hatte sich in dünnen bläulichen Rauch aufgelöst und zurück in das Hauptquartier des Hexenclubs gehext. Eduard Rock durfte das, auch am helllichten Tag und selbst wenn zwei des Typs von Frank und Stan in der Nähe waren. Tinka fand das ungerecht, aber leider wurden auch Junghexen, genau wie Kinder, immer schlechter behandelt als Erwachsene.

Die letzten paar Meter bis zum Haus legten Tinka und Lissi in düsterem Grübeln zurück. Eduard Rock würde wiederkommen, das stand fest. Die

Ungewissheit, welche Strafe er für sie geplant hatte, war schlimm. Freundlich würde diese, welche immer er sich auch ausgedacht hatte, bestimmt nicht ausfallen.

Wenn es nur kein Hex-Verbot ist, dachte Lissi. Das würde ihr einen dicken Strich durch die Wilde-Weiber-Wahnsinns-Party machen.

Tinka hatte manchmal eine Spürnase, die es mit jedem Spurensuchhund aufnehmen konnte. Stan, der einen Haustürschlüssel besaß, schloss auf und ließ die Schwestern eintreten. Bereits nach zwei Schritten durch die Diele witterte Tinka die Veränderung im Haus.

„Da braut sich was zusammen", sagte sie zu Lissi.

„Muss mit dem Jungvieh zusammenhängen", brummte diese. „Mit uns jedenfalls nicht."

Im Flur erschien David, pflanzte sich vor den Mädchen auf und plapperte los: „Er hat das Schleudern überlebt. Es geht ihm gut."

Geduldig erkundigte sich Tinka, von wem der kleine Bruder sprach. Umständlich rührte David in der ausgebeulten Brusttasche seiner Latzhose. Stolz streckte er den Schwestern die kleine Hand hin und öffnete die Finger. Ein Regenwurm ringelte sich müde auf der Handfläche.

„Mama hat ihn mitgewaschen. In meiner Hosentasche. Und geschleudert. Aber es geht ihm gut."

„Am besten geht es ihm sicher im Garten in der Erde", erklärte Tinka mit sanfter Stimme.

David packte den armen Wurm mit den Fingerspitzen, legte den Kopf nach hinten, riss den Mund weit auf und hielt den Wurm darüber.

„Und wie geht es ihm in meinem Bauch, wenn ich ihn verschlucke?"

Lissi beugte sich an sein Ohr und flüsterte: „Dort wächst er zu einer Riesenschlange, die deinen Hals wieder raufkriecht und durch ein Nasenloch hinausschlüpft."

„Echt?"

Was David abschrecken sollte, spornte ihn nur an. Er ließ den Wurm in seinen Rachen fallen. Nur Tinkas beherztes Einschreiten rettete dem Tier das Leben. Sie packte Davids Kopf an den Wangen, damit er den Mund nicht zuklappen konnte, bog ihn vor und schüttelte ihn heftig. Lissi betätigte sich als Tierretterin, fing den Wurm auf und trug ihn zum Rosenbeet im Garten. Dort verschwand er dankbar zwischen lockeren Erdklumpen.

Tinka war auf ihr Eingreifen stolz. Sie hatte damit schon den zweiten Beruf getestet, für den sie sich interessierte: Notärztin. Blitzschnelle Entscheidungen waren für das Überleben von Verletzten wichtig, hatte sie in der Berufsbeschreibung gelesen. Sie hoffte, noch weitere Herausforderungen zu finden, bei denen sie ihr Talent beweisen konnte.

Beim Betreten der Küche bestätigte sich ihr Gefühl, im Hause der Schnabel-Meierbeers sei etwas Ungewöhnliches im Gange. Grit surrte zwischen Herd, Schneidebrett, einem Berg Gemüse und dem Kühlschrank herum wie eine wild gewordene Hornisse. Hektisch wischte sie sich mit dem Handrücken Haarsträhnen aus der Stirn. Besonders verdächtig aber waren die zahlreichen Plastikbehälter, die nebeneinander auf der Anrichte standen. Der größte Teil war schon mit Soßen gefüllt, nur drei waren noch leer.

„Ist Thorsten schon da?“, rief Grit, ohne Tinka anzusehen oder zu begrüßen.

„Ich wünsche einen schönen Mittag, edle Frau Mutter. Ihre Tochter ist aus der Schule zurückgekehrt, bringt gute Kunde und freut sich auf ein herzhaftes Mittagessen!“, verkündete Tinka gestelzt. Sie hatte einen ähnlichen Satz in einem schnulzigen Liebesroman aus Boris' Bücherschrank gelesen. Die Gelegenheit, ihn endlich einmal anzuwenden, war günstig.

Verwirrt drehte sich Grit zu ihr.

„Was, Liebes?“

Ihre Mutter hatte nicht einmal richtig zugehört.

Tinka fand das empörend. Hinter ihr erschien David, der sich für ein Heulkonzert entschieden hatte und sich lautstark über Tinkas unsanfte Behandlung beschwerte. Lissi kehrte aus dem Garten zurück, um sich in der Spüle die Hände zu waschen.

„Bitte, holt Boris aus der Praxis, und die Jungen sollen auch sofort kommen. Und ruft Thorsten an, wo er bleibt!" Grit verteilte die Teller mit fast schon werfenden Bewegungen auf dem Esstisch.

„Haben wir eine Bombe im Keller? Oder fliegt die Bude in einer halben Stunde in die Luft?", fragte Lissi erstaunt.

„Bombe? Was ist mit einer Bombe?" Grit hatte die Besteckladе zu schwungvoll aufgerissen und hielt sie nun in den Händen. Nervös versuchte sie, das Ding wieder einzuhängen.

„Wozu die Hektik?" Lissi nahm ihrer Mutter die Schublade weg und schob sie mit einem gezielten Ruck wieder zurück in den Schrank.

„Wir erzählen euch das gleich. Ach, Kinder, ich weiß nicht, ob wir das Richtige tun!"

„Falls ihr David verschenken wollt und Frank und Stan verkauft, dann kann das nur sehr nützlich sein!", erklärte Lissi ungerührt.

Grit blieb tief in den Kühlschrank gebeugt stehen, als hätte jemand einen Zauberspruch über sie verhängt.

„Meinst du das ernst? Es sind deine Brüder, über die du redest!"

Lissi rollte die Augen. „Scherz", sagte sie beruhigend.

Die Küchentür wurde aufgestoßen, und das älteste der sechs Schnabel-Meierbeer-Kinder trat ein. Thorsten studierte bereits an der Universität, wohnte mit vier anderen Studenten zusammen, kam aber gerne zum Essen nach Hause. Heimlich stopfte er dann auch seine Schmutzwäsche in den Wäschekorb.

„Schneller konnte ich nicht kommen", entschuldigte er sich. „Ich hatte an der Uni eine sehr interessante Vorlesung. Der Professor hat einen Fall vorgetragen, bei dem ein Mann seiner Nachbarin gehackte Katzenhaare durch den Briefschlitz ihrer Wohnungstür gepustet hat."

Tinka runzelte die Stirn. „Was studierst du eigentlich? Nennt man das Wahnsinns-Kunde?"

Ungerührt fuhr Thorsten fort. „Die Nachbarin hat den ganzen Tag Klavier geübt. Oftmals eine einzige schaurige Fingerübung bis zu sieben Stunden lang. Sie war gegen Katzenhaare allergisch, bekam durch den Angriff einen schweren Niesanfall und konnte nicht weiterüben."

„Aha!", war Grits einziger Kommentar, was Thorsten sehr enttäuschte. Aus dem Schrank holte sie einen leeren Topf, auf dem sie mit einem Kochlöffel trommelte.

„Zum Essen, schnell, schnell!“, rief sie.

Maulend erschien Frank, gefolgt von Stan, beide umgeben von Rasierwasserwolken.

„Wie auf Alcatraz“, maulte Stan. „Dort sind die Gefangenen auch so gerufen worden.“

„Jetzt sei nicht undankbar“, belehrte ihn Thorsten. „Du solltest froh sein, dass unsere Mutter sich die Mühe macht, so gut für uns zu kochen.“

„Und dass es bei ihr gratis ist“, ergänzte Tinka mit einem grinsenden Seitenblick auf Thorsten. Ihr war aufgefallen, dass Thorsten gegen Ende des Monats, wenn sein Geld zur Neige ging, öfter zu Hause auftauchte.

Endlich hatten sich alle acht Schnabel-Meierbeers um den Tisch versammelt. Grit warf Boris einen besorgten, fragenden Blick zu. Er nickte kurz und sagte: „Komm, Grit, wir müssen es ihnen sagen.“

# Jede Menge Antworten

„Ihr seid pleite und müsst uns alle als Sklaven verkaufen!“, platzte Lissi heraus.

Grit lächelte schwach. „Ach Boris, ich weiß nicht“, sagte sie zwischen zwei tiefen Seufzern.

„Krieg ich endlich was zu essen?“, quengelte David vorwurfsvoll. Mechanisch begann Grit, ihm Nudeln auf den Teller zu schaufeln, die David mit einer halben Flasche Ketchup übergoss.

„Kinder, eure Mutter braucht dringend ein paar freie Tage. Und ich auch!“, begann Boris seine Ansprache. „Deshalb habe ich ein Wochenende in Venedig gebucht.“

Stan ahnte, was das bedeutete. „Oh nein, Dschingis Khan ist im Anmarsch. Ich schließe mich im Keller ein.“

Mit Dschingis Khan war Grits Mutter gemeint, die in der Familie auch Spitznamen wie „die Baronin" oder „der Feldwebel" trug. Die Namen beschrieben sie und ihre befehlende herrische Art perfekt. Wann immer die Eltern gemeinsam für ein paar Tage verreisten, kam die Großmutter ins Haus der Schnabel-Meierbeers, sah nach dem Rechten und passte auf die Kinder auf.

„Nein, Großmutter ist zur Kur in Bad Birnbach. Ebenso alle Tanten, deren Nerven stark genug wären, um euch zu hüten", setzte Boris fort. „Meine Cousine Edeltraud, die schon zugesagt hatte, hat heute Morgen wieder abgesagt, weil sie Mumps bekommen hat."

„Mumps ist doch eine Kinderkrankheit!", meinte Thorsten, der völlig ausgehungert sein musste. Er häufte sich bereits die zweite Portion Spaghetti auf den Teller.

Boris stocherte in seinem Essen herum. Lissi vermutete, dass die Cousine gar nicht krank war, sondern einfach nur kniff.

Tinka hörte nur noch mit einem Ohr zu. In ihrem Kopf setzte sich das Puzzle der höchst verdächtigen Vorkommnisse der letzten Zeit zu einem klaren Bild zusammen.

Ein wenig später trug sie auf ihrem Notizblock Folgendes ein:

*Spitzmaul-Küsse* = Grits Nerven am Zerreißen. Boris als Küsserkönig und Seelentröster.

*Raffzahn-Mama* = Vorräte werden angelegt. Schließlich könnten Eltern entführt werden, und wir müssten dann verhungern. Deshalb kauft Mama alles, was ihr nützlich und wichtig erscheint. Das ist der Grund für ihren Raffzahn im Supermarkt.

*„Is was?"-Telefonate* = Wenn ich sie beim Telefonieren ertappt habe, hat sie jedes Mal den Hörer zugehalten und sofort „Is was?" gefragt. Sie hatte gerade eine Tante dran und war dabei, sie zu beschwatzen, uns zu hüten. Davon aber sollten wir nichts erfahren.

*David-Versteigerung* = David muss bei einem Freund untergebracht werden. Damit sich eine Mutter erbarmt, wird er von Grit angepriesen wie faules Obst, das noch schnell verkauft werden soll.

*Turteltäubchen-Umblättern* = Grit und Boris auf dem Wohnzimmersofa blättern Reisekataloge durch. Auf diese Weise versucht

Boris, Grit zum Durchhalten bis zum ersehnten gemeinsamen Liebeswochenende anzuspornen.

*Fragezeichen-Blicke* = Grits ständiger Zweifel, ob sie uns drei Tage in fremde Obhut übergeben kann. Schließlich könnte unsere Großmutter plötzlich ihr wahres Gesicht zeigen und uns in der Pfanne braten und auf Toast verspeisen.

*Stinktier-Bruder* = nach wie vor ungelöst

*Lissi-Leise* = erledigt, Fall gelöst, gratuliere

Es kostete Grit einige Überwindung, mit dem Anliegen herauszurücken: „Also, da wir niemanden gefunden haben, der das Wochenende mit euch verbringen könnte, wollen wir euch bitten, allein zu bleiben." Sie sagte es mit Grabesstimme und erwartete eindeutig einen verzweifelten Aufschrei.

Der aber blieb aus.

„David kann bei seinem besten Freund übernachten, das ist geregelt", fügte Grit schnell hinzu. „Und Thorsten, du müsstest bitte hier im Haus bleiben und nach deinen Geschwistern sehen."

Der Aufschrei erfolgte erst jetzt. Stan, Frank, Tinka und Lissi waren sich in diesem Fall ungewohnt einig. Lieber nahmen sie die Baronin in Kauf als den Besserwisser Thorsten.

„Würde ich gerne tun, Grit, aber ich habe dieses Wochenendseminar außerhalb der Stadt. Habe ich doch erzählt. Der alte Richter, der uns Studenten aus seinem Berufsleben erzählt. Das will ich nicht versäumen. Außerdem habe ich alles im Voraus bezahlen müssen."

Grit sank in sich zusammen und schüttelte traurig den Kopf. „Boris, dann wird nichts aus Venedig. Es soll nicht sein. Die zwei Jungen und die Mädchen ganz allein lassen, das ist unmöglich."

„Wieso? Wir sind ohnehin in unserem Haus!", rief Lissi.

„Und wir sind keine Babys", protestierte Stan. Er deutete auf die Plastikdosen, die alle mit vorgekochtem Essen gefüllt waren. „Verhungern können wir auch nicht. Selbst wenn euer Flieger einen Umweg über den Südpol macht und ihr zwei Wochen später wiederkommt."

Noch immer hatte Grit Zweifel.

Lissi schenkte den Eltern ein strahlendes Lächeln: „Jetzt macht euch keine Sorgen. Wir vier verkommen nicht, David wird es auch nicht schaffen, das Haus seines Freundes in drei Tagen in Schutt und

Asche zu legen, und für die größten Notfälle haben wir doch Thorsten. Wir rufen ihn einfach auf dem Handy an."

Grit und Boris wechselten fragende Blicke. Aufmunternd nickte Boris seiner Frau zu und meinte: „Unsere Kinder sind schon sehr erwachsen und selbstständig. Sie schaffen das bestimmt."

In die nachdenkliche Stille hinein sang Frank auf einmal: „Alles kaputt, alles kaputt, nur dann ist es gut …" Die übrigen Familienmitglieder drehten die Köpfe zu ihm. Über die Sonnenbrille, die er auch am Abend trug, wunderte sich längst keiner mehr. Eine Weile hatten die Eltern gerätselt, wieso immer zwei Kabel aus seinem Kopf hingen. Die Lösung waren kleine Kopfhörer, die unter den langen Haaren gut versteckt waren. Von dem wichtigen Familienrat hatte Frank wieder mal nicht ein Wort mitbekommen, weil er die ganze Zeit Musik gehört hatte. „Haut alles kaputt, dann ist alles so gut …", sang er weiter. Er spürte, dass alle Blicke auf ihn gerichtet waren, und blinzelte fragend über den Rand seiner Brille. „Wasisn?"

Grit fasste sich an die Stirn. Bevor sie von neuen Zweifeln überwältigt würde, rief Lissi laut: „Also dann, gute Reise."

Dankbar für die Unterstützung zwinkerte Boris seiner Tochter zu.

„Nein!“

So entschieden hatte Lissi ihre Stiefschwester selten erlebt.

„Nein!“, wiederholte Tinka und schüttelte energisch den Kopf. „Nein, das ist nicht gut.“

„Aber ich habe es den Mädchen versprochen!“, brauste Lissi auf. „Meine Wilde-Weiber-Wahnsinns-Party wird der Hit. Danach kann Ulla höchstens noch antreten, um die Fußballtore zu polieren.“

„Nein! Nicht in unserem Haus.“

Lissi wurde wütend. „Das ist nicht nur dein Haus, sondern auch mein Haus. Und in meinem Teil des Hauses kann ich machen, was ich will.“

„Nein!“, beharrte Tinka. „In unser Haus kommen deine Kickerinnen nicht. Ich habe keine Lust, dass sie überall ihre Nasen hineinstecken. Selbst wenn wir alle Hexensachen verschwinden lassen, kann das Haus ihnen trotzdem Streiche spielen. Oder sie stolpern über Cosimo.“

Cosimo war der Kater der Mädchen, der früher einmal der alten Frau Schicketanz gehört hatte. Sie war es, die Tinka und Lissi nicht nur das Haus samt Garten, sondern auch ihre Hexenkräfte geschenkt hatte. Cosimo war dick, immer hungrig, gierig nach Milch und Streicheleinheiten und unsichtbar. Wenn er schnurrend um die Beine strich und man ihn dabei nicht sah, konnte das Leute, die sein

Geheimnis nicht kannten, in ziemliche Aufregung versetzen.

Die Mädchen standen einander in ihrem Zimmer gegenüber wie zwei Kampfhähne. Ganz stolz hatte Lissi von ihrer Idee zur Wilden-Weiber-Party erzählt, und Tinkas Ablehnung hatte sie völlig überraschend getroffen.

„Außerdem“, fuhr Tinka fort, „haben wir schon genug Ärger mit dem Hexenclub.“

Lissi rang nach Worten. „Ach Schnabel, schnarch weiter, du Doof-Dornröschen. Du bist so langweilig, dass rund um dich alle Füße einschlafen.“

Tinka tat ihrer Schwester nicht den Gefallen, zurückzuschimpfen oder sich aufzuregen. Zuckersüß flötete sie: „Ich wollte immer schon Dornröschen sein. Findest du nicht auch, dass ich Talent zur Prinzessin habe?“

Prinzessin wäre ein Beruf, der Tinka sehr gefiel. Sie brauchte nicht einmal eine Ausbildung dafür.

„Du willst eine Freundin sein? Pah!“ Lissi drehte sich voller Verachtung weg.

„Hör mal zu, Lissi!“ Tinka wollte keinen Krach und hätte es gerne gehabt, dass Lissi ihre Gründe verstand. Die aber stapfte wütend an ihr vorbei und knallte die Zimmertür zu.

# Übertrumpf das mal!

Am Freitag wachte Tinka schon sehr früh auf. Den ganzen Abend hatte Lissi kein einziges Wort mit ihr geredet. Tinka mochte keinen Streit und hatte deshalb schlecht geschlafen. Lissi dagegen schien die Missstimmung ziemlich wenig auszumachen. Aus ihrer Hängematte drang zufriedenes Schmatzen und Schnaufen.

Noch im Nachthemd tappte Tinka in die Küche, um ein Glas Milch in der Mikrowelle zu erwärmen und einen Löffel Honig einzurühren. Dieser Trank beruhigte sie immer.

Der Esstisch war voll mit gelben Klebezetteln. Grit stand darübergebeugt und kritzelte mal auf den einen Zettel, dann auf den anderen. Als sie Tinka bemerkte, lächelte sie ihr zu.

„Ich beschrifte alles, damit ihr auch wirklich alles findet und euch auskennt."

Liebevoll legte Tinka ihrer Mutter die Hand auf die Schulter. „Mam, wir finden die Toilette, das Bad und unsere Klamotten. Wir schaffen es, den Kühlschrank zu öffnen, und werden sicherlich nicht verhungern."

Grit lächelte verlegen. Sie legte den Kugelschreiber weg und holte Milch aus dem Kühlschrank. „Ich bin eine fürchterliche Mutter, nicht wahr? Viel zu beschützend und übervorsichtig."

Tinka stellte ihr zwei Gläser hin und hielt nach dem Honig Ausschau. „Schon in Ordnung."

„Versprich mir eines ...", Grit sah ihrer Tochter fest in die Augen, „... keine Party, bei der unser Haus verwüstet wird!"

„Party? Wie kommst du auf Party?"

„Die Kinder meiner Mitarbeiterin im Blumenladen haben so etwas getan. Die Wohnung war danach eine Baustelle. Außerdem ist die Polizei gekommen und ein paar Jungen hatten sich betrunken. Geraucht wurde auch. Und es waren Jungen und Mädchen erschienen, die gar nicht eingeladen gewesen waren."

„Versprochen!" Beim Aussprechen des Wortes hatte Tinka auf einmal ein flaues Gefühl. Ihr war, als könnte sie in die Zukunft blicken, und was sie sah, war eine Party im Hause Schnabel-Meierbeer. Dabei tobten Leute über die Polstermöbel, und Flaschen klirrten. Wie Nebel zogen graue Schwaden an Tinka vorbei.

„Tinka? Tinkaaaaa? TINKAAAAA!!!!!“ Erst als Grit fast schrie, wurde Tinka aus ihrem Tagtraum gerissen. Sie starrte noch immer vor sich hin und fühlte sich, als wäre sie für ein paar Sekunden weit weg gewesen und erst jetzt zurückgeschleudert worden.

Ein gähnender Boris mit verstrubbelten Haaren tappte im blau-weiß gestreiften Schlafanzug in die Küche.

„Morgen, die Damen“, murmelte er und trank seiner Frau den Honig-Milch-Trunk weg. Danach küsste er sie schmatzend auf die Wange. „Freue ich mich auf unser romantisches Wochenende!“ Mit diesen Worten schlurfte er wieder davon.

„Und wie ich mich erst freue“, hörte Tinka ihre Mutter leise sagen.

Wie eine Spionin mit wichtiger geheimer Nachricht löste sich Frieda aus dem Schatten eines Kastanienbaumes, als sie Lissi auf das Schulhaus zukommen sah. Tinka ging an diesem Tag nicht neben ihrer Schwester. Oder vielleicht sollte man besser sagen, Lissi war nicht bereit, mit Tinka zu gehen. Mit energischen Schritten und der grimmigen Falte über der Nase, lief sie immer ein Stück voran.

„Ich weiß alles“, raunte Frieda verschwörerisch. Lissi widmete ihr nicht einmal einen kleinen Seitenblick. Sie hatte schlecht geschlafen, schlecht geträumt und deshalb schlechte Laune. Außerdem musste ihr eine Lösung einfallen, wie die Wilde-Weiber-Wahnsinns-Party doch noch steigen konnte. Diese Nörgel-Tinka würde sie am liebsten in einen Schnarch-Dornröschen-Tiefschlaf versetzen, damit sie vom ganzen Trubel nichts mitbekäme. Da Tinka aber bestimmt keine Lust auf Tiefschlaf hatte, könnte die Hexerei nach hinten losgehen und Lissi betäuben. Nur darum hatte sie den Plan wieder fallen lassen.

„Wenn du es nicht wissen willst …!“, sagte Frieda spitz und enttäuscht. Sie tat, als würde es ihr nichts ausmachen, platzte in Wirklichkeit aber, die Neuigkeiten loszuwerden. Da sich Lissi immer noch nicht dafür interessierte, ließ Frieda einen kleinen Köder fallen.

„Ulla hat Annabelle alles erzählt. Ich kann zu Hause vom zweiten Apparat mithören, wenn die beiden telefonieren.“

„Solltest Geheimagentin werden“, knurrte Lissi.

„Ich sage dir das nur, weil du so ein armes Hühnchen warst und die Federn hast hängen lassen“, beteuerte Frieda.

Das Wort Hühnchen reizte Lissi. „Das einzige Huhn in der Umgebung bist du. Ein dämliches Huhn nämlich, und jetzt lass mich im Kraut."

„Im was?" Frieda kannte den Ausdruck nicht.

„Flattere davon, und lass mich in Frieden!"

Wie ein Rennauto beim Start schoss Lissi los. Frieda blieb sprachlos zurück. Als sie Tinka neben sich bemerkte, platzte sie heraus: „Deine Schwester ist wirklich undankbar. Sie hat wohl Lust auf die nächste Niederlage. Ulla macht sie fertig. Ich wollte sie warnen, aber sie beschimpft mich nur."

Obwohl Tinka auf Lissi wirklich nicht gut zu sprechen war, horchte sie auf. Was meinte Frieda? Tinka musste nicht einmal fragen, die Klassenbeste erzählte ihr auch so alles.

„Ulla macht übernächsten Samstag eine Party. Also genau eine Woche, nachdem Lissi ihre Party steigen lassen will. Und Ulla bekommt eine echte Disco-Lichtanlage, einen echten DJ und außerdem ist bei ihr daheim alles erlaubt. Die Eltern lassen sogar die Bar offen. Ulla sagt, sie haben viele Flaschen von diesem süßen Likör. Und sie dürfen alles kosten. Von Kirsche bis zu diesem gefährlichen blauen Zeug, das in der Karibik auf einer Insel getrunken wird. Zu essen gibt es keine Würstchen, sondern echte Steaks. Außerdem hat sie eine Popcornmaschine, einen Zuckerwattetopf und einen

Eisspender. Ulla sagt, es werden sogar ein paar der Schnuckel-Jungs kommen."

Schnuckel-Jungs waren die Jungen, für die die meisten Mädchen schwärmten. Einige von ihnen sahen wirklich ganz gut aus, das musste Tinka zugeben. Allerdings wussten sie das auch und waren dementsprechend eingebildet. Lissi nannte sie immer nur die Grins-Gorillas.

Frieda sah Tinka Beifall heischend an. Für das, was sie da alles herausgefunden hatte, erwartete sie Lob, Begeisterung und überschwänglichen Dank.

„Aha!", sagte Tinka schwach.

„Aha?", wiederholte Frieda laut. Sie warf ihre halblangen Haare hin und her. „Aha? Weißt du nicht, was das bedeutet? Deine Schwester hat keine Chance mehr in der Fußballmannschaft, wenn sie das nicht überbietet. Sie ist erledigt. Ulla veranstaltet die Traumparty, die jeder haben möchte und zu der jeder gehen will."

„Aha!" Noch immer fiel Tinka nicht mehr zu dem Thema ein.

„Lissi hat eine Wahnsinns-Party versprochen. Aber gegen Ullas Party kann das nur ein Reinfall werden. Sie soll ihre Party besser bleiben lassen. Ulla hat gewonnen. Annabelle sagt, Lissi soll am besten aus der Fußballmannschaft ausscheiden. Ulla hat eine neue, bessere Taktik."

„Aber die Mannschaft war doch ganz erfolgreich", merkte Tinka an. „Lissi war als Käpt'n nicht gewählt, aber sie hat das Team praktisch angeführt."

„Armes, einfältiges Hühnchen", rief Frieda. „Lissi muss einsehen, dass sie gegen Ulla keine Chance hat. Annabelle hat gemeint, vielleicht werde auch ich zu Ullas Party eingeladen." Stolz auf diese Ehre stöckelte Frieda davon. Es blieben ihr nämlich nur noch fünf Minuten, um den Geografiestoff der vergangenen Stunde zu wiederholen.

Während Tinka auf das Schultor zuging, versuchte sie zu entscheiden, was jetzt zu tun war. Sie musste Lissi erzählen, was sie gerade erfahren hatte. Aber was dann? Sollte sie einfach zusehen, wie ihre Schwester diese schwere Niederlage erlitt? Sie könnte doch auch mit der Party im Hexenhaus einverstanden sein! Dort könnte Lissi alles möglich machen. Die Mädchen würden Überraschungen erleben, die Ullas Disco-Lichter und den Likör zu Kindergartenspielchen verblassen ließen.

Was sollte sie tun?

## Lass mich im Kraut und in Frieden!

„Ich muss dir was erzählen“, sagte Tinka, während sie sich neben Lissi in die Bank setzte.

„Weiß alles!“, kam es knurrend zurück.

„Von Ullas Party und so?“

„Nein!“ Lissi schnaubte kurz. „Ich habe gerade erfahren, dass der Storch doch nicht die kleinen Kinder bringt. Stehe noch unter Schock. Lass mich im Kraut. In Ruhe. In Frieden!“

Tinka neigte sich so weit wie möglich weg von Lissi, als könnte diese sie vielleicht mit Gift bespritzen wie eine Speikobra.

„Also, ich habe nachgedacht“, begann Tinka dann trotzdem, obwohl sie es nicht richtig wollte. „Du kannst schon deine Party in unserem Haus steigen lassen.“

Lissi äffte die Stiefschwester stumm nach, spitzte dabei geziert die Lippen und klimperte mit den Augen. In ihrem Brummton sagte sie dann: „Hab keinen Bedarf mehr. Kannst das ganze Wochenende allein im Haus hocken und dich vor dem Wind fürchten."

Tinka hielt sich das linke Nasenloch zu und atmete nur noch durch das rechte. Das sollte beruhigen, hatte sie in einer Mädchenzeitschrift gelesen. Allerdings waren bei Lissi wohl stärkere Beruhigungstricks nötig. Wild jagte Tinkas Herz, und am liebsten hätte sie Lissi beschimpft. Mit gezwungener Ruhe fragte sie: „Wie soll ich das verstehen?"

Triumphierend drehte sich Lissi zu ihr: „Ab nun heißt's nicht mehr *No Jungs,* sondern *Mit Jungs.*"

Die Schulglocke schrillte, und Herr Furimann, der neue Geografielehrer, kam bereits eine Sekunde nach dem letzten Ton ins Klassenzimmer geschossen. Er musste schon auf dem Gang gelauert haben. Für weitere Fragen blieb Tinka keine Möglichkeit. Herr Furimann war jung und meinte, besonders streng sein zu müssen. Sie reizte ihn lieber nicht.

Aber auch in der ersten Pause konnte Tinka Lissi nicht weiter befragen. Ihre Hexenfreundin rauschte hinter Herrn Furimann in das Pausengetümmel hinaus, wo sie zwischen den Jungen und Mädchen untertauchte. Sie hatte Tinka absichtlich abgehängt. Das war klar.

Der Tag wurde noch schlimmer. Lissi redete mit Tinka kein Wort, tat, als sei sie Luft, und kritzelte ständig auf kleinen Zetteln herum, die sie aus ihren Schulheften gerissen hatte. Immer hielt sie die Hand so darüber, dass Tinka nichts lesen konnte. Lissi machte es sich richtig zum Sport, gleich nach jedem Pausenklingeln aus der Klasse zu flüchten und Tinka stehen zu lassen. Sie hatte Spaß am bemüht gelassenen Gesicht ihrer Schwester, wenn sie zur nächsten Stunde wieder zurückkam.

In Tinkas Innerem brodelte es wie in einem Dampfkochtopf. Tinka atmete immer eine Minute durch das linke, dann eine Minute durch das rechte Nasenloch. Sah sie Lissi zurückkommen, zwang sie sich zu einem gleichgültigen Lächeln und tat, als wäre sie in ein Gespräch mit Greta vertieft, die hinter ihnen saß.

Nach der Schule würde sie auf jeden Fall mehr über das erfahren, was Lissi plante. Es war Freitagmittag, und die Schwestern würden, wie jede Woche, zu ihrem gemeinsamen Haus gehen.

Das jedenfalls dachte Tinka. An diesem Freitag war aber alles anders. Beim Verlassen des Schulhauses wurde Lissi schon erwartet. Tinka musste zweimal hinsehen, um es zu glauben. Am Fuß der vier Stufen, die zum Tor führten, standen Stan und Frank. Frank grinste verlegen, Stan hatte sein „Ich-bin-absolut-unwiderstehlich“-Lächeln aufgesetzt, und beide winkten ihrer Schwester. Sie winkten vor ihren Klassenkameraden ihrer jüngeren Schwester! Voller Begeisterung schoss auch Lissis Hand in die Höhe. Sie lief auf die beiden zu, und die drei klatschten freundschaftlich ihre Hände in der Luft zusammen.

„Kann's losgehen?“, fragte Lissi erwartungsvoll.

„Wir sind bereit!“, erklärte Stan lässig. Frank gab ein Gebrummel von sich.

Ihrer Schwester rief Lissi über die Schulter nach: „Warte nicht auf mich. Du hast bestimmt Hunger. Das da ...“, sie klopfte sich auf den Bauch, „... will schließlich ausgestopft werden, Specki!“

Specki war das Schlimmste, was man zu Tinka sagen konnte. Sie mochte ihr blondes Haar, ihre blauen Augen, ihre rosa Fingernägel und die schlanken Hände sehr. Mit dem kleinen Speckbäuchlein aber stand sie auf Kriegsfuß. Es wollte einfach nicht kleiner werden und wölbte sich gerne über den Hosenbund oder unter dem kurzen Top hervor.

Die Lippen zusammengepresst, drehte sich Tinka weg. In der letzten Schulstunde hatte sie sich selbst den Auftrag erteilt, als entscheidende Prüfung für ihr Detektiv-Talent Lissi geschickt zu verhören, alle

Informationen aus ihr herauszukitzeln und sie notfalls auch zu beschatten. Diesen Plan ließ sie jetzt fallen.

Tinka musste sich ablenken, und ihr kam der Gedanke, sich als Gartenarchitektin zu versuchen. Vielleicht war das der richtige Beruf für sie. Sie würde in die Kristallgasse gehen und dort den Garten neu gestalten. Ein kühler Oktobertag war vielleicht nicht das beste Datum dafür, aber das konnte sie nicht ändern.

Während sie dahinlief, die gestreifte Schulmappe unter den Arm gepresst, spürte sie einen pochenden Schmerz in der Brust. Es tat richtig weh, mit Lissi verfeindet zu sein. Tinka begann, sich Vorwürfe zu machen, weil sie die Party im Hexenhaus zu heftig abgelehnt hatte. Lissi war sauer und gab alles zurück, was sie ihr angetan hatte. Eine Chance, es wieder gutzumachen, bekam sie von ihr offensichtlich nicht.

Sehr kühler Wind schlug ihr ins Gesicht, als sie die Kristallgasse erreichte. Welke Blätter wirbelten an ihr vorbei. Tinka musste sich nach vorn beugen, um gegen die Böen anzukämpfen.

An der Gartentür vor der Nummer 77 blieb sie stehen. Durch den Maschendraht konnte sie in den Garten der Nachbarn sehen. Lydofsky hießen sie, und sie hatten immer etwas an Tinka und

Lissi auszusetzen. Am Ende des Rasens, in dem alle Halme die exakt gleiche Länge hatten und im Sommer nicht ein einziges Gänseblümchen zu blühen wagte, erhob sich ein helles Haus mit wuchtigem, geschwungenem Dach.

Tinka hatte die fetzige Musik, die sie hörte, neugierig gemacht. Normalerweise fanden die Lydofskys schon das Zwitschern der Vögel zu laut. An diesem Nachmittag aber schienen sie auszuprobieren, wie laut sie ihre Stereoanlage aufdrehen konnten. Heißer Rock'n'Roll schallte durch die geschlossenen Fenster. Durch die hohen Scheiben der Terrassentür glaubte Tinka, zwei Gestalten zu erkennen, die sich wild und zuckend bewegten. So etwa mussten sich Menschen aufführen, die barfuß auf glühend heiße Kohlen gestellt wurden und nur nach einer Stange greifen konnten, von der sie elektrische Schläge erhielten.

Das Glas klirrte, als die Terrassentür aufgerissen wurde. Die hagere Frau Lydofsky hüpfte ins Freie und schwang mit angewinkelten Armen das dünne Hinterteil. Ihr folgte Herr Lydofsky, der kleiner war als sie und dessen Körper einem Fässchen glich. Auch er drehte die Hüften und sang laut und sehr falsch zur Musik.

„Ach Manni, wie damals, auf der Schulparty!", jubelte Frau Lydofsky. „Ich fühle mich um vierzig

Jahre jünger." Unter ständigem Po-Gewackel ging sie sogar in die Knie. Gleichzeitig versetzte ihr Herr Lydofsky einen Schubs mit dem Bauch. Seine Frau verlor das Gleichgewicht und kippte nach hinten. Aber selbst auf dem Rücken liegend, strampelte sie noch immer weiter mit ihren Armen und Beinen. Sie erinnerte Tinka an einen Maikäfer nach einer Bruchlandung.

Wie schön. Die miesepetrigen Nachbarn hatten ausnahmsweise einmal gute Laune. Von sich konnte Tinka das nicht sagen. Sie atmete tief ein und seufzend aus. Dann ging sie weiter bis zum eigenen Gartentor. Es war aus Holz und niedrig. Die Zaunlatten hatten eine ungewöhnliche Form und außerdem ein starkes Eigenleben. Von der anderen Straßenseite aus betrachtet erkannte man in jeder Latte die Umrisse einer lang gestreckten Katze. Zur Begrüßung Tinkas miaute und schnurrte der Zaun.

Einen Schlüssel brauchte Tinka nicht, weil schon der Gedanke „Bitte geh auf und lass mich hinein" genügte, um das Gartentor nach innen schwingen zu lassen. Im Garten ging das große Begrüßen weiter. Die mächtigen alten Bäume winkten mit den Astspitzen, die Büsche wisperten raschelnd einen Gruß, und die kirschrote Eingangstür des Häuschens schwang einladend mit einem fröhlichen Quietschen auf.

Laut maunzend, sprang Cosimo, der Kater, Tinka entgegen. Sie spürte seinen weichen Körper, der ihr um die Beine strich, und den runden Kopf, den er liebevoll an ihrem Schienbein rieb. Tinka ging in die Knie, um ihn zu kraulen. Traurig erzählte sie ihm vom Streit mit Lissi. Auch wenn er ihr keine Antwort geben konnte, tat es einfach gut, alles loszuwerden. Cosimo im Arm, erhob sie sich. Obwohl sie sich ganz schwach vor Hunger fühlte, wollte sie das Mittagessen ausfallen lassen. Das „Specki" von Lissi hallte noch immer in ihren Ohren.

„Zu eurer Strafe", ertönte hinter ihr die Stimme von Eduard Rock. Tinka wirbelte erschrocken herum. Der Abgesandte des Clubs der Hexen stand auf dem Weg, das Klemmbrett in der Hand, und trommelte ungeduldig mit einem Kugelschreiber auf den Rand. Grußlos war er aufgetaucht und fuhr dort fort, wo er bei der letzten Begegnung unterbrochen worden war.

„Li... Lissi ist nicht da!", warf Tinka ein.

„Dann wirst du ihr bestellen, was der Hexenrat über euch als Strafe verhängt."

Es war wirklich ein ganz besonderer Unglückstag. Tinka kuschelte sich an Cosimo, um ein wenig Trost zu finden. Dem Kater aber wurde es zu eng und zu heiß, deshalb wand er sich aus ihren Armen und sprang zu Boden.

„Viel zu nett war Frau Stickler wieder einmal“, erklärte Eduard Rock, die lange Nase missbilligend gerümpft.

Aurelia Stickler war die Präsidentin des Clubs der Hexen. Sie mochte die Hexenschwestern.

„Was euch angeht, ist sie immer halb blind.“

Selbst der alleswissende Herr Rock schien vergessen zu haben, dass die oberste Hexe auch über höchste Hexenkräfte verfügte. Sie konnte sein Gemeckere hören. Im Klemmbrett donnerte es, und ein Arm fuhr heraus. Zwei spitze Finger packten den überraschten Rock an der Nase und schüttelten sie kräftig hin und her.

„Eduard! Es steht dir nicht zu, meine Entscheidungen anzuzweifeln, verstanden?“, rief Aurelia Sticklers Stimme aus dem Klemmbrett. Die Hand zog sich wieder zurück, es donnerte erneut. Danach war nur das Rauschen des Windes in den Ästen zu hören.

Zuerst zog Eduard Rock heftig durch die großen Nasenlöcher auf, dann verkündete er endlich die Strafe. Mit gesenktem Kopf, die Arme schlaff herabhängend, hörte Tinka zu. Nachdem Eduard Rock ausgesprochen hatte, zupfte er an dem langen Kragen seines rot-gelb-blau gestreiften Hemdes herum.

„Haben Sie sich auch nicht verlesen?“, fragte Tinka ungläubig.

Herr Rock schnaubte kurz auf. Das bedeutete eindeutig, Tinka hatte sich nicht verhört, und alles hatte seine Richtigkeit.

Noch überraschender hätte die Strafe nicht ausfallen können.

# Nein, ich fass es nicht, ein Wunder!

„Können Sie das bitte wiederholen!", verlangte Tinka, die noch immer sehr verdutzt war.

Herr Rock wischte seine linke Schuhspitze hinten in das rechte weite Hosenbein. Langsam, jedes Wort betonend, verlas er noch einmal: „Hiermit wird Tinka und Lissi Schnabel-Meierbeer für mehrmaliges Hexen in der Nähe von Nicht-Hexen folgende Strafe aufgebrummt: Sie haben drei Menschen glücklich zu hexen, bis diese ausrufen: ‚Nein, ich fass es nicht, ein Wunder!' Ausgeschlossen davon sind die eigene Person und alle Familienmitglieder. Unterschrieben von Aurelia Stickler, Präsidentin des Clubs der Hexen. Nachsatz: Bis zur Erfüllung dieser Strafe ist Lissi und Tinka Schnabel-Meierbeer jede weitere Hexerei untersagt. Warnung: Bei Verstoß wird jede Hexerei schieflaufen und Katastrophen für die hexende Hexe auslösen." Eduard Rock schaute mit strengem Blick vom Klemmbrett auf und hob fragend die dicken Augenbrauen. „Hast du es jetzt verstanden?"

„Denke schon", murmelte Tinka.

„Dann halte dich gefälligst daran. Und sei versichert, ich werde peinlich genau darauf achten, dass ihr diese Strafarbeit erledigt. Wenn eure Glücksopfer auch nur ein Wort anders ausrufen, als hier geschrieben ...", wieder klopfte er mit dem Kugelschreiber heftig auf das Klemmbrett, „... so gilt es nicht. Verstanden?"

„Ja, ja, ja!", brummte Tinka gelangweilt. Dieser Herr Rock war schlimmer als Thorsten, wenn er einen seiner „Ich-muss-mal-Grit-und-Boris-zeigen-wie-man-Kinder-erzieht"-Anfälle bekam.

Ohne Verabschiedung löste sich Eduard Rock in bläulichen Rauch auf, den der nächste Windstoß verwehte.

Da Tinka fröstelte, ging sie ins Haus. Hinter ihr schlug von allein die rote Eingangstür zu. Nachdenklich blickte sie über die langen Regale an den Wänden der Diele. Selbst heute, an einem trüben Tag, funkelten und strahlten dort Kristalle in allen Formen und Farben. Der Raum war erfüllt von zauberhaftem Licht, das sogar Tinkas schlechte Laune ein wenig verbesserte. Zwischen einem faustgroßen Bergkristall und einem Rauchquarz, aus dem ein dunkles Auge guckte, lag Lissis Narrenkappe. Es war eine dieser Kopfbedeckungen, die früher einmal Hofnarren trugen, mit vier gebogenen Zipfeln, an denen Glöckchen angenäht waren. Nach einem Streit, wenn Tinka noch schmollte, setzte Lissi diese Kappe manchmal auf, um vor ihr herumzuspringen und Grimassen zu schneiden. Es war ihre Art, auszudrücken, dass es ihr leidtat. Eine Entschuldigung kam ihr kaum je über die Lippen.

Aber wo war Lissi jetzt? Sie wusste nichts von der Strafe, und Tinka traute ihr jede Hexerei zu. Auf einmal ahnte sie, was Lissi vorhatte. Warum sie sich mit Frank und Stan so gut verstand, konnte sich Tinka auch zusammenreimen. Sie musste los und ihre Stiefschwester warnen. Sonst würden die Katastrophen nicht lange auf sich warten lassen.

Bevor Tinka das Haus verließ, holte sie per Hexenklatsch eine Schale frische Milch aus dem Nebelloch in der Küche. Die tiefe Nische, aus der immer Dunst quoll, war wie ein Kühlschrank, der niemals leer wurde. Cosimo bedankte sich laut schnurrend, und Tinka beobachtete gerührt die kleine Delle, die seine unsichtbare Zunge in die weiße Oberfläche der Milch leckte.

Durch das Küchenfenster drang der Rock 'n' Roll der Lydofskys.

„Manni, nicht schlappmachen, weiter, weiter, wie früher. Das hält jung!" Obwohl Frau Lydofsky selbst außer Atem war und heftig keuchte, trieb sie ihren Mann unerbittlich an.

„Vielleicht kann ich sie glücklich machen", sagte Tinka leise zu sich. Sie durchquerte die Diele und riss die Tür zu einer Kammer auf der anderen Seite des Hauses auf. Es war die Hexenbuchbibliothek von Frau Schicketanz, in der die Mädchen schon viele interessante Bücher aufgestöbert hatten. Tinka kniete nieder und nahm von zwei Stapeln gleichzeitig Bücher weg. Sie räumte so schnell, als hätte sie sechs Arme, überflog jeden Titel und schleuderte das Buch zur Seite, wenn es nicht nach dem Gesuchten klang.

Endlich! Gefunden! Auf dem Einband tanzte ein Mann im Frack mit glatt nach hinten geölten Haaren selbstverliebt vor sich hin. Er war nicht nur gezeichnet, sondern bewegte sich tatsächlich, wie fast alle Bilder auf Hexenbüchern. Hektisch blätterte Tinka die Seiten durch, verursachte dabei mehrere Eselsohren und riss das Papier sogar ein. Sie hasste es, so grob mit Büchern umzugehen, aber es war Eile geboten.

Der Spruch, den sie suchte, war lang und begann mit: „He Baby, yeah Baby, go Baby, rock!" Die Zeilen, die folgten, klangen wie der Text eines Songs. Tinka sagte den Spruch laut auf und dachte dabei fest an Herrn Lydofsky. Bevor sie ihn mit Hexenklatsch wirksam machte, zögerte sie einen Augenblick. Wie fest sollte sie die Fingerspitzen aneinandertippen? Welche Stärke war nötig, um Frau Lydofsky zum erwünschten Jubelschrei zu verlocken?

Eine zähe Bohnenstange, hatte Lissi die Nachbarin einmal genannt. Dieser Ausspruch Lissis fiel Tinka ein, und sie führte einen heftigen Hexenklatsch aus.

Danach verließ Tinka das Haus, um nach Lissi zu suchen. Auf dem Weg durch den Garten sprang sie an der Hecke auf und nieder, um einen Blick auf das Lydofsky-Grundstück zu werfen. Noch immer dröhnte die Musik in einer Lautstärke, über die sich die Nachbarn bestimmt beschwert hätten, wenn sie und Lissi sie verursacht hätten. Da sie zu neugierig und voller Hoffnung war, einen Menschen schon glücklich gemacht zu haben, bog Tinka die dichten Äste der Hecke auseinander. Die welken Blätter raschelten zwischen ihren Fingern.

Der kleine Herr Lydofsky war gerade dabei, seine lange Frau wie einen Propeller vor sich in der Luft zu drehen. Anschließend warf er sie hoch, fing sie an den Hüften und ließ sie zwischen seinen gegrätschten Beinen durchsausen. Dabei packte er sie an den Handgelenken, riss sie zurück und hob sie in die Höhe, um sie sich dann lässig über die Schultern zu legen, als wäre sie ein Schal.

„Ma… Ma… Manni!“, japste Frau Lydofsky atemlos. „W… w… was ist denn in dich gefahren?“

Da sie offensichtlich schlappmachte, wurde sie von ihrem Herrn Gemahl in die Hollywoodschaukel befördert, in der sie heftig hin- und herschwang.

Durch das Gartentor betrat jetzt eine schüchterne Frau im mausgrauen Mantel und mit kackbraunem Kopftuch das Grundstück der Nachbarn. Eine Plastiktüte an sich gepresst, trippelte sie mit hochgezogenen Schultern auf das Haus zu. Am liebsten wäre sie wahrscheinlich unsichtbar gewesen.

Noch immer heftig schnaufend, hob Frau Lydofsky die müde Hand. „Guten Tag, Frau Bösenfug“, stieß sie heraus. „Wir … wir haben nur unsere alte Leidenschaft für Rock'n' Roll wiederentdeckt.“

Frau Bösenfug nickte kurz und wollte schnell an Herrn Lydofsky vorbei.

„Fangen Sie mit dem Putzen im Schlafzimmer an“, trug ihr Frau Lydofsky auf.

Wieder nickte Frau Bösenfug gehorsam. Aber sie kam nicht ins Haus. Herr Lydofsky sprang ihr in den Weg. Elegant pflückte er eine Aster aus dem Beet und streckte sie der Putzfrau hin. Frau Bösenfug starrte die Blume an, als hätte sie noch nie zuvor eine gesehen. Da sie nicht sofort zugriff, steckte sich

Herr Lydofsky die Aster quer zwischen die Zähne, packte die verdutzte Putzfrau und begann, sie wie vorhin seine Gemahlin zum Rhythmus der Musik zu schleudern.

Frau Bösenfug kicherte vergnügt eine auf- und absteigende Tonleiter. Sie fand großen Gefallen an dem Tanz und ihrem wilden, ausgelassenen Tanzpartner. Mit einem Freudenschrei fetzte sie sich das Kopftuch herunter und schleuderte es von sich. Der kackbraune Lappen landete auf Frau Lydofskys Gesicht.

„Manni!“, zeterte diese los. „Bist du von Sinnen?“

Es musste am Hexenklatsch liegen. Er war wohl etwas zu heftig ausgefallen. Aus dem schwabbel-bäuchigen Herrn Lydofsky war ein neuer Rock'n'Roll-König geworden. Nicht einmal das Furcht einflößende Geschimpfe seiner strengen Frau konnte ihn bremsen.

Von der Straße kam die schrille Frau Agatha herein, die drei Häuser weiter wohnte.

„Ich auch, ich auch! Ich liebe Rock'n'Roll!“, hauchte sie und streckte Herrn Lydofsky die Arme entgegen. „Bitte, auch mit mir tanzen! Ich habe schon so lange nicht mehr richtig gefetzt.“

Herr Lydofsky ließ die Putzfrau gerade seinen Rücken wie über eine Rutschbahn hinuntergleiten und griff nun gleichzeitig mit der freien Hand nach Frau

Agatha. Seine Beine waren ständig in Bewegung. Während er die Nachbarin unter seinem Arm kreiseln ließ, setzte er das Schwingen und Werfen von Frau Bösenfug fort.

Tinka seufzte niedergeschlagen. Ihr Vorhaben war gründlich danebengegangen. Sie hatte Frau Lydofsky einen Begeisterungsschrei über die Tanzkünste und die Ausdauer ihres Mannes entlocken wollen, sie aber nur in ein bebendes Zornbündel verwandelt. Sie zog sich von der Hecke zurück, als sie Frau Agatha kreischen hörte: „Nein, ich fass es nicht, ich fass es nicht …"

Stumm formte Tinka mit den Lippen, wie der Satz weitergehen sollte: ein Wunder!

Die Nachbarin hatte ihre Haare geöffnet und ließ die dunkle Mähne mit den grünen und pinkfarbenen Strähnchen wild peitschen. „Ich fass es nicht, ich fass es nicht, wunderbar! Wunderbar!" Ihre Entzückensschreie überschlugen sich.

Neben Tinka zischte es kurz.

„Gilt nicht!", raunte Eduard Rock in Tinkas Ohr. Es schwang ein bisschen Schadenfreude mit. Ein zufriedenes Grinsen unterdrückend, machte er eine Notiz in sein schwarzes Büchlein, bevor er sich wieder in Rauch auflöste und nur eine kleine, nach einem frisch angezündeten Streichholz riechende Wolke hinterließ.

„Grün karierte Hühnerkacke!“, entfuhr es Tinka. Solche Worte kamen normalerweise nie über ihre Lippen. Sie zeigten, wie aufgebracht sie war.

## Die lebende Eistüte

Wo konnte sie Lissi nur finden? Tinka fiel der passende Hexenspruch ein. Sie streckte den Zeigefinger vor und murmelte: „Findus Lissi-us-us-us!" Die drei US am Ende des Namens der Person oder des Gegenstandes, den man finden wollte, klangen etwas albern, aber was machte das schon?

In der nächsten Sekunde lernte Tinka, die Warnung der Hexenclub-Präsidentin ernst zu nehmen. Ihr Zeigefinger machte einen Knick und deutete auf sie selbst. Sie verlor völlig die Kontrolle über ihn. Es war unmöglich, den Arm still zu halten, als der Zeigefinger Tinka unter den Achseln kitzelte, ihr scherzhaft drohte, in die Augen zu piksen, und danach tief in ihrem Nasenloch verschwand. So stand sie da, als Lissi vor ihr auftauchte.

Die Hexenschwester stemmte die Hände in die Seite und hob höchst erstaunt die Augenbrauen.

Heftig zog und zerrte Tinka an ihrem Finger, doch der steckte fest. Sie hatte das Gefühl, der Finger sei bis zum Knöchel in ihrer Nase verschwunden und würde diese in eine monsterdicke Knolle verwandeln.

„Schau an, schau an, die feine Frau Schwester", ätzte Lissi.

Wie bei einem schlimmen Schnupfen näselte Tinka: „Hör auf, hilf mir lieber!"

Lissi fielen fast die Augen aus dem Kopf. „Ich soll dir beim Nasenbohren helfen?"

„Nein!", stöhnte Tinka. Mit der anderen Hand zerrte sie heftig am Finger in ihrer Nase, ohne ihn auch nur einen Millimeter bewegen zu können.

„Was wird das einmal? Trainierst du für die Weltmeisterschaft im Nasentiefbohren?", konnte sich Lissi nicht verkneifen zu witzeln.

Tinka floh schnell zurück in den Garten. Sie hatte ihren Fuß kaum über die Schwelle gesetzt, als der Finger wieder ganz mühelos aus dem Nasenloch glitt. An der Spitze türmte sich ein kleiner, aber unübersehbarer Popelberg, der David bestimmt in Verzücken versetzt hätte.

Lissi kam ihrer Schwester nach und schloss das Gartentor mit der Hand.

„Hei, du Ei", sagte sie zur Begrüßung, aber mit sichtlich besserer Laune.

„Ich wollte dich gerade suchen. Wir haben eine Strafe aufgebrummt bekommen. Und wir dürfen nicht hexen, sonst passiert das!" Sie deutete auf ihren Zeigefinger.

„Was? Dann sind wir zu ständigem Nasenbohren verdammt?", platzte Lissi heraus.

„Nein, es geht alles nach hinten und gegen uns los!", erklärte Tinka.

„Aha. Na, dann wird eben nicht gehext."

Wieso nahm Lissi das so locker? Es machte Tinka sehr argwöhnisch. Lässig die Arme schwingend, ging Lissi auf das Hexenhaus zu.

„He, Schwester, hallo!" Am Gartentor stand Stan und winkte mit beiden Armen.

Lissi machte kehrt und lief zu ihm. „Was gibt's, Lieblingsbruder?"

Lieblingsbruder? Was war in Lissi gefahren?

„Ist noch etwas offengeblieben? Müssen wir noch etwas besprechen?"

Tinka hatte bisher nur einen leisen Verdacht gehabt, der nun aber richtig laut wurde. Sie konnte sich vorstellen, wie und wo Lissi ihre Wilde-Weiber-Wahnsinns-Party veranstalten wollte. Um Gewissheit zu bekommen, blieb sie einfach stehen und tat so, als würde sie die Blätter eines Busches zählen.

In Wirklichkeit aber wollte sie belauschen, was Stan und Lissi zu bereden hatten.

„Frau Kleinschmidt hat angerufen. Grit hat David dort geparkt. Die gute Frau wirft die Nerven weg", erzählte Stan ziemlich aufgeregt. „Sie verlangt, dass wir ihn zurücknehmen. Sie hat David bereits zum vierten Mal frisch angezogen, weil er sich ständig in Klamotten unter die Dusche stellt."

„So ein Ungeheuer!", sagte Lissi überraschend mild.

„Tu etwas, morgen können wir ihn wirklich nicht daheim gebrauchen. Sonst müssen wir die Biest-Boy-Party absagen."

„Tinka macht das", versprach Lissi. Stan nickte dankbar und zog ab. Durch die Luft schwebte eine der intensiven Duftwolken, die unzertrennlich mit ihm verbunden waren. Pfeifend und die Hände in den Hosentaschen kam Lissi zu Tinka geschlendert. Diese stand noch immer neben dem Strauch mit den harten Blättern und zupfte herum. Vor Wut, weil Lissi so einfach über sie entschied, hatte sie ganz vergessen, ihren Lauschplatz zu verlassen.

„Du machst das doch, nicht wahr", sagte Lissi im Vorbeigehen.

Tinka tat das völlig Falsche und empörte sich darüber, dass Lissi Stan so einfach dieses Versprechen gegeben hatte.

„Haben wir gelauscht?“, fragte Lissi mit gespieltem Tadel. Sie wusste doch, dass es so war.

„Du kommst mit!“, entschied Tinka. „Allein gehe ich nicht. Außerdem musst du auch Gutes hexen, weil wir sonst nie wieder zu unseren Hexenkräften kommen.“

„Wer braucht die schon?“, bemerkte Lissi locker.

„Du machst eine Party daheim! Morgen! Und Stan und Frank machen mit. Sie können bestimmt alles besorgen: Disco-Lichter und Spiegelkugel und so. Was?“

Lissi hob die Arme und rief übertrieben flehend: „Ich gestehe alles, Frau Richter, aber bitte keinen Kerker. Nur keinen Kerker.“

In solchen Momenten war es ein Ding der Unmöglichkeit, mit Lissi ein vernünftiges Wort zu wechseln. Dafür schossen die Gedanken durch Tinkas Kopf wie Pingpongbälle in einer Kiste, die jemand von der Decke eines Turnsaales hatte fallen lassen. Die Gedankenfetzen sahen in etwa so aus:

Party von Frank und Stan, mit der Lissi die Party von Ulla übertreffen will – Wahnsinn!

Die Jungen werden sich besaufen! Die Mädchen kriegen auch was ab! Irrsinn! Totaler Irrsinn!

Außerdem würden sie den Kühlschrank, die Tiefkühltruhe und sämtliche Vorräte leer fressen, die Grit – in ihrer ständigen Sorge, ihre Kinder könnten verhungern – für das Wochenende angelegt hatte, die aber unter normalen Umständen für zwei Monate gereicht hätten. Das würde dann bei der Rückkehr der Eltern sicher mächtig Stunk geben.

Die Jungs spielen mit ihrer Band, den „Hungrigen Kannibalen"! Die Nachbarn rufen die Polizei! Die Musik klingt, als würden Katzen am Schwanz durch die Luft geschleudert werden!

Das Haus wird total verwüstet! Grit bekommt bei der Rückkehr einen Nervenzusammenbruch!

Die Jungs werden verhaftet, Lissi und die Mädchen auch. Alle hinter Gittern. Inmitten von fiesen Verbrechern!

Ich muss ihr eine Feile in einem Brotlaib bringen, damit sie sich befreien kann.

Nein, der letzte Gedanke kam ihr zu albern vor und sie verwarf ihn wieder. Aber die übrigen Vorstellungen waren bereits schlimm genug. Alles, wovor Grit gewarnt hatte, trat ein. Frank und Stan waren schon geballtes Unheil auf Beinen. Kamen noch mehr ihrer Sorte dazu, so bildeten sie eine wahre Unheil-Bombe, und wenn die hochging …

Horror, daran wollte sie gar nicht denken.

„He, nimm die Hand von meiner Schulter!", beschwerte sich Lissi. Tinka hatte sich mit ihrem ganzen Gewicht auf Lissis Schulter gestützt, weil sie die Last der schrecklichen Vorstellungen niederdrückte.

Lissi ihre Party auszureden, war ein sinnloses Unternehmen. Aus Erfahrung wusste Tinka, dass nur eine große Portion Geduld helfen konnte. Wieder presste sie ein Nasenloch zu und atmete nur durch das andere. Half es nichts, so schadete es auch nicht. So sanft und freundlich, wie sie es herausbringen konnte, sagte sie: „Komm, gehen wir zu Frau Kleinschmidt."

Das erste Stück liefen die zwei Mädchen schweigend nebeneinander her. Tinka hielt es bald nicht mehr aus und begann, Lissi von Eduard Rocks Besuch zu erzählen. Sie wiederholte alles, was er ihnen aufgetragen und wovor er sie gewarnt hatte. Die übermütige Lissi nahm es nicht wirklich ernst.

„Ach, was soll schon sein, wenn ich mir zum Beispiel eine Tüte Eis hexe?"

Sie waren vor einem schmalen zweistöckigen Haus angekommen, dessen Haustür gerade jemand von innen öffnete. Tinka wollte Lissi warnen, die aber hatte schon einen Spruch gemurmelt und den Hexenklatsch ausgeführt.

Die Eistüte kam. Direkt in Lissis Gesicht. Drei Kugeln Schoko-Erdbeer-Vanille klebten auf ihrer Nase, gekrönt von der spitzen Tüte, die sie aussehen ließ wie den Hanswurst aus Davids Kasperltheater.

In der Tür stand eine Frau, die sich mit dem Handrücken genervt eine widerspenstige Haarsträhne aus der Stirn strich.

„Guten Tag“, grüßte Tinka höflich.

Lissi konnte nichts sagen, da der Kälteschock auf ihrer Nase ihr den Atem geraubt hatte.

Die Frau wischte weiter mit dem Handrücken, obwohl dort längst nichts mehr war. Ratlos starrte sie die Spitznasen-Lissi an.

Neben ihr tauchte David auf, der in eine Decke gewickelt war. Er kicherte vergnügt los, als er seine Schwester sah.

„Ihr müsst Tinka und Lissi sein“, sagte die Frau mit weinerlicher Stimme. Sie deutete mit dem Kopf auf Lissi. „Seid ihr in der Familie alle so? Ich meine, ein wenig …“

„Plem-plem!“, half David ihr weiter.

Lissi zog die Knuspertüte von der Nase, worauf die Eiskugeln über ihre Haut in Richtung Mund zu rutschen drohten. Um sie aufzufangen, streckte sie die Zunge so weit wie möglich heraus.

„Ich auch lecken!“, krähte David und lief barfuß über den Kies zu seinen Schwestern. Tinka fing ihn auf, nahm ihn auf den Arm und trug ihn zum Haus zurück. Lissi folgte ihr leckend und schmatzend. „Ich will auch Eis!“, raunzte David.

„Können Sie uns bitte einen Löffel geben?“, fragte

Tinka praktisch. Ihr kam der Einfall, dass vielleicht auch Kindergärtnerin ein Beruf für sie wäre. Wie sie eben alles gemeistert hatte, empfand sie als gekonnt und richtig stark.

Im Wohnzimmer der Kleinschmidts waren alle Polstermöbel mit Schutzbezügen abgedeckt. Über den Esstisch hatte Frau Kleinschmidt eine Plastikdecke gelegt, und auch die Teppiche wurden durch hässliche Kunststofffolien vor David und seinem Schulfreund Ronni geschützt.

Es wäre kein Wunder, wenn Frau Kleinschmidt die ganze Familie Schnabel-Meierbeer als total durchgeknallt anzeigte und in ein Irrenhaus einliefern ließe. Lissi hatte nichts Besseres zu tun, als sich mit dem Rücken auf das Sofa zu legen und den Kopf weit nach hinten auf die Lehne zu stützen. David und sein Freund, die noch immer keine Löffel bekommen hatten, knieten neben ihr und schmausten mit Hilfe der Finger das Eis von Lissis Gesicht. Was sie nicht erwischten, verschwand in deren Mund.

Tinka stand mit Frau Kleinschmidt daneben und rang nach passenden Worten.

„Das geht nicht. Ich kann nicht. David hat nicht nur all seine Hosen und Pullis nass gemacht, sondern auch schon zwei Garnituren von Ronni“, jammerte die Mutter.

„Sein neues Hobby: in voller Montur in die Wanne!“, meinte Tinka, als wäre es etwas, das in der Familie schon längst keinen mehr wunderte.

„Unter die Dusche! Wir haben keine Wanne!“ Frau Kleinschmidt zwang sich, nicht länger zu Lissi, der lebenden Eistüte, zu sehen, und wandte sich ganz Tinka zu. „Ihr müsst ihn mitnehmen. Ich kann nicht mehr.“

Nein, zwei Tage David hüten, das war einfach nicht möglich. Tinka hatte schon genug damit zu tun, Lissi irgendwie unter Kontrolle zu bekommen.

„Ich rede mit ihm“, sagte sie. Lockend rief sie: „David, komm mal. Ich hab etwas für dich.“

Es war eine leere Versprechung, und wenn David dahinterkäme, würde er einen seiner gefürchteten Tobsuchtsanfälle bekommen. Das aber musste Tinka in Kauf nehmen.

# Tinka Kindergärtnerin

In der Diele des Hauses gab es nicht weniger als fünf Fußabstreifer. Tinka stellte David auf eine borstige Matte, die die Form eines Kleeblattes hatte, lächelte ihn strahlend an und fragte: „Wie geht es meinem kleinen Lieblingsbruder denn so?“

„Voll krass!“, platzte es aus David heraus. Er musste den Ausdruck bei seinen großen Brüdern aufgeschnappt haben.

„Ist wirklich eine feine Sache, immer mit den Klamotten unter die Dusche zu springen, nicht?“ Im Stillen applaudierte sich Tinka selbst für das einfühlsame Gespräch. Ja, Kindergärtnerin war durchaus ein Beruf für sie.

„Nein, ist kalt. Ist doof. Ist glibberig. Ist pfui-gackwürg!“

Diese Antwort überraschte die einfühlsame Kindergärtnerin Tinka aber sehr.

„Pfui-gack-würg!“, wiederholte sie jeden Teil des Ausdrucks. „Aber David, wieso tust du es dann?“

„Weil ich ein neues Fahrrad will!“, lautete die Antwort, die Tinka an die Grenzen ihres Kindergärtnerinnen-Talents brachte.

„Weil du ein neues Fahrrad möchtest!“, sagte sie lahm.

„Hab ich doch gerade gesagt.“

„Aha!“

„Ich geh wieder zurück. Lissi lecken!“ David war das Gespräch mit seiner Schwester zu langweilig. Er hatte sich schon weggedreht, als ihm einfiel, dass Tinka doch behauptet hatte, etwas für ihn zu haben. „Gib's mir!“

„Was?“

„Was du für mich hast!“

„Äh … also David … zuerst sag mir, wieso du in Hose und Pulli baden musst, um ein neues Fahrrad zu bekommen.“ Gute Taktik, lobte sich Tinka.

„Weil Leon auch eines bekommen hat.“

Frau Kleinschmidt war aus dem Wohnzimmer getreten und hatte die letzten Worte mit angehört. Ihre verkniffene Miene entspannte sich, und sie strahlte Tinka wissend an.

„Das hätte ich mir gleich denken können. Es ist alles die Schuld dieses Kinderpsychologen!"

„Jaja, Kinder-Klapsdoktor! In der Kinder-Klapsmühle!" David führte einen kleinen Freudentanz auf. Tinka Kindergärtnerin konnte jetzt gut nachempfinden, was Frau Kleinschmidt vorhin gefühlt und gedacht haben musste, als sie Lissi mit der Eistüte auf der Nase gesehen hatte.

Ronnis Mutter schubste David zurück ins Wohnzimmer und dirigierte Tinka in die Küche. Noch nie zuvor hatte Tinka einen so makellos sauberen Raum gesehen. Sie fühlte sich wie im Spiegelkabinett, so blank waren die Schranktüren poliert.

„Leon geht mit den beiden in die Klasse. Er hat das auch getan: Immer mit den Kleidern in die Badewanne oder unter die Dusche", begann Frau Kleinschmidt zu erklären. „Die Eltern sind schließlich mit ihm zu einem Kinderpsychologen gegangen, der Leon untersucht und danach den Rat gegeben hat: Der Junge braucht ein neues Fahrrad."

„Hat er dann mit dem Unsinn aufgehört?", wollte Tinka wissen.

Frau Kleinschmidt lachte auf. „Danach hat er begonnen, die feinen Kleider seiner Mutter mit der Schere zu Konfetti zu verarbeiten. Der schlaue Leon dachte, er bekäme dafür vielleicht einen dieser Kindercomputer."

„Wie lernfähig die lieben Kleinen doch sind“, bemerkte Tinka und nickte voll gespielter Bewunderung. „Aber was tut man denn wirklich in einem solchen Fall?“

„Da hilft nur sehr viel Liebe!“, meinte Frau Kleinschmidt. Nachdem sie sich ein paar Mal über das Gesicht gewischt hatte, strich sie über die streng nach hinten frisierten Haare und schritt ins Wohnzimmer zurück. Lissis Gesicht war wieder sauber und die Jungen balgten auf dem Boden.

„Ich geh jetzt auch duschen!“, kündigte Ronni an, sprang auf und wollte an seiner Mutter vorbei. Diese aber fing ihn am Ärmel ab und zog ihn zurück. „David“, sagte sie sehr bestimmt, „du kommst auch her!“

Gehorsam, wie es sonst nicht seine Art war, gesellte sich David zu seinem Spielkameraden.

In einer Lautstärke, die Tinka der zarten Frau nicht zugetraut hätte, plärrte sie die Jungen an: „Keiner von euch geht mehr mit seinen Klamotten in die Wanne oder unter die Dusche! Verstanden? Sonst bekommt ihr das nächste Fahrrad erst in zehn Jahren. Klar?“

Lissi war in die Höhe geschossen, und Tinka starrte Ronnis Mutter mit offenem Mund an. Der Heulanfall von David würde nicht lange auf sich warten lassen, davon waren beide überzeugt.

Bestimmt würde ihnen der kleine Bruder das Wochenende zur absoluten Hölle machen, wenn sie ihn mitnahmen.

Im Wohnzimmer herrschte die berühmte Ruhe vor dem Sturm. Ronni sah mit großen Augen in das wild entschlossene Gesicht seiner Mutter. David betrachtete sie mit einer Mischung aus Entsetzen und wohligem Grauen.

Gleichzeitig nickten die zwei.

Gleichzeitig sagten sie lammfromm: „Ja, versprochen!"

Sofort begann Frau Kleinschmidt zu leiern: „Versprochen ist versprochen ..."

„... und wird auch nicht gebrochen!", setzten die Jungen fort.

Lissi und Tinka tauschten einen sehr langen, sehr erstaunten Blick.

„Dürfen wir jetzt ganz still mit meinem Baukasten spielen?", fragte Ronni höflich.

Da bemerkte Tinka die große Verblüffung im Gesicht von Frau Kleinschmidt. „Jaja, geht nur." Sie versetzte den beiden einen Schubs, worauf die zwei Jungen nach oben liefen.

„Bei Ihnen ist David wirklich sehr gut aufgehoben", beeilte sich Tinka zu sagen.

„Guter Umgang mit den Kleinen, wirklich!", stimmte Lissi zu. Sie stellte sich neben ihre Schwester und wippte auf den Zehen auf und nieder. „David kann doch bleiben?“

Abwesend nickte Frau Kleinschmidt. Ihre Lippen bewegten sich, und Tinka hörte sie murmeln: „Nein, ich fass es nicht, ein Wunder.“

Es war wie Musik in Tinkas Ohren, gleichzeitig aber auch ein Stich in ihrer Brust. Sie hatten doch gar nicht gezaubert, also half der Ausspruch nicht. Er kam zur falschen Zeit.

Nachdem sie das Haus verlassen hatten, verschränkte Lissi die Finger und bog sie durch, bis die Knöchel knackten.

„So macht man das.“

„Macht man was?“

„Leute glücklich hexen, Schwesterherz!“

Tinka schüttelte den Kopf. „Das zählt nicht, weil Frau Kleinschmidts Glück nichts mit einer Hexerei zu tun hat.“

Lissi warf Tinka einen mitleidigen Blick zu. „Sag bloß, du glaubst wirklich, dass aus dem kleinen Ferkel, das sich unser Bruder nennt, durch das Gebrüll ein Lämmchen geworden ist?“

„War es nicht so?“

„Natürlich nicht. Ich habe die Jungs lammfromm gehext. Zum Glück haben mir alle den Rücken zugekehrt.“

Als sie um die Ecke bogen, stand wie aus dem

Boden geschossen Herr Rock mit seinem Notizbuch vor ihnen. Diesmal war seine Miene wieder säuerlich wie gewöhnlich. „Na gut, ein Punkt. Aber zwei fehlen noch.“

„Kein Problem. Kriegen wir locker hin!“, meinte Lissi seelenruhig.

# Die richtige Lissi-Kombination

„Hast du alle eingeladen für morgen?“ Tinka stellte die Frage vorsichtig und mehr nebenbei.

Die Mädchen hatten es sich im Wohnzimmer des Hexenhauses gemütlich gemacht. Lissi lag ausgestreckt auf dem Teppich und schmökerte in einem Buch mit Sprüchen für gute Stimmung und beste Laune, Tinka hatte sich auf dem Sofa zusammengerollt, Cosimo an der Brust, und tat so, als würde sie ebenfalls Hexensprüche studieren. In Wirklichkeit kreisten all ihre Gedanken nur um die geplante Party im Haus der Eltern.

Die Dunkelheit drückte gegen die Fensterscheiben; der Wind säuselte über die Dachkante und brachte die Regenrinne zum Singen. Das Wohnzimmer war erfüllt vom Duft frischer Schokokekse. Da Tinka sie nicht aus dem Nebelloch in der Küche hexen durfte, hatte sie gebacken. Die Kekse sahen zwar wie Hundehäufchen aus, schmeckten aber lecker.

Lissi gab keine Antwort auf Tinkas Frage. Hatte sie sie absichtlich überhört?

„Und morgen kommt dann deine ganze Fußballmannschaft? Auch Ulla?", wagte Tinka den nächsten Vorstoß.

Lissi rollte sich wohlig grunzend auf den Rücken: „So ist es. Bist auch eingeladen. Wird sicher stark. Und wild."

„Aber Frank und Stan und ihre Freunde sind doch auch im Haus. Wie nennen sie sich? Biest-Boys?"

„Gibt zum Glück genügend Zimmer."

Es wurde immer schlimmer. Die Party sollte also im ganzen Haus steigen! In Tinkas Fantasie tauchten abgebrannte Grundmauern auf, in denen Frank, Lissi und Stan mit rußgeschwärzten Gesichtern standen, die Arme hilflos an der Seite baumelnd.

„Aber … aber Lissi … Mama will das nicht. Sie hat mich extra gebeten, solche Partys zu verhindern." Tinka flehte ein bisschen und war deshalb auf sich wütend. Sie wollte nicht so schwach neben ihrer Schwester wirken.

„Ach, bis sie am Sonntagabend zurückkommen, sind alle Spuren beseitigt."

Eine lange Pause trat ein. „Freust du dich auf die Party?", wollte Tinka wissen. Die Frage war ihr ganz plötzlich durch den Kopf geschossen.

„Nein!", kam es zu Tinkas großer Verblüffung von Lissi.

„Nein? Aber wieso machst du dann den ganzen Zirkus?"

Lissi stützte sich auf den Ellenbogen. „Kostet mich alles, was ich auf dem Sparbuch habe. Frank und Stan haben fast das ganze Geld kassiert, um sich dieses Zeug auszuleihen, das Ulla nächste Woche hat."

„Aber Lissi, geht es nur darum, Ulla zu übertrumpfen?" Tinka schwang die Beine vom Sofa und schubste dabei Cosimo weg, der heftig maunzend protestierte.

„Ja. Die anderen sollen sehen, wer die Bessere ist!" Lissis dunkle Locken standen wie Antennen vom Kopf ab. „Ich werde es allen zeigen. Ullas Party wird wie ein Pipi-Kindergeburtstag aussehen, mit Papptellern und Hütchen und Spielchen, wie ‚Wer hat in die Hosen gemacht?'."

Tinka unternahm einen weiteren Versuch, Lissi von ihrem Plan abzubringen. „Aber wenn die Party schon dir keinen Spaß macht, glaubst du wirklich, die anderen werden sie dann toll finden?"

„Klar! Hauptsache wir haben den ganzen Disco-Kram, das Fresszeug und die Sauferei. Die Jungs werden alles zupaffen, und die anderen Mädchen werden staunen, wie erwachsen es abgeht."

„Zupaffen?" Damit war für Tinka auch die letzte Frage auf ihrer Liste beantwortet. Boris hatte seinen Kindern lange Vorträge über die Schädlichkeit des Rauchens gehalten und ihnen strengstens verboten, eine Zigarette auch nur anzusehen. Stan rauchte heimlich. Damit die Eltern nichts davon bemerkten, besprühte er sich danach mit billigem Rasierwasser, um den Geruch zu überdecken.

„Lissi, das ist Wahnsinn!", warnte Tinka.

Lissi grinste freudig. „Klar, eine echte Wilde-Weiber-Wahnsinns-Party!"

„Aber hier im Haus könnten wir viel Tolleres machen. Wir könnten ein Feuerwerk im Zimmer abgehen lassen, und eine Flasche könnten wir hexen, aus der für jeden das Getränk fließt, das er sich wünscht. Wir könnten einen Pizzaofen hexen, dem man nur sagen muss, was er backen soll. Oder was hältst du von einer Disco mit echten Sternen, Kometen und Sternschnuppen zum Fangen?"

Interessiert hörte Lissi ihr zu. Tinka hatte das sichere Gefühl, dass nur noch wenig fehlte, um sie zu überzeugen.

Schlagartig war es mit Lissis Leuchten in den Augen wieder vorbei. „Nööööööö", sagte sie gedehnt und drehte energisch den Kopf hin und her.

„Es muss so sein, wie Ulla es macht. Nur eben total drüber.“

Danach wollte sie nicht mehr über die Party reden.

Das Schlafzimmer der Mädchen befand sich unter dem Giebeldach. An einer Wand stand ein Himmelbett mit blassgelben Vorhängen und rotem Bettzeug, auf dem goldene Sterne in allen Größen funkelten.

Ganz besonders war die Dachschräge über dem Bett. Sie hatte das gleiche Blau wie der Nachthimmel und war mit funkelnden Sternen übersät.

In dieser Nacht konnte Tinka nicht einschlafen. Unruhig wälzte sie sich von einer Seite auf die andere. Neben ihr lag Lissi auf dem Rücken, ein dickes Kissen unter dem Kopf, und gab immer wieder ein schmatzendes Schnarchen von sich. Ihre Haare brauchten ein Kissen nur zu berühren und schon war sie eingeschlummert.

Tinka warf sich auf den Rücken und verschränkte die Arme im Nacken. Seufzend blickte sie zum Betthimmel hoch. Was sollte sie nur tun? Lissis Kopf war wie ein Tresor mit Stahlwänden. War dort erst einmal eine Idee hineingekommen und die Tür zugefallen, so war es ein Ding der Unmöglichkeit, sie wieder herauszuholen.

„Es sei denn, man kennt die richtige Kombination", fiel Tinka ein. Selbst der sicherste Tresor der Welt konnte geöffnet werden, wenn man den Code wusste.

Aber wie lautete der Code für Lissis Dickschädel-Tresor? Ging es wirklich nur darum, mit allen Mitteln doch noch Kapitän der Schulmannschaft zu werden? Konnte sie nicht damit leben, dass ein anderes Mädchen mehr Vertrauen genoss als sie?

„Wieso ist diese Ulla überhaupt gewählt worden? Warum waren die Kickerinnen mit Lissi nicht mehr zufrieden?", fragte sich Tinka im Stillen. Sie hatte auf einmal das Gefühl, Ermittlerin in einem Team der besten Kriminalisten zu sein, die nur für Spezialfälle eingesetzt wurden. Privatdetektivin war viel zu wenig für sie. Sie sah sich schon ein Team der raffiniertesten Ermittler leiten, das sogar herausfinden konnte, wie ein Mensch in einem fensterlosen, kahlen Raum hatte ermordet werden können, obwohl die Tür von innen siebenfach abgesperrt und verriegelt war.

Was hatte Lissi getan? Wodurch hatte sie die Stimmen der Spielerinnen verloren? War da wieder einer ihrer Zornausbrüche im Spiel? Mochten die anderen Mädchen Lissis wilde Sprüche nicht?

War Lissis Wilde-Weiber-Wahnsinns-Party wirklich das richtige Mittel, um das Ruder herumzureißen? Auf jeden Fall war der Name eine typische Lissi-Erfindung. Niemandem außer ihr fiel so etwas ein. Aber eine echte Lissi-Wilde-Weiber-Party wäre auf eine ganz andere Art wahnsinnig, als sie es nun vorhatte. Sie würde nie auf Ideen kommen, wie die Hausbar der Eltern zu plündern.

Tinka fiel der seltsame Blick in die Zukunft ein, den sie gestern während des Gespräches mit ihrer Mutter gehabt hatte: das Haus verwüstet und jede Menge Ärger in der Luft. Vielleicht übertrumpfte Lissi Ullas Party wirklich, vielleicht machten sie die Mädchen aus der Fußballmannschaft dann zum neuen Kapitän. Aber so tollpatschig Boris auch war, er würde herausfinden, dass die Jungen im Haus geraucht hatten. Grit, die ab und zu gerne ein Gläschen Likör nippte, fiel bestimmt auf, wenn etwas fehlte. Die Folge wären nicht nur Strafpredigten, sondern etwas, das Tinka noch mehr fürchtete: enttäuschte Gesichter. Nichts traf sie härter, als Boris oder Grit mit bedauerndem Kopfschütteln sagen zu hören, wie sehr sie enttäuscht seien.

So, wie der Stand der Dinge im Augenblick war, hatte Tinka jedoch keine Möglichkeit, etwas zu ändern. Sie könnte Thorsten anrufen, der dann in seiner ganzen Wichtigkeit andampfen und die Brüder und Lissi zur Schnecke machen würde. Danach aber würde Lissi nicht mehr mit ihr reden, bis beide Mädchen alt und grauhaarig waren. Stan und Frank würden ihr das Leben zur Hölle machen, Farbe in die Shampooflasche füllen, die Schulsachen verstecken, Juckpulver ins Bett streuen oder ihr einen ihrer durchgeknallten Freunde auf den Hals hetzen, der ihr ständig vor allen anderen in der Schule Heiratsanträge machen würde.

Danke nein, so heldenhaft war sie nicht. Darauf konnte sie verzichten!

Sie atmete tief durch und roch den samtigen Duft von Gewürznelken und Orangen. Er war noch vom letzten Schaumbad in der Luft geblieben, das sie sich gehext hatte. Tinka liebte es, sich in dem riesigen Boot mit einem Walfisch als Wasserhahn zu räkeln, das als Badewanne diente.

Hexen! Mit ihren Hexenkräften konnte sie einiges unternehmen, aber zurzeit waren sie gesperrt. Bis wann würde es ihnen gelingen, zwei weitere Menschen glücklich zu machen und zu dem geforderten Ausruf zu bringen?

Aus dem Haus der Lydofskys drangen noch immer heiße Rock 'n' Roll-Rhythmen bis ins Schlafzimmer der Schwestern. Ob der Spruch weiterhin seine Wirkung tat? Der arme Herr Lydofsky musste mittlerweile seine Schuhe durchgetanzt haben.

Da Tinka ohnehin kein Auge zubekam, ließ sie sich aus dem Bett gleiten. Sie zupfte ihr Nachthemd zurecht, schlüpfte in einen langen Mantel aus dünnem Samt und tappte die Treppe hinunter.

## Die Kristallkugel

Lissi hatte ein leichtes Kratzen im Hals. Es kam nicht von einer Erkältung, sondern von vorgetäuschtem Schnarchen. So rasch, wie Tinka vermutete, war Lissi nicht eingeschlafen. Um Tinkas Fragen auszuweichen, hatte sie nur so getan.

Tinka und ihre Fragen! Zuerst erzeugten sie in Lissi nur eine schwache dunkelrote Glut. Je länger und je heftiger Tinka aber bohrte, desto heller wurde das Glühen. Die Fragen waren wie ein starkes Pusten, das Lissis innere Kohlen irgendwann zur Weißglut brachten. Entweder platzte sie dann, bekam einen ihrer Ausbrüche oder aber sie machte sich über Tinkas Bäuchlein lustig. Spitze Fragen und blöde Antworten hatte sie auch noch auf Lager.

Lissi war absolut felsenfest überzeugt gewesen, das durch und durch Richtige getan zu haben. Die Party in Zusammenarbeit mit den Brüdern würde der volle Erfolg bei den Fußballmädchen werden. Es kam nicht so oft vor, dass Stan und Frank ihrer Schwester nützlich erschienen. Bei der Wilden-Weiber-Wahnsinns-Party aber war es so. Die Jungs spielten doch in einer Band, den „Hungrigen Kannibalen"! Auch wenn die Musik wie der mehrmalige Zusammenstoß zwischen einem vollen Geschirrschrank und einem klapprigen alten Auto klang, so war sie dafür echt und nicht von einer CD. Mit den Brüdern standen noch drei andere Jungen auf der winzigen Bühne im Keller der Schnabel-Meierbeers, wippten weggetreten mit den Köpfen, würgten die Gitarre und den Bass, droschen auf das Schlagzeug ein, quälten das Keyboard und sangen in die Mikrofone, als wollten sie die Dinger verschlucken.

Das war Stimmung! Das war ein Rockkonzert im Keller, und Ulla würde das bestimmt nicht bieten können. Lissi war fast ein wenig stolz auf Stan und Frank.

Das Dumme an Tinkas Fragen und der Weißglut, die sie in Lissi entfachten, war diesmal etwas anderes: Leise Zweifel hatten sich gemeldet. Eine mahnende Stimme fragte immer und immer wieder, ob Lissi auch tatsächlich das Richtige tat.

„Halt die Klappe“, maulte Lissi ihr zu. „Halt endlich die Klappe, kapiert?“

Die Nörgelstimme aber ließ sich nicht so schnell und einfach zum Schweigen bringen. „Dir macht die Party doch wirklich keinen Spaß. Also, warum tust du dir dann das alles an und verschwendest dein ganzes Erspartes? Ist das nicht total doof?“

Die Fäuste geballt, hämmerte sich Lissi in den Kopf: „Ich muss die beste Party machen. Ich muss, ich muss, ich muss.“ Und aus, Ende! Sie bohrte den Kopf tief in das Kissen, in der Hoffnung, nun endlich Schlaf zu finden. Das Einzige aber, was geschah, war, dass sie keine Luft mehr bekam.

„Das kitzelt“, kicherte Tinka. Barfuß tappte sie durch die Diele, begleitet von Cosimo. Er war erfreut, zu so später Stunde noch Gesellschaft zu bekommen, und strich um ihre Beine. Dabei kratzte er mit den Spitzen seiner harten Schnurrbarthaare über Tinkas nackte Waden. Schnurrend begleitete er sie ins Wohnzimmer, wo Tinka die Finger hob, um Flammen auf die kleinen Teelichter in den bunten Glasschalen zu hexen. Im letzten Augenblick erinnerte sie sich an die Strafe und ließ die Hände wieder sinken. Sie hatte keine Lust, im nächsten Moment von brennenden Streichhölzern, Funken oder Flammen angesprungen zu werden.

Auf ganz altmodische Art zündete sie die Kerzen mithilfe eines Feuerzeugs an. Durch den Raum tanzten rubinrote, bernsteinfarbene und smaragdgrüne Lichtflecken.

Bei den Lydofskys machte die Musik keine Pause. Was taten die beiden nur die ganze Zeit? Sie konnten doch nicht seit drei Uhr nachmittags tanzen! Es war bereits halb elf Uhr nachts!

Tinkas Blick fiel auf eine verstaubte Kristallkugel, die auf einem kleinen Samtkissen im Regal ruhte. Umgeben von Fläschchen mit gestoßenen Krötenwarzen und schimmernden Flüssigkeiten, die als Drachentränen oder Geier-Schluckauf-Elixier gekennzeichnet waren, hatte die Kristallkugel lange Zeit keine Beachtung gefunden. Um sie herunterzunehmen, musste Tinka einen geschnitzten Holzschemel vor das Regal schieben. Sehr behutsam griff sie zu und ging mit der Kugel in den Händen zum Sofa.

Cosimo sprang zu ihr hoch und wischte mit dem Fell den Staub vom klaren Kristall. Tief in der Mitte der Kugel flackerte ein heller Punkt. Das Licht drang durch Tinkas Pupillen in ihren Körper, wo sie eine wohlige Wärme verspürte.

Fast jedes Wochenende studierte sie ein anderes Hexenbuch. Erst vor kurzer Zeit hatte sie über Kristallkugeln und deren Verwendung gelesen.

Mithilfe der Kugeln konnte man Dinge sehen, die sich hinter dicken Mauern oder weit entfernt abspielten.

Sollte sie es wagen? Würde ihr die Kugel vielleicht an den Kopf fliegen und eine dicke Beule schlagen, wenn sie eine Beschwörung machte? Tinka beschloss, eine sehr einfache Frage zu stellen und es auszuprobieren.

„Was tut sich bei den Lydofskys?" Sie hielt die leicht gekrümmten Finger knapp über die glatte kühle Fläche der Kugel. Mit der Linken ging sie vor und zurück, die Rechte schwenkte sie hin und her. Fest dachte sie dabei an das weiße Nachbarhaus mit dem dunklen Dach und ließ ihre Gedanken durch die Fenster bis ins Wohnzimmer der Nachbarn fliegen.

Im Inneren des Kristalls begannen Farben zu schimmern. Sie waren sehr hell und blass, und nur langsam nahmen sie Formen an. Tinka glaubte, die pummelige Gestalt Herrn Lydofskys zu erkennen. Er stand vor dem Fernseher und sah einen alten Film mit Elvis Presley an. Sehr dünn drang aus der Kugel Musik. Es war dieselbe, die Tinka durch das geschlossene Fenster vom Nachbargrundstück hörte. Sie sah also tatsächlich, was in diesem Moment im Haus der Lydofskys vor sich ging.

Der Nachbar hatte eine Fernbedienung in der

Hand, mit der er ein Video immer wieder zurücklaufen ließ. Tinka kam es so vor, als studierte er die Tanzschritte, die im Film zu sehen waren.

Durch eine Tür trat die dürre Gestalt von Frau Lydofsky. Sie hielt eine Plastikschüssel im Arm und schlug darin heftig mit einem Schneebesen herum.

„Bei unserer Party tanzt du aber nur mit mir, Manni! Hast du das verstanden? Sonst koche ich dir nie wieder saure Nierchen!"

„Läuschen, das darfst du mir nicht antun", flötete Herr Lydofsky mit gespielter Verzweiflung. Er eilte zu seiner Frau und küsste sie laut schmatzend auf das Kinn. „Du bist meine Tanzkönigin. Und ich bin dein Tanzkaiser!"

„Kaiser ist mehr als Königin! Wieso hältst du dich für etwas Besseres?", zeterte Frau Lydofsky los.

„Nichts Besseres!", beeilte sich ihr Mann zu versichern, war aber schon wieder völlig in das Nachmachen der Tanzschritte vertieft.

Die Lydofskys gaben also eine Party. Es wäre die beste Gelegenheit, im Hexenhaus auch eine Party steigen zu lassen. Ausnahmsweise würde es keinen Ärger mit den Nachbarn geben.

Da Tinkas Gedanken wanderten, verblasste auch das Bild in der Kugel.

Es gab gleich mehrere gute Neuigkeiten: Die Hexerei hatte Herrn Lydofsky nicht geschadet, und

Tinka konnte die Kristallkugel benutzen, ohne von der Strafe getroffen zu werden. Das wollte sie ausnutzen. Während sie wieder zu beschwören begann, dachte sie an ein Mädchen mit pechschwarz gefärbtem Haar. Sie wollte Annabelle sehen und in Erfahrung bringen, was Ullas engste Vertraute über Lissis Party dachte.

In der Kugel blieb es dunkel. Nur kurz blitzte ein kleines Rechteck auf. Tinka vernahm ein Rascheln, erkannte es als Flüstern und beugte das Ohr nahe an die Kugel.

„Ich rede leise?", wisperte jemand. Es musste Annabelle sein. „Nein, ich rede ganz laut." Das war eine glatte Lüge. „Dein Handy muss kaputt sein."

In der Kugel knackte es, und Tinka fürchtete schon, der Kristall könnte zerspringen. Schlagartig war es heller. Tinka konnte beobachten, wie Annabelle ihr Handy an die Brust drückte und sich schlafend stellte. Das Knacken war eine Tür gewesen, die aufgerissen worden war. Unbarmherzig war das Zimmerlicht eingeschaltet worden. Ein rotgesichtiger Mann machte zwei energische Schritte in den Raum und reckte den Hals, um zu Annabelles Bett zu sehen. Hinter ihm tauchte eine zarte Frau auf, die ständig die Hände an einem Geschirrtuch abwischte.

„Sie schläft schon, Joachim. Bitte, dreh das Licht ab. Bitte!"

„Bestimmt telefoniert sie wieder. Dabei habe ich es ihr verboten“, polterte der Mann. „Soll lieber lernen und sich ein Beispiel an ihrer Schwester nehmen. Und wenn ich sage, es wird um zehn geschlafen, dann geschieht das auch.“

„Bitte!“ Die Mutter versuchte, ihren Mann am Arm aus dem Zimmer zu ziehen. Mit einer energischen Bewegung befreite er sich aus ihrem Griff. „Mit diesem Fußball-Unsinn mache ich auch Schluss.“

„Ja, ja, aber jetzt lass sie schlafen!“ Sanft drängte die Frau ihren Mann zurück auf den Flur, seufzte müde und schloss die Tür. Sekunden verstrichen, dann leuchtete das Rechteck wieder auf. Es war die Anzeige von Annabelles Handy. Sie wählte hektisch.

„He, was ist, hast du einfach aufgelegt?“, fragte sie, noch leiser als zuvor. „Die Verbindung war auf einmal weg.“

Gute Taktik, dachte Tinka bei sich. Angriff ist die beste Verteidigung. Um vom strengen Vater nicht ertappt zu werden, flüsterte Annabelle und unterbrach das Telefongespräch, schob aber alles auf den anderen. Oder die andere. Mit wem telefonierte sie da überhaupt?

„Wo waren wir vorhin stehen geblieben?“ Sie kicherte vor sich hin. „Echt? Du besäufst dich wirklich?“ Wieder kurze Pause, dann Kichern. „Alles vollkotzen klingt gut. Lissi soll mal sehen, was echte wilde Weiber sind."

Schon hatte Tinka den Finger am Nasenloch, um wieder ihre Beruhigungsatemübung zu machen. Sie brauchte keinen allzu großen Spürsinn, um zu kombinieren, wer am anderen Ende der Leitung war: Ulla! Ganz sicher!

Schnell fuhr sie mit den Händen wieder über der Kugel herum. Es kostete sie einige Konzentration, die richtigen Bewegungen zu machen, mit einer Hand zu wischen, mit der anderen mehr zu winken und sich dann das unscheinbare Mäusegesicht von Ulla ins Gedächtnis zu rufen.

Trotz aller Anstrengung erzeugte Tinka in der Kugel nur ein Flackern. Sie glaubte, einmal kurz Ulla zu erkennen, aber das Bild schmolz gleich darauf wieder.

Schade. Zu gerne hätte sie mehr über diese Ulla in Erfahrung gebracht. Selbst ihr Bruder schien keine hohe Meinung von ihr zu haben.

Was aber dachten die Mädchen aus dem Team, die Lissi mochten? Zum Beispiel Leonie? Tinka schloss kurz die Augen, und schon hatte sie das aufmerksame Gesicht von Leonie vor sich, die immer die Zungenspitze zwischen den Lippen zeigte, wenn sie mit vorgestreckten Händen im Tor stand, um blitzschnell den Ball packen zu können.

In der Glaskugel tauchte eine schlafende Leonie auf, die sich mit einem wimmernden Laut gerade auf die andere Seite warf. Tinka wollte die Hände schon vom runden Kristall nehmen, als Leonies kurze Haare immer größer wurden. Dazwischen tauchte ihr Ohr auf und Tinka konnte tief in den Gehörgang sehen. Immer weiter, immer tiefer drang ihr Blick, bis sie vor sich einen runden Raum hatte. Im Halbdunkel taumelte Leonie herum, in Fußballhosen und mit ihren geliebten Torwarthandschuhen. Von allen Seiten wurden ihr Flaschen entgegengestreckt. Wie fliegende Bälle, die ins Tor wollten, wehrte sie sie ab. Die Arme hatten keine Körper und brachten immer mehr Flaschen. Sie bewarfen Leonie damit. Diese schlug jede Flasche geschickt zurück, trat auch mit den Füßen, warf sich in die Luft und wehrte sich tapfer.

Ihre Stimme aber klang gepresst und sehr verzweifelt: „Nicht, aufhören! Keinen Schnaps! Mir wird schlecht von Schnaps. Ich will das Zeug nicht. Nein!“

Erst jetzt wurde Tinka klar, was sie da miterlebte: Leonie hatte einen Albtraum.

Wie gut Tinka sie verstehen konnte!

Erschöpft lehnte sie sich zurück. In der Kugel erlosch alles Leuchten, als hätte sie einen Schalter umgelegt. Tinka fühlte sich wie nach einem Dauerlauf im Sportunterricht, den sie überhaupt nicht ausstehen konnte. Noch immer wusste sie nicht, was sie unternehmen sollte. Sie hätte gern noch mehr über Ulla erfahren, aber dafür konnte sie nicht die Kristallkugel befragen.

Vor lauter Müdigkeit nickte Tinka auf dem Sofa ein. Mit steifen, schmerzenden Armen und Beinen, weil sie mit Kristallkugel und Cosimo in den Armen geschlafen hatte, wachte sie am Samstagmorgen auf. Es dauerte nur einige Sekunden, bis die Erinnerung an das, was sie in der Kugel gesehen hatte, wieder zurück war.

„Mit Lissi reden!“, murmelte Tinka. Behutsam legte sie die Kugel wieder ins Regal. Cosimo begleitete sie auf dem Weg nach oben ins Schlafzimmer. Im Garten hing Nebel, und obwohl es laut Tinkas Armbanduhr bereits neun Uhr war, wollte es noch nicht richtig hell werden.

Das Himmelbett war leer. In der Diele bei der Haustür fand Tinka einen Zettel auf dem Boden.

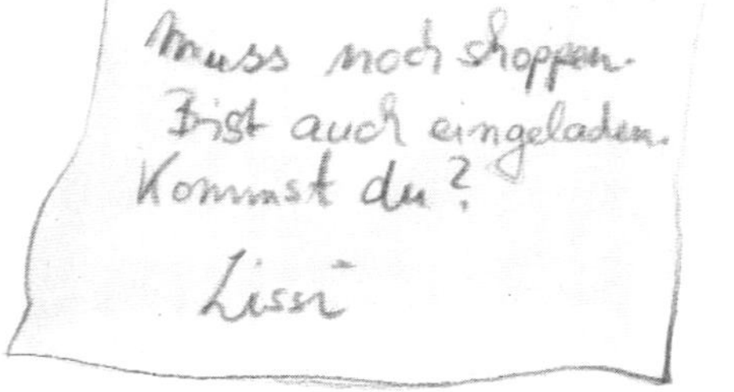

# Ullas Angebot

Ein bisschen Geld war Lissi noch geblieben. Davon wollte sie Chips, Popcorn und Schokokekse kaufen. Noch nie zuvor sollte eines der Mädchen auf einer anderen Party einen so hohen Berg an Knabbereien gesehen haben.

In den langen Gängen des Supermarktes fand bereits das übliche samstägliche Wettfahren der Einkaufswagen statt. Hektisch rafften Männer und Frauen alles aus den Regalen, was ihnen nur irgendwie nützlich erschien. Sie türmten sich die Wagen voll, als wäre es der letzte Tag, an dem etwas gekauft werden konnte.

Die Abteilung mit Süßigkeiten und Salzgebäck kannte Lissi genau, den Weg dorthin fand sie auch mit verbundenen Augen. Energisch schob sie ihren

Wagen vor sich her und überschlug im Kopf, wie viel Zeug sie für ihr Geld bekommen konnte. Ganz in Gedanken bog sie um die Ecke, übersah, dass dort jemand stand, und prallte mit demjenigen zusammen.

„Haben Sie keine Augen ..." Zu einer schwarzen wattierten Jacke trug das Mädchen schwarze Jeans und eine dunkle Sonnenbrille mit Goldfassung. Trotzdem erkannte Lissi sie sofort an der Stimme. Das Erkennen war gegenseitig. Die Brille wurde lässig mit einem Finger nach unten geschoben, und Lissi traf ein Blick aus zwei kleinen, kalten Augen. „Ach, fängst du schon mit den Vorbereitungen für deine ‚Party' an, oder besser gesagt, den Kindergeburtstag, den du da vorhast?" Ulla stellte sich auf die Zehenspitzen, und obwohl sie durch das Gitter des Wagens sehen konnte, warf sie einen Blick von oben hinein. „Sieht nicht gerade üppig aus."

Lissi fiel nichts ein. Sie suchte in ihrem Kopf fieberhaft nach einer schnippischen Antwort, nach irgendetwas, das sie Ulla hinwerfen konnte, aber sie fand rein gar nichts.

„Was kann man auch von solchen Armhäuslern, wie ihr es seid, erwarten!" Ulla schob die Sonnenbrille wieder auf die Nase zurück und stolzierte davon. Arrogant schwang sie die Hüften mit dem hochmütigen Gehabe einer sehr reichen Dame. Sie steuerte auf eine Frau in Jeans zu, die einen Zettel in der einen Hand hielt und mit der anderen Gläser und Packungen aus dem Regal zog.

„Was gefunden, Kleines?“, fragte diese, ohne Ulla einen Blick zu schenken.

„Nenn mich nicht ‚Kleines‘, Christa!“, herrschte Ulla sie an.

„Aber du wirst immer mein Kleines sein“, lachte die Frau, während sie nach einer ganz besonderen Kekssorte suchte.

„Soll ich Mama und Papa sagen, dass du deinen Mike manchmal in der Küche hast, obwohl sie das verboten haben?“ Ulla zischte so scharf und gefährlich wie eine Kobra. Ohne es zu wollen, war Lissi näher gekommen und schnappte einige Worte auf, aus denen sie sich zusammenreimen konnte, um was es ging.

Die Frau schloss die Augen, als müsse sie sich beruhigen. Mit zusammengepressten Lippen warf sie Ulla einen verständnislosen Blick zu und setzte schweigend den Einkauf fort. Ulla bemerkte Lissi und drehte sich mit einem Ruck zu ihr. Sie trat dicht neben sie und zischte im selben Ton wie zuvor, als sie mit der Frau gesprochen hatte, die wohl die Haushälterin der Familie sein musste: „Schnabel-Meierbeer, ich mach dich fertig! Und aus der

Fußballmannschaft fliegst du raus. Dafür sorge ich. Du bist erledigt, du dummes Teil."

Lissis Haare sträubten sich wie Cosimos Fell, wenn er einen Hund witterte. Unter drohend gesenkten Augenbrauen starrte sie Ulla an, wollte sie am liebsten anbrüllen, tat es aber nicht, weil irgendetwas sie zurückhielt. Ulla hielt ihrem Blick stand, grinste sogar immer breiter, als bereite ihr Lissis Sprachlosigkeit großes Vergnügen.

„Hau ab!", fuhr Lissi sie schließlich an, als der Druck in ihr zu groß geworden war.

Mit einem verächtlichen kalten Lächeln drehte sich Ulla weg, fischte eine Dose der teuersten Nüsse aus dem Regal und warf sie in den Einkaufswagen der Frau, die sie mit Christa angeredet hatte.

Nach ein paar Schritten blieb Ulla stehen, kam zu Lissi zurück und sagte mit gurrender Stimme: „Hör mal, ich kann dich auch zu meiner Stellvertreterin machen. Du hast sicher ein paar brauchbare Ideen für die Mannschaft. Ich bin aber die Nummer eins, wenn es um Gespräche mit der Gazelle geht und um alles, was wir so brauchen. Dieses Talent habe ich von meinem Vater geerbt. Der ist da ganz raffiniert. Aber du kannst ja das Training leiten und mir Tipps für die Spiele geben."

Lissi dachte in diesem Moment an Tinka. Sie hatte vor Kurzem irgendwo die Weisheit aufgeschnappt,

Feinde immer lange reden zu lassen, um zu erfahren, wie man sie schlagen konnte. Andere ausreden zu lassen, war nicht gerade Lissis große Stärke, aber die Begegnung mit Ulla ließ sie über sich hinauswachsen.

„Natürlich musst du diese Party absagen!" Ulla tat, als wäre das selbstverständlich. „Aber du kannst nächste Woche zu meiner Party kommen. Wir nennen sie auch gerne Wahnsinns-Weiber-Party oder so."

Christa kam samt Einkaufswagen auf die Mädchen zu. „Ulla, ich muss los. Deine Eltern haben heute Mittag Gäste, und ich muss kochen. Bitte komm!" Mit einem kleinen freundlichen Lächeln nickte sie Lissi zu, die noch immer den Mund hielt. Sie war überrascht, welche Wirkung ihr hartnäckiges Schweigen auf Ulla hatte. Die Gegnerin verlor ihre Ruhe und schien dankbar, dass sie einen Grund hatte zu gehen. „Überleg es dir mal!", sagte sie über die Schulter, während sie bemüht lässig der Köchin folgte.

„Nicht in einer Trillion Jahre", sagte Lissi leise, fuhr mit dem ganzen Arm hinter die aufgestellten Chipspackungen und beförderte eine gewaltige Ladung in ihren Einkaufswagen.

Den halben Vormittag tigerte Tinka unruhig in der Diele des Hexenhauses zwischen dem Wandregal mit den klaren Kristallen und der frech grinsenden Maske auf der anderen Seite hin und her und her und hin. Immer wieder legte sie ihre Hand auf den Telefonhörer. Bereits mehrere Male hatte sie angefangen, Thorstens Nummer zu wählen, zweimal sogar bis zur letzten Ziffer, im letzten Augenblick dann aber doch aufgelegt.

Tinka erschrak, als das Telefon plötzlich zu läuten begann. Ihre Hände waren feucht und zitterten, wie ein glitschiges Tier entschlüpfte ihr der Hörer immer wieder, als sie versuchte, ihn abzunehmen. Endlich schaffte Tinka es und meldete sich mit ihrem Namen. Am anderen Ende der Leitung war Grit, die aus ihrem Hotel in Venedig anrief.

„Hallo, Mama", sagte Tinka so fröhlich und locker, wie sie es nur irgendwie schaffte.

„Was ist geschehen? Ist David krank? Hat sich einer der Jungen verletzt? Gibt es einen Wasserrohrbruch? Ist Lissi vom Fahrrad gefallen? Ist das Haus abgebrannt? Habt ihr einen Sturm, der das Dach abgedeckt hat?"

„Äh ... hallo, Mama", wiederholte Tinka. „Ich bin es, deine Tochter Tinka. Hier ist nicht das Katastrophen-Meldeamt."

Sie hörte ein langes tiefes Durchatmen und im Hintergrund die mühsam beherrschte Stimme von Boris. „Grit, bitte, beruhige dich doch. Auf unsere

Kinder kann man sich verlassen. Ich lege meine Hand für sie ins Feuer."

Grit seufzte heftig. „Verzeih mir, Liebes. Aber wir haben euch doch noch nie allein gelassen. Daheim habe ich auch angerufen, aber dort hebt niemand ab."

„Die Jungs proben sicher im Keller, bei dem Lärm hören sie kein Telefon", versuchte Tinka, ihre Mutter zu beruhigen.

„Ach ja, das habe ich ganz vergessen. Aber ihr zwei ...?"

„Mama, wir sind, wie du weißt, in unserem Haus! Du hast ja gerade hier angerufen." Tinka redete mit ihrer Mutter im gleichen Ton wie mit David, wenn er einen seiner Spinnanfälle hatte.

Wieder schaltete sich Boris ein. „Grit, wir müssen los! Unsere Rundfahrt startet in zwei Minuten."

„Seid ihr wirklich alle gesund? Ist alles in Ordnung?", fragte Grit eindringlich.

„Es geht uns bestens!", versicherte Tinka mit Nachdruck. Sie versuchte, sich damit selbst Mut zuzusprechen.

„Wir landen morgen um halb zehn Uhr abends und kommen sofort nach Hause!"

Tinka konnte sich nicht verkneifen zu sagen: „Ach wirklich? Und ich dachte, ihr geht dann noch in die Disco."

„Grit, die Rialto-Brücke steht in hundert Jahren noch immer am selben Platz, ich nicht!" Das war Boris' Art, heftig zu werden.

„Schätzchen, Küsschen, auch an Lissi und die Jungen." Grit schmatzte in das Telefon, verabschiedete sich noch dreimal, überschüttete Tinka mit Ermahnungen und legte dann auf.

So! Es war so weit! Tinka musste eingreifen. Diese wahnsinnige Party durfte nicht stattfinden. Sie musste sie verhindern, auch wenn das das Ende der Freundschaft mit Lissi bedeutete. Tinka fiel ein, was Boris zu Frank gesagt hatte, als dieser die Schule abbrechen wollte: Du lernst weiter. Später einmal wirst du es uns danken.

Lissi hatte allerdings ein Gedächtnis wie ein Elefant. Ob sie für Tinkas Tat je dankbar sein würde?

## Wer hat die Brüder gefressen?

Wenn sie nur wieder für sich selbst etwas hexen dürften! Wie einfach dann alles wäre. Den ganzen Weg nach Hause grübelte Tinka vor sich hin. Sie hielt Ausschau nach Leuten, die dringend ihre Hilfe benötigten und dann aus lauter Freude ausrufen würden: „Nein, ich fass es nicht, es ist ein Wunder!"

Das Haus der Schnabel-Meierbeers stand in seiner etwas langweiligen Einfachheit da wie immer. Die nebelige Herbstluft war Tinka unter die Jacke gekrochen und ließ sie frösteln. Die kahlen Äste der Bäume und Sträucher und die welken Blumen in den Beeten machten sie traurig. Tief einatmend, steckte sie den Schlüssel ins Schloss und sperrte auf.

Sie hatte mit hektischem Gelaufe und Gehämmere gerechnet. Eine Disco-Beleuchtung und die Ausrüstung der „Hungrigen Kannibalen“ musste schließlich aufgebaut werden. Außerdem wollte auch das Essen gerichtet werden. Es war fast Mittag, und um fünf Uhr sollten die ersten Gäste kommen.

Aber im Haus war es still. Die Räume gähnten ihr durch die offenen Türen entgegen. Auf dem Glastisch im Wohnzimmer lag eine leere Chipstüte, zwei verklebte Colagläser standen daneben. Das waren die einzigen Spuren, die darauf hinwiesen, dass Frank und Stan innerhalb der vergangenen 24 Stunden hier gewesen waren. In der Küche stieß Tinka auf zwei weitere Gläser mit Cola und eine aufgebrochene Packung Kekse. Sie nahm sich zwei heraus und stopfte sie links und rechts gleichzeitig in den Mund. Im kleinen Spiegel neben der Küchentür erblickte sie sich selbst: Wie braune, zu lange und zu runde Vampirzähne sahen die Kekse aus.

Kauend lief Tinka die Treppe hinauf. Beide Jungenzimmer waren leer, die Betten zerwühlt. Geschlafen hatten sie also hier. In Stans Zimmer schnupperte sie durch die Schwaden des Rasierwassers auch ein wenig Zigarettenrauch. Sie kannte sein Geheimversteck hinter den Büchern im Regal, griff hinein und angelte eine angebrochene Packung Glimmstängel heraus.

„Bruderherz, ich bewahre dich vor Ärger und Krankheit", rechtfertigte sie ihre Tat. Sie zerbröselte die Zigaretten und spülte sie in der Toilette hinunter. Die Schachtel wickelte sie in das Blatt einer alten Zeitung und begrub sie tief im Mülleimer. Dann öffnete sie das Fenster in Stans Zimmer, damit die letzten Rauchspuren abziehen konnten.

Wie sollte hier im Haus jemals eine Party steigen? Lissi tat Tinka aus ganzem Herzen leid. Sie hatte sich auf die Brüder verlassen und war offenbar von ihnen völlig im Stich gelassen worden.

Ob die zwei vielleicht mit Lissis Geld abgehauen waren und sich einen fröhlichen Tag auf dem Volksfest machten?

Tinka hatte zwar von Stan und Frank nicht die beste Meinung. Trotzdem traute sie den beiden so etwas nicht zu. Als Bestätigung für ihr Vertrauen fand sie mehrere Banknoten auf dem Tischchen in der Diele, auf dem in einer Schale alle Schlüssel abgelegt wurden. Tinka wühlte darin herum und fand die Hausschlüssel der Brüder. Die Anhänger mit ihren Namen waren der Hinweis, dass die beiden zu Hause sein mussten.

Versteckten sie sich? Sollte das ein Scherz sein?

Oder waren sie Opfer eines Verbrechens geworden? Tinka liebte die Sendung im Fernsehen, in der echte Verbrechen nachgespielt wurden. Momente, wie sie sie gerade erlebte, hatte sie dort schon einige Male gesehen. Vielleicht waren in der Nacht Einbrecher hier gewesen und hatten die Jungen bereits im Garten verbuddelt!

Es war die Stille, die Tinka so beunruhigte. Die Jungs waren nie still, sondern konnten immer aufgrund des Kraches, den sie veranstalteten, gefunden werden.

Da fiel Tinkas Blick auf die Kellertür. Sie stand einen Spaltbreit offen, und dahinter brannte die schummrige nackte Glühbirne im Abgang.

Einbrecher im Keller? Hielten sie die Brüder vielleicht dort unten gefangen? Auf Zehenspitzen schlich Tinka zur Tür und zog sie ein Stückchen weiter auf. Ihr wehte der Geruch von Kartoffeln und Waschpulver entgegen.

Der Probenraum der „Hungrigen Kannibalen“ war auch dort unten. Wenn die Jungen sich darin aufhielten, war es selbst durch die dreifach dick mit Schaumstoff gedämmte Tür zu hören. Tinka vernahm jedoch keinen Laut.

Den Mut hinunterzugehen, hatte sie nicht. Am liebsten hätte sie die Polizei gerufen. Hatte es da nicht einen Fall gegeben, bei dem ein Mann zum Kannibalen wurde und seine Opfer verspeiste? Waren die „Hungrigen Kannibalen“ Opfer eines echten hungrigen Kannibalen geworden? Das

Reportertalent in Tinka witterte sofort die Schlagzeile, die Schwester in ihr aber machte sich ernstlich Sorgen um die Brüder.

Neben ihr knackte es, und Tinka zuckte vor Schreck zusammen. Aus dem Herbstnebel kam Lissi ins Haus gestapft und musterte ihre Schwester, der das Entsetzen und die blutigen Fantasien ins Gesicht geschrieben standen. Erleichtert atmete Tinka lange aus. „Du bist es!"

„Hast du den Osterhasen erwartet? Der kommt erst in sechs Monaten!" Lissi schlug die Tür zu und schleuderte die Schuhe von den Füßen.

Tinka platzte sofort mit ihren schrecklichen Entdeckungen heraus und mit ihrem Verdacht, den Jungen könnte Allerschlimmstes zugestoßen sein.

Lissi tippte ihr an die Stirn. „Schwester Plemplem, was! Das müssen Einbrecher sein, denen jemand das Hirn abgesaugt hat. Wer sonst lässt das ganze Geld liegen." Sie deutete auf ihre Ersparnisse. Dann erst wurde ihr klar, was Tinka gerade gesagt hatte. Mit voller Lautstärke brüllte sie los: „Was? Diese Dumpfgummis haben noch nichts vorbereitet? Denen hau ich die Birne zu Brei!"

Im Keller quietschte eine Türangel. Schleifende Schritte näherten sich. Lissi beugte sich über Tinkas Schulter, und die Schwestern sahen am Ende der Treppe, im Lichtfleck der Glühbirne, das bleiche, verquollene Gesicht von Frank. Ohne Sonnenbrille hätten sie ihn fast nicht erkannt.

„Ruhe! Genies am Werk", knurrte er, drehte sich um und schlappte zurück in den Probenraum.

Wie eine Hornisse schwirrte Lissi die Treppe hinunter, dicht gefolgt von Tinka. Sie konnten gerade noch verhindern, dass Frank die Tür des Probenraumes von innen absperrte. Mit beiden Händen an der Klinke und ein Bein gegen die Mauer gestemmt, riss Lissi die Tür wieder auf.

Vor ihnen lag das kleine Zimmer, in dem Boris Wände und Decke mit Schaumstoff gepolstert hatte. An der Stirnseite waren die Instrumente aufgebaut, auf dem Boden lagen Kissen als Sitzgelegenheit für Zuhörer. Im Augenblick aber dienten sie Stan als Bett. Er lag ausgestreckt darauf und schlief, sein Haar war ungewohnt verstrubbelt, seine Jeans und sein Pulli ganz zerknittert.

„Euch hat wohl der wilde Waldi gebissen, was?", tobte Lissi weiter.

Ein sehr müder Stan hob seinen verschlafenen Kopf und gähnte, ohne sich dabei die Hand vorzuhalten.

„Die Party! Was ist mit der Party?" Lissi brüllte, aber der Schaumstoff schluckte ihre Stimme.

„Nix Party, null Bock auf Party!", sagte Stan und wollte weiterschlafen.

Lissi riss ihn am Ärmel seines Pullis hoch. Aus Angst, sie könnte ihn ausleiern, sprang Stan auf die Beine, wankte aber noch. „Spinnst du? Wir haben bis vier Uhr an einem neuen Song gearbeitet. Wir geben heute ein Konzert. Vergiss deine dämliche Party. Wir laden nur fünf Fans ein."

„Mehr habt ihr ohnehin nicht", fauchte Lissi. „Und die müsst ihr auch noch bezahlen, damit sie sich diese Folter antun."

Frank hatte seine Gitarre aufgehoben und schüttelte sie anklagend. „Kaputt!"

Tinka erschien das Ganze wie ein kleines Wunder. Sie musste nichts unternehmen, es regelte sich alles von selbst.

„Wir hatten hier auf einmal Funkstille", klagte Stan. „War auf einmal alles tot. Wir dachten, wir müssen auch sterben, ohne Musik."

„Ihr werdet höchstens durch mich sterben!", kündigte Lissi an. „Und es wird ein qualvoller Tod, verlasst euch drauf!"

„Null Bock", sagte Stan ungerührt.

„Kaputt!", wimmerte Frank erneut. Er streichelte die E-Gitarre, als wäre sie ein Baby.

Lissi kontrollierte die Stecker an der Wand, aber ausnahmsweise waren alle eingesteckt. Die Brüder hatten schon mal Boris angefleht, den Elektriker kommen zu lassen, weil ihre Anlage nicht mehr spielte. Der Elektriker hatte genau zehn Sekunden für die Reparatur gebraucht, indem er den Stecker in die Dose steckte.

„Ist sicher wieder nur die Sicherung rausgeflogen“, meinte Lissi fachmännisch.

„Alles schon kontrolliert!“ Die Jungen weinten fast.

Schnell kehrte ihnen Tinka den Rücken zu, murmelte einen mittellangen Spruch und führte mehrfach den Hexenklatsch aus.

# Wir wollen dich!

„Ihr habt sicher nur irgendeinen Schalter nicht gedrückt", hörte Tinka Lissi hinter ihr sagen. Beim Umdrehen sah sie die Schwester am Gerät, das die Töne der Instrumente verstärkte und die Lautsprecher zum Vibrieren brachte. Lissi knipste und drückte, schob Regler und drehte Knöpfe.

Jiiiiiaaaaaauuuuuuu!!!!!!!!!!!!!! Der Ton ließ den Schaumstoff fast schmelzen. Frank presste seine E-Gitarre an den Bauch und begann hektisch zu zupfen. Jede Saite gab einen Laut von sich, einer klang falscher und tat mehr in den Ohren weh als der andere. Stan war sofort am Keyboard und hieb in die Tasten. Das Dröhnen einer Kirchenorgel erfüllte den Raum. Per Knopfdruck verwandelte es sich in Sphärenklänge wie aus einem Weltraumfilm.

Das Glück der Jungen war unbeschreiblich.

Stan trat ans Mikrofon und hauchte etwas von „Oh … happy … happy day … lucky …“. Er rang nach Worten für den Song, der ihre Freude ausdrücken sollte.

Einem plötzlichen Einfall folgend, rief ihm Tinka zu: „Nein, ich fass es nicht, ein Wunder.“ Sie rief es nicht einfach, sondern sagte es mit Rhythmus und Wippen des Kopfes. „Nein, ich fass es nicht, ein Wunder!“, wiederholte sie, schon halb singend.

Frank öffnete ungläubig den Mund. Er konnte nicht glauben, dass seine Schwester sich als Sängerin versuchte. „Nein, ich fass es nicht, ein Wunder“, wiederholte er in seinem kehligen Bass.

Tinka hatte ein Gefühl, als wären Weihnachten, Ostern und Geburtstag auf einen Tag gefallen.

„Nein, ich fass es nicht, ein Wunder!“, rockte Frank.

„Nein, ich fass es nicht, ein Wunder!“, fiel Stan ein.

„Nein, ich fass es nicht, ein Wunder!“, grölten sie im Chor, unter heftigem Vor- und Zurückwippen des ganzen Oberkörpers. Für einen ihrer Songs reichte der Text völlig. Sie waren nicht mehr zu bremsen und suchten auf Gitarre und Keyboard die richtigen Töne dazu.

Lissi tauchte schnaubend neben Tinka auf und zog sie hinter sich aus dem Probenraum. Frank bearbeitete die Gitarrensaiten auf eine Weise, die ihnen Töne entlockte, die an quietschende Kreide auf einer Schultafel erinnerten. Nachdem sie die Tür zugeworfen hatte und die Musik auf halbwegs erträgliche Lautstärke gedämpft wurde, brauste Lissi auf: „Danke, danke vielmals! Die zwei sind jetzt zu vergessen. Und meine Party auch. Ich bin wirklich erledigt."

„Aber sie haben es gesagt! Ich habe gehext, und sie haben es gesagt!", versuchte Tinka, ihr zu erklären. „Wir haben es geschafft, erst Frau Kleinschmidt, dann Frank und Stan. Wir haben gehext und sie alle haben ‚Nein, ich fass es nicht, ein Wunder!' gesagt. Jetzt dürfen wir endlich wieder für uns hexen."

„Vergiss es! Sind Brüder vielleicht keine Familienmitglieder? Ich pfeif auf die Hexerei. Ich mach so einen Haufen drauf!" Mit den Händen zeigte die zornige Lissi, wie hoch der Berg werden sollte.

Oben schallte der Türgong. War da schon jemand, der auf die Party kommen wollte?

„Ich mach nicht auf. Ich bin weg. Vergiss mich!" Lissi raste, immer drei Stufen auf einmal nehmend, hinauf. Auf der vorletzten Stufe rutschte sie aus und schlug mit dem Knöchel hart an die Kante. Wäre Tinka nicht schon dicht hinter ihr gewesen, wäre sie bestimmt bis in den Keller gestürzt. So aber fing Tinka sie auf und schnappte sie an der Taille.

Hüpfend bewegte sich Lissi nach oben, um sich in der Diele auf den Boden sinken zu lassen und ihren Fuß zu halten.

„Hau ab, ich will dich nie wieder sehen!", schrie sie.

Nach einer kleinen betretenen Pause drang von draußen eine schüchterne Stimme durch die Haustür: „Nein, bitte, Lissi, ich muss dir das erklären. Ich kann dir das erklären."

Es war Leonie. Tinka öffnete ihr, und das Tormädchen, die Handschuhe ausnahmsweise nur locker in einer Hand, stand in der Tür. Verwundert sah sie zur kauernden Lissi hinunter, stürzte dann neben sie, hockte sich nieder und begann einfach zu reden.

„Lissi, ich war es. Es ist meine Schuld. Ich habe für Ulla gestimmt. Es tut mir so leid. Ich kann mir das nicht verzeihen. Bitte, sei nicht böse. Aber sie hat uns allen versprochen, dass wir neue Trikots bekommen und dass der Trainer von diesem Fußballclub, der jetzt ganz an der Spitze ist, zu uns kommt. Mir hat sie sogar noch neue Handschuhe angeboten, wenn ich sie zum Käpt'n wähle."

Der pochende Schmerz in Lissis Knöchel wurde dumpf und schwächer. „Und du hast es getan? Auf mir lastet ein Fluch. Ich bin von Menschen umgeben, die den außerirdischen Hirnfressern in die

Fangarme gelaufen sind." Lissi wurde schon wieder ganz die Alte.

Empört entgegnete Leonie: „Ich lasse mich doch nicht bestechen. Ich habe nur für Ulla gestimmt, weil sie mir gedroht hat, dass sie dafür sorgt, dass ich nicht mehr im Tor sein darf. Und sie kann das. Man glaubt ihr das. Sie ist wie ihr Vater. Der hat doch diese Firma für Baumaschinen und schwimmt im Geld." Leonie musste tief Luft holen, um weitererzählen zu können. „Mein Papa kennt ihn. Er soll irgendwelche Teile liefern. Ich habe einmal gehört, wie Papa zu Mama gesagt hat, dass Ullas Vater entweder besticht oder Terror macht. Er hat es auch bei ihm getan, und Papa musste klein beigeben. Lissi, ich habe Angst gehabt. Weil Ulla auch so ist."

Tinka versuchte zu erkennen, was Lissis Gesichtsausdruck bedeutete. Sie starrte vor sich hin ins Leere. Erst nach einer sehr langen Pause sagte sie: „Kommt überhaupt jemand zu meiner Party?"

Leonie zögerte. „Weißt du … wir wollen schon … aber es ist wegen Ulla und Annabelle. Sie wollen sich doch betrinken und alles versauen. Und dann sollen Jungen kommen, die sich immer danebenbenehmen." Leonie druckste ein bisschen herum. „Lissi, wir wollen viel lieber eine Lissi-Party. So ein Wilde-Weiber-Wahnsinn ist schon gut, aber nach Lissis Art. Nicht nach Ullas." Schnell fügte sie hinzu: „Bist du mir jetzt böse? Kannst du's verzeihen? Es tut mir echt so leid!"

„Reg dich mal ab!", meinte Lissi großzügig. „Du putzt mir drei Monate die Fußballschuhe, dann ist alles vergessen."

„Mach ich!", versprach Leonie strahlend.

„Scherz! So etwas tust du nie! Bin doch nicht Ulla", brummte Lissi. Mit Tinkas Hilfe kam sie wieder auf die Beine. Probeweise trat sie auf den verletzten Fuß, verzog ein bisschen das Gesicht, stellte aber fest: „Wird schon nicht abfallen."

Tinka sprudelte los, weil die vielen Ideen aus ihr herausmussten, die ihr gekommen waren: „Wir machen den Wilde-Weiber-Wahnsinns-Zauber. Aber bei uns im Häuschen."

Überrascht sah Lissi sie von der Seite an. Es wunderte sie weniger, dass Tinka der Fete zustimmte. Aber wie sollten sie auf die Schnelle eine echte Party auf die Beine stellen? Lissi hatte nicht einmal die Chips mitgenommen, weil sie im Supermarkt auf einmal alle Lust verloren hatte.

„Grit hat doch für zwei Jahre vorgekocht. Das Zeug ist lecker und muss ohnehin gegessen werden", begann Tinka zu erklären. „Wir müssen in unserem Haus nur ein bisschen wegräumen." Verschwörerisch zwinkerte sie Lissi zu. Natürlich meinte sie damit, dass sie alles, was sie als Hexen verraten könnte, verschwinden lassen müssten. „Und wir spielen die doofsten Spiele. Wir spielen Flaschendrehen und fragen, welcher Junge aus unserer Klasse noch immer in die Hosen macht."

Leonie quiekte auf. „Oh ja, richtige Doofkopfspiele. Einfach nur total albern sein und uns schlapplachen. Braucht ihr Musik? Ich habe so einen tragbaren CD-Player, den kann ich mitbringen."

Das Angebot wurde gerne angenommen.

„Ich muss alle anderen anrufen und ihnen sagen, dass sie noch Futter mitbringen. Lissi, wir wollen dich als Fußballkäpt'n. Und ich werde das der Gazelle auch sagen. Verlass dich drauf."

Lissi humpelte zu Leonie und legte ihr die Hände auf die Schultern. Tief blickte sie ihr in die Augen: „Und wenn Ulla fies ist, dann überlass sie nur mir. Die soll es wagen ..."

Leonie war schon an der Tür, als Tinka ihr nachrief: „He, bitte sag allen, dass die Party in der Kristallgasse 77 ist."

„Ulla und Annabelle sind nicht erwünscht!", ergänzte Lissi grimmig. „Die können gerne nächste Woche bei Ulla Party feiern."

Nachdem Leonie gegangen war, hätte Tinka Lissi gerne gesagt, dass sie ihr gestern genau das geraten hatte, was sie soeben entschieden hatte. Es kostete sie sehr viel Überwindung, es nicht zu tun.

Ihre Schwester aber konnte wohl Gedanken lesen. „Ja, ja, ja, du hast es ohnehin schon gesagt“, sagte sie mit gespielter Langeweile. Grinsend fügte sie hinzu: „Das war dann der jährliche Beweis für die Existenz deines Gehirns. Kannst wieder Doofi sein.“

Sie klatschten die Hände in der Luft zusammen, und vor Freude über die Versöhnung drückte Tinka Lissi an sich.

„Ewig dieses Geknutsche“, beschwerte sich Lissi scherzhaft.

# Wilde Weiber vor!

In dem kleinen Leiterwagen, mit dem David früher seine unzähligen Spielsachen herumgezogen hatte, transportierten die beiden Schwestern alles, was für die Party brauchbar war und den Eltern nicht abgehen würde, in ihr Hexenhaus. Während Lissi das Essen in der Küche malerisch um die offene Feuerstelle und im Kupferkessel verteilte, der an einer Kette darüberhing, verstaute Tinka alle Hexenutensilien in der Kammer mit den Hexenbüchern. Die Tür hatte einen Schlüssel und konnte abgesperrt werden.

Leonie hielt Wort und sorgte für die passende Musik. Katrin schleppte einen Sack Schokokekse an, Miriam brachte eine ganze Kiste mit Scherzartikeln, die sie einem ihrer zahlreichen Brüder weggenommen hatte.

Es kamen nicht nur die vier anderen Spielerinnen, sondern auch die beiden neuen Mädchen, die Ulla in die Mannschaft bringen wollte. Etwas unsicher standen sie vor dem Gartentor und hätten es sogar verstanden, wenn Lissi sie gar nicht reingelassen hätte.

„Also, wir wollen einfach gerne kicken", erklärte Mareike.

„Und ich muss nicht im Tor stehen. Als Ersatz gerne, wenn Leonie ausfällt. Sonst bin ich lieber Verteidigung", sagte Nina.

„Habt ihr Talent zu echten Wilden Weibern?", fragte Lissi sie grinsend, als sie ihnen entgegenhumpelte.

Mareike und Nina wechselten einen ratlosen Blick.

„Was muss man dafür können?"

„Einfach sich was trauen. Einfach richtig wild und rotzfrech sein. Einfach nicht so sein wie andere Dumpfbacken!", lautete Lissis Erklärung.

„Schaffen wir", waren sich beide Mädchen einig.

Das Gartentor flog von allein auf und quietschte begeistert mit den Angeln. Die Bäume klapperten Applaus mit den Ästen. Zum Glück fegte gleichzeitig eine Sturmböe durch die Kristallgasse, die alles erklärbar machte.

Ein wenig unsicher sahen sich die Mädchen zuerst im Haus von Lissi und Tinka um. Um die Stimmung in Schwung zu bringen, lud Tinka zuerst einmal zum Essen ein.

„Besen am Tor, Besen am Tor!“, kreischte es auf einmal in der Diele.

Die Mädchen in der Küche drehten sich erstaunt um. Tinka ahmte die schnarrende Stimme nach und rief ein drittes Mal „Besen am Tor“, dann verließ sie Hals über Kopf den Raum.

„Was hat sie?“, wollte Leonie von Lissi wissen.

„Ach ... das ist eben Tinka!“, sagte Lissi ausweichend.

Das Kreischen war von dem holzgeschnitzten Geier gekommen, der immer meldete, wenn jemand am Gartentor stand. Tinka befahl ihm, den Schnabel zu halten, und lief hinaus in die Dämmerung. Sie fröstelte und zog sich die Jacke fester um die Schultern, während sie über den knirschenden Kies hastete.

Am Gartentor standen eine wütende Ulla und eine wichtigtuende Annabelle. Sie rüttelten beide wie wild am Gatter und suchten vergeblich nach der Klinke. Es gab keine, da das Tor nur durch freundliche Worte und liebe Gedanken geöffnet werden konnte.

„Wir sind eingeladen, und wir lassen uns nicht ausladen!“, herrschte Annabelle Tinka an.

„Ich wünsche auch einen schönen Abend!“, gab Tinka zurück.

„Und, ist sicher der totale Reinfall, eure Wilde-Weiber-Party?", fauchte Ulla.

„Tolle Stimmung. Tolle Gäste! Alles bestens, danke der Nachfrage!" Tinka liebte es, sich nicht aus der Ruhe bringen zu lassen. Vor allem, wenn sie nur gewinnen konnte, und das war hier der Fall.

„Ich mache Lissi fertig. Richte ihr das aus! Ich mach sie alle fertig. Und nächste Woche hab ich alle wieder auf meiner Seite", zischte Ulla.

Annabelle unterstrich jeden Satz mit heftigem Nicken und einem „Jawollllllll!".

Aus dem Haus kamen die Mädchen und machten eine Polonaise. Lissi führte sie hinkend an und sang laut: „Wilde Weiber vor, und noch ein, und noch ein, und noch ein Tor!" Beim Wort „Tor!" fielen alle Mädchen ein.

Es hätte Tinka nicht gewundert, wenn Ulla der Wutqualm aus den Ohren geschossen wäre, als sie die Schlange der Partygäste so vergnügt durch den Garten tanzen sah und ihren Schlachtgesang hörte.

„Lass doch diese Krabbelstube!", sagte sie würgend, versetzte Annabelle einen Stoß mit beiden Händen, der diese stolpern ließ, und zog wütend ab.

Da es kalt war, hatte Lissi die Polonaise wieder zurück ins Haus geführt.

Drüben bei den Lydofskys herrschte ebenfalls Hochstimmung. So fröhlich war es noch nie bei ihnen zugegangen. Der Rock'n' Roll schallte gedämpft aus dem Wohnzimmer, Leute lachten, Gläser stießen klingend aneinander. Tinka spähte durch die Hecke und beobachtete, wie Herr Lydofsky seine kurzen Beine auf der Terrasse wirbeln ließ. Seine Frau hielt er nur an einer Hand, während sie ausgelassen die offenen Haare schwang und mit den Füßen tänzelte, als stünde sie auf einer glühenden Platte.

„Los, Läuschen, lass es zucken!“, feuerte er sie an.

„Oh, mein Manni!“, jauchzte sie.

Halb laut und beschwörend sagte Tinka vor: „Nein, ich fass es nicht ...“

„Oh nein, ich fasse es nicht!“, gurrte Frau Lydofsky und versetzte ihrem Mann einen scherzhaften Nasenstüber.

„... ein Wunder“, setzte Tinka fort.

„... ein Wunder!“, fügte Frau Lydofsky leise an.

„Ein Wunder! Ein Wunder! Läuschen, ich fasse es nicht, du bist ein Wunder!“, jubelte Herr Lydofsky, dessen Bauch auf und nieder hüpfte. Hatten die beiden es gehört, aber für ihren eigenen Einfall gehalten? Oder konnte Tinka auf einmal Gedanken übertragen? Egal, die Lydofskys, und zwar beide, hatten den erhofften Ausspruch getan.

Tinka sah sich suchend nach Eduard Rock um. Er hatte es sicher gehört. Da er sich aber nicht blicken ließ, hexte sie sich ein Eis wie Lissi am Vortag. In ihrer Hand, nicht in ihrem Gesicht, erschien eine Tüte mit einer Kugel Ketchup-Erdbeer, eine von Tinka erfundene und heiß geliebte Sorte.

Der Bann war gebrochen, sie hatten die Strafe abgearbeitet. Ob sie aber vielleicht wirklich noch ganz andere Kräfte besaß und ihre Gedanken in die Köpfe anderer Leute funken konnte, das wollte Tinka später einmal herausfinden.

Sehr zufrieden war sie mit ihren Versuchen in verschiedenen Berufen. Sie hatte sogar mehr als vier geschafft und fand sich durchaus talentiert in vielen. Für welchen Beruf sie sich einmal entscheiden würde, das verschob sie ebenfalls auf später. Jetzt stand anderes auf dem Programm.

Tinkas Blick fiel durch die offene kirschrote Tür in das Hexenhaus. Es war Zeit, der Party ein paar Überraschungen zu verpassen, die die Gäste niemals vergessen würden. Sollte ihnen Herr Rock erneut eine Strafe aufbrummen, so war Tinka das der Spaß wert.

„Wilde-Weiber-Wahnsinns-Party, ich komme!", rief sie und stürmte los.

## Top-Hex-Geheimnisse über Thomas Brezina

© Asia Werbel

Zwei Mädchen wie Feuer und Wasser. Wenn sie aufeinandertreffen, zischt es! Ein unsichtbarer Kater, Hexengymnastik …
Dass Thomas an den Abenteuern von Lissi und Tinka Riesenspaß hat, merkt man auf jeder Seite. Zwei Mädchen ein eigenes Haus besitzen zu lassen, dieser Gedanke hat Thomas schon immer fasziniert. Dass die beiden hexen können, macht die Geschichten noch turbulenter und spannender.
Für Cosimo, den unsichtbaren Kater, gibt es übrigens ein Vorbild: Eine geheimnisvolle Katze tauchte einige Zeit nachts vor Thomas' Haus auf, blickte interessiert durch das Fenster und ging auf leisen Pfoten wieder.
Auch sonst geht es bei Thomas magisch zu – er hat ein Zimmer voller Zauberbücher! Beim Schreiben der No-Jungs!-Geschichten sitzt er gern in Cafés. Dabei erntet er neugierige Blicke, wenn er wie Tinka und Lissi einen Hexenklatsch ausführt oder die Gespräche der Junghexen mitspricht.
Bis heute hat er schon mehr als 550 Bücher geschrieben, die Kinder auf der ganzen Welt, in China, Brasilien, Korea … begeistern.
„Das Lesen meiner Geschichten soll immer ein Abenteuer sein!", lautet sein Motto.

Bei Lissi und Tinka heißt es nicht umsonst: No Jungs! Die machen nur Ärger … Und den können die beiden gerade gar nicht gebrauchen, denn nach einer kleinen Hex-Schummelei müssen sie die Hexenschulbank drücken. Fallen sie durch die Prüfung, verlieren sie ihre Kräfte! Zum Glück stehen die Ferien vor der Tür, doch auch hier warten jede Menge verhexte Überraschungen!

**Sammelband 3:**
**Total verhext: Schule, Ferien und die Jungs!**
ISBN 978-3-505-13389-3

Tinka und Lissi, die beiden süßen Hexenschwestern, haben sich etwas felsenfest geschworen: NO JUNGS! Doch dann verhält sich Tinka plötzlich total seltsam, und Lissi ahnt Schlimmes. Hat sich ihre Schwester etwa verliebt? Vielleicht kann Lissi sie mit einem Hund auf andere Gedanken bringen! Gar keine schlechte Idee, doch der zottelige Vierbeiner stiftet jede Menge Chaos!

**Sammelband 4:**
**Tierisch tolle Hexen**
ISBN 978-3-505-13598-9

---

Thomas Brezina
**No Jungs! Zutritt nur für Hexen**
Jeweils drei Hexenabenteuer in einem Buch!
je ca. 450 Seiten, gebunden
mit UV-Lackierung auf dem Cover
€ 12,99 [D]

Schneiderbuch
EGMONT